역사의 천사

L'ANGELO DELLA STORIA
By Bruno Arpaia

© 2001, Ugo Guanda Editore

역사의 천사

L'angelo Della Storia

발터 벤야민의 죽음,
그 마지막 여정

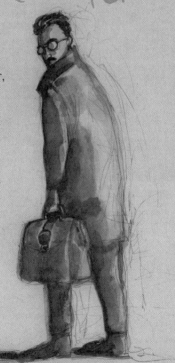

브루노 아르파이아 지음 ｜ 정병선 옮김

오월의봄

일러두기

본문 각주는 실제 역사적 인물이기도 한 작중 인물들을 설명하기 위해 옮긴이가 붙인 것으로,
주로 발터 벤야민과의 관계를 중심으로 서술했다.

차 례

한국의
독자들에게

1937년 기젤레 프로인트[1]가 촬영한 그 사진을 처음 본 게 무려 20년 전이다. 발터 벤야민이 파리 국립 도서관의 책상에 앉아 있다. 만년필이 손에 들려 있고, 왼손은 책을 붙든 채다. 사내의 뺨이 보인다. 중년이 지난 모습으로 작업이 힘겨운 듯하다. 진한 피로가 묻어난다. 허나 결연하게 몰두한 표정이 읽힌다. 세상을 서책으로만 흡수하는 사람의 시선이라니. 많이 알고자 할수록 그 세상은 이들을 스르르 빠져나가고 만다. 그때였다. 그 사진, 그 표정 앞에서 나는 알았다. 발터 벤야민의 이야기를 쓰게 될 것임을. 파리로 망명한 이 유대계 독일인은 프랑스와 에스파냐의 국경에서 자살을 결행했다. 나치를 피해 달아나던 중이었다. 나는 발터 벤야민의 이야기를

---

1   Gisèle Freund, 1908~2000, 사진의 사회적 역할을 이론적으로 정리한 여성 사회학자 겸 사진가. 벤야민을 비롯해 앙드레 말로, 제임스 조이스, 장 콕토, 버지니아 울프, 프리다 칼로 등 주로 문인들이나 비평가들의 인물 사진을 작업했다. 대표 저서로 《사진과 사회》가 있다.

써야 한다고 느꼈다. 벤야민, 지난 세기 가장 기이하고 눈부셨던 지식인 가운데 한 사람. 그가 1940년 9월 26일 국경 도시 포르부의 한 호텔에서 사망했다. 그리하여 그가 목숨보다 더 소중히 여긴 원고의 미스터리가 탄생했다. 이 수고는 여전히 발견되지 않고 있다.

나는 알았다. 벤야민에 관해 무엇이라도 쓰려면 그의 작업을 깊이 연구해야 한다는 것을 말이다. 그는 불가해한 암흑을 사유했다. 역사유물론의 예언 내용이 틀렸다는 것도 꿰뚫어 보았다. 이것이 다가 아니다. 그는 비상한 재능으로 시류를 거스르며 미래를 열어젖혔다. 이는 사실이다. 적어도 부분적으로는. 하지만 벤야민을 이렇게 열애한 나로서도 고백하지 않을 수 없다. 나를 매혹한 것은 그가 삶을 허비했다는 것이다. 플로베르는 신이 세부 요목에 거한다고 말했다. 소설을 쓰는 사람은 비평가나 역사가와 다르고, 구체적 사실이 매우 중요하다. 사소한 것이지만, 그럼에도 이야기를 만드는 데 쓸모를 발휘하기 때문이다. 사진 말고도 나를 벤야민과 묶어준 것이 또 있다. 내가 그를 쓰기로 한 것은, 뭐랄까, 기이했다. 절친

게르숌 숄렘[2]이 벤야민을 찾는 데 10년이 걸렸다. 그의 비극에 신비주의적 요소가 뒤따르면서 상황이 공허해졌다. 벤야민은 악운과도 끊임없이 싸웠다. 동요의 '곱추난쟁이'가 그를 따라다녔고, 그 저주받은 국경에서 마침내는 집어삼켰다.

낭비된 삶은 파편과 잔해로 흩어졌다. 하지만 그 허송세월에서 역사의 의미와 이야기를 간취하는 법을 벤야민보다 더 잘 아는 사람은 없었다. 벤야민은 소설가처럼 사유한 철학자였다. 그러나 '벤이 선배Old Benj'―파리에 체류하고 있던 독일인 망명자들은 그를 이렇게 불렀다―는 삶의 실질, 실용적인 삶에는 전혀 적합하지 않았고, 완전히 무능했다. 벤야민에게는 힘겨운 삶이 펼쳐졌고, 그는 파리의 망명 생활 7년 동안 다 허물어져가는 집에서 생활했다. 빌린 방은 소음으로 고통스러웠고 밥도 제대로 먹지 못하는 상황이었지만, 벤야민은 국립 도서관에 파묻혀 지냈다. 서책과 고서화가 불타는 세상으로부터 그를 지켜주었다. 나치가 파리 외곽까지 진격해 목숨이 경각에 달렸을 때조차 벤야민은 국립 도서관을 들락거렸다. 그는 막판에야 피정을 접고 탈출을 도모했다. 일단 루르드로 갔고 그다음 목적지는 마르세유였다. 그는 아메리카행 선박편과 출국 비자를 받아야 했다. 유럽을 탈출하기만 한다면 안전을 확보할 수 있을 터였다.

하지만 그는 결국 늦고 말았다. 한편으로 나는 소설적 캐릭터

---

2   Gershom Scholem, 1897~1982, 독일의 유대교 철학자, 역사가. 벤야민과 절친한 관계로, 사유를 활발히 교류했다. 벤야민은 편지를 정신을 표현하는 매우 중요한 글쓰기 양식으로 여겼는데, 특히 숄렘과는 26년 간 300통에 달하는 서신을 주고받은 것으로 알려져 있다. 숄렘은 벤야민과 주고받은 편지를 바탕으로 벤야민에 관한 일종의 평전인《한 우정의 역사: 발터 벤야민을 추억하며》를 출간했다.

를 위해 약간의 조치를 취했다. 적어도 내 마음에 흡족하려면 사실과 이야기가 풍성해야 한다고 판단했다. 벤야민과 관련해서는 이미 여러 해에 걸쳐 거듭해서 자료를 모으고, 궁리했다. 그러면서도 나는 누군가를 찾고 있었다. 대위법적 조연이 필요하다고 느낀 것이다. 마침내 에스파냐 북부 아스투리아스에서 알맞은 인물을 찾아냈다. 멕시코 작가 파코 이냐시오 타이보 2세의 작품이 큰 도움이 됐다. 그의 할아버지 세대는 1934년 혁명과 내전의 투사였다. 전란 속에서 그들은 공화국으로 무기를 밀수해야 했고, 프랑스의 강제 수용소에 갇혔는가 하면, 결국 멕시코로 망명했다. 내가 몰라서 그렇지 수십 권의 책이 있었고, 전투에 참가하고 또 패배한 역전의 용사들의 증언은 수천 쪽에 달했다. 60년 전의 사건을 직접 들려준 할아버지 네다섯 분도 만났다. 이 책의 또 다른 주인공 라우레아노 마오호는 그렇게 탄생했다. 그는 나치즘과 현대가 휩쓸고 지나간 유럽의 다른 극점, 연결된 줄의 다른 쪽 끝을 대변하는 인물이다. 벤야민은 열여섯 살에 칸트와 헤겔을 통달한 지식인 세대를 대표한다. 20세기 전반기의 역사가 격랑을 이루었고, 그들의 활력과 에너지는 이제 완전히 고릿적 이야기로 박제화되었다. 라우레아노는 다른 부류를 대표했다. 아마 그도 역사의 마지막 세대일 텐데, 그들은 이상을 위해서라면 목숨을 버릴 수도 있다고 믿었던 숭고한 영혼이었다. 라우레아노는 생각과 행동을 분리할 수 없는 사람이었다. 그들은 오늘날의 우리와 달리, 여전히 '우리'라고 말하기를 좋아했다.

하지만 그럼에도 문제는 여전히 남아 있었다. 이 둘을 조립하는 사안 말이다. 소설 안에서 그들을 살아 움직이게 하는 일은 만만찮은 과제였다. 어느 날 밤이었던 것으로 기억한다. 기차를 타고 고향 나폴리로 가던 차였다. 그때 벼락이 쳤다. 영감 같은 것은 없다. 나는 그런 걸 믿지 않는다. 글쓰기는 기술이고, 철저하게 수행되는 힘겨운 공예다. 사람들이 소설에 대해 뭐라고 말하든 말이다. 하지만 이렇게 고된 일을 하는 작가에게도 작지만 몇 가지 특권이 있는데, 그중 하나는 경이로운 순간을 삶처럼 체험하는 일이다. 정말이다. 아쉽게도 매우, 매우 드문 일이지만. 작가가 염두에 두는 캐릭터들은 대개의 경우 머릿속에서 모호하고 혼란스런 형태로 웅웅거린다. 그러다가 별안간 하고 싶은 얘기가 동상의 제막식처럼 현현하는 순간이 온다. 순식간에 명료하게 짜 맞추어진다. 마치 오랜 세월 그들을 알고 지내온 듯한 느낌마저 든다. 그렇게 캐릭터들은 살이 있고 피가 흐르는 존재로 육화한다. 밀라노에서 나폴리로 가는 야간 열차에서 나에게 일어난 일이 바로 그것이었다. 가수면 상태에서 그 둘이 대화하는 것을 나는 보았다. 피레네산맥의 한밤중이었다. 탈출을 위해 월경하는 과정에서 벤야민은 거기 혼자 있었다. 외딴 산악에 두 사람이 있었다. 어둠 속의 라우레아노와 벤야민. 이제 그 이야기를 쓰기만 하면 됐다.

나는 안다. 《역사의 천사》는 먼 과거의 이야기 또는 역사다. 특히 한국의 독자들이라면 공간적으로도 그러할 것이다. 이것은 머나먼 유럽에서 일어난 일이고, 더 이상은 존재하지도 않는다. 하지만 아주 오래전처럼 민족주의와 국가주의가 돌아왔고, 고삐 풀린 망아지처럼 횡행, 난무하고 있다. 그런 시대가 지금 펼쳐지고 있다. 오늘날은 전쟁의 시대, 기후 격변의 시대, 대량 이주의 시대이다. 문화가 박탈·말살되고 있으며, 인류는 적절히 대응하지 못하고 있다. 이렇듯 현실 역사의 도전이 복잡다단하다. 발터 벤야민과 라우레아노 마오호 같은 인물과 그들의 이야기가 여전히 유의미하게 다가오는 이유다. 나는 이 이야기를 통해 우리가 우리의 운명에 대해 숙고해볼 수 있다고 생각한다. 이 책은 유럽과 미국에서 많은 독자들과 만나왔다. 이제 《역사의 천사》가 한국의 독자들에게도 도움이 되기를 희망한다.

브루노 아르파이아

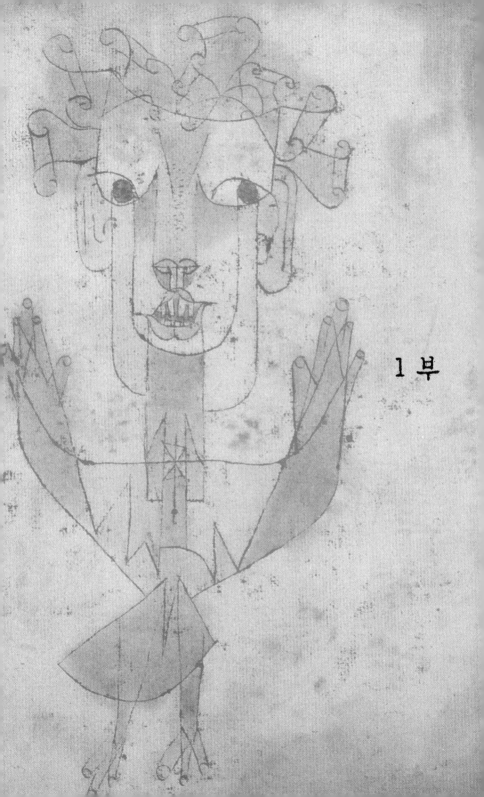

1부

집을 나서야 했다. 그는 이마가 유리창에 닿을 정도로 고개를 쳐들고 바깥을 내다보았다. 먹구름과 함께 베를린에 밤이 찾아왔고, 칼바람이 나목으로 변한 가로수를 뒤흔들었다. 길 건너 빌메르스도르프 루흐 시계가 이미 6시를 가리켰다. 벤야민은 안경을 이마 위로 올리고 눈을 비볐다. 가야만 했다. 식은땀이 났고 어둠 속에서 옴짝달싹할 수 없었으며 고통과 슬픔으로 감각이 마비돼 멍할 지경이었다. 하지만 그래도 가야 했다. 그는 타이를 바로 하고, 서가의 책과 벽에 걸린 그림, 올이 다 드러난 낡은 소파를 천천히 둘러보았다. 그런 다음 가방을 집어들고 문을 나서 계단통으로 내려갔다. 살을 에는 바람이 외투를 파고들자 생각이 명료해졌다. 순간 벤야민은 보았다. 자기 인생의 동전이 공중에서 회전하는 것을, 그리고 가락이 맞지 않는 음이 나면서 땅에 떨어지는 것을. 잘못된 면이 위를 향해 있었다. 그는 가야 했다. 안마당으로 나오자 창문으로 비어져나온 명명한 빛 상자가 꼭 덫처럼 느껴졌다. 갓 내린 비로 바닥이 젖어 있었다. 자물쇠에 열쇠를 집어넣고 돌렸다, 두 번, 세 번, 네 번. 끝끝내 떠나야 하는가 하는 회의가 들었다. 그러고는 늘상 해오던 습관과 기억을 인지했다. 아무튼 이제 끝난 것이다.

전차 창문으로 보도를 걷는 행인들이 눈에 들어왔다. 다들 시선을 아래로 향한 채였다. 더러운 하수로 포도가 번들거렸다. 교회 앞에서 한 여자가 구걸을 하고 있었다. 역 앞 광장은 인적이 드물었다. 순찰 경관 한 명뿐으로, 힘들고 지루해하는 게 가로등의 희미한 조명 아래서도 느껴졌다. 이제는 돌아갈 수도 없었다. 벤야민은 여행자용 가방을 검문소까지 간신히 끌고 갔다. 군인 두 명이 경계 근무를 서고 있었다.

"서류 좀 봅시다." 그 가운데 선임이 말했다. 금발의 돌격대원이었는데, 비쩍 말라서 군복이 어깨를 덮고 있는 게 볼썽사나웠다.

벤야민이 외투주머니에서 서류를 꺼내 벽 너머로 건넸다. 떨리지는 않았지만 그래도 군인의 얼굴을 똑바로 쳐다보지는 못했다. 금발의 병사는 느릿느릿 뜸을 들였다. 그가 여권을 후임에게 보여주었다. 그러고는 의심스러웠는지 또 들춰보고는 다시금 여행자를 빤히 쳐다보았다. 뾰족한 턱, 야비하고 냉정한 시선이 그를 파고들었다.

"통과." 군인의 입이 떨어졌다.

한숨 돌리고 진정하려면 시간이 좀 필요했다. 벤야민은 거대한 아트리움 한가운데에 이르고서야 비로소 정신을 차렸다. 숨을 헐떡이며 가방을 바닥에 내려놓았다. 주변이 잠잠했다. 기차가 폭폭거리며 느릿느릿 궤도를 이동하는 소리, 터널을 빠져나가는 바람 소리, 샌드위치 수레가 이동하면서 나는 삐걱거림을 제외하면 말이다. 벤야민은 계속 나아갔다. 총을 목에 두른 군인들과 거리를 둬야 했다. 그는 사람이 없는 대합실도 피했다. 기차를 타는 사람은 거의 없었고, 승강장에서 전송하는 사람 역시 한 명도 없었다.

기차가 역을 빠져나갈 때조차 벤야민은 아무 생각이 나지 않았다. 몇 시간 후 그는 쾰른 역에 도착했고, 창밖을 내다보았다. 자정이었다. 바깥 승강장에 카를 린페르트[3]가 서 있었다. 린페르트라면 《프랑크푸르트 차이퉁》 사무실에서 만난 적이 있는 역사학자였다.

"벤야민 선생, 어디로 가시나요?"

"파리로 갑니다. 선생님은요?"

"저는 안 갑니다." 린페르트가 고개를 가로저으며 대꾸했다. "친구를 전송하러 나온 거예요."

승강장 끝에 자리 잡은 차장이 등불을 흔들었고, 기차가 천천히 움직이기 시작했다.

"안전한 여행 되세요! 그리고 행운을 바랄게요!" 린페르트가 큰 소리로 말했다.

린페르트는 벤야민이 독일 땅에서 만난 마지막 아는 사람이었다. 지저분한 차창으로 밤의 불빛이 지나가고 들어왔다. 그는 생각이 끊이지 않아 잠을 이룰 수 없었다. 이윽고 국경에 당도했다. 대지 위로 여명이 밝아왔고, 프랑스의 무기력한 햇살이 객실로 들어왔다. 벤야민은 자신이 얼마나 많은 것을 잃어버렸는지 비로소 깨달았다. 어쩌면 이미 영원히 잃어버렸는지도.

---

3   Carl Linfert, 1900~1981. 독일의 미술사학자, 언론인. 《프랑크푸르트 차이퉁》에서 기자, 편집자로 활동했고, 베를린의 신문 지부에서 영화 및 연극 평론가로 활동했다.

그건 뭡니까? 아직도 그 독일 철학자에 매달리고 있는 거예요? 이름이 벤야민이었던가? 틀림없이 대단한 인물이었을 테죠. 나 같은 늙은이를 만나겠답시고 이탈리아에서 멕시코까지 불원천리 달려온 걸 보면. 그래요, 난 이제 늙었죠. 10월 26일이면 일흔여덟이니. 그 얘긴 벌써 했던가요? 이해해주시오. 댁을 안내해준 애가 안드레스라고, 손자랍니다. 앞가림을 못하니 녀석한테 항상 놀림을 당한답니다. 난 어제 일도, 그제 일도 기억하지 못해요. 손자 녀석 말로는 내가 혈관이 안 좋은데, 못 고친다네요. 뭘 할 수 있겠어요? 아무렴, 상관없어요. 애를 부릅시다. 정말로 아프면 농담을 안 하지. 아니면, 젊은이가 그 독실한 미소를 보여주면 어떻겠소? 사람들은 당나귀한테나 그렇게 웃어요. 역시 함께 어울리는 게 좋지요. 내가 겪은 일을 정말 알고 싶소? 고통스러웠지. 할아버지처럼 그 사람도 영면을 취하고 있을 거예요. 때가 되면 사흘 전에 댁이 물었던 여러 질문에 그가 답을 할 거요. 전과 후가 뒤죽박죽 섞이겠지만, 50년 전의 일을 나는 또렷이 기억해요. 지금 일어나고 있는 일처럼 말이죠. 내가 당신의 철학자를 완벽하게 기억하는 이유지요. 말했듯이, 1940년 가을이었어요. 피레네산맥 정상이었고 한밤중이었죠. 리스터 철도가 지나가는 프랑스와 에스파냐의 국경 지대였습니다. 내가 거기서 뭘 하고 있었겠소? 뭐, 그건 다른 얘기지요. 일단, 내가 에스파냐 태생이란 걸 알아야 해요. 아스투리아스 출신이죠. 나는 여기 멕시코 사람이 아니랍니다. 그래도 여기 산 건 50년이나 되죠. 멕시코로 온 게 1941년이었고, 그건 도망친 거였어요. 이후로 쭉 여기 살았지요. 돌아갈 수 없었으니까. 1934년 10월에 나는 열여섯 살이었어요. 아스투리아스에는 혁명이 한창이었죠. 싸웠지만 혁명이 실패하고 말았다는 이야기는 할 필요가 없겠지요. 2,000명이 죽었고, 만 5,000명이 잡혀서 고문을 당했습니다. 군단이 있었죠. 무어인들로 구성된 아프리카 부대였는데, 여자를 강간하고 집을 불태웠습니다. 어머니가 그때 돌아가셨죠. 폭탄이 떨어졌어요. 우발이었을 거예요. 적재한 채 부대로 복귀하면 좋게 보이지 않을 테니 그냥 떨어뜨리는 거지요. 운수가 사나웠어요. 나야 어느 쪽으로도 형편없었지요. 감옥에서 한 달을 보냈는데, 다른 사람들처럼 흠씬 두들겨 맞고 고문을 당했죠. 그런 다음에 도망쳤습니다. 어떻게 했는지는 아직도 모르겠어요. 가까스로 프랑스로 탈출했죠. 라로셸로 사과주를 운반하는 어떤 배의 선창에 숨었어요. 1년을 거기 살았죠. 이가 들끓는 싸구려 여관을 전전하다가, 너무 추워서 처지가 비슷한 사람들끼리 모여 들판에 직접 숙사를 짓고 생활하기도 했습니다. 오를레앙, 디에프, 생나제르를 떠돌았습니다.

그러다가 1936년에 우리가 선거에서 이겼어요. 귀국했죠. 한숨 돌리는 건 고사하고 축하할 겨를도 없었어요. 내 손에는 총이 들려 있었거든요. 그 망할 개자식들이 같은 해 7월에 다시 반란을 일으켰고, 나는 그즈음 열여덟 살을 채워가고 있었습니다. 내가 아는 삶은 그것뿐이었죠. 그게 내 일이었습니다. 내키진 않았어도 달리 내가 무얼 할 수 있었겠습니까? 선택의 여지가 없었어요. 우리는 스스로를 지켜야 했습니다. 그들을 저지해야 했죠. 나는 그놈들을 잘 알았어요. 포기하고 물러나면 자살하는 것과 다름없었습니다. 내가 다시 총을 둘러메고 싸울 수밖에 없었던 이유랍니다.

처음에는 고향 히혼에서 싸웠죠. 그런 다음 1937년 2월 오비에도 공략전에 합류했습니다. 7월에는 아란다 대령이 우리 편에 서겠다고 선언했지요. 하지만 놈은 반역자였고 우리를 겨냥했습니다. 놈의 포위 공격에 오비에도는 옴짝달싹하지 못했어요. 우리는 3만 명 이상이었고 반격을 개시했지만, 그 개자식들한테는 대포가 있었고 우리는 무참히 짓밟혔죠. 진 겁니다. 몇 명이나 죽었는지는 몰라요. 재앙이었죠. 그즈음 몰라 장군이 바스크를 공격했고, 우리는 지원을 하기 위해 떠났습니다. 5월에 하사를 명받았고, 나는 빌바오로 갔습니다. 독일의 독수리 군단, 나바르Navarre(프랑스 서남부와 에스파냐 북부에 걸쳐 있었던 왕국으로, 프랑코를 편들었다-옮긴이)와 이탈리아 군대가 차량과 대포를 동원해 빌바오를 포위했고, 어떻게든 방어해야 했죠. 살면서 그보다 더 끔찍한 일은 없을 거라는 생각이 들었어요. 하지만 젊은이, 악에는 끝이 없습디다.

나는 사회주의자였어요. 소속된 중대는 아나키스트 무리로 구성되었지만서도. 여러 해 전에 그들과 함께 싸웠지요. CNT(전국노동자연맹)라고 아나키스트들의 노동자연맹이 있습니다. 그들과 함께하는 일이 좋았다고 말해두지요. 사람들이 좋았어요. 배알이 있는 친구들이었죠. 우리는 공산당 애들과 함께하는 게 우리 모두에게 좋다고 보고 연대했습니다. 영예로운 건 결코 아니었지만 말이에요. 중위도 친구였어요. 마리아노 페냐란 친구였지요. 이미 얘기했지요, 함께 컸다고. 아장아장 걸을 때부터였고 학교도 함께 다녔고 필레스 강둑의 습지로 달팽이도 함께 잡으러 다녔으니까. 아가씨들도 쫓아다녔어요. 코리다 거리와 해변의 널빤지 길에서요. 그러다가 차츰 당 회합에 참가하기 시작했습니다. 파업이 벌어졌고, 무기가 있었고, 선거도 여러 번이었죠. 그렇게 우리는 혁명의 일부가 되었습니다. 내 말은, 1934년 혁명을 말하는 거예요. 우리의 행동과 처신이 괜찮았다고 생각하고 싶습니다. 둘의 나이를 합해도 마흔이 안 됐지만 말이에요. 당신이 내 친구를 보았다면, 그 친구가 히혼의 바리케이드 위에서 병사들과 전투를 지휘하는 것을 보았더라면요! 친구는 정말 대단했습니다. 군인 체질로 타고난 것 같았어요. 그래서 사람들이 그를 2년 만에 지휘관으로 진급시킨 겁니다. 어린 나이에도 말이죠. 사람으로는 싫은 놈이었을지라도요. 놈은 무시로 아가씨 꽁무니를 따라다녔고, 음흉한 데다 성질도 불같았죠. 그가 화가 나면 당장에 알아볼 수 있었어요. 손가락으로 곱슬머리를 꼬면서 상대방 눈을 똑바로 응시할 테니까요. 뚫어져라 보는 눈이 얼음장 같았죠. 그놈과 친구라는 건 나한테는 운이 좋은 일이었죠.

그 얘긴 그 얘기고, 아무튼 그가 없었다면 난 빌바오 전투에서 살아남지 못했을 거예요. 그 자식들이 하늘에서 나타났죠. 전투기가 50대, 차량이 73대였고, 우리는 기관총과 폭탄으로 도륙을 당했습니다. 지상으로는 중포로 무장한 세 여단이 배치됐죠. 반격하지 못했습니다. 그들이 우리를 공격하지 않기를, 그냥 바랐어요…… 옆에 있는 전우보다 운이 더 좋기를 바랄 뿐이었죠. 바스크 사람들은 기도를 했습니다. 하지만 우리는 그것도 안 했습니다. 다 무신론자였으니까요. 악운을 막는 손짓으로 대충 때웠죠. 6월 11일 1시였습니다. 마치 어제 일처럼 기억이 또렷합니다. 국가주의자 놈들이 우리 쪽 전선을 찢고 들어왔습니다. 하지만 그래도 도시 전체를 장악하려면 한 주가 더 필요했죠. 다시 두 달 후에 우리는 산탄데르로 이동했습니다. 그 비겁하고 잔인한 놈들 앞에서 우리는 무너졌지요. 속수무책이었고, 우리가 해야 하는 일이 시간을 버는 것임을 알지도 못했죠. 하지만 마리아노는 그걸 알았고 우리 중대를 적절하게 배치했지요. 놈들이 우세했고 우리 중 몇이 죽긴 했지만, 그래도 우린 버텼어요. 전선을 유지하고 지탱하면서 할 수 있는 걸 했던 거죠. 그렇게 9월까지 상황이 계속됐습니다. 여러 달 동안 제대로 먹지를 못했죠. 뜬눈으로 잠을 잤어요. 하늘이 빤히 보였고, 귀를 쫑긋 세워야 했으며, 사실 혼비백산한 상태였습니다. 아스투리아스로 다시 돌아오라는 명령이 내려왔을 때에는 정말 기뻤습니다. 그 명령이 안 좋은 거란 걸 알고서도 말이지요. 다시금 우리의 파멸적인 운명과 마주했습니다. 아스투리아스는 저주받은 도시가 돼 있었죠. 3년 전과 꼭 마찬가지로 포위당한 상황이었고, 패잔병 부대는 보호 수단이라고 할 수가 없었죠. 빌바오와 산탄데르는 이미 넘어간 상황이었습니다. 보급이 거의 이루어지지 않았어요. 비행기가 20대뿐이었습니다. 다시금 10월이었죠. 얄궂은 우연의 일치지요. 독일 비행기가 인피에스토와 아리온다스를 가로질렀고, 아마 무사한 채 남은 가옥이 네 채 정도였을 거예요. 솔차가에 부대가 있었고, 우리 전선은 이바롤라에서 무너졌습니다. 그즈음 이탈리아 놈들이 아빌레스를 공격했죠. 마리아노에게 물었어요. "계속 버티는 이유가 뭐지? 다 끝났잖아. 저 망할 개자식들이 우리한테 남아 있는 마지막 배를 침몰시키기 전에 망명도생을 꾀해야 하는 거 아냐?"

우리가·사수한 전선은 비야비시오사를 내다보고 있었죠. 20명이 기관총 두 정으로 다리를 지켰습니다. 그날 밤 부슬부슬 비가 왔고, 거의 아무것도 볼 수가 없었죠. 마리아노와 난 한 사령부에서 다른 사령부로 이동하고 있었습니다. 탄약을 구해야 했거든요. 몇 상자밖에 없었고, 그건 30분 정도 싸우면 끝이에요. 충분하지 않았던 거지요. 하지만 누구한테 요청한들 우리한테 총알을 내주겠다고 한 사람은 없었습니다. 내가 그렇게 말한 이유가 바로 그거예요…… 게다가 배가 먹을 걸 달라고 난리를 쳐댔죠. 또 있습니다. 병사들을 유지하며 전선을 사수하는 게 점점 더 어려워지고 있다는 걸 나도 알 수 있었던 겁니다. 많은 이가 달아났습니다. 고향으로 가거나 해외로 떠나는 선박을 찾아나섰죠. 고기잡이배라도 상관없었습니다.

"진심으로 하는 말이야, 마리아노." 내가 말했습니다. "지금 현 시점에서 우리가 싸우는 목적이 뭐지?"

그 친구가 머리를 꼬기 시작하더군요. 하지만 마리아노가 그렇게 잔뜩 화가 났을 거라고는 상상도 못했어요.

그가 이러더군요. "겁쟁이. 비겁한 배신자 놈." 그러더니 소총으로 내 가슴을 겨누었습니다. 이를 앙다무는 게 보였죠. 하지만 결국 진정하더군요. 그는 장님이 아니었고 내 말이 틀리지 않다는 걸 알았죠. 그저 인정하고 싶지 않았을 뿐입니다.

파리행 열차 안. 눈을 좀 붙이려는 벤야민의 시야에 일렁이는 검은 물이 들어왔다. 모사 호수를 지나고 있었던 것이다. 열차가 랭스를 통과하며 기적을 울렸다. 길쭉하게 뻗은 건물군 위로 랭스 성당의 첨탑이 보였다. 뒤에 남기고 온 모든 것이 마음속에서 들끓었다. 벤야민의 모든 기억이 작은 구멍으로 빠져나가려고 애쓰는 듯했다. 과거의 흑판은 이미 꽉 찬 것처럼 말이다. 1933년 3월 18일, 그러니까 힌덴부르크 원수가 히틀러를 제국의 총리로 임명하기 6주 전이었다. 물론 벤야민이 아는 사람들은 그전 여러 달 동안 이미, 더 이상은 자기 침대에서 자지 못했다. 낮에는 극장이나 백화점 같은 바깥을 떠돌았다. 벤야민 역시 대문 밖으로 코빼기도 비추지 못했다. 베를린의 다른 지식인들은 로마니셰스 카페에 모였지만, 그는 자신의 집이 안전하다고 판단했다. 한스 잘[4]은 여러 해 후 이렇게 쓴다. "당시에 (우리는) 겁에 질린 동물처럼 거기 앉아 있었다. 줄에 묶여 있지는 않았어도, 꼭 총살을 기다리는 사람들 같았다. 사람들은 자주적으로 생각하는 독자성을 잃어버렸고, 새로운 누군가가 와서 자기네들을 구해주기를 바랐다. 그들은 기차 시간표를 샅샅이 뒤졌고, 지도를 연구했으며, 오래전 미국으로 이민해 성공한 듯한 친척들에게 편지를 썼다." 그것은 바이마르 공화국(1919~1933년에 유지된 독일 공화국. 히틀러 취임으로 끝남-옮긴이)의 긴 장례식이었다. 탈출이란 단어의 리듬에 맞춰 거행된 무기력한 의식 말이다.

하지만 벤야민은 도망가지 않았다. 적어도 그때까지는 아니었다. 그는 대단한 유명 인사가 아니었다. 벤야민의 저술은 너무 난해하고 밀교적이어서 나치 검열관의 관심을 끌지 못했다. 그는 국가의 적이 되지 못했다. 하지만 벤야민의 독일 생활은 1933년 1월 30일로 끝났다. '거의 수학적 우연'이라 할 만했다. 모든 원고가 며칠 만에 그에게로 돌려보내졌다. 담당자가 사라졌다. 출판 협의가 더 이상 진행되지 않았다. 벤야민이 설명을 요구하며 보낸 편지는 죄다 묵묵부답이었다. 시간이 촉박했다. 벤야민은 일련의 그 주간에 한 번도 평정심을 잃지 않은 것 같다. 친구들에게 닥친 일을 보며 공포에 떨었을지언정 말이다. 1월 20일 돌격대가 호르크하이머[5]와 폴로크[6]의 집을 침탈했다. 2월 27일 밤 블로흐[7], 브레히트[8], 브렌타노[9], 크라카우어[10], 슈파이어[11]가 사라졌다. 그들 모두는 해외로 도망쳤다. 에른스트 쇤[12]과 프리츠 프랭켈[13]은 잡혀서 고문을 당했다.

---

4   Hans Sahl, 1902~1993. 독일의 시인, 비평가, 소설가. 유대인으로 나치를 피해 독일에서 도망쳤다. 체코 슬로바키아, 스위스, 프랑스 등지로 망명을 했고, 프랑스에서는 벤야민과 함께 망명 생활을 했다.

벤야민은 베를린에서 보낸 그 마지막 날들에 막 시작됐을 뿐인 필연적인 결과와 거리를 두려고 계속 노력했다. 그는 자신의 언어와 자기 자신을 떠나야 할 터였다. 벤야민은, 역사가 기관차처럼 자신을 향해 전진해오는 동안, 발끝으로 살금살금 움직였다. 역사는 벤야민에게 친구 그레텔의 조언에 따라 달아나라고 애원했다. 파리 말고는 다른 갈 데가 없었다. 벤야민은 과거 20년에 걸쳐 여러 달을 파리에서 체류한 바 있었다. 그는 프랑스어가 유창했고, 프루스트[14]와 보들레르[15]를 독일어로 옮겼으며, 프랑스 문학을 가장 잘

5 Max Horkheimer, 1895~1973. 독일의 철학자, 사회학자. 1930년 프랑크푸르크대학 교수가 되어 사회조사연구소를 이끌었다. 나치 정권을 피해 1933~1949년까지 미국에서 망명 생활을 했다. 벤야민은 망명하기 전인 1932년에 아도르노의 주선으로 호르크하이머와 만나게 되고, 그가 이끄는 《사회연구지》에 논문을 발표하기로 약속한다. 이는 벤야민이 실질적 일자리를 얻은 계기가 되었다. 하지만 이후 호르크하이머는 벤야민의 에세이들에 대해 여러 부분을 수정할 것을 요청했고, 일부 단락은 완전히 삭제하도록 요구하기도 했다. 벤야민은 이에 대해 강력하게 저항했지만, 호르크하이머와 아도르노는 벤야민의 방법론에 회의를 제기하며 보들레르 에세이의 출판을 거절했고, 결국 벤야민은 원고를 다시 쓸 수밖에 없었다.
6 Friedrich Pollock, 1894~1970. 독일의 철학자. 사회조사연구소의 창립 멤버 중 하나로, 호르크하이머와 평생에 걸쳐 우정을 나누었다.
7 Ernest Bloch, 1885~1977. 독일의 철학자. 1918년부터 벤야민과 개인적으로 교류하기 시작했고, 베를린 시절 오랫동안 가깝게 지냈다. 1918년 망명 중인 스위스에서 《유토피아의 정신》을 펴냈고, 1938년 미국으로 이주해 대표작인 《희망의 원리》《자연법과 인간의 존엄성》 등을 집필했다.
8 Bertolt Brecht, 1898~1956. 독일의 극작가, 시인, 무대연출가. 벤야민은 브레히트의 작품에 관해 다수의 비평을 썼다. 특히 벤야민은 1930년에 브레히트와 《위기와 비평》이라는 제목의 잡지를 창간할 계획을 세웠으나, 편집인들 사이의 의견 차이로 인해 잡지 발행은 무산되고 말았다. 나치 집권기에 벤야민은 브레히트를 필두로 한 서클에서 비평가로 활동하기도 했다.
9 Bernard von Brentano, 1901~1964. 독일의 시인, 극작가, 소설가. 1920년 프랑스 펜 클럽의 일원이 되었고, 1925~1930년까지 《프랑크푸르트 차이퉁》의 베를린 사무실에서 일했다.
10 Siegfried Kracauer, 1899~1966. 현대 사회의 문화와 일상생활, 영화, 역사, 건축 등을 폭넓게 연구한 독일의 지식인. 그는 벤야민의 편집자이자 아도르노의 철학 교사이기도 했으며, 에른스트 블로흐, 레오 뢰벤탈 등과도 교류했다. 1920년까지 건축가로 활동하다가 1920년대에는 《프랑크푸르트 차이퉁》에서 영화와 문학 등을 소개하는 문예면 편집장으로 일했다. 1933년 나치 정권이 들어서자 파리로 이주했고, 1941년 미국으로 망명했다. 대표작으로는 《역사: 끝에서 두번째 세계》《칼리가리에서 히틀러까지: 독일 영화의 심리사》《대중의 장식》 등이 있다.
11 Wilhelm Speyer, 1887~1952. 독일의 작가. 제1차 세계대전 참전 후 여러 소설들을 집필했다. 1933년 독일을 떠나 프랑스, 오스트리아 등으로 이주했다가 1941년 미국으로 건너가 시나리오 작가로 활동했다.
12 Ernst Schön, 1894~1960. 독일의 작곡가, 작가, 번역가. 유년 시절부터 피아노 교육과 작곡 수업을 받은 쇤은 이후 방송 매체에 큰 관심을 보이며 프랑크푸르트 라디오 방송의 관리자로 일했다.
13 Fritz Fränkel, 1892~1944. 의학 및 심리학을 전공하고 1924년부터 '사회주의 의사협회' '프롤레타리아 의료서비스' 등의 단체에서 활동했다. 독일공산당(KPD) 소속으로 활동을 하던 중 나치 돌격대에게 체포되어 고문을 당했다.

알았다. 사실 그는 책을 한 권 쓰고 있었다. 파리를 테마로 한《파사겐 베르크》, 곧《아케이드 프로젝트》말이다. 달리 어디를 가겠는가? 하지만 이번의 파리행은 또 한 차례의 여행이 아니었다. 파리, 어쩌면 그가 베를린보다 더 자신의 것으로 여기는 도시. 그는 1913년 때 처럼 다시는 거기서 살 수 없을 터였다. 1913년 첫 방문이 이루어졌고, 그는 이 도시를 경험했다. "강렬하게, 사는 법을 아는 아이들처럼" 말이다.

그는 가야만 했다. 벤야민은 나치의 유령이 결국에는 끝날 거라고 보지 않았다. 그는 놈들이 상당 기간 활보할 것임을 알았다. 그럼에도 아파트에 처박혀 지낸 몇 주 동안, 벤야민은 무언가를 기다렸다. 자신의 회의와 불안을 심사숙고한 것이다. 이윽고 그간의 모든 망설임이 일순 사라지는 것 같았다. 그는 벌여놓은 일을 정리했고, 살던 아파트를 일 년 세놓았으며, 재빨리 프랑스로 떠났다. 여행가방은 두어 개만 휴대하기로 했다. 옷보다는 책과 원고와 공책을 더 많이 쑤셔넣었다. 하지만 벤야민은 독일에 자신의 장서를 두고 떠날 수밖에 없었다. 작업에 꼭 필요한 장서를 말이다.

떠나는 벤야민은 외톨이였다. 남은 사람 중에 그를 역까지 바래

---

14 Marcel Proust, 1871~1922. 프랑스의 소설가. 20세기 전반 최고의 소설로 일컬어지는《잃어버린 시간을 찾아서》의 작자로, 병마와 싸우며 죽음 직전까지 소설 집필에 매진한 것으로 알려져 있다. 젊은 시절에는 사교계와 문학 살롱을 즐겨 드나들었다. 벤야민은 프루스트의 애독자로서 프란츠 헤셀과 함께 프루스트의 작품을 번역하는 일을 맡았고, 1927년《잃어버린 시간을 찾아서》2부 번역이 출간되었다. 또한 프루스트는 벤야민 사상의 핵심 모티프인 '기억'에 대한 성찰에 큰 영향을 끼친 것으로 알려져 있다.

15 Charles Baudelaire, 1821~1867. 프랑스의 시인. 법학도였으나 술과 마약에 탐닉하며 자유분방한 생활을 했고, 불안과 가난 속에서 왕성한 창작을 이어갔다. 미술비평서《1845년 살롱 전》을 시작으로 1847년 중편소설《라 팡파를로》를 발표했다. 또한 프랑스 최초로 미국 시인 에드거 앨런 포의 책들을 번역해 소개하기도 했다. 1857년 시집《악의 꽃》을 출간했으나 미풍양속을 해친다는 이유로 유죄판결을 받았다. 벤야민은 19세기 최고의 시인이었던 보들레를 통해 자신의 시대, 즉 근대 대도시의 새로운 생활 방식과 물질적 조건을 고찰하고자 했다.

다줄 사람이 아무도 없었다. 그는 도착할 때도 외톨이였다. 그를 마중하러 역으로 나온 사람이 아무도 없었다. 기진해서 창백한 얼굴로 벤야민이 기차의 계단을 내려섰다. 깊은 한숨. 밖을 내다보는데 부드럽게 비가 내렸다. 파리의 하늘 너머로 떨어지는 빗방울들은 매끄럽지도 우아하지도 않았다. 벤야민은 가방을 들었다.

전투는 무용하다, 늦기 전에 달아나야 한다. 면전에서 마리아노 한테 솔직하게 말하는 게 어렵지 않았을 거라고 생각할 거예요. 당시 우리한테 필요했던 건 용기였지요. 아무튼 우리는 운이 좋았습니다. 그가 며칠 후에 생각을 고쳐먹었거든요. 독일 비행기가 무셀 항에 정박 중이던 잠수함 한 대와 구축함 한 척을 침몰시켜버렸습니다. 놈들이 우리 병참 창고도 태워버렸죠. 히혼의 밤은 지옥 같았어요. 다음날까지도 계속 탔지요. 우리 중대는 지키던 교량을 포기하고 황급히 흩어졌습니다. 전선이 이미 없어졌거든요. 그렇게 우리 둘만 남았죠. 오후 3시에 페드로소와 콘트리스를 연결하는 도로를 따라 걷고 있었습니다. 마리아노는 내 판단이 옳다는 걸 인정하지 않는 듯했어요. 차가 한 대 다가오자 불쑥 이렇게 말했지요. "저차를 징발해서 히혼으로 가자. 거기서 다시 진격하는 거야."

사실 그 차를 징발하고 싶은 사람은 아무도 없었어요. 도망쳐야 했으니까요. 무셀의 부두는 한마디로 아수라장이었습니다. 포탄 파편 때문에 장애물 경주장 같았죠. 사람들이 우르르 몰렸으니 통제하는 사람을 어떻게 알겠어요? 허가증 따위는 없었습니다. 견장을 단 사람도 없었구요. 모두가, 그러니까 포병, 운전병, 경찰, 강도들까지 모두가 먼저 배에 오르겠다고 다투었죠. 하지만 출항이 가능한 배는 몇 척 없었고, 그마저도 아이와 여자들로 가득했지요. 승선한 사람들도 남을 떨궈내려고 갖은 수를 다 썼어요. 그렇지 않으면 초과 중량 때문에 자기네들도 익사하고 말 테니까요.

동기인 마르시알과 리베르타드에게 작별 인사를 할 시간도 없었죠. 우리는 곧장 부두로 갔고, 차에서 뛰어내린 후 낡은 고기잡이 배로 향했습니다. 꼭 침으로 붙여놓은 것 같았어요. 무장한 군인 세 명이 우리 길을 막았죠.

"멈추시오, 동지들."

가슴에 소총을 겨누고 나를 노려보던 청년은 나보다 어렸습니다. 왼손으로 놈의 총열을 움켜쥐고, 갖고 있던 9밀리미터 스타 경기관총을 놈의 배에 쑤시면서 소리를 질렀죠. "네놈을 산산조각 내놓겠다!"

그렇게 배에 올랐고, 우리도 남들과 함께 사람들을 떼어놓기 바빴죠. 우리까지 그 배에 수백 명이 탔고, 기적이 일어난다고 해도 더 탈 수는 없었을 거예요. 나는 눈을 감았습니다. 감당이 안 됐죠. 불과 몇 시간 전까지만 해도 전장에 있던 군인이었으니까요. 잠을 자고…… 먹은 게 도대체가 며칠 전인지 알 수가 없었죠. 먼 데 사람들이 배를 띄우기로 하는 게 들려왔습니다. 꿈결 같았지요. 그리고 얼마 후 다른 누군가가 석탄이 다 떨어졌다고 했습니다. 그제야 깨달았습니다. 배가 선창을 빠져나가고 있었음을요. 마리아노가 내 옆에서 코를 골고 있었지요. 친구 놈은 느긋했어요. 땀과 악취는 신경 쓰지 않는다는 투였습니다. 그 모든 몸뚱아리가 담뱃갑의 담배처럼 빽빽하게 모여 있었죠. 아이들을 못 태운 여자들이 슬피 울었습니다. 바다는 고요했어요. 운이 좋았죠. 하지만 불과 몇 마일 항해해나갔는데 해군과 정통으로 마주하고 말았지요. 날은 이미 어두웠고 배가 우리를 한 바퀴 돌았습니다. 빛을 비추면서요. 그러고는 별안간 대포를 발사했죠. 포탄이 100미터 미만으로 물에 떨어졌습니다. 바로 그때 마리아노가 잠에서 깼지요. "젠장, 뭐야?" 주변 사람이 죄다 구토를 하고 있었어요. 신분증명서를 삼키려는 사람이 있었는가 하면, 선장한테 엔진을 더 빨리 구동하라고 요구하는 사람, 또 반면에 배를 세우라고 고함치는 사람도 있었죠.

해군 함선이 다가왔고, 이렇게 외치는 소리가 들렸습니다. "너희들은 누구냐?" 상황을 지휘하는 사람은 꽤나 침착했습니다. "여자들과 아이들뿐입니다." 그가 대답했지요. 탐조등이 고물 쪽을 비추었고, 우리는 최대한 바짝 엎드렸어요. 조명은 원을 한 번 그리고는 멀어졌습니다.

이렇게 명령하는 소리가 들렸습니다. "페롤로 가라. 우리가 뒤따를 것이다."

모두가 다시 깊은 숨을 몰아쉬었지요. 엔진이 다시 돌아갔고, 밤은 어둡기만 했어요. 바람이 현창을 뚫고 들어왔죠. 해군 함선이 뒤에서 우리를 바짝 쫓아왔습니다. 두 시간 후에 그들이 우리한테 지시했어요. 침로를 바꿔라, 다른 배가 우리를 항구로 압송할 것이다. 놈들은 방향을 틀더니 사라졌죠. 더 중요한 먹잇감을 사냥하러 떠난 것이었습니다. 놈들이 떠났고, 우리는 뭘 해야 할지 몰랐어요. 논쟁을 했죠. 명령을 따르기를 바라는 사람이 일부 있었고, 다른 사람들은 프랑스 북쪽으로 가고 싶어 했습니다. 식량이 하나도 없었고, 그 해군 놈들이 우리가 달아나지 못하도록 식수를 압류한 상태였습니다.

"프랑스로 가는 데 얼마나 걸립니까?" 내가 물었지요.

"사흘 걸립니다."

"배에 고기잡이 수단이 있습니까?"

"보겠소? 이 통으로 말할 것 같으면 안 쓴 지가 언제인지도 모르겠군요. 그 밖에 다른 장비는 전혀 없습니다."

그때까지 한마디도 입 밖에 내지 않던 마리아노가 벌떡 일어섰지요. 총을 손에 든 채로요. 머리가 천장에 쾅 하고 부딪혔죠. 웃는 사람은 없었습니다. 그가 손가락으로 머리를 누르며 선장을 노려봤습니다.

"말 참 많네." 그가 말했습니다. "보르도로 갑시다. 이의 있는 사람은 누구라도 지금 말하시오."

사람들은 입을 굳게 다물었지요. 계속 훌쩍이던 갓난아기들을 빼고 모두가 다요. 그렇게 해서 우리는 북쪽으로 가게 됐습니다. 지치고 무감각한 채였으며, 배가 고파 죽을 지경이었지요. 다른 배는 코빼기도 보이지 않았어요. 바다, 바다, 계속 바다뿐이었죠. 밤이 찾아왔고, 동이 텄고, 다시 햇빛이 나자 바람이 불었죠. 파도가 높아지고, 물거품이 보였어요.

"보르도에는 언제쯤 도착할까요?"

선장은 대꾸하지 않았습니다. 그가 고개를 들고 수평선을 바라

보았죠. 그 역시 다른 모든 이처럼 굶주림과 갈증으로 언제 쓰러질
지 몰랐습니다. 아기들조차 우는 걸 그쳤으니까요. 나흘째가 되자
석탄이 바닥나기 시작했습니다. 바다도 사나워졌죠. 파도가 굉장
히 높았어요. 사람 하나가 미쳐버렸습니다. 권총을 움켜쥐더니 쏘
아댔죠. 두 사람이 부상을 입었고, 결국 누군가가 그를 쏴야만 했
습니다. 그다음에 우리가 어떻게 했는지 아세요? 그 일을 생각하면
아직도 떨립니다. 석탄 대용으로 그를 불구덩이에 던져넣었지요.
편히 잠들기를. 아무튼 그 사람 덕분에 우리는 다음날 로리앙의 해
안을 볼 수 있었죠. 우리 모두가 프랑스에서 영웅처럼 환영받으리
라고 기대했던 것 같습니다. 프랑스는 인민전선 정부였으니까요.
하지만 난 우리가 뭘 잘못 생각하고 있다는 걸 알았죠. 역사 말입니
다. 그들은 우리를 적으로 봤어요. 우리의 값어치라고는 그들이 우
리에게 던져준 빵껍질뿐인 것처럼요. 그네들은 우리를 트럭에 실
어서 다시 에스파냐로 넘겨버렸습니다. 우리의 관할에서 나가라.
그렇게 해서 마리아노와 난 바르셀로나로 가게 됐죠. 12월이었어
요…… 아니, 1937년 11월 말이었어요. 바로 그때 람블라스 거리를
함께 걸었으니까요.

"좋았어." 마리아노가 손을 비비면서 말했지요. "다시 시작하는
거야."

모든 게 망가지고 파괴되는 데에는 몇 년이면 족했다. 불과 몇 년 만에 한 나라가 한물 가버렸다. 발이 수렁에 빠졌고, 나치들은 고개를 세우고 활보했다. 하지만 1930년 전후 몇 년은 벤야민 자신도 말했듯 그의 인생의 절정이었다. 그는 브레히트 서클의 일원이었고, 국영 라디오 방송국에서 일했으며, 높이 평가받던 문학 잡지 두 종에 글도 발표했다. 벤야민은 독일 최고의 비평가가 되고 싶었고, 거의 이룬 상태였다. 1930년 말과 1931년 초에 걸쳐 카를 크라우스[16]에 관한 장문의 에세이가 완성되었는데, 그는 거기서 신학과 유물론을 조화하고자 했다. 그 야누스적 혼합이라니! 그는 큰돈을 만져본 적이 한차례도 없었다. 뭐, 도라 켈너[17]와 이혼하고도 능

16　Karl Kraus, 1874~1936. 오스트리아의 시인, 극작가, 비평가. 벤야민은 1928년 크라우스의 작품을 분석한 〈카를 크라우스〉라는 논문을 발표했다. 1930년 말과 1931년 초에도 카를 크라우스에 관한 에세이를 작성했는데, 이 에세이 때문에 둘 사이에 논쟁이 붙게 된다.

히 살 집을 찾기는 했지만. 벤야민의 새 집은 프린츠레겐텐 거리에 있는 빌메르스도르프 구의 방 두 개짜리 커다란 아파트였다. 친척인 에곤 비싱의 집에 부속돼 있었다. 길 끝 2층짜리 구조물은 정원의 한복판에 있었고, 버드나무도 한 그루 솟아 있었다. 입구는 뒤였는데, 가파르고 비좁은 계단을 올라가야 했다. 서재는 장서가 2,000권에, 아들 슈테판의 생일 소묘와 종교화 몇 점이 가지런히 정돈돼 있었다. 머리가 셋인 그리스도(상아 소재의 비잔티움 시대 돋을새김 복제화), 바이에른의 삼림을 그린 실사화, 세바스티안 성인, 유일한 카발라(밀교) 예언자 파울 클레의 〈앙겔루스 노부스〉('새로운 천사'라는 뜻-옮긴이) 등등이 말이다.

이사는 돈이 많이 들었고, 그는 매달 임대료를 대기 위해 분투했다. 하지만 벤야민은 그 집에서 행복했다. 그는 독신 생활에 잘 적응했고, 자신의 새로운 작업 공간도 만족스러웠다. 창밖으로는 빌메르스도르프 구의 오래된 시계도 볼 수 있었다. 그것은, 시간이 흘러 그만둬야 했을 때, 그가 안타까워한 호사였다. 겨울에는 아이스링크에서 얼음을 지치는 아이들도 구경했다. 벤야민은 책상에 앉지 않고 편안하게 소파에 누워 쓰고 일했다. 소파는 이전 세입자한테서 물려받은 물건이었다. 소파 주위로는 책과 그림이 널브러져 있었고, 그것은 평온과 진정의 비전을 안겼다. 벤야민은 그 소파에서 《파사겐 베르크》에 착수했다. 19세기의 파리를 그린 압도적이고 탁월한 《파사겐 베르크》를 위해 그는 여러 해 동안 자료를 모았다. 장애물이 있었다. 하지만 벤야민은 처음으로 결의에 차 있었다.

---

17   Dora Kellner. 1890~1964. 벤야민의 부인. 벤야민이 율라 콘을 사랑하게 되면서 둘은 이혼하게 된다.

그는 '느린 진행에 기진해 있었고', 마침내 벗어난 것이었다. 벤야민은 여러 달 동안 자기 자신과 삶에 진 부채를 청산해야 했다.

실종, 자살, 모든 것의 종말. 벤야민의 머릿속에서 빙빙 돌던 생각이 바로 이것이었다. 덫에 갇혀 부진한 말파리 같다고나 할까. 1932년 리비에라를 경유해 이비사에 들렀다가 독일로 복귀하는 여행 중에도 벤야민은 이 생각을 떨치지 못했다. 가끔은 집에 드러누워 책을 읽을 때조차 한 페이지를 마치기가 힘들었다. 페이지를 넘긴다는 걸 잊을 만큼 망아 상태에 빠지지 않고서는 말이다. 벤야민은 자신의 프로젝트를 숙고했고, 세심하게 계획을 짰다. 집에서 할까, 호텔에서 할까? 과연 불가피하고도 필연적인 작업인가? 관련해서 생각을 거듭할수록 벤야민은 평온해졌다. 그는 일년 동안 이 '프로젝트'를 붙들고 있었고, 온통 프로젝트 생각뿐이었다. 벤야민은 우울감과 평정심 사이에서 오락가락했다. 하지만 그는 단 한 번도 친구들에게 보내는 편지에서 이런 사실을 밝히지 않았다. 퇴고 중이던 다른 글을 통해 그가 이 프로젝트로 대단히 심란했음을 알수 있기는 하지만 말이다. 벤야민이 퇴고하던 짤막한 산문 편들은 결국 《베를린의 유년 시절》로 묶여 나왔고, 그것은 기적이나 다름없었다. 아무튼 그는 프로젝트를 거의 마쳤다. 니스에서였다. 1932년 7월 말쯤 프티 파르크 호텔에서였다. 마흔 번째 생일을 맞이하고 2주가 흐른 시점이었다. 틀림없이 지독한 날이었을 것이다. 운명의 순간, 인생의 모든 실이 하나로 모이고, 그 무게가 저울에 올라갔다. 모든 것, 그랬어야 하는 모든 게 말이다. 벤야민이 그날 거울을 들여다보았다면, 거기에는 여자들이 형체가 없다고 생각할 사람이 있었을 것이다. 기껏해야 친구라고 생각할, 가난하고 지쳤으며 우울감에 구슬픈 사내를 보았을 것이다. 자기가 속한 세상의 이방인! 그 세상이 서서히 사라지고 있었다. 이런 이유로, 아직 이 비사에 머물던 며칠 전 그는 팔레스타인으로 이주한 오랜 친구 숄렘에게 편지를 써 보냈다. 물론 그는 그 프로젝트를 자신만의 방식으로 밝혔다. 그는 모호함과 수수께끼를 열애했고, 젊었을 때조차 그로 인해 돋보였다. 벤야민이 보낸 메시지는 절박한 암호였는데, 머지않아 친구가 상황을 이해하기를 바랐다. 그가 어떻게 썼는지 보자. "생일은 니스에서 보낼 생각이야. 여행 중에 자주 만난 어떤 멍청이와 함께. 혼자가 아니면 내 건강을 화제 삼아 축배를 들테지." 도대체가 그 사람은 누구일까 하고 숄렘은 생각했다. 오늘날 우리의 상상으로는 그가 유년기의 자장가에 나오는 곱추난쟁이를 언급하고 있었을지도 모를 일이다. 악몽에 계속 나왔던. 그의 운명은 이미 정해져 있었다. 벤야민은 프티 파르크 호텔에서 탈진한 상태였다. 당장에 궁경이 그에게 닥칠 것 같았다. 벤야민의 삶을 인도하던 별이 완벽한 불운의 궤도에 들어선 것처럼 말이다.

벤야민은 니스에 도착한 날, 하루 종일 영국인 산책로의 한 벤치에 앉아 바다를 바라보았다. 시로코 열풍이 묵직하게 불어왔고, 숨이 턱 하고 막혔다. 바람이 세지고 바다가 들끓었으며 파도가 해변을 때렸다. 거품과 소금기가 느껴졌다. 이윽고 벤야민은 수평선에서 시선을 거두었고, 가방에서 만년필을 꺼내 숄렘에게 편지를 썼다. 암호와 빵 부스러기, 엉키고 꼬여 어수선한 생각의 단서들이 가득한 편지를. 그 편지는 해독하기가 쉽지 않았다. 그는 사태의 실상을 정면으로 마주하는 일에 대해 썼다. 절망이 느껴지는 침통함이었다. 그는 생을 지속하기 위해 이미 많은 타협을 한 상황이었다. 그가 가방을 챙겼고, 구시가의 골목길을 천천히 걸었다. 꽃시장을 지났고, 식당에서 새어나오는 좋은 냄새를 들이켰으며, 사람들이 하루 일과를 바삐 정리하는 것을 지켜보았다. 일몰 직전에 그는 수중에 남은 돈을 세어보았고, 로세티 광장의 한 카페에서 크루아상을 주문했다. 드디어 결심이 섰고, 벤야민은 호텔로 돌아갔다. 곧 최후의 수단을 취할 터였다. 그는 침대에 드러누워 파이프 담배를 피우면서 밤을 보냈다. 블라인드를 통해 가로등 불빛이 새어 들어왔고 그는 그 명명한 광선을 계속 응시했다. 이윽고 그 노란 광선이 여명의 황금색으로 바뀌었다. 벤야민은 덧창을 닫고 침대 옆 탁자에 앉았다. 그는 유언장을 작성했다. "내가 쓴 모든 원고는 숄렘에게 귀속된다." 그는 신중하게 논문 몇 개를 골랐고, 짤막한 메시지를 세 개 썼다. 에른스트 쉰, 프란츠 헤셀[18], 율라 콘[19]에게 보내는 전언이었다. 율라는 벤야민의 삶에서 도라 그리고 아샤 라시스와 더불어 가장 중요한 세 여성 중 한 명이다. 그는 율라에게 이렇게 썼다. "당신은 내가 오랫동안 당신을 사랑했다는 걸 압니다. 지금 나는 죽음을 목전에 두고 있습니다. 살면서 내가 당신으로 인해 얻은 보상보다 더 큰 기쁨은 없었습니다. 이젠 작별을 해야 할 때입니다. 당신의 발터로부터."

벤야민은 일련의 서한을 마무리하고 안경을 벗고서 눈을 비볐다. 두 눈은 피곤했고 그 어느 때보다 더 퍼렜다. 벤야민은 자리에

---

18 Franz Hessel, 1880~1941. 독일의 작가, 번역가. 벤야민과 함께 마르셀 프루스트의 《잃어버린 시간을 찾아서》를 번역했다. 1913년 헬렌 헤셀과 결혼했다.

19 Jula Cohn. 조각가. 벤야민의 친구이자 급우였던 알프레트 콘의 누이동생. 벤야민은 1921년 그녀를 처음 만나게 된다. 4년 후 벤야민이 율라에게 마음을 빼앗기게 되면서 그는 결국 부인 도라와 이혼한다. 하지만 이들의 사랑은 결국 이루어지지 못했다.

서 일어섰다. 파이프에 불을 붙이고 침대에 누웠다. 구두는 여전히 신은 채였다. 그러고는 미동도 않은 채 천장의 한 구석을 빤히 쳐다 보았다. 밖에서는 7월의 태양이 구시가와 바다를 무자비하게 두드 리고 있었다. 햇살이 골목길을 점령해 들어왔고, 벤야민이 투숙한 방의 덧창도 부술 기세였다. 거리에서 소음이 피어올랐다. 파이프 담배를 다 피운 벤야민이 중얼거렸다. 침묵 속에서 죽어 사라지는 것은 허락할 수 없다고.

당연히 잊지 못하지. 우리는 당신의 철학자와 만납니다. 어디까지 얘기했죠? 아 그래, 바르셀로나의 최후. 사실 난 며칠 쉬고 싶었어요. 그 망할 놈의 전쟁에서 잠깐이나마 빠지고 싶었던 게지. 그냥 도시를 좀 걷고 말이에요. 하지만 마리아노는 아니었어요. 그가 불같이 화를 냈지요. 발을 구르면서 말했습니다. 이렇게 엄혹한 시기에 뒷짐을 진 채 방관한다면, 그건 '배신, 배반!'이라고. 형제들이 싸우고 있는데 관광객처럼 굴 수는 없다는 거였죠. 우리가 바로 그 다음날 모병소로 간 건 그래서입니다. 사람들이 우리를 잘 대해줬어요. 부자가 은행에 가면 그러는 것처럼 환영받았죠. "어서 오세요. 만나서 반갑습니다. 편히 하세요." 거기 책임자가 우리에게 어디 출신이냐고 물었고 우리의 과업과 활동을 치하했죠. 그가 우리에게 쿠폰을 몇 장 주었습니다. 아무 식당에서나 밥을 먹을 수 있는 증명서였죠. 공화국 관할 지역을 여행할 수 있는 증명서 겸 승차권, 배급 통장, 약간의 돈과 담배도 받았어요. 가장 중요한 건 그들이 30일 휴가를 주었다는 거예요. 그들은 크리스마스 이후에나 우리가 전선에 투입될 거라고 했습니다. 난 좋아 죽을 것 같았어요. 하지만 마리아노는 얼굴이 흙빛이 되었습니다. 노발대발했죠.

내가 말했어요. "진정해. 우리한테 뭐가 제일 필요한지는 사령부가 잘 알아."

그 일이 냉큼, 단박에 일어나지는 않았죠. 그러니까 내 말은, 우리는 잠깐이나마 즐길 수 있었습니다. 내키는 식당 아무 데서나 밥을 먹을 수 있었지요. 우체국 근처에는 바스크 여관도 있었어요. 우리는 람블라스와 중국인 거리를 걸었습니다. 구운 아몬드를 사 먹으면서요. 가끔은 바닷가까지 가서 어부들이 돌아오기를 기다렸다가 갓 잡아온 정어리를 실컷 먹기도 했죠. 영화관과 사람들로 붐비는 술집에서 시간을 때웠어요. 그러던 어느 날 아침 사이렌이 울렸습니다. 은신처를 찾아 달려야 했습니다. 바로 거기서 그녀를 만난 거예요. 누구? 무슨 말이냐고요? 메르세데스란 여자요! 지금까지는 메르세데스 얘기를 한마디도 안 했을 겁니다. 메르세데스는 국경 근처의 항구 도시인 포르부 출신이었지만, 당시에 바르셀로나에 살고 있었지요. 카예 타예레스 병원의 간호사였습니다. 흑갈색 머리의 백인이었지만, 광대뼈가 불거져 나온 데다 눈동자가 녹색이어서 약간 집시처럼 보였어요. 음, 그리고 젊은이가 메르세데스를 여자로 본다면 메르세데스는 첫 번째 여자친구 필라르를 떠올리게 했죠. 열여섯 살 때 바리케이드 뒤에서 연애를 했거든요. 두 여자가 심지어 기질까지 비슷했어요. 하지만 메르세데스가 더 다혈질이었습니다. 이른 나이에 파시스트 변호사 노인네와 강제로 혼인을 한 아나키스트를 한번 떠올려보세요! 메르세데스는 봉기가 발생한 처음 며칠 즈음에 직접 남편을 죽여버렸습니다. 하지만 그 사실을 안 건 한참 지나서였죠. 뭐, 처음 보았을 때는 사실 아무것도 몰랐죠. 등불이 어두웠고, 메르세데스는 긴 의자에 다리를 꼬고 앉아 있었어요. 마치 여왕처럼요. 대피소였고, 수백 명이 웅크리고 있는데 눈에 안 띌 수가 없었습니다. 친구가 있었어요. 아나 마리아라고. 아나도 대단한 미인이었죠. 밖에서는 폭탄이 날아가면서 내는 고음이 들려왔지요. 폭발음도 점점 더 가까워졌고요. 모두가 긴장감 속에서 숨을 죽였습니다. 하지만 그 두 여자는 아무 일도 없다는 듯 태평하게 서로 소곤거렸죠. 나한테는 수수께끼라오. 도대체가 여자들은 무슨 할 말이 그렇게 많단 말이오?

거기서 영원히 메르세데스를 바라보며 바보처럼 서 있었을지도 몰라요. 하지만 운이 좋게도 옆에 마리아노가 있었던 거죠. 놈이 아나 마리아에게 눈이 멀었다는 걸 알 수 있겠지요? 마리아노가 팔꿈치로 내 옆구리를 찔렀고 등에 손을 올렸습니다.

"가자." 그가 말했어요.

그가 나를 잡아끌어야 했습니다. 알고 있었기 때문이죠, 내가 여자들한테 얼마나 젬병인지. 난 속이 메슥거리고 한마디도 못한단 말이오. 하지만 마리아노는 생각할 겨를도 없이 뛰어드는 체질이죠. 난 잠자코 있었어요. 하지만 폭격이 끝나 대피소를 나올 때쯤에 우리는 이미 시시덕거리고 있었죠. 병원까지 바래다줬어요. 실상 웃을 일은 많지 않았어요. 사상자가 셀 수도 없을 정도였습니다. 도처가 연기와 흙먼지투성이였고, 구급차의 사이렌이 사방에서 울려댔으니까요. 건물이 몽땅 쿠키처럼 바스라졌습니다. 도로에는 포탄 구멍이 가득했죠. 부서진 파이프에서 물이 솟구쳤고, 대피소를 찾지 못한 사람들의 시신 주위로 흘러내렸습니다. 우리는 구조를 도왔어요. 할 수 있는 한 최선을 다했고, 그런 다음에는 카를 마르크스 식당에 가서 점심을 먹었습니다. 그날 밤 우리는 다시 아나 마리아와 메르세데스를 만났죠, 람블라스에서. 그러고는 한 시간 후에 모두 다 침대로 들어갔죠. 당시에는 상황과 사태가 그런 식으로 돌아갔어요. 죽음의 그림자가 드리운 상황에서 사람들이 살았으니 극단적인 일도 서슴지 않았죠. 손주 놈이 아직도 있나요? 좋아요, 당신이니까 얘기해주지요. 그 여자는 송장이라도 빳빳하게 만들 수 있었을 거요. 메르세데스가 원했어요. 그녀는 굶주렸고, 뭐든 할 기세였죠. 나야 경험이 별로 없었지만 이 세상에서 가장 행복한 남자였어요. 아시오? 가까이 와봐요. 크게 얘기할 수는 없으니. 정말이지 그녀와 영원히 섹스를 하면서 나를 불태우고 싶었죠. 대단했다오. 밤마다 메르세데스와 동침을 했어요. 낮엔 메르세데스가 일해야 했고, 우리 남정네들은 테루엘에서 수천 명씩 쓰러져갔지. 그렇다고 동지들 때문에 화가 나진 않았어요. 마리아노조차 흥겨워했으니까. 하지만 1월 4일에 그 모든 게 끝났다오. 모두가 병영으로 소집되었으니까. 다 합해서 200명 정도 됐어요. 거개가 에스파냐 사람이었지만 다는 아니었습니다. 체코, 영국, 폴란드, 프랑스, 이탈리아, 핀란드 사람까지 있었죠.

"환복을 할 겁니다." 장교가 명령했습니다.

우리는 몸을 씻고 군복을 두 벌씩 지급받았어요. 베레모 두 개, 야전 상의, 판초, 수건에다가 담배도 나왔죠. 미국 담배 파우치도 하나 받았습니다. 폭우가 쏟아지던 2시 30분에 군용 열차 한 대가 프란시아 역을 출발했지요. 목적지는 몰랐습니다. 그 열차에 마리아노와 내가 타고 있었고요. 아나 마리아와 메르세데스가 승강장에서 손수건을 흔들어줬습니다. 아무도 눈물은 안 흘렸습니다. 난 화가 났고, 향수에 젖었고, 토할 것 같았지요. 위장이 위장을 씹어 먹는 듯했습니다. 하지만 마리아노는 달랐어요. 놈은 긴 잠에서 막 깨어났다는 듯 행동하더군요. 그렇게 되는 데 시간이 많이 걸리지도 않았죠. 어쩌면 이미 전투의 냄새를 맡았고 거기에 흥분했을 겁니다.

"자, 다시 일을 하러 가는군." 그가 두 손을 맞잡고 비비며 말했지요.

친구 놈을 바라보다 창으로 고개를 돌려버렸어요. 멀리 공장 굴뚝이 작아지고 있었고, 바르셀로나 외곽의 들판은 늪 같았습니다. 새까만 하늘 아래 비가 창을 때렸죠. 난 다시금 참호에 박혀 있을 내 모습을 떠올렸어요. 그 추위, 그리고 포격을요.

"넌 제정신이 아니야." 마리아노에게 그렇게 말하고 가서 자리에 앉았어요.

벤야민은 마음을 고쳐먹었다. 그는 니스의 호텔 방에서 목숨을 끊으려던 계획을 완전히 접었다. 그 이유는 여전히 수수께끼다. 이후 몇 달 동안 그는 작업에 매진했다. 놀랍고 탁월한 집중력을 십분 발휘해 '심오하고 평온한 저수지 같은 마음밭'을 서캐 훑듯이 뒤진 것이다. 벤야민을 방해하거나 훼방할 수 있는 것은 없었다. 죽음을 경험이라도 한 듯, 두 눈으로 직접 죽음을 보기라도 한 듯. 벤야민은 모종의 입문 의식을 치른 듯했다. 그 후로 벤야민은 살면서 더는 어떤 것에도 구애받지 않았다. 이제 삶은 가치 있는 것이었다.

하지만 1년 후 벤야민은 베를린에서 파리로 탈출했고, 에펠탑 가까이에서 머무른 건 불과 며칠뿐으로 다시금 격랑으로 빠져들었다. 파리 제16구 투르 로의 한 호텔 침대, 벤야민은 파이프 담배 연기가 세면대와 전방 벽의 금이 간 거울 쪽으로 피어오르는 걸 지켜보았다. 연기가 때묻은 방을 가득 채웠다. 벽이 잿빛인데, 산포한 공기도 잿빛이었다. 1933년 9월 말 이비사에서 파리로 돌아왔는데, 고통스런 열병이 그를 집어삼킨 상태였다. 의사가 말라리아로 진단했고, 다량의 퀴닌이 치료제로 투약돼 체온을 낮추었다. 하지만 벤야민의 기력은 회복되지 못했다. 그는 일련의 편지를 쓰느라고 남은 에너지를 낭비해버렸다. 팔레스타인에 있는 친구에게 벤야민은 이렇게 썼다. "이렇게 아프지만 나의 상황이 비참하다는 걸 알 정도는 돼. 하지만 회복될 것 같지는 않군. 도리 없이 묵고 있는 이 싸구려 호텔의 계단을 오를 만한 기력도 못 돼."

벤야민은 침대에 누워 이불을 얼굴까지 잡아당기고, 신경을 집중해 들었다. 닫힌 블라인드 너머로 파리가 그르렁대는 소리를 말이다. 확실히 으르렁거렸고 언제라도 확 덤빌 기세였다. 그곳은 그가 알았던 도시가 아니었다. 이제 벤야민은 며칠 전의 호기심 넘치는 속편한 관광객이 아니었다. 혼자인 데다 수중에 돈이 없고 머무를 집도 없으며 국가도 언어도 없는 벤야민과 같은 사람을 떠올려보라. 나치를 피해 달아난 유대인에게 파리는 다른 얼굴을 선보였다. 더 혹독하고 딱딱한 얼굴을. 벤야민이 상황 파악을 하겠답시고 이비사에 갔다가 프랑스로 돌아올 필요도 없었다. 두 달 전 숄렘에게 보낸 편지에서 상황을 이미 예견했던 것이다. "파리 사람들은 이렇게 말해. '망명자들이야말로 가장 해로운 독일 놈들이다.' 이 정도면 나를 맞이한 사회가 어떻게 변했는지 감을 잡을 수 있을 거야."

그의 말은 틀리지 않았다. 인민전선 정부가 집권한 짧막한 시기를 제외하면 프랑스에서 망명자들의 삶은 점점 힘겨워졌다. 추방과 체포가 잇달았고, 일체의 글쓰기가 불가능했다. 이걸로도 충분

하지 않았던지 일군의 망명 지식인이 파리에 모였고, '좋은' 독일인
도 있다는 것을 증명하겠다고 나섰다. 하지만 그들의 계획과 시도
는 갈색 셔츠 놈들의 주목만 받았다. 그렇게 그들은 감시를 받게 됐
다.─테러, 강탈, 암살. 망명자 센터마다 스파이가 득실거렸다. 명
단을 취합해 작성하고 각급의 활동을 감시하며, 정보를 수집하고
지도부를 겁주는 등속의 활동이 그들의 역할이었다. 정치 얘기를
하며 나대는 것은 위험했다. 모르는 사람하고 이야기하는 짓은 시
도해서는 안 되는 위험한 행동이었다.

　벤야민은 이런 전투에 전혀 준비되어 있지 않았다. 이런 정황
속에서 그는 사태에 불참했고, 그 누구와의 교유도 피했다. (그의 복
잡하게 일그러진 기질과 성정이 어둡게 발현한 결과이기도 했다.) 벤야민
은 그저 물러나 있었다. 내분으로 치닫던 공산당 세력은 물론이고,
멍청하고 옹졸한 여러 망명자 집단으로부터 말이다. 그렇다, 그는
잠자코 있었다. 하지만 그래서 결국 혼자가 됐다. 어떤 면에서는 고
립을 선택했다고도 할 수 있었다. 벤야민은 여러 해에 걸쳐 가장 슬
픈 내용의 편지를 써 보냈다. 그즈음 세계 각처로 흩어진 친구들에
게 말이다. 외로움을 후회하는 그 절절한 편지라니. 벤야민은 편지
를 쓰면서, 편지 쓰기가 시대착오적인 행동이 아니라고 주장했다.
아도르노[20]는 말한다. 그는 편지를 통해 "분리 절연을 거부할 수 있

20　Theodor Adorno, 1903~1969. 독일의 철학자. 프랑크푸르트 학파의 중심인물. 1933년 나치가 권력을 장
　　악하자 영국으로 망명해 연구를 이어갔다. 영국에 머물던 시기에 아도르노는 파리에 머물고 있던 벤야민
　　과 긴밀한 유대관계를 유지했다. 그는 이론적 치밀성이 부족한 벤야민의 경향을 우려하기도 했다. 나중에
　　는 호르크하이머와 사회조사연구소의 주선으로 미국 뉴욕으로 망명했다가 1949년 부인 그레텔 아도르
　　노와 독일로 돌아왔다. 아도르노는 벤야민이 사회조사연구소의 지도부와 재정적 협상을 하는 과정에서
　　그를 도왔고, 이론적으로도 활발한 교류를 주고받았다.

었다. 동시에 그는 편지 쓰기를 통해 계속해서 분리 상태를 유지했다". 그는 편지로 고백했다. 하지만 스스로는 몰랐다. 자기가 과거 그 어느 때보다 더 외로우며 그럼에도 카페에 모이는 다른 망명자 집단과 어울리지는 않겠다는 고백을 말이다. 벤야민 같은 사람은 외국 거대 도시의 익명성 속에서 사라지는 쪽이 더 좋았다.

상황이 쉽지 않았다. 벤야민은 베를린 시절부터 알고 지낸 극소수의 친구들과 나눈 대화는 정말이지 괴로웠다. 그가 파리에서 교제한 사람의 수는 한 손으로 셀 수 있을 정도였다. 한스 잘, 사진가 기젤레 프로인트, 한나 아렌트[21](철학자이자 먼 친척), 슈테판 라크너[22], (카를 바르트[23]의 제자인) 프리츠 리프[24]. 벤야민은 어린 시절 이래의 절친한 친구이자 동료인 숄렘과 그렇게 다정하게 이야기하는데 거의 10년이 걸렸지만, 이들과는 거의 즉시로 친밀한 관계를 맺었다. 발터는 이후로 아드리엔 모니에[25], 실비아 비치[26], 아서 쾨슬

---

21 Hannah Arendt, 1906~1975. 나치를 피해 미국으로 이주한 유대인 철학사상가. 아렌트는 평생을 자신이 유대인이라는 의식 속에서 살았고, 이 의식은 아렌트가 자신의 철학을 모색하는 데 중요한 배경이 되었다. 1933년 파리로 이주한 아렌트는 그곳에서 벤야민을 비롯해 시온주의자들과 교류를 했고, 유대계 망명자들을 돕는 데 힘썼다. 1941년 피레네산맥을 넘어 뉴욕에 와서도 유대인을 위한 활동을 계속했다. 1946~1948년까지 뉴욕의 한 출판사의 책임편집자로 있으면서 《전체주의의 기원》《인간의 조건》《예루살렘의 아이히만》 등 많은 글을 발표했다.
22 Stephan Lackner, 1910~2000. 프랑스 태생의 작가, 미술품 수집가.
23 Karl Barth, 1886~1968. 스위스의 프로테스탄트 신학자. 스위스와 독일 등에서 자유주의신학을 공부하다가, 제1차 세계대전 발발 후 독일 지성인들이 전쟁에 찬성하는 성명을 발표하는 것을 보고 큰 회의를 느껴 스승들의 가르침을 거부하고 새로운 신학의 길을 모색하기 시작한다. 1919년 대표작인 《로마서》를 출간한 후 괴팅겐대학교에 교수로 임용되나, 1934년 독일 나치 정권에 반대하는 〈바르멘 선언〉의 작성에 참여하고 총통에 대한 충성 서약을 거부함으로써 독일에서 강연을 금지당했다.
24 Fritz Lieb, 1892~1970. 신학자, 역사가. 바젤, 베를린, 취리히에서 동양 언어와 개신교 신학을 공부했다. 파리 연간에 벤야민과 긴밀히 교류했다.
25 Adrienne Monnier, 1892~1955. 프랑스의 작가, 편집자, 서적상. 센강 왼쪽 기슭의 레프트뱅크에서 서점 겸 대본점인 '라 메종 데자미 데 리브르' 서점을 운영했고, 서점을 통해 문화예술을 지원했다. 그녀의 서점은 아방가르드 문학의 중심이자 모더니즘 운동의 탄생지로, 앙드레 브르통, 폴 발레리, 시도니 가브리엘 콜레트, 쥘 로맹, 앙드레 지드 등이 단골로 드나들었다. 벤야민이 느베르 수용소에 감금되었을 때 로맹과 함께 그의 석방을 도왔다.

러[27]—에스파냐에서 돌아와 공산당을 탈당한 후였다—, 피에르 클로소프스키[28], 조르주 바타유[29]와 교유한다. 하지만 20년 지기들을 대체할 수는 없었다. 함께 세상을 발견한 친구라는 것을 상기하자. 그 친구들은 죄다 만날 수 없었다. 숄렘은 팔레스타인에 있었다. 전처 도라는 이탈리아에, 이혼으로 이어지는 연간에 사랑에 빠졌던 율라 콘은 남편 펠릭스 뇌게라트와 독일에, 그리고 알프레트 콘[30]은 에스파냐에 있었다. 이것도 망명 상태가 가하는 타격 중의 하나였다. 모두가 각자 도생의 이산 중이었다. 집단지성은 산산이 부서졌다. 이후로는 남은 게 거의 없었다. 혼자 남아 셈을 치른다. 매일 똑같은 생각을 주억인다. 고독하게 그런 생각을 일군다. 어쩌면 남은 유일한 것은 일뿐이었다.

잘이 회고록에 쓴 내용을 보자. "기정사실화될 때까지는 그래도 살 만했다. 기정사실화될 때까지 히틀러는 아직 승리한 것이 아니었다." 하지만 당신이 벤야민의 처지라면 어땠을까? 숨이 막혀 죽을 만큼 자신의 미래가 처량하고, 해서 괴롭다면 말이다. 벤야민

26　Sylvia Beach, 1887~1962. 아드리엔 모니에와의 인연을 바탕으로 레프트뱅크에 영문학 전문 서점인 '셰익스피어 앤드 컴퍼니'를 설립하고, 음란하다는 이유로 거부된 조이스의 소설 《율리시스》를 책으로 출간했다. 또한 헤밍웨이의 작가적 기질을 알아보고 그를 아낌없이 지원했다.

27　Arthur Koestler, 1905~1983. 헝가리 출생의 영국 소설가, 언론인. 1931년에는 독일 공산당에 참가했으나 1935년 이후 당과 결별하면서 공산주의를 비판하는 작가로 활동했다. 대표작인 소설 《한낮의 어둠》 역시 공산주의 정치체제를 탐구한 작품이다.

28　Pierre Klossowski, 1905~2001. 소설가, 문학평론가. 니체의 사상 전반에 대해 독창적인 해석을 시도한 책 《니체의 악순환》을 집필했다. 또한 벤야민은 물론 비트겐슈타인, 하이데거 등의 저서를 프랑스어로 번역했다.

29　Georges Bataille, 1897~1962. 프랑스의 소설가, 사상가. 파리 국립 도서관에서 사서 일을 시작하여 평생을 사서로 활동했다. 여러 필명들로 소설, 사상서, 문학 이론서, 미술서 등을 활발히 집필했고, 대표작으로 《눈 이야기》 《에로티즘》 등이 있다. 독일군이 파리를 점령하기 직전 벤야민은 남쪽으로 피신하며 바타유에게 아케이드 작업을 위한 원고와 자료들을 맡겼고, 그는 이를 파리 국립 박물관에 보관했다.

30　Alfred Cohn. 벤야민의 중등학교 시절 친구이자 벤야민이 사랑했던 율라 콘의 오빠. 벤야민과 일생 동안 우정을 나눴다.

은 1933년 섣달그믐에 숄렘에게 이렇게 토로했다. "망명자들과 함께 망명자로 생활하는 것을 참을 수가 없어. 고독한 생활을 더는 견딜 수 없어. 프랑스어 세계에서 사는 것은 불가능해. 이제 남은 것은 일뿐이야. 또렷하게 인식하고 인정하는 것보다 작업을 더 위협하는 것은 없지만 그래도 내면생활의 전체가 일로 점철돼 있다네."

벤야민은 바로 그 일 때문에 계속 나아갈 수 있었고 버틸 수 있었다. 1934년 3월 벤야민은 자신의 파리 관련 저술 《파사겐 베르크》 작업을 재개했다. 파리는 경계의 공간이었다. 이곳에서 고대의 신화와 현대 세계의 상업 활동이 결합했다. 실상 벤야민은 자신이 파리에서만 작업을 할 수 있을 거라고 생각했다. 수많은 인용과 사진이 들어간 그 책은 거대한 만화경 같았고, 이미 쓰인 책들에 뿌리를 내리고 있었다. 파리가 그렇게 벤야민을 지지해줬다. '센강으로 나눠진 엄청난 열람실'이었던 셈이다. 파리는 발터가 거리낌 없이 약탈하고 표절한 도서관이었다. 그는 문장, 도해, 주석, 참고문헌을 정력적으로 공책에 베껴 적었다. 발터가 모은 자료는 점점 더 많아졌고, 프로젝트는 이제 끝날 기미가 보이지 않았다. 벤야민은 그 망명 연간에 거의 쉬지 않고 《파사겐 베르크》를 썼다. 이 작업이 중단된 것은 호르크하이머 연구소가 의뢰한 에세이를 쓸 때뿐이었다. 벤야민은 아도르노가 준 소정의 보조금으로 살아갔다. 가장 장래성 있는 벤야민의 에세이는 〈기술 복제시대의 예술작품〉이었다. 벤야민은 여러 해 동안 암시적이며 비전秘傳 같은 프로젝트에 몰두했고, 유행의 첨단을 걷는 대화에서 벗어나 있었다. 하지만 그는 이 에세이를 발표하고서 자신이 향후의 마르크스주의 미학 논쟁에서 유력해질 수도 있겠다고 생각하기에 이르렀다. 이후로 벤야민은 전 세계적 토론과 논쟁의 한가운데를 차지한다. 벤야민도 이젠 더 이상 외롭다고 느끼지 않으리라. 그러나 그의 판단이 얼마나 잘못됐던지! 이 에세이가 오늘날은 그의 가장 유명한 작품일 수도 있겠지만, 당시의 반응은 참혹하기만 했다. 벤야민의 확고한 지지자들마저 돌아섰으니 정말이지 재앙에 가까웠다. 숄렘은 입장을 밝히지 않았고, 아도르노는 비판적이었으며, 브레히트는 기분이 상해서 화까지 냈다. 망명 독일인 작가들의 협회가 조직한 두 차례의 패널 토론을 예로 들어보자. 여기서 벤야민과 한스 잘이 에세이의 내용을 토론했다. 거개가 공산당원이었던 객석의 청중은 침묵의 비눗방울 안에 들어간 것처럼 가만했다. 이는 보이콧이나 다름없는 행동이었다. 때는 1936년 6월 말이다.

토론회가 끝나고 함께 귀가하면서 벤야민이 한스 잘에게 말했다. "됐어. 다 끝났어." 새까만 구름 뒤로 달도 보이지 않았다. 인적이 드물었고, 가로등은 거센 바람에 달가닥거리는 소리를 냈다. 습한 6월의 밤 치고는 이상한 바람이었다. 음산한 바람. 앙심과 비를 품은. 지하철 역을 나서자 어두운 터널이 이내 역사의 불빛을 삼켜버렸다.

"뭐가 끝났다는 거죠?" 잘이 물었다.

"그들은 다 끝났어. 얼굴 안 봤나? 동무들 말일세. 그들을 이끄는 뮌첸베르크도…… 멍청한 자식들. 미학 얘기가 아냐."

바이마르 시대 독일에서 잘은 중요한 연극 및 영화 비평가였다. 그는 영화를 예술의 한 형태로 믿고 인정한 첫 세대였다. 벤야민의 에세이는 새로운 관점을 제시했고, 잘의 마음을 강력하게 사로잡았다. 하지만 이 사실을 제대로 이해하는 사람은 아무도 없는 듯했다.

두 사람은 지표구로 올라가는 계단에 서 있었다. 잘이 말했다. "발터, 선배 에세이는 나중에라도 합당한 대우를 받을 겁니다. 시대를 너무 앞서 있는 거예요."

두 사람이 보지라르 가에 이르렀을 때는 시간이 꽤 늦었다. 벤야민은 머뭇거리며 느린 속도로 걸었고, 머리를 숙인 채였다. 그는 반복적으로 걸음을 멈췄지만 말을 중단하지 않았다. 머리를 가로 저었고 잘을 올려다보는 법도 없었다. 잘은 벤야민을 따라가는 데 애를 먹었지만 그렇다고 막아 세울 수도 없는 노릇이었다.

"실수야, 실수를 했어……" 벤야민의 이 반복구가 음산하게 어두운 밤의 대기로 퍼져나갔다. 그는 완전히 탈진했고 헉헉거렸다. 그건 감정을 억누르는 일에 달통한 사람의 모습이었다. 벤야민은 말 많은 걸 내켜하지 않았고, 그릇된 말을 하는 것을 늘 경계했다. 하지만 그날 저녁 행사에서는 착각이나 미망이 없어 보였다. 요컨대 주머니에서 항복의 백기를 서서히 꺼내 보였던 것이다.

별안간 벤야민이 오열했다. "이제 끝이야." 빗방울이 떨어지기 시작해 상황이 더욱 어색했다. 잘이 우산을 펴고 가까이 다가섰다.

"어쩌면 프랑스를 떠야 할지도 몰라요." 그가 작은 소리로 말했다. "군인들이 돌아다니는 걸 보세요. 선배는 서류 준비 돼 있어요?"

"그게 무슨 상관이야?"

시간이 몇 시쯤이었을까? 두 사람은 계속해서 거기 오랫동안 서 있었다. 강우 형태는 소나기였지만 가만하기만 했다. 순찰 경관 둘이 길모퉁이에서 나타났다.

"안녕들 하십니까?" 한 명이 가볍게 거수경례를 하며 말을 걸었다. "여기 서 계신 지 한참이군요. 누구십니까? 뭘 하고 있는 겁니까?"

잘한테는 대꾸할 시간이 없었다. 벤야민이 선수를 쳤으니까. "우리는 유대계 독일인이고, 대화 중이었습니다." 대답이 아주 진지했다. 벤야민이 허공으로 손가락을 돌리고는 혼자서 빗속으로 자리를 떴다. 비는 여간해서 그칠 것 같지 않았다.

그 운명적인 밤이 1936년이었다. 이후로 벤야민은 자신의 교유 관계를 확대하려는 더 이상의 어떤 노력도 하지 않았다. 지적 동반자 관계가 아쉽기는 했다. 그는 외로움에 치를 떨었다. 하지만 그는 체념하고 상황을 받아들였다. 벤야민은 자기 자신한테만 집중했다. 편지나 드문 조우 상황에서도 몇몇 친구에게 사소한 일과 속정을 전혀 밝히지 않았다. 재정 상황이 시종일관 걱정거리였지만 그것조차도 말이다. 돈이 중심 사안이었고, 벤야민은 집착하지 않을 수 없었다.

독일에서 전달되던 송금액이 정지당하자 그의 유일한 수입원은 아도르노와 호르크하이머의 사회조사연구소가 보내주는 돈뿐이었다. 하지만 그 액수는 결코 충분하지 않았다. 궁핍하던 시기가 꽤 길었음에도 자신의 박탈과 고생을 넌지시라도 얘기하는 편지는 단 한 통도 보이지 않는다. 벤야민은 나날의 생존이 힘겨웠고, 해결 방안도 일체 없었기 때문에 굴욕감을 느꼈다. 1935년 10월 벤야민은 호르크하이머에게 이렇게 썼다. "뭐라도 나를 좀 도와준다면 숨통이 좀 트일 겁니다. 파리에 도착한 4월과 비교할 때 생활비를 대폭 줄였어요. 지금은 다른 망명자들과 함께 기숙생처럼 살고 있지요. 점심을 먹을 수 있는 입장권을 받기는 했습니다. 프랑스 지식인들을 특별히 배려하는 식당에서요. 하지만 우선 그 입장권이라는 게 한시적이고, 둘째 도서관에 안 가는 날만 이용할 수 있다는 것도 문제입니다. 식당이 도서관과 아주 머니까요. 말이 난 김에 하는 얘기인데 신분증도 갱신해야 합니다. 하지만 100프랑이 드는데 돈이 없군요. 수수료가 50프랑이나 들어서 아직 외신 기자단에도 들어가지 못했어요. 관리 행정상의 이유로 얼른 하라고 요구받는데도 말이에요." 그가 숄렘에게 쓴 편지도 보자. "상황을 보면 나의 의지력이 얼마나 버텨줄지 모르겠네. 극히 적은 생필품을 공급받는 것도 한 달에 기껏해야 2주 정도뿐이니. 하찮은 세목을 구입이라도 할라치면 기적이 일어나야 해."

그의 말이 과장이었을까? 어쩌면 그럴 수도 있다. 그의 절친인 숄렘조차 여러 해 후 실토하기를, 불신하고 의심했다고 할 정도이니 말이다. 아마도 진실은 이럴 것이다. 돈과, 식탁에 음식을 차리기 위해 필요한 다른 실질적인 것들에 관해서, 비유하자면 벤야민은 사막에서 길을 잃은 사람, 현대로 떨어진 시간여행자 같았다고나 할까.

한나 아렌트는 벤야민에게 이렇게 말하기도 했다. "선배는 18세기나 19세기에 태어나야 했어요. 선배의 한량 기질 중 하나처럼요." 이 발언은 그녀가 팔레스타인 여행을 마치고 돌아와 카페 드 라 페에서 한 말이 틀림없다. 한나는 그 시절 알리자 유스의 파리 사무소를 이끌고 있었다. (알리자 유스가 어린이들의 팔레스타인 이주를 조직했다.) "정말이지 선배는 백면서생이고 어떤 세상과도 어울리지 않아요." 그녀가 한숨을 내뱉고는 남은 차를 들이켰다. 아렌트가 사자갈기 같은 흑발을 어깨 뒤로 넘겼다. "의무 따위는 아랑곳하지 않고 글을 써도 기꺼이 돈을 주는 시대에 살았어야 해요. 의무사항은 없고 급료는 나오는 상황이면 좋겠죠?"

아렌트가 말에 취했는지 점점 야비하게 나왔다. 진절머리가 난다는 듯 짓궂게 군 것이다. 이번에야말로 흉금을 모두 털어놓을 태세였다. 그녀는 말값을 따져보지 않았다.

"아니. 전혀……" 발터가 말을 더듬었다.

"선배는 우리가 파스칼과 몽테뉴의 시대에 더는 살고 있지 않다는 걸 아세요. 대학 일도 선배한테 잘 안 풀렸죠. 숄렘이나 시오니스트들과도 관계가 엉망이었어요. 그리고 선배의 마르크시스트 친구들과도요. 도대체 언제쯤 정신을 차릴 거예요?"

아렌트는 이제 완전히 화가 난 상태였다. 그녀가 이렇게 눈살을 찌푸리는 것은 나쁜 징조였다.

아렌트는 엄중했다. "다 소용없어요. 선배한테 기꺼이 돈을 희사하겠다는 사람은 안 나타나요. 백면서생으로, 귀족적 혁명가로 쭉 행복하게 살 수 있을 것 같아요? 선배한테 진실을 말하게 돼서 미안하지만 선배 같은 사람들한테 남은 세상은 이제 없어요."

벤야민은 누구한테라도 그렇게 가혹한 말을 들은 경우가 거의 없었다. 그가 한나를 바라보았다. 사방에서 육박해 들어오는 듯한 감정의 맹습을 막아내야 했다. 카페의 다른 사람들이 묵음의 군중처럼 느껴졌다. 멀리, 각자의 테이블에서 벌어지는 일에나 관심을 쏟고 있는. 벤야민은 무슨 말이라도 해야겠다고 느꼈지만 머릿속에 떠오른 모든 문장이 입 밖으로 나오기도 전에 와해되고 말았다.

그가 마침내 웅얼거린 말은 이랬다. "누구라도 현재보다 나아져."

한나는 대꾸하지 않았다. 얘기를 계속해봐야 소용없었을 것이다. 다른 얘기로 화제를 돌릴 수도 없었을 것이다. 두 사람은 자리에서 일어났다. 벤야민이 안경을 벗어 천천히 닦았다. 그러고는 여전히 당황한 기색으로 한나에게 손을 흔들었다. 벤야민은 지하철로 걸어갔다. 머릿속에서 이상한 생각이 난무했다. 그것은 벤야민에게 속한 것이 아니었다. 꽉 뭉쳐진 검은 덩어리, 어쩌면 먹구름, 혼란스럽고 강력한 이미지였다. 올이 다 드러난 양복, 사는 집의 끔찍한 상황, 크루아상과 커피 식사, 악몽, 외로움, 자신이 저버린 모든 것, 논설과 에세이를 발표하고서 당한 수많은 굴욕, 심지어 소설 번역까지. 자신의 별점을 방해하는 일체의 것. 벤야민이 이런 식으로 얼마나 더 버틸 수 있었을까?

파리에서의 망명 생활이 7년을 넘었고, 벤야민은 이사를 열여덟 번 했다. 모르는 사람 및 비슷한 처지의 망명자들과 전대를 하고, 벼룩이 들끓는 교외 주택에서 살고, 시끄럽고 외풍이 심한 방을 전전하지 않을 수 없었던 것이다. 이런 상황들로 인해 벤야민은 1938년에야 비로소 책을 소지하고 방문객도 받을 수 있었다. 그는 국립 도서관과 좌안의 카페에서나 겨우 작업을 할 수 있었다. 카페에서는 커피를 주문하면 그래도 대여섯 시간은 죽치고 앉아 있을 수 있었다. 짧으나마 덴마크에 머물던 브레히트를 찾아가고, 산레모에 사는 도라가 베푸는 친절을 누리기도 했다. 하지만 그 잠깐을 제외하고 발터는 언제나 도서관 아니면 카페를 전전했다. 그렇게 벤야민은 때를 기다렸지만 삶은 서서히 부서져갔다.

추웠지. 젊은이! 전선에 당도했는데 기온이 섭씨 영하 4도였습
니다. 에브로강에 주둔한 병사들을 구출해야 했고, 우리가 사라고
사의 피나로 파송된 것이지요. 진흙투성이였죠. 얼어 있었는데, 사
람들도 다 진흙범벅이었어요. 참호 속에서 꽁꽁 얼어붙어 옹송그
리던 모습이라니요. 그게 그 겨울 전선이었죠. 밝은 면도 보자면,
조용했어요. 가끔 총격전이 벌어졌고 박격포탄도 떨어졌지만 뭐,
그래서, 우리는 쓸모를 느꼈습니다. 더 남쪽으로 테루엘은 도살장
이었죠. 우리 편이 공격을 개시했는데 프랑코 놈들이 반격했고, 이
탈리아 포병대와 콘도르 군단이 진군해왔던 거예요. 놈들이 2월
말에 테루엘을 빼앗았고, 그 과정에 관심이 집중되었지요. 그들이
알팜브라를 포위했습니다. 우리 병력 1만 명이 목숨을 잃었죠. 만
5,000명이 포로로 잡혔고요. 마리아노는 분노로 끓어올랐죠. 계속
해서 소식이 들어왔고, 그는 그 어느 때보다 전투에 목말라했습니

다. 우리는 밤에 그의 명령을 받고 강을 정찰했지요. 내쉬는 숨이 얼어버릴 만큼 추웠어요. 우리도 전쟁 중임을 알아야 했나 보죠.

"병사들이 지쳤어." 어느 날 아침 내가 말했지요. "야간 정찰이 쓸데없다는 걸 다들 알아."

마리아노가 잠깐 생각하는 듯했죠. 그러더니 코웃음을 쳤습니다. 땅에 침을 뱉었어요. 어찌나 큰지 달걀이 떨어지는 줄 알았어요.

"내가 네 상관이라는 걸 잊지 마." 마리아노가 이렇게 말하고는 자러 갔습니다.

둘 사이에 안 좋은 일이 있었는데 대화로 풀 시간이 없었죠. 프랑코가 전선을 끌어내렸고, 아라곤에 있는 우리들조차 공격을 받았습니다. 놈들은 포격으로 우리의 기세를 꺾고 그런 다음 진격했어요. 우리는 야구에 장군의 지휘를 받는 모로코 군인들과 맞섰습니다. 야구에는 레굴라레스 다프리카를 내내 이끌던 팔랑헤당 파시스트였으니 과연 잔인무도한 놈이었죠. 우리 상황은 더 나빠질 수도 없었습니다. 마리아노와 나는 1934년 히혼에서도 모로코 놈들과 맞붙은 적이 있고, 1935년에도 빌바오와 산탄데르에서 교전을 했습니다. 그들은 짐승만도 못한 놈들이에요. 무자비하고 잔인하죠. 여자들을 강간했고, 신들린 놈들처럼 웃으면서 사람 목을 따버렸어요. 최악성의 행동들에서 쾌감을 느끼는 부류였죠. 병원으로 쳐들어가 의사와 환자들을 죽이고, 들것에 누워 있는 사람들까지 살해했으니까요. 그들이 이제 우안을 따라 진격해 우리한테로 다가왔습니다. 경로상의 모든 게 초토화됐죠. 우리는 수가 많지 않았고, 무장도 별로였어요. 우리의 전선이 죄 무너지고 있었습니다. 벨치테, 알카니스, 루디야 등이 말이죠. 아란다 대령이 몬탈반을 접수했습니다.

우리는 이렇게 결정했습니다. 나를 바르셀로나로 보내서 탄약을 더 확보해 신속하게 귀환한다. 트럭을 전속력으로 몰아 이른 오후에 본부에 들어갔죠. 도시가 갓 당한 폭격으로 멍한 상태였습니다. 그 몇 달 동안 이탈리아 놈들이 제대로 미쳐 날뛰었죠. 마요르카에서 이륙해 폭탄을 있는 대로 쏟아부었어요. 바르셀로나는 잿더미가 되었고, 비통함에 빠졌습니다. 사람들이 폐허가 된 거리를 유령처럼 걸었죠. 지휘소의 대령이 트럭에 탄약을 싣는 데 밤 시간이 통째로 들 거라고 했습니다. 6시, 나는 카예 테예레스 병원 앞에서 하염없이 기다리고 있었어요. 내가 다른 누구를 기다리고 있었겠소? 메르세데스. 메르세데스는 메르세데스였지. 나의 여인. 반짝이는 초록색 눈동자 하며, 있어야 할 그 모든 곳의 굴곡! 메르세데스는 정말이지 나를 위해 창조된 것 같았어요. 두 달을 떨어져 있었고, 만회해야 했지. 메르세데스를 다시 보자마자 내 바짓단의 어떤 게 불룩해졌어요. 메르세데스도 나를 반가워했어요. 확실해요. 뭐, 최고로 행복한 것까지는 아니었겠지만.

그라시아 거리를 함께 걸으면서 단도직입적으로 물었습니다. "다른 남자를 만납니까?"

그녀가 걸음을 멈추고서 내 눈을 바라보았죠. 그러더니 한 손을 들어 엄지손가락을 접고는 나머지 손가락을 허공에 흔들었어요.

"네 명이요." 메르세데스의 대답이었소. 슬픈 미소를 지었지. "하지만 그건 당신 소관이 아니에요. 나는 자유로운 존재예요. 알았어요?"

자유연애, 그 개 같은 헛소리. 아시죠?

가까스로 그녀와 말을 이어갔죠. "그렇죠, 내 소관이 아니네요."

하지만 무사태평이었다면 그건 거짓말이지. 어찌나 긴장을 했던지 속이 더부룩하고 비틀리며 난리가 났어. 그런데 메르세데스가 점점 더 다정하게 나오는 거야. 얼마 안 있어 우리는 다시 예전으로 돌아갔죠. 두 시간쯤 후에 우리는 다시 메르세데스 집의 침대에 같이 누워 있었어요. 그녀가 얼굴을 베개에 파묻은 채 네 다리를 하고 엎드렸고 내가 뒤에서 취했지. 아까 말했죠? 둘 다 그 체위를 좋아했어요. 바로 그때 사이렌이 울렸고, 먼 데서 우르릉거리는 소리가 들려왔지. 그 소리가 점점 커지고 묵직해졌어. 그다음엔 웅웅거리는 엔진음뿐이었고. 하인켈 전투기 편대였어요. 처음에는 폭탄이 저 멀리 기차역 너머로 떨어졌지.

"계속, 계속. 멈추지 마." 메르세데스가 말했어.

글쎄, 그게, 말처럼 쉽지가 않더군. 부대가 이미 빠지기 시작했고, 전선을 포기했죠. 완전 개판이었어. 참호에서 빠지다니. 떨쳐내고 싶은데 아무것도 할 수 없었어요. 비행기들이 상공을 낮게 날며 왔다 갔다 했지요. 메르세데스가 몸을 돌리더니 나를 쭈욱 훑어보는 것 아니겠어요!

"당신 정말 애로군요." 메르세데스의 말이 이어졌지. "좋아요. 그럼 옷을 챙겨 입고 대피소로 가자구요."

우린 앞으로 어떤 일이 벌어질지 몰랐어요. 결국 대피소에 가서 이틀을 머물렀지요. 통조림 속의 정어리처럼 말이에요. 아무것도 못 먹고 마시지도 못했죠. 폭발음이 계속 들려왔고, 사람들은 흐느꼈고, 애들은 울며 보챘습니다. 폭발로 벽이 흔들릴 때마다 위에서 먼지가 쏟아졌어요. 폭격은 파도 같았습니다. 세 시간마다 반복

됐죠. 그 간격이 짧아지기도 했고요. 가구街區와 동네, 행정 및 군사 표적이 죄 두들겨 맞았어요. 전에는 경험하지 못한 규모였지요. 그런 폭격은 처음이었을 겁니다. 바로 그 한가운데 내가 있었고 말이요. 밖으로 나오고서 바로 깨달았죠. 사망자 수가 수천에 이를 거라는 걸요. 포도 위에서 피가 시내처럼 흘렀어요. 잔해 속에 팔, 머리, 다리들만 흩어져 있더군요. 흙과 돌과 살점이 구워진 냄새 알아요? 그 냄새가 코로 파고들었습니다. 그 정도 됐으면 넉살이 더 좋아졌어야 했지만 도무지 진정할 수가 없더군요. 메르세데스가 천천히 주위를 살피더니 흐느껴 울었습니다. 그녀를 안고 키스해줬어요.

"가야겠어요." 그녀가 말했지. "병원에 갈게요."

"언제쯤 다시 만날 수 있을까요?" 내가 물었지요.

그녀가 어깨를 으쓱하고는 주변의 재난 상황을 가리켰죠.

"당신이 전선에서 돌아오면요." 메르세데스가 이렇게 대꾸하고는 자리를 떴습니다.

전선. 망할. 그들이 여전히 탄약을 기다리고 있었어요. 난 제때 도착했습니다. 개박살나는 과정에 참여했다는 말이오. 마리아노가 나를 보자 소리를 질렀어요.

"이제 오는 거야? 좀 더 오래 머물 수도 있었을 텐데 말이야. 우리 대장님께서 유람 가신 동안 우린 여기서 다 죽어가고 있었지. 사흘간 봉쇄당한 채로 말이야."

마리아노는 사람 기를 죽이고 괴롭히는 걸 좋아했죠. 나한테는 그 정도가 두 배쯤이었고. 하지만 이번에는 나도 지지 않았어요.

"놈들이 바르셀로나를 폭격한 거 몰라? 세상 사람들이 죄다 프랑코와 무솔리니를 비난하는데, 너는 친구한테 화를 내?"

"친구 같은 소리하고 있네." 놈이 고래고래 소리를 질렀지. "내가 네 상관이란 걸 잊지 마."

그래도 친구였는지, 그 선 이상을 넘은 적은 한 번도 없었죠. 내가 달려들려고 하자 나를 보더니 씩 웃는 거 아니겠어요. "아나 마리아 봤어?"

"그래, 봤다." 거짓말을 했죠. "널 생각하고 안부도 전하더라."

평화는 오래가지 않았어요. 3월 22일, 솔차가와 모스카르도의 군대가 우에스카와 사라고사 사이를 뚫고 들어왔어요. 다음날은 우리 차례였죠. 우리는 야구에 놈과 맞섰습니다. 페즈 모자를 쓰고 하얀 바지를 입은 모로코 놈들이 강을 건너왔지요. 다 끝났다고 느꼈습니다. 마리아노조차 사태 전개를 인정했지요. 그가 위치 사수를 포기하라는 명령을 내린 거지요. 우리는 여러 날 동안 계속해서 수십 리를 도주했습니다. 아라곤을 지날 때는 비행기에서 폭탄이 떨어졌죠. 민간인들도 살던 도시와 촌락을 포기했어요. 수레에 매트리스와 닭과 염소를 싣고 피난하던 사람들에게 폭탄을 퍼붓다니! 4월 3일에 레리다가 함락됐습니다. 2주 후에는 카밀로 알론소 베가의 제4 나바라 사단이 비나로스 인근 해안에 도달했지요. 우리 통제 영역이 두 개로 쪼개져버린 겁니다.

파리로 건너오고서 5년이 흘렀고, 벤야민은 마침내 방을 구해 혼자 살 수 있을 만큼의 돈을 긁어모았다. 제15구 동발 가 10번지는 20세기 초에 지어진 건물이었다. 위치상 시내와는 상당한 거리였다. 많은 독일 이민자가 뒤부아 부인의 후견 아래 거기 살았다. 그녀는 비록 나이가 많았지만 성격 좋은 집주인이었다. 헝가리 저널리스트 아서 쾨슬러가 독일과 이탈리아의 에스파냐 내전 참가를 보도하자 프랑코가 사형을 언도했는데, 아무튼 그가 거기 살았다. 그의 공산당 탈당은 소란스런 스캔들로 비화했고 말이다. 쾨슬러가 사는 층 위에는 다프네 하디라고 하는 애인이 머물렀다. 영국인 조각가였는데, 아주 어렸다. 건물의 다른 곳도 보자. 프리츠 프랭켈은 유명한 의사로, 예전에 벤야민의 대마초와 아편 흡입을 관리감독했다. 독일인 정신분석의가 한 명 있었고, 리자 피트코[31]의 오빠 한스도 빼놓을 수 없다. 벤야민은 리자 피트코와 남편—역시 한스[32]라는 이름의—을 1933년 어느 날 오후 돔 카페에서 만나 알고 있었다. 히틀러 반대 운동을 벌인 피트코 부부는 망명한 좌파 지식인들 사이에서 뭐랄까, 고명으로 올라간 파슬리 같았다. 아무튼 벤야민은 두 사람한테 관심이 별로 없었다. 뭐, 몽마르트르에 있는 부부의 작은 아파트에서 함께 저녁 시간을 보내기는 했지만 말이다. 그는 거기서 노르비스 가, 사울 거리, 생 뤼스티크 가의 교차로를 내다보곤 했다. 화가 위트릴로가 이 교차로를 자주 그렸다. 한스가 벤야민의 방 바로 위에 살았기 때문에, 그는 얼마 지나지 않아 벤야민을 잘 알게 됐다. 한스는 키가 크고 잘생긴 이론 물리학자였다. 벤야민에게는 좋아하는 체스 상대 브레히트가 없었고, 해서 겨울 저녁에는 많은 날들을 한스와 체스를 뒀다. 그때마다 그는 한스의 연구에 질문 공세를 퍼부었다. 그러면서도 정작 자신의 연구 내용은 일절 밝히지 않았으면서 말이다.

글과 책을 모아둘 아파트를 확보하는 데 5년이 걸렸다. 하지만 벤야민이 몇 제곱미터라도 거처를 꾸리는 사안을 해결하려고 애쓴 적은 단 한 번도 없었다. 방은 언제나 텅 비어 있었고, 안락함과도 거리가 멀었다. 벤야민이 소지한 것이라고는 딱 하나, 금이 간 마호가니 재질의 책상뿐이었다. 그는 이 책상 위에 한때 아버지 소유였던 가죽 재질의 서류가방을 두었다. 벽 하나에는 벤야민이 계속 가지고 다닌 그림이 하나 걸렸다. 그를 비밀스럽게 상징하는 파울 클레의 〈앙겔루스 노부스〉, 곧 '새로운 천사'였다.

좋았다. 가끔 책상에 앉아 독서를 하고—책상에 맞춰 빛이 낮게 조정되었다—옛날도 돌아봤다. 쫓겨나 살았던 곳을 떠올리면 역겨움이 밀려왔다. 여기 오기 전의 마지막 거처는 1층에 있는 작은 방으로, 눅눅하고 어두웠다. 파리에서 뻗어나가는 주요 간선도로 가운데 하나가 내다뵈는 곳이었다. 고속도로를 타는 트럭들의 굉음이 끊이지 않았고, 벤야민은 보들레르 에세이를 전혀 작업할 수 없었다. 이곳 동발 가의 집은 벽 너머로 승강기가 설치돼 있었고, 역시 끔찍한 소음이 나 그는 도무지 일에 집중할 수 없었다. 더운 날에는 하는 수 없이 창문을 여는 수를 내야 했다. 그러면 거리의 소음이 끽끽거리는 도르래와 모터의 윙윙거림을 집어삼켜 몇 시간이나마 집중하는 게 가능했다.

게르숌 숄렘이 2월 말에 그 집으로 벤야민을 찾아왔다. 뉴욕에서 유대교 신비주의 강연을 해달라는 청탁을 받고서 닷새 일정으로 파리에 잠시 머물기로 한 것이었다. 물론 파리에 들른 것은 친구를 만나기 위해서였다. 그 약속은 여러 차례 취소되었다. 공중에 붕 떠버리거나 연기되기도 몇 번이었다. 그래서 발터가 이렇게 썼던 것일까? 이 놈의 약속은 "서로 다른 나무에서 떨어진 잎사귀가 폭풍 속에서 만나는 일" 같구나.

두 사람은 11년째 서로를 못 보고 있었다. 벤야민은 숄렘의 포옹을 선선히 허락하기까지 했다. 이윽고 발터는 침대 위에 자리를 잡고 앉아 살로메를 피우기 시작했다. 파이프 담배가 귀하고 비싸졌고, 그는 가끔씩만 그걸 피우는 호사를 허용했다. 그 중간중간에는 물론 끔찍한 싸구려 터키 궐련에 만족해야 했고 말이다. 숄렘이 의자의 그나마 성한 부분에 불편하게 앉았고, 친구를 정관했다. 발터는 실제 마흔여섯 살 나이보다 더 늙어 보였다. 더 둥글둥글해졌고 콧수염이 진해졌으며 냉철하던 자세에도 소홀함과 방치가 배어 있었다. 이제 그는 회색 머리였다. 얼굴은 잿빛으로 변했고 눈썹이 묵중해졌으며 고개를 끄덕일 때면 이중턱의 기미도 보였다. 손가락 관절이 창백하게 부어올라 있었다. 숄렘은 그것이 혈액순환 장애이거나 그의 심장 탓이라고 판단했다.

"좋아 보입니다." 그가 입을 열었다.

"거짓말." 벤야민의 대꾸가 적절했다. "사실 아닌 말을 내뱉다니. 리자 피트코가 나를 뭐라고 부르는지 알아? 한스의 동생 말일세. 방금 계단에서 만난 남자가 한스란 사람이지. 그녀는 날 벤야민 어르신이라고 부르지. 사실 많은 사람이 그래. 내가 안다는 걸 사람들은 몰라."

그들은 좀 있다가 산책을 하러 나갔다. 벤야민이 숄렘의 팔을 붙잡았다. 숄렘은 확실히 키가 더 컸고 젊기도 젊었다.

"나를 죽일 셈인가, 게르하르트?" 벤야민이 숄렘을 어릴 적 이름으로 불렀다. "천천히 가자구. 난 이제 벤야민 어르신이란 말이야."

여러 해가 흘렀고, 그건 결코 편한 만남이 아니었다. 우정이 부식되진 않았어도 한때 공유했던 사상들은 또 그만큼 격차를 벌리면서 달라졌으니. 이제 두 사람은 생각이 달랐고, 불꽃이 튀었다. 그들의 다툼은 동발 가의 집, 불 미시의 카페들, 그리고 노상에서까지 계속되었다. 두 사람은 발터와 브레히트의 교분을 놓고서 다투었다. 〈기술 복제시대의 예술작품〉에 대한 벤야민의 에세이도 다툼의 대상이었다. 셀린과 반유대주의, 세상 사람들이 분을 삭이며 지켜보던 모스크바 재판까지 사안은 끝이 없었다. 벤야민은 말을 많이 하지 않았다. 그의 반응은 고통스럽게 일그러져 있었다. 그는 숄렘이 마치 당원이라도 되는 양 대했다. 벤야민은 숄렘을 '계급의 적'으로 취급했다. 숄렘이 당에 입당한 적도 없고, 공산당 지도자들을 자주 폄하해왔음에도 불구하고 말이다. 그가 이때 아샤 라시스의 비참한 운명을 알았을 수도 있고 몰랐을 수도 있다. 라시스는 라트비아 출신의 혁명가로, 벤야민은 그녀를 1924년 이탈리아의 카프리 섬에서 처음 만났다. 라시스를, 어쩌면 벤야민은 가장 사랑했을 것이다. 아무튼 그녀는 결국 소련의 대숙청 기간에 슬픈 운명을 맞이했다.

벤야민은 계속해서 문제와 사안을 회피했다. 호르크하이머 및 아도르노가 이끄는 연구소와의 관계조차 피해 갔다. (숄렘은 그 연구소를 좋아하지 않았다.) 숄렘은 친구로서 그의 상황을 드잡이하려 했지만, 이를 차단하는 벤야민의 태도는 퉁명스럽고 또 완강했다.

"그 사람들은 아주 좋아." 벤야민은 확고했다. 하지만 30분이 채 안 돼 그는 실토한다. 호르크하이머를 견딜 수도 없고 존경하지도 않는다고. "몰라. 그를 신뢰하지 않아. 이론 면에서도 말이야. 사소한 일은 아니지……"

두 사람은 마지막 저녁식사를 함께하고서 뤽상부르 공원의 벤치에 앉아서 쉬었다. 날이 어둑어둑해지면서 기온이 차가웠다. 하늘이 까슬까슬했고, 성난 바람은 겨울이 오고 있음을 알렸다. 벤야민은 호흡을 가다듬으려고 애썼고, 근처 라임나무 한 그루의 가지를 뚫어져라 바라보았다. 나무는 건강해 보이지 않았다.

벤야민이 중얼거리듯 말했다. "기관의 지붕 아래 들어갔고, 내 삶은 누더기가 돼 사라져버렸어." 그는 친구를 보지 않고 있었다.

"카프카요?" 숄렘이 턱을 옷깃에 파묻으며 물었다.

"그렇지." 발터가 미소를 지었다. "2년." 그가 별안간 보탠 말은 대단히 진지한 어조를 띠었다. "사회연구소에 기대지 않고, 2년만 버틸 수 있다면 정말 좋을 텐데.《파사겐 베르크》에 집중할 수 있게 말이야. 이곳 유럽에서는 불가능한 일이지. 하지만 자네가 날 위해 자리를 좀 마련해준다면 호르크하이머한테서 놓여날 수 있을 텐데. 그러겠다고 맹세하지. 편집하는 자네 친구 쇼켄한테 물어봐줄 수 있겠어? 내가 카프카에 관한 책을 쓰면 내줄 수 있느냐고 말이야. 그렇게만 된다면야 나도 팔레스타인으로 가지."

대기의 잔광이 미약해졌고 이제 사라질 찰나였다. 지평선 위로, 수목선 바로 위로 어둠이 쌓이고 있었다. 숄렘은 화가 났고, 친구를 바라보았다. 어두운 구름이 그를 지나간 듯했다. 그의 표정에서 짜증과 고통이 읽혔다. 옛날에 앓았던 충치가 느닷없이 생각나기라도 한 것처럼.

"마네스, 기억하시죠?" 그가 별안간 물었다.

"마네스 누구? 예루살렘의 자네 학교 총장 말인가?"

"예, 총장님이요." 숄렘이 대꾸했다.

그즈음 두 사람은 얘기를 나누었지만 서로를 보지 않았다. 발아래 잔자갈과 길을 따라 늘어선 생울타리가 애꿎은 시선을 받아야 했다. 숄렘은 상상할 수 있었다. 친구 발터의 얼굴이 분노와 당황으로 벌개졌음을 말이다.

숄렘이 침묵을 깨야 했다. "아시잖아요. 10년 전에 선배가 팔레스타인에 와서 히브리어를 연구할 수 있도록 제가 그에게 자금을 지원해줄 수 있느냐고 요청했지요. 선배는 마음이 바뀌었고, 돈도 돌려주지 않았습니다. 선배 때문에 또 그럴 수는 없어요."

마지막 문장은 마치 숄렘의 두 발에서 나오는 것 같았다. 그는 어떻게든 화를 억눌러야 했다.

"그건 해명할 수 있어. 다 설명할 수 있다구." 벤야민이 웅얼거렸다. 길 끝 화단으로 개 한 마리가 들어가는 게 보였다.

"물론 설명할 수 있으시겠죠. 하지만 저한테는요? 저한테는 어떻게 설명하실 겁니까?"

벤야민이 고개를 쳐들고 이번에는 미소를 지으려 했다.

"친구를 위해 해주게나. 마지막 부탁일세."

숄렘이 오랫동안, 아주 오랫동안 눈을 깜박이지 않았다.

"예, 해보겠습니다." 그가 대답했다.

발터는 기대감 속에 숄렘을 바라보았다. 딴생각이 들었지만 내색하지 않으려고도 애썼다. 숄렘이 눈치챌 걸 알았고 어떻게든 숨겨야 했다. 그는 얼마 전에 뉴욕으로 가는 아도르노를 힐난했었다. 당시 벤야민은 이렇게 말했다. "당신은 남아야 해요. 여기 있어야 한다구요. 우리가 다 떠나면 유럽은 더 이상 생존하지 못해요."

그런데 이제 그가 자기 말을 저버린 것이다. 발터는 시선을 내리깔고 앉아 있었다. 발끝으로 잔자갈을 이리저리 밀어내면서. 공원은 인적이 드물어지고 있었다. 출입문 너머 플뢰뤼 가의 가로등이 이미 들어와 있었다.

"많이 늦었네요. 그만 가보겠습니다." 숄렘이 긴 한숨과 함께 이렇게 내뱉었다.

둘이 마지막으로 본 게 바로 이 만남이었다.

사실 우리가 이길 가능성은 없었습니다. 당시에 그 사실을 순순히 인정해야만 했지요. 생각해봐요. 프랑코가 아라곤을 공격하고 있었고, 히틀러는 오스트리아를 통째로 집어삼켰죠. 그것도 단 하루만에요. 프랑스와 영국을 위시해 모두가, 그들 모두가 입을 닫고 뒷짐만 진 채 방관했습니다. 이런 전반적인 불개입 노선에 우리가 방치된 것이지요. 이게 비극이 아니라면 소극, 광대놀음이나 다름없지요. 상황을 아는 데 무슨 대단한 혜안이 필요치도 않았습니다. 아이도 알 수 있는 일이었죠. 무솔리니와 히틀리가 개입하지 않더라도 지옥문은 열렸습니다. 오스트리아 병합 사태 이후로 사람들은 깨닫기 시작했죠. 인정하지 않아서 그렇지. 독일 놈들의 목표가 뭔지 아무도 모르는 것 같았어요. 모두가 그놈들 비위를 맞추느라 바빴죠. 아돌프가 가리키면 모두가 경례를 했습니다. 스탈린까지도요. 내 말을 믿어야 합니다. 스탈린이 우리의 동맹군이라는 생각을 당시에는 많은 사람이 미심쩍어했습니다. 프랑스가 잠시 국경을 개방했지요. 겨우 무기를 반입할 정도의 시간이었어요. 하지만 그들도 이내 다시 국경을 폐쇄해버렸습니다. 유럽이 우리를 버리고 있었던 겁니다. 그런 다음 그들이 계속해서 무엇을 했을까요?

날 그렇게 보지 마시오. 아마도 당신은 이렇게 말하겠죠. 당시로서는 상황이 그렇게 또렷하지 않았을 거라고. 아무튼 우리는 그 개자식들과 맞장을 뜰 수가 없었어요. 당시에 우리는 그 어떤 것도 고르거나 선택할 수 없었다오. 싸우긴 싸웠지. 하지만 할 수 있는 건 기적을 바라는 것뿐이었어요. 그리고 어느 누구도 그 마지막 말은 입 밖에 내지 않았습니다.

후퇴 후, 마리아노와 나는 바르셀로나로 걸어갔습니다. 어쩌나 낙담했던지. 낮에는 본부에서 어슬렁거렸지요. 소대가 재편성되기를 기다렸던 거예요. 누구라도 나서서 우리한테 임무를 말해주기를 바랐죠. 밤에는, 그래도 우리의 경우 운이 좋았지. 아나 마리아, 그리고 메르세데스와 함께 지냈으니. 하지만 뭔가가 바뀌어 있었어요. 뭐 물론 나는 눈치채지 못했지만 말야. 사실 웃고 말하는 것만 봐도 알 수 있는 거지요. 전과 꼭 같았지만 슬픔이 드리워져 있었고 가시지를 않더군. 털어내려 해도 말야. 메르세데스와 나는 전처럼 잘 지냈지만, 마리아노와 아나 마리아는 뭔가 껄끄러웠어요. 그러다가, 함께 파랄렐로 인근으로 영화를 보러 간 어느 날 저녁에 두 사람이 다퉜지. 메르세데스와 내가 앞에서 걷고 있었는데, 아나 마리아가 더는 그를 사랑하지 않는다거나 뭐 그 비슷한 말을 한 게 틀림없어요. 느닷없이 뒤에서 마리아노의 이런 고성이 들려왔으니까요. "다른 놈이 생긴 거야, 그렇지? 말해."

"그래요." 아나 마리아가 대꾸했지. "그래서 어쩔 건데요?"

고개를 돌렸더니 머리를 감싸며 아나 마리아를 노려보는 마리아노가 눈에 들어왔어요.

"묻고 있는 건 나라고. 난 저기 도시 밖 전선에서 얼어 죽을 뻔했어. 네년이 여기서 놀아나는 중에 말야. 그러면서 내내 나를 생각하고 있다며 사랑한다고 전해달래? 이 화냥년 같으니라고."

"전해줘요? 뭘? 도대체 무슨 소리를 하는 거예요? 내가 언제?" 아나 마리아가 대꾸했어요.

맙소사, 젠장 이제 내가 끌려들어가는구나, 하고 생각했죠. 난 메르세데스의 손을 단단히 움켜쥐고 앞으로 빨리 걸었어요. 현장을 빠져나와야 했어요. 마리아노가 완전히 맛이 간 상태였으니까요. 손가락으로 머리칼을 꼬면서 그렇게 노려보면 해볼 도리가 없거든요. 그는 약속을 어기는 거짓말쟁이를 못 참았고, 그렇게 벼락같이 화를 낸 것도 그 때문이었죠. 친구는 무너졌고, 간청했고, 고함을 쳐댔어요.

"자유연애에 관해 한 그 모든 말은 다 뭐죠?" 마리아노가 이렇게 말하더군요.

"말 그대로예요. 자유로운 거죠. 난 당신과 함께하고 싶지 않아요. 알아들어요?"

영화 관람은 날아갔고 이후 며칠 동안 친구 놈 기분은 흉포하기만 했어요. 마리아노가 사람을 물었다면 독사에 물린 것처럼 즉사했을 거예요. 나는 몰래 나가 메르세데스와 만나지도 못했죠. 우리가 함께 있는 걸 보면 속이 뒤집어질 테니. 분노와 복수심. 마리아노는 공세 부대에 합류하기 위해 할 수 있는 건 뭐든 했어요. 그는 말했어요, 반격을 가할 특공 부대를 이끌고 싶다고. 우리 편이 당도하기 전에 기습을 벌여 적진을 교란하겠다는 거죠. 그건 자살을 하겠다는 얘기였어요. 정확히 그랬죠. 그런데 사령부가 마리아노의 말을 진지하게 받아들이는 거예요. 놀라웠죠. 그의 야전 경력 때문이었어요. 4월 말에 본부가 마리아노의 계획을 승인했어요. 마리아노가 사전 준비 작업에 뛰어들었고, 며칠이고 볼 수가 없었죠. 이때다 싶었고, 나는 메르세데스를 찾아갔어요. 그즈음에는 우리 둘 다 공습은 아랑곳하지 않았어요. 내 총은 이제 끄떡없었고, 메르세데스는 폭격기가 저공비행을 할 때면 더욱 흥분했죠. 우리는 잘 지냈고, 마리아노 놈이 방해하지만 않았다면 우린 계속 그렇게 잘 지냈을 거예요. 어느 날 오후 람블라스의 한 카페에서 아이스크림을 먹고 있었어요.

그가 말하더군요. "세 시간 동안 너를 찾았다."

화창한 5월의 저녁이었고, 미풍이 대기를 지나갔죠. 어찌나 부드럽고 달콤하던지 산책하는 듯했어요. 메르세데스가 자리를 바꿔 앉았고, 테이블 아래로 내 손을 움켜쥐었죠. 무슨 일이 벌어질지 알았던 거죠. 마리아노는 앉지도 않고 근위 보병처럼 똑바로 서서 나만 바라보더니 메르세데스의 눈길은 피하더라고요.

"준비 끝났어." 그가 말했어요. "모레 소속 사단과 함께 떠나. 수하를 골랐지. 불알 달린 놈들로 말야. 너도 가는 거야, 알겠어?"

내가 무슨 말을 할 수 있었겠어요? 나는 도와달라며 메르세데스를 쳐다보았지만 그녀의 표정에서는 아무것도 읽을 수가 없더군요. 하지만 메르세데스가 무슨 생각을 하는지는 알았어요. 재미를 보고 모든 순간을 붙잡아 활용하는 것은 좋은 일이다. 하지만 싸워야 하는 순간이 왔는데도 내빼는 건 겁쟁이 자식이나 하는 짓이다. 나라도 똑같은 말을 했을 거예요. 그렇게 변변찮은 삶이라도 유지하려면 소심과 비겁, 고만고만한 너저분함은 죽어야겠지.

"그래." 내가 대꾸했죠, 작은 소리로. "사령부에서 내일 보자구."

람블라스에 가로등이 켜졌고 새까만 하늘을 배경으로 찬연히 빛났어요. 별도 몇 깜박이더군요. 하늘이 어찌나 아름답던지, 그 망할 전쟁을 저주하지 않을 수 없었어요. 욕이 막 나오더군요. 주변으로 사람들이 많았어요. 군인들, 애들을 데리고 저녁을 먹으러 나온 어머니들, 그냥 놈팽이들. 승합차가 하나 지나갔어요. 아나키스트 깃발을 흔들면서. 신병을 가득 싣고 역으로 가고 있었죠.

"집으로 가요." 메르세데스의 속삭임이 들려왔어요. 귀에는 혀를 집어넣고 엉덩이에는 손가락을 꽂았죠. "오늘 밤 폭탄이 쏟아진다면 다 소용없을 텐데." 내가 낮게 내뱉은 말이었어요.

우리는 피레네산맥의 어떤 채석장에서 2주 동안 훈련을 했고, 그런 다음 출발했습니다. 러시아제 슈투르케 지프 세 대를 탔죠. 하루 동안 달렸고, 밤에는 전조등을 끈 채 이동했고, 다음날 오전 한 나절까지 움직였습니다. 16명으로 구성된 부대였어요. 나는 부대장 마리아노와 선도차에 탑승했습니다. 우리 차에 탄 사람이 누구더라, 스위스인 요리사, 에이레 출신인 금발의 경계병 지미, 이탈리아 사람으로 제2부대장이었던 알폰소 등등이었죠. 제2부대장은 약간 바보였는데, 그래도 폭약 천재였어요. 다른 부대원은 다른 차에 탔는데, 안달루시아 사람 두 명, 갈리시아인 한 명, 미국인이 세 명(한 사람은 흑인이었어요), 독일 공산당원 두 명. 누굴 빠뜨렸지? 옳거니, 그 영국 사람과 얀. 얀은 네덜란드 사람이고 박격포 전문가였습니다. 그리고 레치가 있었어요. 키가 작고 명태 같았는데, 그 신경과민 친구는 비행기를 격추한 에이스였죠. 마리아노가 부하를 잘

뽑았어요. 다들 승부사였죠, 맞아요. 하지만 좋은 벗들이기도 했습니다. 가장 중요한 건 무기 전문가들이었다는 거예요. 대원들은 무사태평하게 수류탄에서 기관총으로 넘어가고 또 소총과 칼, 권총을 썼어요.

정오를 앞두고 한 마을에 도착했는데, 폭격으로 초토화되었더군요. 아무도 없었습니다. 토끼, 염소, 닭 몇 마리만 잔해 사이를 돌아다니더군요. 당나귀 한 마리와 노새 두 마리를 붙잡아 무기와 보급품을 싣고 산을 올랐어요. 세 시간쯤 가자 정상이 나왔고, 버려진 수도원이 보였습니다. 식료품 저장고에는 기름, 쌀, 콩, 병아리콩, 포도주가 한가득이었죠. 거기에 진을 치기로 했습니다. 참호를 구축할 여유가 없었고, 포탄 구멍에다가 진지를 구축했어요. 에브로 강이 내려다보였는데, 강 건너편으로 적이 대규모로 웅거 중이었죠. 야구에가 이끄는 모로코 정규군, 치안대, 카를로스주의자들인 레케테, 이탈리아 자원병, 에스파냐 외인 부대가 거기 있었습니다. 전선은 잠잠했죠. 우리가 물을 구하려고 샘에 접근할 때만 총을 쐈습니다. 아니면 그렇게 조용할 수가 없었어요. 우리랑 우리 편의 다른 부대 사이에 놓인 영역을 정찰할 필요도 없었죠. 거기엔 우리뿐이었으니까요, 몇 명 되지도 않는.

우리는 눈에 띄지 않으려고 일주일 동안 바짝 엎드려 지냈습니다. 적군 부대의 이동을 관찰하고 놈들 대포의 위치를 표시해두는 정도였죠. 그런 다음에는 야음을 틈타 강을 건넜습니다. 쉬웠어요. 수위가 낮았고 물이 흐른다고 할 수도 없었으니까. 초병들을 덮쳐서 작살을 내버렸죠. 수류탄으로 적의 진지를 찢어놨어요. 거의 매일 밤 포로를 생포해 귀환했습니다. 한번은 꽤 멀리까지 침투했고 모로코 놈들 숙영지를 봤어요. 한 놈이 장작불 앞에서 피리를 불고 있더군요. 다른 놈들은 반벌거숭이로 바닥에 널브러져 자고 있었고요.

"좋았어." 마리아노가 말했습니다.

공격을 했습니다. 먼저 수류탄을 스무 발 먹였고, 기관총 두 정을 난사했죠. 그다음에는 소총으로 마무리했고요. 학살이었어요. 놈들은 단단히 화가 났습니다. 우리가 강을 건너 퇴각하는데 박격포탄이 강으로 떨어졌어요. 이어 사방에서 기관총 세례가 퍼부어졌죠. 프랭키가, 미국인이었는데, 어깨에 한 방 맞았습니다. 하지만 그렇게 심각하진 않았죠. 나도 강둑을 오르다가 발목이 부러질 뻔했어요. 겨우 강을 건넜고, 포격으로 둑에 파인 도랑으로 뛰어들어 갔습니다. 그렇게 탄환 세례를 벗어났죠.

마리아노가 명령했어요. "놈들이 이쪽으로 건너오려고 할 때만 사격해."

에이레 친구 지미가 곧 알려왔어요, 부대 하나가 통째로 강을 건너려 한다고. 모로코 놈들 200~300명, 어쩌면 더 많을 텐데, 대대 하나가요. 정말 미쳐버린 것 같았습니다. 날카롭게 비명을 질러대고, 허공에다 대고 소총을 쏘았죠. 달이 휘영청 밝았는데, 그런 일을 겪으면 사람이 으스스하지 않을 수 없지요.

"다들 돌았군." 알폰소가 바닥에 침을 뱉으며 말했어요. "다이너마이트를 좀 써야겠는데?"

마리아노는 흙벽에 기댄 채로 드러누워 있었어요. 예의 그 머리를 꼬는 자세로. 그가 나를 보더니, 모로코인들을 내다보고 나서, 알폰소를 응시했다가, 다시 모로코 놈들을 쳐다봤어요.

"아니." 마리아노가 대꾸했어. "우리 진지로 더 올라가 기다리
자고. 놈들이 강을 건너 개활지로 나온 다음에 공격할 거야."

놈들은 우리가 후퇴했다고 생각했어요. 무릎까지 차는 강을 건
너면서도 꽤나 태평했으니. 무리를 지어서 전진을 했는데, 꼭 축제
행진을 벌이며 춤을 추는 것 같더라고요. 박격포 첫 발이 놈들 후
미로 떨어지자 그들도 재빨리 기관총으로 대응했어요. 우리도 소
총으로 응사했고. 양처럼 쓰러졌죠. 하지만 많다는 게 문제였어
요. 놈들은 멈추지 않았죠. 박격포 소리가 휘파람처럼 귀로 들리는
데, 안달루시아 동지 한 명, 그리고 또 미국인 한 명이 맞고 말았어
요. 내 오른쪽으로 30미터까지 전진했는데 괴성을 지를 시간도 없
더군요.

나는 말했죠. "씨발."

"닥치고 총이나 쏴." 마리아노의 대꾸는 이런 식이었어요.

두 시간 반 동안 싸웠을 거예요. 모로코 놈들이 우리 앞에서 버
텼어요. 그런데 양옆에서 사격이 가해지는 거예요.

내가 외쳤죠. "옆에서 온다. 망할, 이제 어떡하지?"

"소리 지르느라고 시간을 덜 썼으면 진작 봤겠지, 이눔아." 마리
아노가 침착하게 말했어요.

이윽고 그가 머리로 우리 뒤를 가리켰어요. 고개를 돌렸더니,
맙소사, 믿을 수 있겠어요? 러시아 탱크 두 대가 보이는 거예요. 우
리 편이 길을 따라 내려오고 있지 않겠어요? 맙소사. 그 뒤로 중대
하나 규모의 병력이 보였어요. 와우, 나쁘지 않았어요. 우리는 도랑
에서 뛰쳐나와 앞으로 뛰어가며 사격을 했죠. 탱크 두 대가 바로 강
으로 전진하더니 갈라지더군요. 15분 후에는 시체를 밟으며 강을

건널 수 있었어요. 그러니까 발에 물이 안 묻어도 됐다구요. 놈들은 600명을 잃었고 우리는 200명을 포로로 잡았죠. 우리는 사망자 두 명에 부상자 한 명뿐이었어요. 하지만 그럼에도 우리는 그날 밤 수도원의 지하실에 숨어 있어야 했어요. 놈들이 비행기와 대포로 폭격과 포격을 가했기 때문이죠. 다음날 낮까지 계속됐어요. 하지만 아무도 두려워하지 않았어요. 밖에 있는 모든 게 흔들렸지만 우리는 무사했고 침착했어요. 배도 불렀고 말예요. 입맛을 다시면서 광에 쌓인 포도주를 마셨죠. 나흘 후에 우리를 빼 가려고 트럭이 왔고, 그때 우리는 행복하게 취해 있었어요. 우리가 벌인 작전으로 적의 공세가 좌절되었음을 알았죠. 축하할 만한 일이었어요. 타라고나 인근의 새 캠프로 갔는데, 여단장이 마리아노를 막사로 불렀어요. 두 시간 후에 나왔는데 얼굴 표정에 노기가 서려 있더군요.

"왜 그래?" 내가 물었어요.

"신경 꺼."

간이침대에 드러눕는데, 침통한 얼굴이었어요. 정말 시무룩했죠. 눈을 감고 가만한 마리아노의 모습은 꼭 미라 같았어요.

내가 말했죠. "우리 오늘 밤 한판 때릴까? 아니면 자초지종을 말해줘."

그가 내게 구겨진 종이를 건넸어요.

"무공 훈장이 내려왔어. 너도 이제 중위다. 에브로에서 네가 잘 싸웠대. 망할, 이게 다 뭐야!"

'망할'이란 말이 맞았어요. 난 진급했죠. 나도 장교가 된 거예요. 하지만 친구는 속이 뒤집어졌죠. 단단히 화가 났고 머리를 절레절레 흔들었어요.

난 말까지 더듬었어요. "어렵게 생각하지 마. 네가 대장이라구, 항상. 언제나 말야."

그래서 어떻게 됐겠어요? 그가 얼굴을 찡그렸죠.

"물론 내가 대장이야." 마리아노가 웃으며, 내게 좀 덜 구겨진 종잇조각을 건네더군요. "봐라. 너도 이제 장교지만, 난, 망할, 대위래."

그가 웃으며 말하는데 피가 거꾸로 솟겠더군요. 개자식. 얘기가 더 있는데, 그 얘기를 하면서까지 계속 쳐웃었죠. 소대원 전체가 15일 휴가를 받았어요. 그쯤에는 다른 전우들도 퍼져나간 소문을 죄 들었고, 환호작약했죠.

마리아노가 나를 능글맞게 바라봤어요. "장담하건대 우리 중의 어떤 놈은 바르셀로나에 간다."

사실 모두 바르셀로나에 갔어요. 아무렴 그렇고 말고요. 카를 마르크스 본부에 도착해서는 맨 먼저 주방을 타격했죠. 멀쩡한 사람으로 돌아가려면 배를, 일단 배를 채울 필요가 있었거든요. 담배를 받았고, 외에도 돈까지 주더군요. 우린 바르셀로나 시내를 활달하게 누볐어요. 제복이 그렇게 자랑스러울 수가 없었어요. 도가 지나쳤죠. 술집과 노상에서 화를 자초했으니. 둘째 날은 메르세데스를 만났어요. 전우를 병문안하러 갔거든요. 메르세데스가 어찌나 큰 함박웃음을 지어 보였는지. 벌린 입과 눈꼬리에서 마음을 읽을 수 있었죠.

"얼마나 머무는 거죠?" 메르세데스가 내 머리를 어루만지며 목에 키스했어요. 나와 내가 달고 있는 계급을 자랑스러워했죠. 조금씩 메르세데스가 나를 진심으로 사랑한다는 게 느껴졌어요. 전시에 하는 사랑이 아니고 말이죠. 전쟁 때면 사람들은 방어적이 되고 도박을 하듯이 살아요. 죽음의 신을 속이려 한다고나 할까. 사람들은 그런 식이었어요. 개에 달라붙은 벼룩마냥.

병원 근무가 없는 날이면 매일 밤 그녀와 잤어요. 이탈리아 놈들이 가끔씩 폭격을 했지만 방공호로 한 번도 안 갔어요. 나도 폭격으로 건물이 떨리는 그 맛을 느껴버린 거죠. 어찌나 행복에 취했던지, 전쟁 중이라는 사실도 안중에 없었죠. 바로 그때 날 찾아와서 정신 차리게 해준 사람이 바로 알폰소였어요. 어느 날 아침 일찍 알폰소가 문을 두드렸죠. 밖이 꽤나 어두웠고, 메르세데스와 난 나른하게 졸린 상태로 엉겨붙어 있었어요. 다리 사이의 털을 만지작거리며 말이에요.

"선생, 안에 계신가?" 알폰소가 문밖에서 불렀죠.

나는 겨우 일어나서 바지를 찾아 입고 문을 열었어요. 그가 득달같이 들어와 흥분해서 하는 말, "서둘러. 뭐하고 있는 거야? 오늘 이동하는 거 몰라?"

망할, 그랬어요. 알폰소에게 잠깐 기다려달라고 말하려는데, 메르세데스가 다 벗은 몸으로 침대에서 일어나는 거예요.

"좋은 아침이에요." 메르세데스가 미소를 지으면서 욕실로 들어가는 것 아니겠어요.

알폰소는 넋이 나갔죠. 조각상보다 더 가만했을걸. 벌린 입을 다물게 하고 내가 곁에 있음을 상기해주려면 팔꿈치로 놈을 쳐야 했을 정도였으니까요.

"꼭 마돈나를 봤다고 생각하는 듯한 표정이네."

그가 이탈리아어로 대답했지. "거의."

우리가 다시 에브로강으로 가는 트럭에 타고 있을 때조차도 알
폰소는 그 생각뿐이었을 거예요.

"네 애인은, 정말, 죽음이야. 최고의 미인이라구."

"네 여동생은 빼고겠지?" 내가 대꾸했죠.

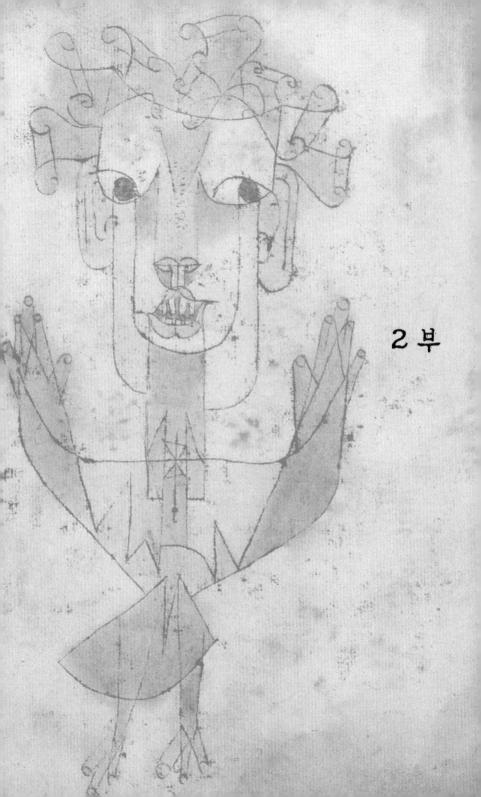

2부

몇 달 후 벤야민은 한 편지에서 숄렘의 파리 체류를 거론했다. 무심한 어조였다. 그는 이렇게 썼다. "충분히 오래 얘기했고, 우리의 철학 토론은 괜찮았다. 내가 틀리지 않았다면 그는 내가 어떤 사람인지 깨달았을 것이다. 뭐랄까, 악어의 아가리 속에서 사는 사람 정도. 쥠쇠로 놈의 아가리를 비집어 열어 두기 위해 분투해야 하는 그 처지라니." 그 심상은 사태의 진실과 멀리 떨어져 있지 않았다. 벤야민 주위로는 그때까지 여러 해에 걸쳐 '늑대 떼'처럼 재난과 역경이 쌓이고 있었다. 곱추난쟁이가 그를 쫓는 일을 중단한 적이 없었고, 벤야민은 그 사실을 알았다. 그는 갖은 수를 동원해 다가올 위험을 예견하려고 했지만, 결국에는 항상 곤경에 처하는 듯했다. 몽유병자가 발휘하는 기이한 정확성 같다고나 할까. 노스탤지어조차 그를 배신했고, 가장 행복했던 순간마저 벤야민의 기억에서 빠져나갔다. 겁쟁이, 비겁자. 그는 자신의 인생이 산산조각 났다고 생각했다. 그리고 그 파편들이 끝없이 쌓이고 있었다. 과거를 반추하면 할수록 그는 더욱더 짓눌렸다. 미래의 조짐이 안 좋았다. 역사의 천사가 그에게 말을 걸어왔다. 벤야민은 천사의 그 신호를 명징하게 해석했다. 숄렘이 찾아오고 나서 한 달이 채 안 된 시점인 1938년 3월 12일, 히틀러가 오스트리아를 침공했다. 벤야민은 그 사건에 대해 전혀 기뻐할 수 없었다. 세계의 역사와 그 자신의 개인사가 숲에 난 길들처럼 교차하리라는 사실에 말문이 막힐 지경이었다. 아들 슈테판이 바로 그때 빈에서 공부하고 있었던 것이다.

슈테판의 스무 해는 견디기 힘든 세월이었다. 그는 반항적 외톨이였고, 이런 성정은 확실히 아버지의 부재로 인한 것이었다. 슈테판이 제3제국의 최신 영토에서 붙잡힐 수도 있는 위험천만한 상황이 발생하고 말았다. 나치가 점령한 도시에서 유대인이 공산주의자로 산다? 그가 바라고 기대할 수 있는 최선은 강제 수용소였다. 벤야민이 파리에서 할 수 있는 것이라곤 산레모에 있는 도라를 채근하며 소식을 묻는 것뿐. 그는 한 달 치 생활비 중 마지막 남은 돈을 흥분한 전화 통화에 써버렸다. 이윽고 그가 내내 기다리던 전보가 도착했다. 슈테판이 가까스로 이탈리아로 탈출했고, 그와 어머니는 곧 런던으로 출발할 예정이었다. 파시스트들의 인종차별법 때문에 도라는 보유하고 있던 작은 호텔을 팔지 않을 수 없었고, 런던에서는 하숙을 치고자 한다고 했다.

그제야 벤야민은 한시름을 덜었고, 보들레르 산문 연구를 재개했다. 아니, 적어도 재개하려고 애썼다. 하지만 장애물이 많았다. 동발 가의 승강기, 만성 편두통, 거머리처럼 붙어서 떨어질 생각을 하지 않는 게으름, 가끔은 호흡까지 곤란한 가슴 통증 등등. 벤야민에게는 정말이지 맑은 공기와 새로운 분위기가 필요했다.

벤야민은 도서관에서 귀가하던 어느 날 한숨 돌리며 기분을 전환할 필요성을 절감했다. 지하철 역에서 나오는데 5월 오후의 밝은 햇살이 그를 때렸다. 벤야민은 반짝반짝 빛나는 생기를 들이마셨다. 잠시 숨을 가다듬어야 했다. 계단이 몇 개 되지도 않았건만 숨쉬기가 힘이 들어 씩씩거렸던 탓이다. 벤야민이 짧은 보폭으로 보지라르 가를 건넜다. 햇볕 때문에 눈이 부셨고, 그는 마담 쉬셰의 가게로 들어갔다. 쾨슬러가 데려간 적이 있는 가게였다. 그 어둡고 좁은 가게는 먼지투성이 선반에 냄새가 코를 찔렀다. 쾨슬러의 경고는 이랬다. "주인장 아줌마는 참아줄 수 없는 성격이에요. 그녀는 세상이 끝날 때까지 주구장창 이야기를 해댈 것만 같죠. 하지만 특별한 치즈를 갖고 있답니다."

벤야민은 문을 열고 들어갔고 목례를 했다.

"쉬셰 부인, 안녕하세요. 바게트와 카망베르 좀 주시겠어요?"

"오늘 밤은 간단히 드실 모양이군요, 방야망 씨?"

아주머니가 벤야민에게 장난을 거는 것이었다. 사실 이게 방야망이란 사람과 아주머니가 지내는 방식이었다. ······ 프랑스 사람 중에 발터의 성을 제대로 발음할 수 있는 사람이 과연 있기는 할까? 정말이지 벤야민은 이름을 대단히 중히 여겼다. 오래전이라면 그도 이렇게 쓰지는 않았을 것이다. "이름은 언어의 가장 내밀한 본질이다." 인간 언어에 남아 있는 신성의 유일한 흔적이라는 것이다. 하지만 벤야민은 너무 지친 상황이어서 그녀의 말을 바로잡을 여력이 없었다.

"그래, 당신네 나라 히틀러 있잖아요. ······ 200그램이면 될까요? 그래 당신이 보기엔 전쟁이 일어날까요? 난 이미 한 번 치렀답니다. 동기가 둘이나 죽었죠. 이프르에서 하나, 베로됭에서 또 하나."

"안됐군요, 부인. 여튼 히틀러는 내 소관이 아니고, 글쎄요, 전쟁이 날지 안 날지는 모르겠군요. 누가 알겠습니까? 150그램이면 될 것 같아요. 고맙습니다."

"전쟁은 안 나요. 보면 알겠죠. 망할 '독일 놈'들 같으니." 쉬셰 부인이 '독일 놈'이란 단어를 다시금 불구로 만들어버렸다. "내 말은, 독일도 잘 알 거라는 거예요. 우리가 마지노선을 사수하고 있고, 돌파 시도 자체가 무용할 거라는 걸요……"

가게 바깥길로 시선이 쏠렸다. 풍화된 슬레이트 지붕 위로 햇살이 금가루를 뿌리고 있었다. 아가씨들이 자전거를 타고 지나가는데 치마가 공기를 머금고 부풀어올라 마치 돛 같았다. 황홀한 광경이었다. 물론 오래일 수는 당연히 없었지만. 벤야민은 집에 당도했다. 승강기가 또 고장 나 있었다. 너무한 일이었다. 그 같은 사람한테조차도 말이다. 벤야민은 한동안이나마 자리를 벗어나야 했다. 스코브보스트란트에 마지막으로 간 게 언제쯤이었을까? 2년 됐군, 그는 중얼거리면서 계단을 바라보았다. 2년 전 그날. 브레히트가 덴마크로 오라고 청했고, 아마도 그 초청을 수락했을 것이다. 보들레르 에세이를 쓰는 데 필요한 자료를 거의 다 모은 상황이었고, 2주 정도만 더 있으면 그는 작성한 노트도 마저 취합해서 그 어촌 마을로 갈 참이었다. 거기라면 평화롭게 글을 쓸 수 있을 터였다. 어디 그뿐이랴, 생활비도 훨씬 싸게 먹힐 것이었다.

벤야민이 걸음을 멈추었다. 2층 층계참이었고, 그는 숨을 헐떡이고 있었다. 벤야민은 자신이 어쩌면 당장 떠나야 할 거라는 확신이 들었다. 계단을 조금 더 오르자 한스의 아파트 출입문이 나타났다. 그는 다시금 마음을 바꾸었다.

그는 한 달 동안 곰곰이 생각하고, 또 심사숙고했다. 브레히트를 만나고 싶다는 생각과, 그렇게 하면 어쩔 수 없이 재정적으로 그에게 의탁해야만 할 것이라는 두려움이 번갈아들었다. 평온함에 대한 갈망과, 쭉 지속해온 생활벽을 고쳐야만 할 거라는 압박감이 수시로 주도권을 잡았다. 그러다가 여느 때처럼 불현듯 그는 소략하게 여장을 꾸릴 때라고 마음먹었다. 6월, 이제 여름 냄새가 나는 뜨뜻미지근한 아침이었다. 그가 기차를 타고 북쪽으로 향했다.

스코브보스트란트에 가서는 브레히트 가족 바로 옆으로 다락방을 하나 빌렸다. 벤야민은 행복감을 느끼는 데 많은 것을 필요로 하지 않았다. 글을 쓸 수 있는 기다랗고 묵직한 나무 탁자, 바다가 내다보이는 창문, 건강 그리고 점점이 떠 있는 돛배와 작은 선박들이면 충분했다. 맞은편 해안으로는 전나무 삼림이 울울창창했다. 적어도 벤야민 주위로는 조용하고 가만했다. 날씨는 험악했다. 정말이지 나가서 산책을 하도록 부르는 날씨가 아니었다. 하늘은 색깔이 당나귀의 배 같았고, 해는 도대체가 모습을 보일 생각을 하지 않았다. 그런데 이게 유리하게 작용했다. 벤야민은 하루에 여덟 시간에서 아홉 시간까지 쉬지 않고 작업했다. 그렇게나 집중할 수 있다니! 저녁에는 기분 전환이 필요했고 벤야민은 브레히트의 두 아이와 놀아줬다. 라디오를 듣기도 했고 저녁을 먹은 다음에는 브레히트와 연신 체스를 두곤 했다. 뭐, 거의 언제나 졌지만.

벤야민은 패배를 변명하며 이렇게 말하곤 했다. "집중을 할 수

가 없단 말이지." 보들레르가 그의 핑곗거리였다. 보들레르 에세이
는 과연 폭군이었다. 글을 완성하려면 완전한 충성과 복종이 요구
됐다. 끊임없는 헌신과 몰두가 필요했고, 벤야민은 완성을 앞둔 친
구의 최신작 소설 《율리우스 카이사르 씨의 사업》조차 읽어줄 여
유가 없었다. 브레히트는 상황을 이해했다. 그는 벤야민에게 그런
고립과 격리가 필요함을 알았다. 저녁이면 두 사람은 러시아를 화
제로 이야기를 나누었다. 안 좋은 소식이 모스크바 발로 계속 도착
했다. 브레히트가 거울을 보면서 중심을 잡는 게 분명했다. 스탈린
의 정치 행태는 긴급사태로 설명할 수 있었다, 재판 말이다. 조국
포위의 상황. 하지만 서서히 시간이 흘렀고, 기나긴 북쪽의 밤이 맞
은편 창에 떨어지자 둘 모두 경계 태세를 버리고 인정하지 않을 수
없었다. 지난 20년 동안 정치적으로 헌신했던 그들의 모든 것이 결
국 재앙으로 귀결되었다는 것을.

브레히트가 가끔 벤야민의 작업을 물었다. "그래, 잘돼갑니까?"
그러면 벤야민은 말없이 고개를 끄덕였다. 작업이 잘 진척된다면
에세이가 어떻게 진행 중이라는 등 시시콜콜 얘기를 늘어놓았을지
도 모른다. 자신이 예기치 않은 지점들을 더듬었다는 등 사방으로
촉수를 내뻗은 점점 더 묵직한 책으로 탈바꿈 중이라는 등 거기서
새롭고 빛나는 발안들이 꿈틀거리고 있다는 등 말이다.

발터는 자신의 보들레르 연구를 믿었다. 하지만 거기에는 어두
운 그림자가 있었다. 해악적이며 사악한 그림자가 발터의 작품에
드리워졌다. 그는 잠을 빼앗겼다. 어느 날이었다. 브레히트의 집 앞
정원에 발터가 서 있는 광경이 눈에 들어왔다. 마치 사진이라도 찍
히려는 듯한 부동 자세였다. 어둡고 음산한 분위기가 가려지지 않

는 그런 모습이었다. 거짓말을 모르는 두 눈. 부스스한 반백의 머리칼 아래로 보이는 벤야민의 두 눈은 날카로운 긴장 상태였고 골치 아프다는 표정이었으며 빤히 응시하는 시선은 어수선하고 불편했다.

히틀러가 수데테란트로 밀고 들어간 사태, 체임벌린이 베르히테스가덴으로 날아가 총통에게 갖은 양보를 해버린 것, 에스파냐에서 프랑코 장군이 공화군 진영을 야금야금 먹어들어가는 사태를 염려하지 않는다는 것은 불가능한 일이었다. 스코브보스트란트의 경우 다행스럽게도 신문이 늦게 배달되었다. 그래서였을까, 사람들은 조금 덜 불안해하면서 신문을 펼쳤다. 9월 29일 저녁 라디오를 통해 뮌헨 협정 소식이 발표되었다. 그 뉴스는 마치 단검으로 찔린 상처를 한 번 더 쑤시는 듯한 배반으로 다가왔다.

"제대로 뒤통수군요." 브레히트가 짧지만 텁수룩한 머리털을 쓸어넘기며 말했다. 그 앞에 앉은 벤야민도 걱정하는 게 분명했다. 손가락으로 턱을 만지고 앉은 자리에서 앞뒤로 몸을 흔든 것을 보면.

"망할, 젠장……" 그는 다른 할 말을 도저히 떠올릴 수 없는 듯했다.

적어도 그의 책은 완성되었다. "전쟁이 임박했다고 느낍니다." 벤야민은 10월 초에 아도르노에게 이렇게 썼다. "근심과 걱정으로 숨이 막힐 지경이지만 그럼에도 엄청난 승리감을 느끼고 있습니다. 드디어 산책자 프로젝트를 끝냈기 때문입니다. 거의 15년을 궁리한 끝인데, 세상은 종말을 앞두고 있다니, 오! 허약하고 허무한 원고여!"

아쉬움이 컸지만 벤야민은 스코브보스트란트 방문을 끝냈다. 원고는 뉴욕으로 발송되었다. 벤야민은 덴마크에서의 마지막 며칠 동안 브레히트가 보관해온 장서 중에서 파리로 운반할 책 수백 권을 가려 뽑았다. 하지만 묘한 분위기가 이런 노력이 헛수고가 되고 말 거라는 암시를 던졌다. 그는 아도르노에게 이렇게 썼다. "하지만 점점 이런 생각이 들어요. 그곳이 저와 책의 또 다른 징검돌이 되겠지요. 유럽이 얼마나 오랫동안 이런 분위기를 유지해줄지는 모르겠어요. 지난 몇 주의 사건을 보건대 정신적으로는 이미 끝났다고 봐야겠지요."

자신을 매복습격할 사건이 거대한 역사만은 아니라는 걸 벤야민은 몰랐다. 파리에 돌아갔더니 누이가 말썽이었다. 자신의 삶에 개입한 또 다른 도라인 누이가 근처에 살고 있었고, 중병에 걸린 상황이었다. 산레모에서도 안 좋은 소식이 도착했다. 슈테판의 런던 이주가 관료행정의 늪에 빠져 있었던 것이다. 이탈리아를 벗어나기가 더 어려워진 듯했다. 그리고 보들레르도.

아도르노가 답장을 보내왔다. 수상쩍을 만큼 한참이 지나서였고, 단어가 조심스럽게 선택된 장문의 편지였다. 에세이의 체계를 재검토해달라는 주문이 담겨 있었다. 그 얘기는 말이 되지 않았다, 전혀. 벤야민은 이미 자신을 '금욕적으로 단련'했다. '확실한 대답과 이론을 온 데 사방에서 빼지' 않았던가. 그는 마르크스주의를 수긍하면서 이미 자신과 타협했다. 유물론이 조장하는 일종의 예방적 자아 견책을 통해 가장 감연하고 생산적인 사유의 여지도 이미 틀어막지 않았던가! "과감하고 철저해지기를 원한다면 선배의 연구가 마법과 실증을 빙자한 긍정주의의 교차로에 머물고 있음을 인정하셔야 합니다."

대단히 파괴적인 일격이었고, 발터는 심각한 우울감이 밀려왔
다. 비애감을 주조한다는 별자리 토성의 기운을 받고 태어난 벤야
민은 식사를 거부하기에 이르렀다. 몇 시간씩 드러누워 침대를 떠
나지 않았고, 자신의 불운과 불행을 곰곰이 뜯어보았으며, 한 번도
자신을 떠나지 않은 동요의 그 곱추난쟁이를 저주했다. 아무려면
아도르노에게 답장을 해야 했다. 보들레르와 관련해 동의하는 내
용과 달리하는 의견을 재탕한 것이다. 벤야민은 프랑스로 귀화하
는 일을 진지하게 추진하기로 마음먹고 알아보았다. "물론 모르는
바가 아니었고 환상도 없었다." 그는 이렇게 썼다. "전에는 다만 불
확실해서 주저했지만 이제는 이 절차가 필요하고 요구됨에도 결코
쉽지 않다. 유럽은 인권 사상이 붕괴해버렸고, 도대체가 무엇이라
도 거론할 만한 승인 절차를 사실상 전혀 기대할 수 없다." 벤야민
은 그 사실을 깨달은 몇 안 되는 독일 망명자 가운데 한 명이었다.
하지만 언제나처럼 세계의 상황을 파악할 수 있었음에도 그는 정
작 자신의 실용적인 과제는 전혀 풀지 못했다. 폴 발레리[33]와 쥘 로
맹[34]이 나서서 그를 도왔다. 하지만 벤야민은 프랑스 시민권을 결코
취득할 수 없다. 파리에 머문다는 것은 목숨을 건 도박이나 다름없
었다. 그러한 궁경 속에서 그는 프랑스를 떠나는 사안을 한 번도 고

---

33 Paul Valery. 프랑스의 시인, 비평가, 사상가. 1871~1945. 두 편의 중요한 산문 〈레오나르도 다 빈치의 방
    법에 관한 서설〉〈테스트 씨와의 저녁〉을 발표했으나, 이후 20년간 시작詩作을 포기하고 추상적 탐구에
    몰두했다. 벤야민은 발레리, 보들레르, 프루스트와 같은 모더니즘 작가들에게서 현대 예술에 관한 비평적
    단초를 발견했다.
34 Jules Romains, 1885~1972. 프랑스의 극작가, 소설가. 대표작으로는 《프시케》《선의의 사람들》등이 있
    다. 벤야민의 파리 친구들 중 하나로, 프랑스 망명 시기 벤야민이 느베르 수용소에 감금되었을 때 벤야민
    의 석방을 도왔다.

려해보지 않은 걸까? 전처 도라가 12월 말에 찾아왔지만 발터를 설득할 수는 없었다. 그사이에 슈테판 문제가 해결되었고, 이제 모자는 영국으로 가고 있었다.

도라는 불세출의 미인이었고, 나이가 들면서도 매력이 전혀 줄지 않았다. 그녀는 언제나처럼 삶과 대면하겠다는 정력과 결의가 넘쳤다. 하지만 그녀가 한때 결혼 생활을 유지했던 남자는 뭐든 미루는 게 재미있는 듯했다. 그는 그 모든 미결정 상태가 편하고 좋았다. 하지만 상황이 위급했고, 도라는 이제 대단히 화가 났다. 하지만 그녀가 할 수 있는 일이라곤 그저 발터를 걱정하는 것뿐.

"더 이상 여기 있으면 안 돼요." 어느 날 저녁이었고, 도라의 어조는 신랄했다. 몽마르트르의 한 카페. 두 사람 사이의 테이블 위에서 두 잔의 차가 김을 피워 올리고 있었다. 칼 같은 바람이 불었고, 신문지가 길에서 나부끼며 굴러갔다. 두 건물 사이에 내걸린 크리스마스 장식물이 거칠게 흔들렸다. "우리랑 함께 런던에 가요. 당분간은 재워줄 수 있으니까. 분명히 할 만한 게 있을 거예요……"

도라의 제안에 동정심이 가미되어 있었을지도 모르고, 벤야민은 그런 낌새가 자신을 보호하려는 조치라고 느꼈을 가능성이 크다. 발터는 점점 더 짜증이 났다.

"그 얘기는 하지 맙시다." 발터의 목소리가 날카로웠다. "다시는 꺼내지 말아요. 내가 작업할 수 있는 곳은 파리뿐이에요."

벤야민이 자리에서 일어섰다. 걸친 외투는 지난 일곱 차례의 겨울을 거치면서 닳고 해져 있었다. 그가 몸을 숙여 도라의 얼굴을 어루만졌고 머리칼을 쓰다듬었다. 도라가 한쪽으로 고개를 젖히고 발터의 손가락을 뺨과 어깨 사이에 넣고 비볐다. 발터는 한동안 서서 그녀를 물끄러미 바라보았다.

"조심해서 가요. 슈테판한테는 날 용서해달라고 말해줘요." 벤야민의 마지막 말이었다.

거리로 나온 벤야민은 두 손을 주머니에 집어넣고 시선을 내리깐 채 걸었다. 가파른 포도가 나타났다. 찬 공기에 이가 시렸다. 거길 올라가려면 심장이 더 빠르게 뛰어야 했다. 그 두근거림이 느껴졌다.

그날 저녁 마리아노가 우리에게 팔세트 인근의 한 야지에 있는 아몬드나무 아래에 천막을 치라고 명령했습니다. 우리는 다시 열여섯 명. 본부에서 신병을 셋 보태주었거든요. 프랑스 친구 자크는 과연 코가 뾰족하고 머리엔 포마드를 바르고 있었습니다. 루이지는 이탈리아 공산주의자로, 알폰소가 다른 당 소속이라는 걸 알고는 당장에 싫어하더군요. 그리고 세풀베다가 있었어요. 세풀베다란 성만 알지 이름은 아직도 모르는데, 마로스 출신으로 CNT였죠. 아나키스트 노동자연맹 말입니다. 마로스는 하엔 지방의 작은 마을입니다. 걸물이었어요. 거뭇한 피부에 털이 많았고, 말에 거침이 없었어요. 입이 험했고, 먹기도 많이 먹었죠. 한번 생각해봐요. 그는 매일 아침 기상하면 시내로 가서 똥을 눴어요. 어디다? 교회 건물에다가. 성직자가 쫓아와서 욕지거리를 퍼부었죠. 세풀베다라고 가만있었겠어요? "호모 새끼! 부자들 후장이나 빨아! 기생충 같은 놈!" 우리는 산에 올라가 훈련을 시작하기 전에 그 웃기는 쇼를 보러 가곤 했죠. 오후에는 토끼를 사냥했습니다. 엄청 많았고, 먹는 건 문제없었죠. 남는 건 농부들과 바꾸었습니다. 과일, 양파, 토마토 따위랑요. 우리가 거기 얼마나 머물렀는지는 모르겠어요. 전쟁이란 그런 것이니까요. 고난의 연속이고, 달력을 거의 못 보죠. 그러다가 불현듯 다시 시간과 드잡이를 해야 합니다. 그런 일이 그날 일어났죠. 마을 광장에 소독차가 보이더군요. 사람들이 새 제복을 나눠줬습니다. 공세일이 다가온 겁니다.

다음날이 7월 24일이었어요. 잊을 수가 없죠. 에브로강을 끼고 뻗어 있는 길을 올라가고 있었어요. 날이 어두워졌고, 우리는 미라베트 인근 모라 남쪽의 한 수수밭에 들어가 자리를 잡았습니다. 도강 명령이 내려온 것은 자정 무렵이었어요. 이번에는 우리가 심각했지요. 일제 공격을 수행하는 거였으니. 병력 10만 명이 길이 10킬로미터의 전선을 덮었습니다. 임무는 적진을 돌파해 사라고사로 연결되는 도로를 장악하고, 해서 퇴각하는 모로코 놈들을 절단내는 것이었어요. 알폰소가 앞장을 섰습니다. 그가 밧줄을 설치해 우리가 따라 건넜고, 나머지 병력을 실은 배도 도강을 했죠. 칠흑같이 어두운 밤이었어요.

"젠장, 보여야 말이지." 알폰소가 이렇게 말하고 강에 뛰어들었죠. 15분 후에 신호가 왔습니다. 그가 맞은편 강둑의 무화과나무에 밧줄을 걸고서 우리를 기다렸어요. 수심이 깊었지만 그렇게 차갑지는 않았습니다. 11사단이 배로 이동하는 와중에 우리는 잠수복을 벗고서 프랑코 군대의 군복으로 갈아입었습니다. 다른 부대원들이 강을 건너 속속 자리를 잡는 동안 우리는 자리를 떴고 서쪽 코르베라로 향했지요.

마리아노가 말했죠. "갑시다. 입 다물고, 기도비닉(조용히 들키지 않고 움직인다는 뜻의 군대 용어-옮긴이)."

우리는 한 시간 후 목표한 지점에 도착했습니다. 길옆 도랑에 기관총을 배치하고 수류탄으로 무장도 했지요. 강 근처였어요. 건 너려는 사람은 누구라도 조준사격하라는 명령이 내려졌죠. 일을 그르칠 건 없었습니다. 우리 편의 경우 에브로강에서 북쪽으로 가는 거였고, 따라서 우리가 경계하는 다리를 지나갈 사람은 후퇴하는 적일 수밖에 없었으니까요. 놈들이 왔습니다. 무리인가 싶더니 이어서 파도처럼 밀려왔어요. 우리는 불시에 습격을 했지요. 놈들은 온 방향으로 퇴각하지 않을 수 없었죠. 혼비백산해 사방으로 흩어졌어요. 치안대, 외인 부대, 왕당파, 이탈리아 놈들, 정규군 등등. 우리가 자비를 베푼 대상은 그냥 끌려온 에스파냐인 징집병뿐이었어요…… 알폰소가 수류탄을 썼고, 폴란드 친구 레흐가 기관총으로 놈들을 다 쓸어버렸지요.

"백열여덟, 백스물다섯, 백마흔여섯." 그가 수를 셌습니다.

도대체 레흐가 그 화약 연기와 칠흑같은 어둠 속에서 어떻게 수를 세었다는 것인지 짐작이 안 될 거예요.

"저 친구는 도대체가 뭘 세는 거야?" 세풀베다가 말했지요.

"됐어." 마리아노가 대꾸 아닌 대꾸를 했죠. "이제 코르베라로 간다."

우리는 그 밤에 일렬종대로 전진을 개시했습니다. 동이 터왔고, 멀리 촌락의 가옥들이 보이기 시작했어요. 습하고 축축했습니다. 길 위로 실안개가 걸려 있었어요. 오토바이 전령이 도착해 코르베라를 접수하라는 명령을 하달했습니다.

"뭐라고? 열여섯 명으로?" 루이지가 항의했어요.

"그래서 네가 찐따라는 거야." 알폰소가 대꾸했죠.

우린 그 두 이탈리아 친구를 떼어놔야만 했어요. 겨우 그럴 수 있었습니다. 다행히 마리아노가 개입했죠. 손가락으로 머리를 쓰다듬었는데, 무정한 강철의 눈빛이 보였습니다.

"그만둬. 할 수 있고, 하면 돼. 다른 부대가 도착해 지원해줄 때까지 시간을 벌기만 하면 되니까."

그래서 2열종대를 꾸렸고 대로의 포도를 따라 전진을 했지요. 그 순간 빵집 유리창에서 놈들의 사격이 시작됐어요. 내 2보 앞에서 영국인 친구가 뒤에서 날아온 총알에 맞았어요. 바닥에 고꾸라졌죠. 그가 기어서 벽에 몸을 숨겼는데, 가슴이 피투성이였어요. 가쁜 숨을 몰아쉬는데 손으로 부상 부위를 눌렀어요. 피가 목구멍으로 넘어가는 걸 막으려고 그랬을 거예요. 잘 안 됐고, 그 영국 친구는 죽어버렸어요. 두 눈도 못 감은 채로 말이에요. 우린 빵집으로 수류탄을 투척했어요. 잠잠해졌고, 곧 내부로 진입했죠. 그런데 우리한테 총을 쏜 건 어떤 여자였어요. 물론 여자는 바닥에 시체가 돼 널브러져 있었고 말이에요. 몸이 파편투성이였는데, 손에는 끝까지 기관총을 쥐고 있었죠. 지하실에서 항공기 조종사 세 놈을 찾아냈어요. 독일 놈들이었죠. 현장에서 놈들을 사살해버렸고, 전진을 재개했어요. 스쳐지나가는 탄환의 고음이 귓가에 맴돌았어요. 우리가 시내의 맞은편 끝까지 어떻게 이동할 수 있었는지 모르겠어요. 공동묘지까지 말이에요. 와중에 안달루시아 동지, 흑인 친구, 갈리시아 동료가 사라졌죠. 루이지는 팔에 부상을 입었어요. 심하지는 않았지만요. 오전 10시쯤 되었을 거예요. 비행기가 도착했습니다. 기총 세례로 땅을 훑었는데 악마 같았죠. 걸리는 곳에 있으면 자기네 편까지 족족 쓰러뜨렸으니 말 다했죠. 처음엔 여섯 대였는데 열 대로 늘어나더니 다시 여섯 대로 줄더군요. 루이지가 즐거워하더라구요. 그게 그의 장기였죠. 그가 무기를 장전하고는 사격을 개시했어요. 놈들이 접근할 때까지 기다렸다가 불벼락을 퍼부었죠. 그가 무려 두 대를 잡았어요. 뱅글뱅글 돌더니 공중에서 폭발해버렸습니다.

그도 수를 셌어요. "하나, 둘……"

다 같이 벽에 기대어 바짝 엎드려 있는데, 세풀베다가 내게 그러더군요. "저 친군 세는 법을 아네."

오후 1시, 초열지옥처럼 더웠어요. 우리 부대가 마침내 코르베라를 장악했어요. 하지만 우리의 전투는 아직 끝난 게 아니었어요. 놈들이 병력과 장비를 새로 투입했고, 우린 남쪽 간데사로 밀려났죠.

"당장에 철수한다." 마리아노가 말했습니다.

"잠깐만." 세풀베다가 이의를 제기했죠.

"뭐야? 똥 마렵냐?"

"2분만." 세풀베다가 이렇게 말하고는 모퉁이 너머로 가더군요.

나는 그가 뭘 하려는지 알았고, 그래서 따라갔어요. 모퉁이를 돌았더니 세풀베다가 있더군요. 교회 계단 앞에 가만히. 바지가 발목에 내려와 있었어요. 놈이 똥을 싸면서 아니나 다를까 아나키스트답게 저주를 퍼붓고 있었죠. 이번에는 그를 쫓아와 욕설을 퍼부어댈 성직자가 없었고, 그는 실망한 눈치로 바지춤을 정리하며 내게로 돌아왔어요.

"미안, 중위. 하지만 난 약속을 했어. 맹세 말이야."

간데사에 너무 늦게 도착했습니다. 우리 편이 동트기 직전에 이미 점령했더라고요. 나무랄 데가 없었어요. 그런데 우리의 이동이 너무 빨랐다는 게 좀. 뒤로 여전히 부대가 남아 있었고, 앞에 있는 우리, 그러니까 우리 부대는 새로 명령을 기다려야만 했죠. 우리는 탈진한 상태였고, 한 과수원에서 사흘 동안 회복기를 가졌어요. 가끔 폭격기가 보였고, 뿔뿔이 흩어진 모로코 혹은 이탈리아 놈들과 몇 차례 산개 육박전도 벌어졌죠. 그러던 어느 날 통신 장교가 우리에게 판돌스산맥으로 가라는 명령을 하달했어요. 전날 프랑코 놈들이 회복한 곳이었죠.

동 트고 나서, 그러니까 6시 30분쯤 출발했어요. 여러 시간을 걸었죠. 그 시절에는 전쟁을 하려면 튼튼한 다리가 필수였어요. 날은 더웠고, 마리아노가 출발 전에 물을 많이 마셔두라고 당부했어요. 물을 싸가서 행군 중에도 마실 수 있었고요. 기동 속도가 느렸어요. 죄어치지 않기도 했고요. 길 위의 태양, 밟히는 자갈돌이 버석이고 끼익거리는 소리가 어떤지 알아요?

"늦으면 어떡하지?" 내가 물었죠.

"쌩쌩한 게 더 나아." 마리아노가 대꾸했습니다. "지쳐 빠져 있으면 좀비나 다름없다구."

"그 말 적어둬야겠다." 내가 물러나면서 말했지요. 짜식이 씩 웃는데 괜찮았어요.

우린 전선으로 이동 중인 대대 하나를 지났고, 깊은 협곡으로 들어갔습니다. 지나가면서 보니까 동굴이 열 개나 되더군요. 지옥이나 다름없었죠. 구급차들이 지나갔고 동굴은 부상병으로 가득했고, 시체로 채워진 동굴도 있었어요. 협곡 기저부의 한 동굴에는 식당이 마련돼 있었습니다. 우리는 뜨끈한 수프와 빵으로 배를 채우고 다시 출발했어요. 협곡을 빠져나오자 빈터가 나왔고 우리는 그 빈터를 지나쳤죠. 200미터가량이었는데, 사상자가 널브러져 있는 모습을 보자니 꼭 양탄자가 떠오르더군요. 그러고는 드디어 판돌스산맥에 당도했어요. 높고, 육중하게 벽이 둘러쳐진 요새였죠. 포탄과 수류탄 공격으로 곰보가 돼 있더군요. 맨 꼭대기에는 놈들이 진지를 강화하고 웅거 중이었고, 아래 기부에는 단위 부대 두셋이 공격 준비를 하고 있었고, 위로 중간쯤에 튀어나온 벼랑 아래로는 또 다른 부대가 은폐해 있었어요. 사방도처에서 시체가 썩고 있어서 악취가 났습니다.

개활지를 가로질러 산 왼쪽으로 기어올랐어요. 그때 박격포가 우리를 잡지 않은 것은 정말 행운이었어요. 우리는 최대한 가까이 정상으로 접근해 적의 동태를 관측하고 공격 지시를 내리라는 명령을 받았습니다. 그런데 중간에서 멈춰야 했어요.

마리아노가 말했죠. "일단 여기서 멈춘다. 어두워질 때까지 기다렸다가 다시 가는 걸로."

망할 놈의 태양은 자비가 없었고, 시간은 또 어찌나 안 가던지, 잔혹무정했던 시절이여! 마실 물이 없었습니다. 그런데 기관총 소리가 멀리서 단속적으로 울려대기 시작했어요. 그러더니 우리 편 탱크가 도착했고 수류탄도 투발되었죠. 중대가 하나둘씩 대형을 갖추었고요. 하지만 전세가 바뀌지는 않았어요. 학살이 일어나고 말았죠. 우리는 전선 앞에서 진격 중이었고, 당연히 노출돼 있었습니다. 놈들은 수백 명 규모로 우리 위에 똬리를 틀고 있었고요. 우리가 더 접근하자 놈들이 사격을 개시하더군요. 부상병을 뒤로 빼내려는 사람까지 가리지 않고 말이에요. 마리아노가 에이레 친구 지미를 위로 보냈어요. 정상으로 가는 다른 루트를 찾아야만 했거든요. 놀랍게도 지미가 한 시간쯤 후에 돌아오더니 말하더군요. 가서 보자고.

믿을 수가 없었죠. 당도한 곳은 훨씬 높았지만 관목으로 가려져 있었고, 적군 부대가 다 보였어요. 개미 사육 상자 있죠? 모로코 놈들과 에스파냐 외인 부대가 깔짝거리고 있더라고요. 마리아노가 나를 보면서 씩 웃었죠.

"이제 끝내버리자." 그가 조용히 말했어요.

어쩔 수 없이 내가 내려가야 했어요. 그러니까, 소령과 대위한테 가서 그날 밤 전략을 수정해야만 할 거라고 알려야 했으니까요. 새벽 2시경에 수류탄으로 공격을 개시했습니다. 그때 난 마리아노 바로 뒤에 있었어요. 바로 우리 뒤에 부대 두 개가 은폐한 채 신호를 기다리고 있었고요. 진지에 있던 사수들을 급습했죠. 레흐가 자기 무기를 거치하고, 우리의 바리케이드 공격을 엄호해줬어요. 놈들이 사방으로 달아났죠. 네덜란드 친구가 녹색 신호탄을 던졌고, 우리는 정상을 몇 걸음 남겨두지 않은 상황이었어요. 하지만 불쌍한 얀. 얀은 남은 신호탄을 손에 쥔 채 총탄에 피격됐습니다. 하지만 그래도 전혀 고통을 못 느끼는 듯 계속해서 총을 쐈죠. 흉탄이 폐를 뚫었는데도 말이에요. 두 발째 맞으면서는 비명을 질렀을 거예요. 하지만 얀의 몸뚱이가 냉큼 널브러지지는 않았어요. 세 번째 총탄을 얼굴에 맞고서야 쓰러졌죠. 다가갔는데, 얼굴이 벌겋게 곤

죽이 돼 있더군요. 그때 이후로 뭐랄까, 두려움이 생긴 것 같아요. 얀의 얼굴을 지우기가 어려운 거죠. 그런 일을 당신에게 어떻게 설명할 수 있겠어요?

새벽에 철수했는데 마지막에는 아홉 명뿐이었습니다. 마리아노, 나, 루이지, 알폰소, 자크, 세풀베다, 레흐, 지미, 요리하는 스위스 친구 이렇게 말이에요.

"뭐 그래도, 다 생각해보면, 우리 편한테 잘 돌아가고 있네요." 루이지가 투덜거리듯 말했지.

"다른 놈들 의견도 구하지 그래? 저 위에 우리가 남겨놓은 놈들 말야." 알폰소가 이렇게 대꾸했어요.

둘은 이탈리아어로 말했지만 마리아노와 나는 두 사람 말을 알아들을 수 있었어요. 적어도 다시 불꽃이 튈 거라는 건 알았죠. 바로 그때 박격포탄 하나가 우리 바로 몇 미터 옆으로 떨어졌고, 두 녀석은 당장에 다툼을 그만뒀습니다. 우리가 아직 안전한 것과는 거리가 멀다는 걸 깨달은 거죠.

"젠장." 두 사람은 거의 동시에 이렇게 말하고는 고개를 숙였어요.

아까 얘기했던 협곡으로 우리는 퇴각했고, 전진 속도는 느렸어요. 파시스트 놈들이 거기가 캠프라는 걸 알아챘더군요. 공중에서 폭탄이 떨어졌습니다. 동굴은 군인들로 가득 차 있었고, 밖에 있던 우리한테 폭격이 집중됐죠. 마리아노가 닥치고 동굴로 들어가라고 명령했어요. 입구에 서 있는데 바깥이나 다름없었죠. 폭탄과 박격포가 우리한테 비처럼 쏟아졌어요. 그래, 파편이 내 어디를 잡았을 것 같아요? 여기예요, 오른쪽 엉덩이. 씨발, 약간 따끔하고는 아무엇도 못 느꼈죠. 난 안 맞았다고 생각했어요. 하지만 일어서려고 하자마자 통증이 왔고, 쓰러졌죠. 알폰소, 레흐, 지미가 바로 내 옆에 있었는데 모두들 표정이 안 좋더군요. 마리아노는 내가 부상을 입었음을 알고는 눈을 가늘게 떴어요. 나는 그가 머리카락을 꼬면서 내게 다가오리라고 생각했어요. 그런데 녀석이 셔츠 소매를 찢더니 나를 묶는 거 아니겠어요. 얼마 후에 우리는 구급차를 탔고, 마리아노가 제 입을 내 귀에 갖다 댔죠. 씩 웃더니 이렇게 말하더군요. "수를 낸 거야, 그래. 잡놈, 여기서 빠져나갈 방법을 찾았겠다? 난 다 알고 있었어. 네놈이 오줌싸개라는 걸."

놀린 거죠. 하지만 사실이에요. 나의 에브로강 전투는 그걸로 끝났어요. 그 후로 난 거의 두 달간 병원 신세를 졌어요. 병실은 지미와 알폰소랑 함께 썼고요. 파편이 뼈까지 닿았고, 신경을 건드렸죠.

"절단해야 해요. 자릅시다." 어떤 프랑스 의사가 이렇게 말하더군요. 염소수염을 한 허풍쟁이였죠. "안 자르면 신경이 다 손상될 수도 있어요."

천만다행이었던 게, 의사가 한 명 더 있었다는 거예요. 영국인이었는데, 내 다리를 구할 수 있다고 자신했죠. 마취도 안 한 채로 수술을 받았어요. 의료 지원이 부실할 수밖에 없는 상황이었으니까요. 엄청 아팠지만, 의술의 신 아스클레피오스가 언제나 그 영국인 의사를 보호해줬으면 하고 바랍니다. 내 다리를 봐요. 여전히 달려 있죠. 아직도 꽤 쓸 만하다고요.

한동안은 침대 밖을 벗어날 수가 없었어요. 그래도 잘 먹었고, 사람들은 나를 가경자처럼 대해줬죠. 그리고 메르세데스, 내 병실이 메르세데스 담당은 아니었지만, 두 시간마다 나를 찾아왔어요. 메르세데스가 내 엉덩이를 살펴봤고, 또 나를 안아줬어요. 나를 사랑한 여자. 전선에서 나쁜 소식만 안 들어왔다면 난 계속해서 죽치고 머물렀을 겁니다. 하지만 침대에 붙어 있는데 너무 화가 나서 견딜 수가 없었어요. 그 개자식들이 간데사와 카포시네스를 접수했다는 소식에 화가 머리끝까지 났죠. 우리가 밀리고 있었어요. 그러던 9월 말의 어느 날 오전에 나는 퇴원을 했어요. 머릿속에서는 적절하지 않은 공상이 뭉게구름처럼 피어올랐죠. 내 말은, 놈들이 우리를 폭격해줬으면 하고 바랐다는 게 아니라, 퇴원 사실을 축하하고 싶었다는 겁니다. 그런데 신문을 펼쳐 들고서는 사색이 되고 말았죠. 아마 꼼꼼히 읽지도 않았을 거예요. 프랑스와 영국이 다시 뮌헨에서 바지를 내렸더군요. 히틀러가 유럽을 야금야금 먹어가고 있었던 거죠. 그들이 우리를 저버렸어요. 우리는 또 한번 혼자임을 느꼈고요.

메르세데스가 집에서 나를 기다리고 있었어요. 내가 제일 좋아하는 디저트까지 만들어놓고서요. 하지만 내 모습을 보고서 웃음기가 가셨어요.

"무슨 일이에요? 무슨 일 있는 거죠?" 메르세데스가 물었죠.

아무 말도 하지 않았습니다. 그냥 탁자 위에 신문만 펴놓았어요. 메르세데스가 헤드라인을 보더니 머리를 뒤로 젖히더군요.

"뒤통수를 맞은 거예요."

"그래. 완전 엿된 거라구." 그 말만 반복했어요.

벤야민은 카메라를 보고 있지 않다. 그는 눈을 내리깔고 쓰는 글에 집중한다. 기젤레 프로인트가 파리 국립 도서관에서 몰래 그를 사진에 담았다. 벤야민은 배경으로 흡수돼 사라지는 듯하다. 문서에 집중하느라 고개를 숙이고 웅크린 모습. 벤야민은 나이가 들어 있다. 입은 회색 양복과 조끼도 정말이지 올이 나가고 해진 듯하다. 아무튼 그는 평화로운 무대에서 정신이 팔려 있고, 신중하다. 오른손에는 만년필을 쥐고 있고, 왼손으로는 어떤 책의 펼친 부분을 붙들고 있다. 무척이나 넓은 이마, 제멋대로인 곱슬머리. 오래된 탱고의 노랫말처럼 나이가 '시간의 눈'을 흩뿌려놓은 듯하다. 안경 아래로는 뾰족한 코가 돌출해 있다. 뺨은 두툼하면서도 탄력을 잃고서 약간 늘어져 있는데, 과연 중년을 넘긴 남자의 얼굴이다. 그렇더라도 고집스러움과 지친 기색은 별로다. 잉크통이 열려 있고, 책상에는 얼룩이 진 압지도 보인다. 벤야민의 두 손은 짤막하고 뭉툭

하지만 아이의 손처럼 표정이 풍부하다.

프로인트의 사진은 인상 깊은 초상화다. 구성 요소들의 위치와 기하학적 구조가 완벽하게 어울리는 것도 돋보인다. 목록철, 책이 가득한 서가 등등. 하지만 이 사진은 보고 있으면 불안하다. 그 불안과 우려는 벤야민의 친구와 당대인들이 그의 비상한 지능을 접했을 때 느낀 것과 같은 종류일 것이다. 아서 쾨슬러는 이렇게 썼다. "내가 만나본 중에 그런 기인은 없었다. 다정하기도 무척 다정한 사람이었다." 하지만 그는 단 한 번도 자신의 지력을 종합적으로 드러낸 적이 없었다. 벤야민은 극도의 세부 사실, 비평, 남의 작품을 비평하는 활동 뒤에 숨어 있었다. 게르숌 숄렘은 발터의 최고 절친이다. 발터가 그런 숄렘을 처음 만나고서 무려 10년이 지난 1921년에야 비로소 그를 친밀하게 '너'라고 부르기로 했다는 사실은 많은 것을 시사한다. 벤야민은 수수께끼 같은 인물이었고, 하찮고 쓸데없는 것들로 보호벽을 세웠다. 의례화된 몸짓, 허례에 가까울 만큼 정중한 태도, 이따금 드러나는 폭군 같은 성격, 별다른 대비 없이 운명이라는 듯 최후를 향해 결연히 나아가는 태도. 그는 사람을 바라보는 방식도 특이했다. 단호하면서 동시에 길을 잃은 듯한 눈빛이라니! 이것은 문자 그대로 현실적인 남자의 시선이기도 했다. 자세한 세부, 동시에 쓰레기. 아무려면, 자신의 이야기를 구조화해 파악할 수 있는 방법을 벤야민보다 더 잘 알 수 있는 사람은 없었다. 이런 '부산물'로 뭔가를 만드는 일. 그 '사금파리더미'가 바로 벤야민이었다.

실상 벤야민은 평생 절뚝였다. 그는 삶의 수완이 부족했고, 살면서 내내 이를 숨기려고 애썼다. 1938년 6월 숄렘에게 카프카를 논하는 글을 써 보냈는데, 이때 그는 사실 자기 얘기를 하고 있었다. "카프카란 인물의 순수성과 독특한 아름다움을 온전히 평가하려면 한 가지를 놓쳐서는 절대 안 돼. 그건 바로, 그가 실패한 사람이란 사실이야. 그 실패를 주조한 환경은 다각적이지. 이렇게 말하고 싶은 사람도 있을 거야. 그가 최종적 실패를 일단 확신하게 되자 꿈에서처럼 중간에 모든 게 잘 풀렸다고." 한나 아렌트 역시 후에 이렇게 쓴다. "그가 완벽하게 동의하며 자크 리비에르가 한 말을 인용했을 때도, 그는 물론 자기 얘기를 하는 거였다. 리비에르는 프루스트를 두고 이렇게 말했다. '그는 경험 부족으로 자기 글을 쓸 수 있었지만, 그 경험 부족 때문에 죽기도 했다. 그는 무지해서 죽었다. …… 그는 불 피우는 법도, 창문을 여는 법도 알지 못했다.'"

발터는 1933년부터 1940년까지 여러 해 동안 망명 유랑 생활을 했다. 그 연간에 이비사, 산레모, 스코브보스트란트를 이리저리 오갔다. 하지만 아마도 발터 벤야민이 진정으로 집처럼 편안하다고 느낀 유일한 장소는 파리 국립 도서관의 그 붙박이 자리였을 것이다. 기젤레 프로인트가 그를 촬영했던 바로 그곳. 벤야민이 확신하는 탐험가의 능란한 발걸음으로 종횡할 수 있는 유일한 영역이 그 건물이었다. 그는 조금의 망설임도 없이 열람석 사이를 움직였다. '호기심이 미풍처럼 불어올 때만' 그 걸음이 중단되었다. 발터는 각급의 장서방을 찾아냈고, 돈은 아랑곳하지 않고 복제화실의 이미지들을 들추며 자신의 생각을 확인했다. 그는 외설 서적이 보관된 금서방 출입도 허가받았다.

환경이 아무리 그를 옥죄어도, 각급의 사건이 파리와 국립 도서관을 아무리 떠나도록 죄어쳐도, 벤야민은 결코 순순히 따르지 않왔다. 결국 독일 군대가 파리 외곽에 당도했고, 전쟁이 발발하고 몇 달이 지난 그 최후의 순간에야 그의 목숨이 경각에 달렸음이 명백해졌다. 바로 그때까지 벤야민은 고집스럽고 가만하게 파리에 남았다. 여름 빛깔의 하늘이 열람실 창문을 통해 빛났다. 발터는 오직 그 열람실에서만 수년간 자신을 괴롭혀온 '정신병적 혼란'에서 벗어날 수 있었다. 그의 편지를 보면 절망적인 내용이 가득하다. 트럭이 길을 지나간다, 승강기 소음으로 집중을 할 수가 없다. 불행한 운명을 탓하는 욕지거리가 한 번도 들어본 적 없는 피아노 반주를 배경으로 울려퍼지는 듯하다. 끔찍한 치통 같은 것을 앓으며 더 나쁜 것은 도저히 상상할 수 없는 사람의 가눌 수 없는 애환과 통탄이라니! "차라리 밤에 작업하는 게 더 낫지 않을까, 하는 고민을 지금 진지하게 하고 있어. 뭐, 그렇게 한다 해도 다른 수많은 불편이 부상하겠지. 하지만 그래도 모종의 평화를 찾아낸 사람들이 있는 것 같아. 안 그래?"

평화 따위는 없었다. 인생의 종장에 이를수록 상황과 사태를 더욱더 종잡을 수 없었다. 그럼에도 벤야민은 그 사실을 인정하려고 하지 않았다. 그렇게 시간이 흘러 때가 너무 늦어졌던 것이다. 그는 당대가 아닌 다른 시대의 파리에 관한 책을 쓰면서 침잠했고, 파리 국립 도서관의 자기 자리에 파묻혔다. 세상은 빠른 속도로 그를 포위해왔고, 벤야민은 공포 속에서 또 거의 잠행하듯이 사태를 지켜보았다. 흔들리는 심상, 어린 시절 카이저파노라마를 봤을 때처럼 불확실한 형상, '가슴 저미는 작별 인사'를 할 것 같은 그림자. 이런 흐릿한 영상들은 불행히도 실재였다. 최후 변경에 선 벤야민, 그와의 날짜가 잡혔다.

그래요. 좋아요, 벤야민 박사라. 여튼 내가 지금 당신에게 해주고 있는 이야기를 한번 생각해보시오. 이런 이야기를 해줄 수 있는 사람은 이제 많지 않아요. 뭐, 당신의 철학자를 만난 이야기를 포함해서 그 어떤 이야기든 전후 사정이 있는 법이지요. 우리 모두가 요즘은 굉장히 바쁘고 뭐든 다 잊어버리는 경향이 있는 것 같지만 말입니다. 그러니 들어주시오. 조금만 더 인내심을 가지세요. 곧 당신의 벤야민 선생이 나올 테니. 일단은 바르셀로나의 마지막 몇 달을 알아야 합니다. 그즈음 우리는 알고 있었어요. 사실상 끝났다는 걸. 배급 카드를 봤더니 렌즈콩이 하루에 몇 그램 수준으로 줄었습디다. 폭격이 없었는데도 그랬어요. 상황이 더욱더 나빠졌고 기함할 지경이었죠. 마음을 다잡고 용기를 내야 했지만 도처에 체념과 슬픔이 가득했다오. 난 가슴을 아랫도리에 넘겨줘버렸지. 필라르를 다시 만났소. 첫 여자 말이요. 1934년에 히혼에서 그 여자랑 처음

잤지. 10월 중순이었고 람블라스의 어떤 카페에 있었어요. 몇 년째 소식을 듣지 못했지만 다시 보는 순간 머릿속의 그 모든 시간이 무로 돌아가는 것 같았소. 담배꽁초를 던지고 침을 뱉었어요. 필라르는 여전히 아름다웠지. 하지만 얼굴은 딱딱하게 굳어 있었고 입에는 신산함의 표정이 가득했다오. 웃을 때조차 그 쓰디쓴 비통함이 가시지 않았으니. 필라르는 그즈음 대위였어요, 바야돌리드 공산당 소속으로. 자기를 최전선으로 파송해주지 않아서 몹시 화가 났었다고 하더군. 여자들은 싸움을 못한다고 했다나! 어떻게 그게 좌익 정부냐며 불같이 화를 냈지.

"물론이야. 당신 말이 맞아." 나는 맞장구를 치면서도 말을 더듬었는데, 그 여자가 여전히 내 마음을 끌었기 때문이지. 여기 내 마음. 내가 남은 커피를 냉큼 마셔버린 건 자리를 피할 구실을 찾기 위해서였다네.

미안하긴 했지만 많이 미안한 건 아니었어. 다음날 떠날 참이었으니. 다리가 여전히 말썽이었고, 상부는 나한테 사바델에 가서 책상물림을 하라고 했지. 아 글쎄, 사무실에 처박혀 급여장부를 다루고 있었다니까. 그 일이 좋았던 건 하루 온종일 돌아다닐 수 있다는 거였지. 바르셀로나로 복귀해 메르세데스도 자주 볼 수 있었고 말야. 그렇게 해서 사바델에 갔던 거고, 사실 국제 여단을 고향으로 되돌려보내고 있었던 거야. 뮌헨 협정이 체결되자 그 사람들이 여기 있을 이유가 없어져버렸어. 그렇게 별안간 쓸모없는 존재로 전락하다니! 잘 가요, 또 만납시다. 고마웠어요. 우리들보다 에스파냐를 위해 더 열심히 싸운 온갖 사람의 엉덩이를 걷어차버린 거지. 우리의 참호에서 죽어간 수만 명이라니! 그렇게 해서 역전의 용사들이 이제 시내를 행진했고, 우리는 그들을 포옹하며 꽃을 던져줬어. 불끈 쥔 주먹으로 경의를 표했고 말야. 메르세데스, 나, 아나 마리아는 라스 글로리아스 카탈란스 광장에서 지미와 알폰소를 만나기로 했지. 광장에 갔더니 지미는 펑펑 울고 알폰소는 벽에 기댄 채 잔뜩 웅크리고 앉아 있더라고. 마치 장례식에 온 사람 같았는데 장의사보다 표정이 안 좋았지.

아나 마리아가 알폰소를 위로해주었다네. 둘이 사귄 지 한참 됐다는 걸 그때야 알았지. 그 아나 마리아란 여잔 좆을 좋아하는 여자더군.

메르세데스에게 항의했어. "어떻게 나한테 아무 말도 안 할 수 있는 거지?"

왜 그렇게 화가 났는지는 모르겠어. 메르세데스가 가만히 어깨를 으쓱하고는 턱으로 지미와 알폰소를 가리켰다네. 두 사람을 걱정하고 위로하는 게 더 나을 거라고 말하는 거였지. 가을의 태양이 광장을 비추는데 아름다웠어. 사람들이 선명했고, 아사냐 대통령, 스탈린, 후안 네그린 사진이 또렷했고, 공중으로는 꽃들이 흩뿌려졌지. 포도에는 색종이가 뿌려져 있었고 말이야. 사방을 둘러보는 알폰소의 모습이 내 눈에 들어왔다네. 모든 사람을 삼키려는 듯한 눈빛, 그들을 온전히 자기 안에 담아가려는, 갈망하는.

"떠나지 않아요." 알폰소가 말했어.

난 잠자코 있었네. 곧이어 격정적인 항변이 이어졌지.

"내가 어디로 간단 말입니까?" 알폰소가 자문자답조로 고개를 흔들었다네. "어떻게 이탈리아로 돌아가요? 프랑스나 가서 망명자 신세로 살아야겠죠. 그런 식이라면 당신들은 어떻게 하겠습니까?

여기는 집 같기라도 하죠."

메르세데스에 이어서 내가 그와 포옹했어.

"진정합시다." 그의 어깨에 손을 두르며 내가 말했지. "사령부에 가서 한번 말해봅시다."

디아고날 대로의 연단에는 마누엘 아사냐, 후안 네그린, 마르티네스 바리오, 파시오나리아(정열의 꽃 또는 수난의 꽃-옮긴이)라고 흔히 불렸던 돌로레스 이바루리가 있었어. 적어도 그날만큼은 불신과 불일치가 없는 듯했지. 그들이 크게 감동했음은 멀리서도 쉬이 볼 수 있었다네. 마차도까지 거기 있더라구. 시인 돈 안토니오는 물론이었고. 우리들 가운데 많은 이가 그랬던 것처럼 나도 그의 시를 외웠지. 전선에서 동료들한테 암송해주기도 여러 차례였으니. 뭐, 다음날 알폰소 자식이 놀려대기는 했지만서도. 마차도는 와병 중이었다네. 하지만 그날 행사를 놓치고 싶지 않았던가봐. 20만 명이 운집해 이바루리의 연설을 들었는데, 거기에 빠지고 싶지는 않았겠지. "비록 여러분은 떠나지만 머리를 높이 쳐들어도 좋습니다. 여러분은 역사이고 전설이며 영웅입니다!"

"기필코 지킨다." 우리는 구호를 외쳤지. 하지만……

10월 30일 국민군이 에브로강 전선을 따라 공세를 개시했고, 약 일주일간 계속됐다네. 동틀 무렵 카발스산맥의 수비대가 타격을 받았고, 우리가 계속해서 싸웠던 판돌스산맥이 공격당했지. 마리아노까지 상황이 안 좋아 보인다고 썼을 지경이니. 정부는 계속해서 이렇게 말했다네. "위치를 사수하라, 위치를 사수하라." 그냥 하면 되는 것처럼 말야. 2주 만에 에브로 전투가 끝났어. 이제 첫눈이 내렸고, 야구에가 라바로야에 진입했지. 그리고 리스터가 강을 건너 마지막 남은 우리 부대를 괴멸했다네. 하지만 최악은, 젊은이, 아직 일어나지도 않았어.

나는 돌아다니느라 바빴어. 전선을 돌면서 군인들에게 급료를 전달했지. 그즈음에는 바르셀로나도 굶주리고 있었다네. 100만 명 규모의 난민이 광장과 건물과 거리를 가득 메웠지. 모두가 그저 마지막 공격을 기다리는 참이었다네. 대단원, 장엄한 종말. 내가 바르셀로나에 있을 때 그 최후 공격이 개시되었어. 소속 사단 사령부에 회계 장부를 가지고 가야 했거든. 메르세데스와 좀 짬을 내고 싶었지. 그런데 12월 20일에 별안간 그녀가 사라졌어. 개잡년. 일언반구 없이 그렇게 떠나버렸단 말이지. 밤낮으로 찾아가서 집 문을 두드렸어. 아나 마리아에게 뭐 아는 게 있느냐고 물었다네. 병원에 찾아갔더니 메르세데스가 한 달 휴가를 신청했다고 하더라고. 미쳐버릴 것 같았어. 다 때려 부수고, 간호사며 의사며 다 쏴 죽이고 싶었지. 뭐, 가로등 기둥에 화풀이하면서 울 수밖에.

"어디 안 좋으세요?" 지나가던 여자가 이렇게 묻더군.

"꺼져, 망할 년아." 내가 대꾸했지.

난 더 이상 그 전쟁을 견뎌낼 수 없었어. 살도록 강요받은 삶을 이제는 받아들이지 못하겠더라고. 전쟁이 메르세데스마저 앗아가버렸으니. 방공호에서 크리스마스이브를 보내고, 다시 전선으로 갔지. 발라구에르였는데, 이미 퇴각 중인 전역이었다네. 군수 장교 역을 맡았는데, 장교가 셋 더 있었지. 그들이 중대를 죄다 전투에 투입하고 있더라고. 그냥 시간을 벌려는 거였어. 하지만 뭘 위해서? 이미 늦었다고. 희망을 간직하기에는 너무 늦었단 말일세. 적이 타라고나를 접수했고 이어서 바르셀로나로 진격했지. 카탈루냐

전선 전체가 무너져 내렸다네. 사망자, 부상자, 포로, 항공기, 화기, 탱크를 내주고 말았지. 망한 거야. 목숨을 부지하려면 달아나라. 프랑스로 가야 한다. 나는 다시금 도망쳐야 한다는 사실을 깨달았어. 1월 23일, 캄프데바놀에서 명령을 받았지. 문서고를 파괴하고 트럭에 무기와 서류와 돈을 실어라. 약 200만 페세타였고, 푸이그세르다에서 국경을 넘는다는 거였어.

고백하자면, 난 명령 따위에는 신경 쓰지 않았어. 누가 누구한테 명령하는지 아무도 몰랐으니. 난 상황을 이용했지. 남은 희망은 딱 하나뿐이었어. 그녀가 고향에 계시는 어머니한테 간 거라면? 그녀가 누구냐고? 집중하게, 메르세데스 말야. 내가 보급차를 몰고서 포르부를 경유해 프랑스로 간다면 어떻게 됐을까? 국경은 다 그게 그거야. 해서 나는 구베트 산행을 택했어. 올로트로 간 다음, 동쪽으로 방향을 틀어 피구에레스로 신속하게 이동했지. 하지만 당장에 속도를 늦춰야만 했네. 산지사방으로 피난민 대열이 보였지. 그런 행렬이 끝이 안 보이더군. 카탈루냐 사람이 죄 도망치고 있었지. 민간인과 군인이 수만 명이었다네. 수레, 노새, 자동차, 트럭, 병약자, 제대로 치료받지 못한 부상 군인. 궤짝, 트렁크, 옷가방, 물항아리와 매트리스를 끄느라 구부정하게 걷는 사람들 주위로 개와 양이 따르고 있었지. 그러면서도 모두가 폭격기를 걱정하며 하늘을 주시했다네. 그중 신발을 신은 사람은 몇 안 됐어. 여자들은 장례식처럼 검은 옷을 입고, 두 팔로 아이들을 안은 채 색색의 천으로 결속한 잡다한 물건더미를 질질 끌었지. 최악은 공포를 자아내는 침묵이었다네. 얼음장 같은 침묵이 길을 덮고 있었지. 들리는 거라곤 멀리서 나는 저음의 대포 소리와 점점 다가오는 듯한 비행기 엔진

소리뿐이었다네. 그렇게 모두가 밭으로, 배수구로 뛰어들었지. 나무 뒤로 피할 데를 찾기도 했고 말야.

교차로 한가운데서 혼자뿐인 아이를 보았다네. 사람들은 그냥 지나쳤어. 아이는 자기 주변이 진공인 것처럼 걸었어.

"엄마는 어디 계시니?" 트럭 밖으로 몸을 내밀며 물었다네.

"프랑스요." 아이가 대꾸했지.

"아버지는?"

"죽었어요."

"타거라. 뒤로 올라타. 사람들이 잡아줄 거야."

포르부에 도착한 건 다음날 아침이었다네. 막 동이 터왔는데 여전히 마을의 불빛도 보였지. 어찌나 을씨년스러웠던지. 엄청 춥긴 했어도 수정처럼 맑은 아침이었다네. 잠잠한 바다가 하늘을 머금고서 맑은 빛을 토해내더군. 하지만 위로 먼 북쪽은 상황이 달랐어. 먹구름이 보였는데 꼭 지평선이 녹아버린 것 같았다니까. 폭격 맞은 어떤 가옥 근처에 차를 댔고, 나 혼자 걸어서 시내로 진입했지.

길에는 작은 무리로 사람들이 이미 나와 있더군. 한 시간 정도 거기 머무르면서 쉬다가 국경까지 마지막 남은 거리를 주파할 예정이었던 거지. 실제로 거기 사는 사람을 찾기가 쉽지 않아.

"간호사로 일하는 메르세데스 카라스코를 아세요? …… 어디 사는지요."

거개의 사람이 실성한 것처럼 '모른다'고 대답했어. 그냥 외면하고 걸었지. 내가 어떻게 보였을까? 면도를 못한 상태였고, 더러운 군복은 넝마나 다름없었지. 두려웠을 게야.

"제발요. 부탁드립니다." 어떤 여자한테 거의 빌다시피 했어. 그녀가 무서워할 필요가 없다는 걸 깨달았던 모양이야.

"잠깐 기다려봐요."

난 포도에 주저앉았지. 몇 걸음만 더 걸으면 해변이었어. 바다를 등지고 담배를 한 대 피우면서 사람들을 살폈네. 메르세데스를 찾겠다는 일념으로 말야. 왼쪽으로 곶이 있더군. 거기에 자그마한 공동묘지가 조성돼 있었어. 하얀 담장과 묘석들이 보였지. 30분쯤이 지나 메르세데스가 나한테 왔어. 광장과 연결된 작은 길에서 나오더라고. 사람들이 알려줬던 거야. 어떤 남자가, 군인이 너를 찾고 있다고. 그녀가 돌처럼 굳은 모습으로 내 앞에 서서 나를 빤히 응시했다네. 바짝 긴장한 모습이었어. 쪽을 찐 머리에서 머리칼이 흘러내렸는데, 수척하고 지쳐 보였지. 난 이미 멀리서 메르세데스를 발견하고는 일어난 상태였어. 하지만, 우린 키스하지 않았어.

"안녕." 메르세데스가 입을 열었지.

"응. 안녕." 내가 대꾸했어. "어디 간 거야?"

"여기요." 메르세데스가 몸짓으로 주변을 가리켰어. "보면 몰라요?"

"왜 안 알려준 거야?"

메르세데스는 내가 마치 장애물이라도 되는 양, 내 뒤 바다로 시선을 던졌다네.

그녀가 말했지. "우린 분명히 합의했어요. 우리 가운데 어느 누구도 서로에게 빛이 되지 않는다고. 기억 안 나요?"

"그래, 그랬지." 고개를 끄덕였고, "좌우지간, 이제 나랑 움직이는 건 어때? 트럭이 있어. 어머니를 모시고 갈 수 있다구."

메르세데스가 눈을 내리깔았지. 속눈썹에 눈물이 한 방울 맺힌

것도 같은데, 잘은 모르겠어.

"못해요." 그녀가 대꾸했지.

여자란 족속은 말야. 도대체가 속마음을 알 수가 없어. 속으로는 욕이 튀어나왔지만 참고서 이유를 물었어.

"나한텐 딸이 있어요." 메르세데스가 크게 한숨을 쉬고는 이렇게 대꾸했다네.

아마 난 틀림없이 사색이 되어 있었을 거야. 침을 꿀꺽 삼켰겠지. 그러고는 허걱 하고 숨을 내뱉었어. 그제야 비로소, 별안간 깨달았어. 내가 이 여자에 대해 아는 게 거의 없다는 걸. 하긴 말해주지 않았는데 뭘 알겠나? 하지만 그건 중요하지 않았어. 내가 아는 건 그녀를 사랑한다는 거였으니. 메르세데스를 외면하고 떠난다고 생각하니 숨이 턱 막혔지. 심장이 으깨지고 빻이는 느낌.

"딸도 데려갑시다." 내가 말했어.

메르세데스가 고개를 가로저었다네. 그때 봤어. 희미한 미소의 잔영이 입꼬리를 비추는 걸.

"아니요." 메르세데스가 작은 목소리로 말했지. "아이가 아파요. 데리고 다닐 수가 없어요. 상태가 호전되면, 그래요, 상태가 호전되면, 어쩌면 그때나 함께할 수 있겠지요."

"괜찮아지겠지?" 내가 물었어.

"그래요." 메르세데스가 계속 대꾸했다네. "그럴 거야. 하지만 당신은 너무 늦기 전에 가야 해요. 소식 전해 줘요."

고집을 부려도 소용없었지. 평생 만난 여자 중에 그렇게 고집 센 여자는 필라르랑 해서 그렇게 둘뿐이었네. 그래도 우린 키스를 했어. 두 눈을 꼭 감고 오랫동안 서로를 느꼈지. 사람들이 죄 지켜

봤지만 아랑곳하지 않았다네. 맥이 풀렸었겠지. 느릿느릿 트럭으
로 돌아갔네. 몇 걸음 걷다가 고개를 돌리고 물었어. "이름이 뭐야?
딸 이름?"

"마리아에요."

난 손을 흔들었고, 메르세데스도 웃어줬다네.

2월의 침울한 햇살이 창문으로 들어와 벽을 두드렸고, 궁륭 천장을 타고 올랐다. 그 부진한 햇살은 쓸쓸했다. 도서관의 대열람실. 벤야민이 제자리를 차지하고 있었다. 회색빛 영기. 발터의 머리칼이 평소보다 더 헝클어져 있고, 그의 단벌 양복 역시 더욱더 허름해지고 있다. 그의 동작은, 뭐랄까, 은밀했다. 독서를 하고 작은 공책에 적은 메모를 다시 읽을 때면 확실히 내밀한 자세와 동작이다. 표지가 검정색인 공책을 발터는 항상 지니고 다녔다. 벤야민은 그 수년 동안 진주조개잡이였다. 책, 신문, 친구와의 대화, 지하철에서 사람들이 나누는 대화라는 바다에서 말이다. 발터는 그 모든 내용을 맹렬하게 기록했다. 그는 자주 자부심마저 느끼며 그렇게 쓴 메모를 큰 소리로 남들에게 읽어주었다. 채록한 것이 마치 귀중한 수집품이라도 되는 듯. 발터의 메모는 사람들이 잘 모르는 18세기의 연애시일 수도 있었고, 발작의 한 문단이 보였는가 하면, 유대인에게 기름을 팔지 않기로 한 사실을 보도한 빈판 신문기사— 그것은 연료 회사들에게는 자살과 다름없는 경제 손실이었다—옆에 배치된 게오르그 짐멜에 관한 단평일지도 몰랐다.

벤야민은 그 2월의 오전에 《파사겐 베르크》용 공책을 채워가고 있었다. 호르크하이머가 작품을 다시 한번 새롭게 요약해달라고 청했고, 해서 벤야민이 프랑스어로 보고서를 작성할 수만 있다면 뉴욕의 부유한 사업가에게 전달돼 지원금을 교부받을 수 있을지도 몰랐다. 하지만 온전히 그 일에만 집중하기가 쉽지 않았다. 때는 바야흐로 비참과 공포의 시절. 자신을 압박해오는 그 세상이 도무지 뇌리에서 떠나지 않았던 것이다. 히틀러가 프라하를 목전에 두고 있었다. 바르셀로나는 프랑코의 수중에 떨어진 상황이었다. 에스파냐인 50만 명이 프랑스 쪽 국경을 넘어 도망쳐왔다. 정말이지 집중하기가 어려웠다. 보들레르 건과 관련해 퇴짜를 맞는 것에 화가 나지 않은 척하는 것도 못할 짓이었다. 공책을 들여다볼 때마다 마치 벌레가 뱃속에서 꿈틀거리는 느낌이 들었다. 넌더리가 났고, 신물이 넘어오는 듯했다. 그랬다. 벤야민은 내용을 정리할 수 없을 터였다. 몹시 지친 상태에서 피곤한 기운을 토해내던 즈음, 뒤로 누가 와 있다는 게 느껴졌다.

"지쳐 보이는군요, 발터. 커피 한 잔 할래요?"

바타유였다. 그 큼직한 입하며 못처럼 뾰족한 코라니. 두 사람은 몇 년 전 이곳 도서관에서 만났다. 당시 벤야민은 갓 피난온 상태로, 머물 집을 찾는 중이었다.

"자요, 갑시다. 잠깐 쉬자구요."

바타유한테는 다 있었다. 벤야민은 바타유의 모든 게 부러웠다.

바타유는 벤야민과 정반대였다. 차분하고 침착했으며, 개방적이었고 젊었다. 낭비와 탕진을 기대할 수 없는 사람에게 바타유는 활수함의 상징이었다. 유대계 독일인인 벤야민이 부유한 중간계급 출신으로, 속마음을 잘 드러내지 않고 처신이 매우 예의바른 교양계층이라는 점을 상기해보자. 그런 벤야민이었으니 어찌 혹하지 않았겠는가? 바타유는 비록 필명이긴 했어도《눈 이야기》같은 에로틱한 걸작을 써낸 걸물이었다. 조르주 바타유는 발터의 이면이었다. 그의 대척적 자극磁極. 다른 여러 면에서 동료이긴 했지만, 둘은 사는 게 비슷했다. 쓸모없는 허례가 수천이요, 자신을 신비의 천으로 에워싸겠다는 쓸데없지만 심오한 욕망으로 똘똘 뭉쳐 있는 것도 똑같았다.

조르주 바타유는 자주 주장했다. 1937년에 로제 카유아 및 미셸 레리와 함께 자신이 설립한 콜레주 드 소시올로지가 일종의 비밀 단체라는 것이었다. 벤야민도 구성원 중 하나였고, 그 쓸데없는 미스터리에 합세하지 않을 수 없었다. 벤야민은 좌안의 카페에서 열린 콜레주 드 소시올로지의 각종 회합과 관련해 여러 해 동안 입도 뻥긋하지 않았다. 민족학자, 철학자, 사회학자, 문예 비평가들이 참석했는데, 그들 모두는 초현실주의만큼이나 공산주의도 경멸했다. 벤야민은 열심히 활동했고, 바타유는 가장 빈번하게 교류하는 친우 중의 하나로 부상했다. 그럼에도 벤야민이 바타유에게 자기 친구들을 한 명도 소개해주지 않았다는 것은 특기할 만하다. 그는 바타유와의 교유를 둘만의 것으로 간직했다. 젊었을 때 숄렘과 그랬던 것처럼 말이다.

비비엔 가의 술집에 둘이 자리를 잡고서 앉았다. 커피 두 잔이 두 사람 앞에 옹송그리고 있었다. 바타유가 침울한 벤야민을 상대로 구둣주걱 같은 미소를 지었다. 내면으로 비집고 들어가 친구의 암울한 유머를 끄집어내려는 듯이.

"그래, 어떠십니까?" 바타유가 물었다.

발터가 코를 힝힝거렸다. 이어 고개를 숙이고는 자기 커피잔의 더러운 테두리에 시선을 고정한다.

"별로." 벤야민이 대꾸했다. "《파사겐 베르크》를 소개하는 제안서를 새로 써야 하는데 어떻게 시작해야 할지 모르겠어…… 최근 몇 달 동안 갖은 일이 있어났는데 머릿속에서 도저히 정리가 안 돼. 작업과 관련해 관점과 전망이 송두리째 바뀔 수도 있단 말이지."

"새로운 안건이라면, 블랑키[35]예요?"

"그래."

"포함하세요."

"그럴까?"

"저는 그렇게 생각해요. 뭐, 선배를 속 썩이는 게 그뿐만은 아닐 테지만 말이에요."

하늘이 험상궂어졌다. 모이는 구름이 마치 거칠고 더러운 실타래 같았다. 바타유가 다리를 꼬고 미소를 지어 보였다.

"이제 일어나죠." 바타유가 말했다.

다시 도서관. 벤야민은 잠시 눈을 감았다. 1~2분 정도 후 그는 프로젝트와 관련해 작성한 노트 첫 권의 첫 쪽을 눈을 열고 더듬었

---

35   Louis Auguste Blanqui, 1805~1881. 프랑스의 사회주의자, 혁명가. 19세기 프랑스의 혁명·반란들 대부분에 관여했으며, 생애 중 33년간 이상을 옥중에서 지냈다. 복고 왕정하에서는 10대 무렵부터 비밀결사 카르보나리에 참가했으며, 1830년 7월 혁명 후에는 공화파 운동에 가담했다.

다. 내키지 않는다는 듯이. 사실인즉, 그는 행복했던 그 시절을 더듬고 있었다. 도서관의 바로 이 자리에서 첫 메모가 작성되었던 바로 그 시절을. 여러 해 전에 적어놓은 내용은 이랬다. "파리의 아케이드를 궁리하는 연구를 개시함. 파랗고 구름 없는 하늘이 자유롭게 느껴진다. 궁륭 천장을 이고 나뭇잎이 무성한 벽들이 솟아 있다. 거기를 가득 채운 수백만 쪽의 문서, 그리고 먼지. 세속의 지식을 담은 서책들에서는 근면함이라는 신선한 산들바람이 이는 듯하다. 격한 감정으로 숨이 막힐 듯한 저자의 향취도 느껴진다. 젊은이들의 성급한 충동과 열망은 또 어떠하며, 느리게 불어오는 호기심은 또 어떠한가? 창공은 여름의 색조로 가득하다. 그 빛의 살들이 파리 국립 도서관의 열람실로 풍요롭게 쏟아지고 있다. 꿈을 꾸는 듯하다. 마치 불투명한 망토가 펼쳐져 너울거리는 듯 말이다."

벤야민이 탁자등을 켜고, 공책을 천천히 넘겼다. 한 손으로는 머리칼을 더듬으면서 말이다. 가끔은 자기가 써놓고도 무슨 말인지 이해할 수 없었고, 그 행간과 필적을 해독해야만 했다. 손에는 이성과 기억이 없지만 그 손으로 줄들을 더듬었다. 구절, 단편, 천명된 의도. "다른 사람들에게는 일탈이겠지만, 그 내용을 통해 나는 나의 프로젝트를 정의하고자 한다. 나는 시간 계열의 차이를 내 식으로 계산하고, 그 내용을 토대로 삼을 것이다. 남들한테는 이런 나의 방식이 주된 연구 노선을 망치는 것으로 비칠 수도 있다." 계속해서, "이 프로젝트의 방식은 문예물 콜라주다. 나는 말을 하지 않을 것이다, 전혀. 다만 보여줄 뿐. 이것은 대단히 소중하고, 나는 어떤 것도 빼지 않을 생각이다. 풍요로운 정신상을 무단으로 도용해서는 안 된다. 오직 퇴짜 맞은 폐물만. 그렇다고 해서 재고목록처럼 되어서는 안 된다. 이것들이 활용돼 마땅한 당위가 구축돼야 한다."

벤야민은 수년간 책을 쓰려고 분투했다. 그 책은 인용으로만 이뤄져야 했다. 비유하면, 일종의 모자이크처럼 구성되어야 했다. 나아가 가장 엄격하고 공들인 설계로 질서정연한 장식물처럼 꾸며져야 했다!《독일 바로크 드라마》를 쓸 때도 그랬다. 그는 600개 이상의 인용문을 모았고, 서재의 벽에 그걸 죄다 붙여놓았다. 그가 쓴《일방통행로》에는 다음과 같은 경구가 들어 있다. "내가 발췌 인용한 내용은 무장한 도적떼와 다름없다. 게으른 독자의 동의를 느닷없이 득하는 약탈자 같다고나 할까." 그런 말은 심상이 풍부한 상징과 다름없었다. 발터는 텍스트에서 그런 문장을 도려냈고, 자신의 맥락을 중심으로 조직했다. 그가 쓴 모든 문장은 세상에 대한 첫 번째 관찰이거나 재앙을 목전에 둔 마지막 논평인 듯했다.

과연 그가 이런 식으로《파사겐 베르크》란 책을 써낼 수 있을까? 발터의 걱정거리는 이게 다가 아니었다. 10년 전의 벤야민이라면 '위대한 건조물'을 세우고자 했을 것이다. 당연히 '그 건조물은, 신중한 태도로 정확하게 취사선택된 세부 사실들이 단단한 토대를 구축했을 터'이고 말이다. 10년 전의 그라면 '지복의 구원 개념'을 분명한 형태로 제시하고자 했을 것이다. 10년 전의 그라면, 프루스트가 자기 인생 이야기를 써낸 것처럼, 자신도 역사를 상세히 해설하고자 했을 것이다. '죽비처럼 독자들을 일깨우는' 역사를 말이다. 그 역사는 전투가 치러진 다음날 부상을 입은 채 깨어난 생존자의 눈에 비칠 잔해더미일 터.

이제 우리는 안다. 유럽의 문화가 그 잔해였다. 하지만 1939년 2월 어느 날 오전의 벤야민에게 그런 각성과 구원은 언감생심이었다. 당시 그의 정신 상태에 깃든 것이라고는 아무도 찾지 않는 도서관 서가에서 꺼내온 루이 오귀스트 블랑키의, 사람들이 거의 모르는 책뿐이었다. 혁명가 블랑키는 만년에 포르 뒤 토로 감옥에 갇혀 있었고, 그에게는 내면의 충동을 믿고 따르겠다는 생각이 전혀 없었다. 그는 사회에 완전히 패배당한 상태였다. 하지만 그는 이 사실을 아마도 깨닫지 못한 듯하다. 블랑키는 시간을, 역사를 비난하는 최후의 기소장을 제출했다. "진보는 없다. 우리가 진보라 칭하는 것이 모든 나라에서 갇혔고, 더불어서 사라졌다. 어디에서나 똑같은 드라마가 반복된다. 똑같이 황량한 무대에 똑같은 장면. 인류의 소음은 불가피하다. 사람들은 자신이 대단하다고 착각하고, 우주를 담고 있다고 믿는다. 인류는 스스로 쌓아올린 광대한 감옥에서 살고 있다. 인류는 지구 전체를 파악하겠다는 심산으로 오랜 세월 그 덩어리를 어깨에 져왔다. 이것은 자만심의 대가이다. 권태가 지속되고, 외계의 천체들은 움직이지 않는다. 우주는 끝없이 반복되고, 자신의 땅을 짓밟는다. 영원은 태연자약하게 이 모든 똑같은 이야기를 영원히 되풀이한다."

바타유의 말이 옳았다. 그 고발과 고독한 항복, 자포자기와 황량함. 벤야민은 다시 움직이기 시작했다. 그가 안경을 이마 위로 올리고 눈을 비볐다. 만년필 뚜껑을 열고서 새 공책을 폈다. 그리고 쓰기 시작했다. 몇 시간 후 그가 다시 시선을 거두어 올렸다. 빗방울이 창유리를 두드리고 있었다. 겨울이라 밤이 일찍 찾아왔고, 어둠이 이미 바깥 하늘을 집어삼킨 상태였다.

젠장. 마리아라고? 몇 살일까? 파시스트 변호사라던 메르세데스 남편의 딸? 그런데, 메르세데스가 냉혹하게 아비를 죽였다고? 모든 시나리오가 끔찍했고, 도대체가 생각이 안 섰네. 그게 아니면 도대체 뭐지? 혼란 그 자체였어. 생각을 정리하고 짜 맞출수록 난 맥상일 뿐이었지. 그때 거기서 판단을 정지하고 답을 찾아내지 못한 내가 저주스럽네. 그 모든 질문을 어떻게 미결 상태로 남겨둘 수 있었을까? 알 수 없는 답을 멍청하게 기다리면서 말일세. 차를 몰고 가면서도 머릿속이 엉망이었지. 사람들이 국경을 향해 느릿느릿 걷고 있었네.

길은 탈출하는 사람들로 초만원이었어. 사방팔방에 놓여난 가축들이며, 길옆 들판에서는 사람들이 노숙을 하고 있었지. 수레에 실린 병약자와 부상자. 부서진 마차와 기름 떨어진 차들이 그냥 버려져 있었다네. 우리는 몇 시간에 걸쳐 겨우 몇 미터 전진하고, 그러고는 다시 엔진을 끄고 대기해야만 했어. 그 이상을 나아가지 못했지. 그냥 움직일 수 없었던 게야. 프랑스 개자식들이 빨갱이들이라며 우리를 들이려고 하지 않았어. 국경을 폐쇄한 거지. 우리는 거기 한데서 그냥 기다렸네. 먹고 마실 것도 없이 말일세. 우리 곁을 지나가는 사람들을 보았지. 표정이 냉랭했고 먼지투성이 주름살이 새까맸어. 나 같은 군인들도 거기 있었네. 그런데 자동차 한 대가 나타났어. 깃발이 날렸고, 경적을 울리며 군중 사이에 길을 텄어. 그러더니 턱수염을 길게 기른 늙수그레한 남자가 내려서 도로 한가운데로 가더니 소총을 들어올리더군.

"아무도 여기를 지나가지 못한다. 예수라도 안 돼."

"하지만 가도 좋다는 명령이 이미 내려왔어요." 사람들이 그에게 말했지.

"난 아무것도 두렵지 않다. 내가 가지 않으면 누구도 통과하지 못한다."

어쨌든 사람들이 결국 그를 설득해 가도록 했어. 늦었지만 말일세. 바람이 기세를 올렸고 먹장구름이 땅을 구르면서 하늘에 퍼졌지. 아이를 안은 아낙 한 명이 내 옆에 서 있었는데, 두 눈을 글썽이며 지나는 사람들에게 도와달라고 간청했어.

"아이가 아파요. 좀 도와주세요."

검정 양복과 타이를 한 남자가 보였네. 그 사람이 팔을 뻗어 아이를 받더니 머리를 흔들었지. 슬픈 광경이었어. 아이 엄마는 혼란스런 무리 속으로 이미 사라지고 없었다네. 남자가 내게로 왔고, 주위를 살펴봤어. 화가 많이 났지만 억누르고 있음이 분명했네.

"죽었어요. 아이가 죽었어요."

추위가 심해졌어. 밤이 되자 비까지 오더군. 처음에는 그냥 가랑비였는데 나중에는 양동이로 퍼붓는 기세로 내렸지. 이상하리만치 사나웠어. 그냥 밤이 아니었네. 달이 안 떴으니. 바람이 불고 비가 내렸지. 주 하나님과 사탄이 대결하는 듯했네. 아래 벼랑으로는 파도가 부딪치며 거대한 포말을 튀겼는데, 우리가 모여 있던 돌출부의 가장자리까지 솟았지. 난 트럭이 있었으니 운이 좋았다고 할 수 있지. 하지만 한데서 밤을 지새야 했던 다른 사람들은 어땠겠나? 시간이 멈춰버린 것 같았어. 땡땡 얼어서 움직이지 않는 굳어버린 잼처럼. 자정 전후 언제쯤이었을까, 사람 스무 명가량이 우리 있는 데로 오더군. 며칠 전까지만 해도 그 사람들은 우아하고 미끈한 상류층이었을 게야. 하지만 영락한 꼴이 우리랑 다를 바 없는 몰골이었어. 느릿느릿 걷는데 그게 어디 쉽겠어? 진흙탕에 푹푹 빠졌지. 자동차와 마차, 동물, 또 나귀. 불피운 자리, 쓰러져 죽은 사람. 그 비에, 매섭고 사나운 북풍. 노인이 보였어…… 그래! 정말로 그 사람이었다네. 마차도 말야. 안토니오 마차도 선생이라니. 그가 형제의 팔에 의탁하고 있었는데, 연로한 어머니와 장모도 보였지. 당장에 트럭 바깥으로 튀어나갔어.

"안토니오 선생님!" 내가 크게 불렀지만 선생님은 내 말을 듣지 못했다네. 게다가 나는 트럭을 두고 멀리 벗어날 수가 없었지. 돈과 서류가 다 거기 있었으니. 다시 차에 타는데 비가 도대체 수그러들지 않더라고. 천둥 벼락이 치자 문짝이 흔들릴 지경이었어. 또 번갯불이 보였는데, 하늘이 찢어지면서 노랑색과 보라색이 보이더군. 그렇게 이틀 동안 비가 계속 내렸어. 더 심해지는가 하면 좀 약해지기도 했고. 뭐 어쩼거나, 난 꼼짝도 할 수 없었지. 국경으로 더 나아갈 수도, 뒤로 돌아 메르세데스에게 갈 수도 없었던 거야. 그게 어떤 고문인지 알겠나, 젊은이? 마침내 프랑스가 한발 물러섰지. 일단은 부상자를 수용했고, 그다음은 민간인, 마지막 차례가 군인이었어. 우리가 무기를 건네야 한다는 조건을 달았지.

국경에는 초소가 두 개 있었는데, 줄이 쳐져 있더군. 작은 오두막도 하나 보였는데, 깜깜한 한밤중에 등불 하나가 희미하게 빛났어. 프랑스 헌병대 장교가 내가 탄 트럭으로 왔어.

그가 말했지. "중위님, 저기에 차를 대고 명령을 기다려주십시오."

명령? 무슨 명령? 누가 하는 건데? 배가 고팠고 갈증도 심했지. 연달아서 세 시간 이상을 잔 날이 하루도 없었으니. 더 이상은 그 끝없는 기다림을 용인하고 받아들일 수가 없었어. 하지만 그렇다고 별수 있었겠나. 기다려야만 했지. 하룻밤 더, 그리고 다음날 아침까지. 나는 당장에 트럭 좌석에서 곯아떨어졌다네. 그런데 자는 게 고문 같았어. 선잠이 든 건데, 계속해서 포르부의 메르세데스가 나오는 거야. 의식이 없는 가운데서도 메르세데스의 그 불가사의한 딸이 생각났고, 어떻게든 해명을 해야 했지. 마리아노가 나랑 산에 있는 영상도 보였지. 어깨에 기관총을 걸친 모습이었어. 그리고는 죽은 네덜란드 동지의 피투성이 얼굴도 보였고 말이야. 거듭거듭 떠오른 영상은 이런 거였네. 앞에서 무수한 대오가 길을 걷고 있고, 나는 과연 그들이 살아서 프랑스까지 갔는지를 궁금해하는. 에스파냐와 관련한 나의 마지막 추억은 이렇게 슬프기 짝이 없었다지.

정오쯤에 기동 부대 소속의 대령 한 명과 대위 한 명이 1차 선별을 하러 왔다네. 그 들판에는 군인 수천 명이 있었지. 그들은 군인들에게 트럭에 타라고 명령했고, 인근의 한 수용소로 보냈네. 대령이 우리 장교들한테는 보급품을 지키도록 시켰지.

"뭐라고 하던가요?" 우리 편 대위 한 명이 내게 물었어. 직업 장교였지. 눈 사이 간격이 좁았고 귀가 뾰족한 장신이었다네. 그래도 내가 프랑스어를 조금이나마 아는 축에 속했지.

"아무 말도요." 내가 대꾸했어. "여기 남아서 대기하라는 말 말고는 별 얘기 없었습니다."

그가 미소를 지어 보였어. "아마도 우리를 다시 에스파냐로 보낼 겁니다. 가서 마드리드를 지키라며 발렌시아행 배를 내줄지도 모릅니다."

"퍽도 그러겠습니다." 내가 대꾸했지. "저치들을 알아요. 잠자코 기다리세요. 두고보면 알겠죠."

그 친구는 고집쟁이였어. "아니요. 우리가 50만은 틀림없이 돼요. 우리를 프랑스에 다 둘 수는 없다구요."

사흘 후 우리가 억류될 거라는 얘기를 들었고, 나는 그 대위를 찾아갔지. 사라지고 없더군. 내 말이 맞았다고 해서 기뻐해야 할지 아니면 유감스러워 해야 할지 헷갈렸어. 얼마 후에 문제의 대령이 사람들을 헤치고 나를 찾아왔지.

"당신이 트럭 책임자요? 거기 무기를 압류하라는 명령을 받았소."

그건 좀 심했지. 대령은 자기를 뭐라고 생각한 걸까? 나폴레옹이 아버지라도 되나? 우리는 진흙밭에서 뒹굴었어. 물론 그는 잘 먹었고, 우리는 던져준 배급식량을 나눠 먹으면서 어떻게든 버텨야 했지만 말이야. 당연히 내가 졌지. 하지만 그렇다고 그가 이긴 것도 아니었어.

나는 진지하고 단호하게 말했네. "무기는 우리 정부의 대표자한테만 넘겨줍니다. 에스파냐 공화 정부 말이오. 다른 누구도 안 됩니다. 알겠소?"

그는 대꾸하지 않았지. 다음날 놈이 돌아왔는데, 무장 경비병을 이끌고서였지. 놈들이 트럭을 가져갔어, 무기와 서류 일체도. 내가 지킬 수 있었던 건 돈뿐이었다네. 전날 밤에 장교들에게 전부 나눠줬어. 프랑스가 우리를 군용 열차에 쟁여 넣고, 아르젤 수용소로 이송했네. 어떤 면에서는 숙영지, 말 그대로 '캠프'였어. 수킬로미터의 해변이 가시철사로 둘러쳐져 있었으니. 거기에 5만 명이 수용됐네. 대개가 남자였지만 여자와 아이와 노인들도 있었지. 밤낮으로 북풍이 불더군. 옷깃을 어찌나 파고들던지. 화장실이 하나도 없었어. 맨손으로 모래밭에 구멍을 파고서 볼일을 봐야 했지. 윗가지와 담요로 보금자리를 만들었어. 하지만 너무 추웠어. 어찌나 추운지 벼룩도 안 꼬이더라구. 낮에는 프랑스 군인들이 길옆으로 빵을 대충 쌓아놓고 떠나버렸지. 그게 다였어. 우리가 받은 배급은 아침, 점심, 저녁이 모두 다 빵이었다구. 처음에야 지독히 굶주렸으니 우르르 몰려들었지. 다친 사람이나 병약자까지 짓밟고서 모두가 쇄도한 거야. 하지만 시간이 좀 흘렀고, 정신을 차려야 했어. 배급 체계를 조직했다네. 사람당 한 덩어리씩, 그렇게 모두가 먹을 수 있게 말이야. 하지만 그래도 악몽이었다네. 끔찍했지. 수용소를 방문한 적십자 대표에게 그 사실을 이야기했네.

이렇게 외쳤지. "동물도 이렇게는 취급하지 않습니다. 안 보여요? 부상자들, 불구자들이요? 여기 아이들과 임신한 여자들이 있단 말이요. 밤마다 죽어나가는 사람이 수십 명이에요. 인도주의라는 말이 당신한테는 도대체 무슨 의미란 말이요?"

나를 바라보는 그의 시선은 무력했어. "창피한 일입니다. 하지만 나로서도 어쩔 수가 없군요. 도움을 요청하기는 했습니다만."

지원은 이루어지지 않았어. 우리는 이후로도 2주 더 거기 머물렀다네. 그러다가 다시 세트퐁으로 이송됐지. 몽토방 인근에 수용소가 있었어. 자식들이 거길 '고급 수용소'라고 부르더군. 하지만 실상은 달랐어. 달갑지 않은 사람, 위험인물, 정치 성향이 짙은 사람들이 억류됐지. 거기보다 더 열악한 수용소는 베르네와 코이우르뿐이었을 거야.

우리 장교는 다 합해 1,000명 정도 됐어. 열차에 탑승하면서 안 사실이지. 추위와 굶주림이 지독했고 감이 안 좋았는데, 기차에 타니까 열이 나기 시작하더라고. 이가 덜덜 떨렸고 뼈가 백만 조각쯤으로 산산이 부서지는 것 같았지. 담요를 뒤집어쓰고서 바닥에 누웠네. 몸이 부들부들 떨리는데 욕이 다 나오더군. 여행이 길었지. 그런데 열차가 코사드에 도착하고도 한참을 더 걸어야 했어. 열차에서 내렸을 때의 상황이 최악이었지. 소총과 마체테로 무장한 세네갈인 대대가 우리를 호송하겠답시고 대기 중이었던 거야. 대장은 프랑스인이었어. 놈들이 승강장을 둥글게 에워싸고는 우리에게 행군을 개시하라고 소리를 지르면서 종용했지. 서 있는 것조차 힘들었고, 걷다가 죽을 것 같았지. 벗들이 가방을 들어줬지만 우리를 호위하던 흑인 기병은 안중에도 없더군. 놈이 두세 걸음마다 등에 소총을 들이댔고, 그렇게 나를 채근했어. 결국 고꾸라졌어. 그렇게 정신을 잃고 나서 누군가가 나를 도왔겠지. 누군지는 모르지만 고마운 사람이지. 이후로 일이 어떻게 전개됐는지는 잘 모르겠어. 누가 뒤에서 달려오는 것 같았는데 걸음 소리가 딴 세상의 환청 같았으니까. 사람 목소리가 얼굴을 파고드는 것 같았고, 잠시 후 대자로 뻗은 군인이 아래 보이더라고. 누군가가 고함을 치는데, 내가 그 목소리를 듣고 있다는 걸 깨달았지.

그 사람이 프랑스 장교에게 이렇게 말하더군. "우리를 군인으로 처우하시오. 그렇지 않으면 우리도 방어 행동에 돌입할 수밖에 없고, 그러면 당신들도 쓴맛을 보게 될 거요."

그게 마리아노라는 게 믿기지가 않더군. 하지만 놈이라면 그처럼 싸한 침묵을 불러일으킬 수 있는 배포가 있었지. 거기가 순 깡촌이었으니 나귀 울음소리라도 들렸을 텐데 말이야.

"네놈 땜에 지금 내가 뭘 하는지 잘 봐둬." 마리아노가 나를 보며 웃었다네. "잠시만 그대로 둘 테니, 네가 지금 어떤 곤경에 처했는지 잘 생각해보라구."

나도 웃었지. 마리아노가 나를 들어올렸고 어깨에 둘러멨네. 그가 국경을 마지막으로 넘어온 그룹이었더군. 에브로강 전투 생존자, 모데스토와 리스테르의 군인들이 있었지. 그렇게 마리아노와 나는 다시 함께하게 되었다네. 딱 알맞았어. 세트퐁 수용소가 존재하지 않는다는 걸 그때 알았지. 우리가 머물고 살 수용소 건물을 직접 지어야 했다는 말일세. 그냥 휴한지뿐이더군. 나무나 생울타리 같은 것도 없고, 사방이 가시철조망뿐이었어. 너머로는 또 시골의 대지가 끝없이 펼쳐졌고 말야. 거기에 우리가 몇이나 있었는지 아나? 만에서 만 5,000 정도였을 게야. 모르겠어. 다른 재소자를 밟지 않고서는 움직일 수조차 없었다는 것만은 확실하네. 마리아노가 천막을 치고 나서 나를 땅에 뉘이고 이불로 감싼 다음, 의사를 불렀지. 내가 기관지염을 앓고 있고, 약이 필요하다고 하더군. 물론 프랑스 놈들은 약을 주지 않았어. 마리아노가 애를 썼지만, 프랑스 의사는 언감생심이었지. 비가 왔고, 천장의 솔기 구멍으로 빗물이 떨어졌어. 사람들이 나중에 알려줬는데, 일주일 내내 비가 왔고, 나는 의식이 없었다고 하더군. 거의 송장이나 다름없었다네. 그 와중에 어찌어찌해서 간호사 한 명이 내게 아스피린 두 알과 연유를 먹였다지, 아마. 다시 깨어났는데 어딘지를 모르겠더라고. 기분이 좋았던 이유가 그 때문이었으려나.

"잘 잤냐?" 마리아노가 물었어.

"방야망 선생님, 방야망 선생님! 선생님한테 편지가 왔어요."

주인 아주머니였다. 이유를 알 수는 없었지만 벤야민의 이름을 내키는 대로 부를 수 있는 사람은 뒤부아 부인뿐이었다. 벤야민은 뒤부아 부인한테만은 그 일탈을 허용했다. 그는 기분이 엉망이었고, 사실 일진이 이미 좋지 않았다. 샤워를 하는데 온수가 중간에 끊겼고, 승강기는 또 가동을 멈췄다. 벤야민이 계단을 내려와야만 했다는 의미였다. 그가 숨을 헐떡이면서 1층에 도착했을 때, 뒤부아 부인이 편지를 들고 다가왔다.

"뉴욕에서 보낸 거예요. 중요해 뵈는데요."

벤야민이 고개를 끄덕이면서 꿀떡하고 숨을 삼켰다. 편지를 받아든 벤야민. 뒤부아 부인이 옆에 서서 지켜보는 것은 아랑곳하지 않고 즉석에서 편지를 뜯어 열었다. 로비의 명명한 빛 속에서 초조하게 떨리는 두 손. 잠시 적힌 내용을 훑던 벤야민의 얼굴이 사색이 되었다.

"선생님, 괜찮으세요?"

"예, 괜찮습니다. 괜찮아요, 감사합니다." 벤야민의 대꾸. 미약한 목소리에 어떻게든 신뢰를 담고자 한 그의 노력이 처절했다. 분노와 불안이 벤야민을 사로잡았다. 그의 손이 허공에서 가만있질 못했다. 벤야민은 좀비처럼 당장에 자신의 유일한 피난처로 발길을 옮겼다. 누이 도라의 집. 지붕들 사이로 화사한 하늘이 보였고, 작은 구름들이 대기를 천천히 가로지르고 있었다. 가로의 사람들이 그를 마다하고 빠르게 움직였다.

"무슨 일이에요, 오빠?" 도라가 당장에 문을 열어주면서 물었다.

누이는 여느 때와 달리 기분이 좋았다. 도라는 몸이 아프면 며칠씩 쉬어야 하는 경우가 다반사였다. 발터가 조용히 외투를 벗고서 긴 의자에 몸을 던졌다.

"무슨 일이에요? 아파요? 마실 거라도 좀 가져다드려요?"

"방해하지 말아줘, 도라."

동생을 입 다물게 하기 위해 그가 항상 내뱉는 말이었다. 오빠에게 평화와 안식, 생각할 시간이 필요하다는 걸 도라가 눈치채지 못한 것일까? 그가 일어섰다. 왼쪽 무릎 관절에서 삐걱이는 소리가 났고, 발터는 약간 뒤뚱거리면서 창문 쪽으로 걸어갔다. 유리에 맺힌 물방울이 커튼에까지 스며들고 있었다. 벤야민이 커튼을 열어젖히고 이마를 유리창에 댔다. 밖으로 생명의 서글픈 맥박이 휘몰아치는 게 보였다. 잠시 후 혼란스런 생각이 어느 정도 정리되었다. 얼마나 어리석었던가! 어쩜 그렇게 순진하게 사람 말을 믿었단 말인가? 그게 착각이었음을 깨닫자 복부에 주먹을 얻어맞은 것처럼 배가 아팠다.

다시 도라가 물었다. "그래, 오빠, 오늘은 아무 말도 안 할 거예요?"

"멍청했어. 바보 천치!" 발터가 동생을 바라보지도 않은 채 웅얼거리듯 내뱉은 말이다. 밖으로 길이 보였다. 모퉁이의 꽃가게 앞에서 연인들이 다투고 있었다. 발터가 물기 있는 차가운 유리창에 대고 눈썹을 치켜뜨며 말했다. "숄렘과 한나가 옳았어."

"뭐가요, 오빠? 자세히 말 좀 해봐요. 궁금해 죽겠네."

"호르크하이머 말이야. 오늘 그가 쓴 편지를 받았어. 연구소 상황이 심각하대. '얼마 후에는' 나와의 연구 계약을 갱신할 수 없다고 통보해야 할지도 모르겠다는 말까지 적혀 있어."

"어떤 의미죠?"

"더는 수입이 없다는 말이야, 도라. 연구 교부금은 이제 없어."

이윽고 발터가 몸을 돌려 도라를 바라보았다. 이마에 주름이 잡혔고 눈꺼풀을 내리깔았는데, 그것은 먼 데 있는 사물을 보려고 눈을 찡그린 듯한 발터 특유의 표정이었다. 도라가 손으로 탁자를 짚고 훌쩍였다. 가슴을 싸고 있는 꽃무늬 드레스가 흐느낌에 따라 들썩였다.

"왜 우는 거니?" 발터가 나무랐다. "그만두라구. 다 소용없으니."

"오빠는 나를 왜 항상 이렇게 대하는 거죠?"

"어떻게 대하는데?"

"나쁘게 대하죠. 애 취급하잖아요. 엄마 말이 맞았어요."

"엄마, 엄마. 그놈의 엄마 소리 좀 그만하면 안 되겠니? 어머니는 이제 그만 편히 쉬시게 내버려둬. 무덤에 계신 분을 불러내서 뭘 하겠다는 거야? 그리고 제발, 내가 널 애 다루듯 한다고 말하지 마라."

오래지 않아 발터는 자리를 떴다. 문을 닫고 여동생은 울거나 말거나 내버려둔 채로 말이다. 혼자가 된 도라는 탁자 앞에 앉아 두 손으로 얼굴을 감싼 채 흐느꼈다. 시간이 얼마나 흘렀을까, 발터가 돌아왔다. 동생을 두고 떠나는 더 나은 방법을 찾아내기라도 한 것처럼 말이다.

"돈 좀 빌려줄 수 있니?" 묻는 것인지 요청하는 것인지 발터가 말했다.

다시금 포도에 선 벤야민, 그가 별안간 걸음을 멈추고 돌부처처럼 섰다. 왼쪽, 오른쪽? 벤야민은 집으로 돌아가고 싶지 않았다. 그렇다면 뭘 한단 말인가? 연구소에 보낼 보들레르를 계속 작업해? 아서라, 망할 놈의 생각. 그가 바깥에서 충분한 시간을 보내면 수리공이 와서 승강기를 고쳐놓을 테고, 6층까지 걸어서 올라가는 일은 없을지도 몰랐다. 이곳저곳 천천히 산책하면 좋을 터다. 벤치에 앉아 쉬기도 하면서 숨을 고르고, 건물 전면의 치장 벽토 세공을 살펴보는 안도 괜찮아 보였다. 볼테르 부두: 벤야민은 자신이 한동안 숄렘에게 편지를 쓰지 않았음을 깨달았다. 팔레스타인 이주 안과 관련해 새로운 생각과 소식을 전하지 않았다는 것도. 말라케 부두: 그는 다리 난간에 기대어 흘러가는 센강을 지켜보았다. 탁한 강물이 강둑의 덤불숲에서 찰랑이는 것도 보였다. 마자린 가와 드 로데옹 가: 친구 아드리엔 모니에의 서점에 들렀고, 연구소 관련 비보를 전했으며, 결코 살 수 없는 책을 카운터에 산처럼 쌓았다. 그가 되

마고(프랑스 현대문학의 발상지로 이름 높은 카페-옮긴이)의 열기로부
터 몸을 추스르는 생제르맹(파리에 있는 수도원-옮긴이). 벤야민은 커
피를 한 잔 주문하고서 책을 읽는다. 테이블은 한가하고, 몇 안 되
는 손님 중에는 아는 사람이 한 명도 없다. 어쩔 수 없이 생각에 몰
입해야 하는 여건이었고, 벤야민은 누더기가 돼버린 자신의 꿈을
곰곰이 생각해 보았다.

집에 도착했다. 승강기가 고쳐져 있었다. 아무려면 제대로 작
동하는 승강기쯤으로 인생이 참을 만한 것이 되지는 못한다. 벤야
민이 등을 켰다. 외투를 벗고 책상에 앉은 벤야민. 편지를 쓴다. "친
애하는 게르하르트. 네 눈은 거짓말을 하지 못했고, 나 역시 한순
간도 그렇게 생각하지 않았어. 그럼에도 난 재앙을 예측하지 못했
네…… 지체할 시간이 없군. 지난 시절 내가 계속 굼뜨게 행동한
건, 언젠가는 연구소에서 뭐라도 버젓한 지위를 꿰차기를 바랐기
때문이야. 내가 말하는 '뭐라도 버젓한 지위'란 최저생활비 2,400프
랑이네. 그 이하로 떨어지면 더는 견디기 힘들 거야. 세상은 가혹하
고 매력이라고는 조금치도 없네. 과연 가치가 있는 세상일까? 여기
서 후세의 보답을 기대하는 것은 무망한 일이지."

이런 생각이 들끓자 벤야민은 다시금 세상과 작별하고자 하는
욕망이 꿈틀거렸다. 3월 14일 저녁. 때는 바야흐로 1939년. 이틀 후
벤야민이 내키지 않는 걸음으로 집을 나섰다. 아무튼 도서관에 가
는 게 몸에 밴 습관이었으므로. 뒤부아 부인이 벤야민을 불렀다.

"안녕하세요, 방야망 씨. 보셨어요? 들었어요?"

"뭘요?" 벤야민의 대꾸는 서글픈 어조였다.

뒤부아 부인이 그에게 《파리 수아르》를 건네줬다.

"독일이요." 집주인의 목소리는 공포에 질려 있었다. "독일이
프라하를 점령했대요."

"난 죽었어요." 프랭켈의 목소리가 적막했다.

"좋았어."

한스가 손바닥에 카드를 쥔 채 벤야민을 쳐다보았다. 벤야민의 차례. 여느 때와 다름없는 토요일 저녁이었다. 아서 쾨슬러의 집에 망명자 넷이 모였고, 포커를 치고 있다. 마시는 포도주는 우수리돈으로 산 것이었다. 작은 난로가 끓고 있었고, 해서 가로의 소음이 조금쯤 지워졌다. 꼬불꼬불 피어오르는 담배 연기가 등에서 나오는 광선과 어우러져 분위기를 더했다. 소파에 앉은 다프네가 망연히 그림을 그리고 있었다. 발터가 쾨슬러의 눈을 본다. 이어서 그의 입술에 안타깝게 매달려 있는 담배로 시선을 내린다. 이미 세 장을 쳤고 10프랑을 걸었다. 요컨대 허세를 부리는 것이었다. 그것은 틀림없는 사실이었다.

"좋았어. 100프랑 걸겠어." 그가 받았다.

모두가 눈을 휘둥그레 그를 쳐다보았다. 다프네조차 움직이던 연필을 멈추고 포커판으로 시선을 돌렸다. 100프랑. 그들의 도박판은 단 한 번도 그런 액수를 호가한 적이 없었다. 벤야민의 고투와 고심이라니, 그 정도면 모임에 참석한 사람보다 더 많은 수가 저녁을 배불리 먹을 수 있을 터였다. 벤야민을 어렸을 때부터 알았어야만 망연자실하지 않을 터. 게임이 무르익으면 벤야민은 열에 들떠 압도당하는 일이 잦았고, 그런 일이 일어나면 달리 수가 없었다. 벤야민은 1920년대에 조포트 카지노를 들락거렸다. 프리츠 라트는 벤야민과 가끔 어울렸고, 그가 넋을 잃고 무아지경의 상태에 빠지는 걸 자주 목격했다. 그 황홀한 열중은 일종의 항복이자 투항으로, 발터는 세상일의 다른 어떤 요목에도 그런 가능성을 부여하지 않았다. 그는 자주 망아 상태에 빠졌다. 룰렛과 슈멩 드 페르 게임에 빠져 있을 때는 마치 좀비 같았다. 발터가 마지막 남은 한 푼까지 다 써버리면 라트가 집으로 돌아가는 여비를 제공하기도 여러 차례였다. 그리고 바로 지금 여기 파리의 동발에서 네 사람 여덟 개의 눈이 발터를 주목했다. 발터의 콧수염이 미세하게 흔들렸고 허장성세가 들통났다. 프랭켈은 판을 접었지만, 쾨슬러는 그만둘 생각이 전혀 없었다.

"카드가 몇 장이죠?" 그가 물었다.

"한 장, 딱 하나요."

쾨슬러가 길게 숨을 들이마셨고, 담배를 비벼 끈 다음 몸을 돌려 다프네를 바라보았다. 잠깐, 짧은 시간이 흘렀다.

"좋아요. 봅시다." 쾨슬러가 말했다.

"에이스 페어." 벤야민이 자기 카드를 보여준다.

하지만 상황이 자기한테 우호적이지 않다는 것을 단박에 알 수 있었다. 쾨슬러의 눈가에는 주름이 펴졌다. 그는 얼굴에 웃음기를 띠지 않으려고 부단히 애써야 했다.

"9가 세 장이면 이기는 거죠?"

게임 끝. 아무튼 그들은 몇 게임 더 했고, 결국에는 모두가 긴 의자에 널브러졌다. 한스만 쿠션을 끼고 마룻바닥에 앉았다. 그의 옆에는 술병이 있었다.

"오늘 밤엔 전쟁 얘기 안 하는 겁니다. 알았죠?"

쓸데없는 탄원이란 걸 알면서도 그가 이렇게 말했다. 지금까지 몇 달 동안 다른 모든 얘기, 그러니까 책, 영화, 여자, 연극, 여행, 실현됐든 상상뿐이든 그 모든 이야기가 치워지고 결국에는 전쟁 토론으로 귀결됐다. 이 전쟁은 대단원보다 서두가 길 듯했다. 오스트리아와 체코슬로바키아가 넘어갔고, 이제는 폴란드 차례인 듯했다.

프랭켈이 버럭 화를 내듯이 말했다. "프랑스는 덴마크를 전혀 신경 쓰지 않아요. 히틀러는 원하는 무엇이든 할 수 있을 테고. 그러고 나면 사태를 수습한답시고 뮌헨 협정 같은 걸 또 맺겠죠. 포도주 좀 더 없나?"

"가서 더 가져올게요." 다프네가 대꾸했다. "위층에 좋은 놈으로 반 병 정도 있습니다."

다프네가 자리에서 일어나자 쾨슬러가 팔을 뻗어 그녀의 손을 어루만졌다. 사랑스럽고 싱그러운 다프네.

"얼른 와야 해." 쾨슬러가 다프네의 묵직한 영어 억양을 흉내 냈다. 그녀가 미소를 지어 보였고, 사라지자 일순간 침묵이 감돌았다. 이제 대화가 전쟁 이야기로 옮아갔다. 방을 가득 채운 분위기, 그것은 고단하고 힘겨운 것이었다.

쾨슬러가 새로 담배에 불을 붙였다. "전쟁은 일어나지 않을 거예요, 프랭켈." 쾨슬러는 이제 거실을 왔다 갔다 하는 중이었다. "히틀러가 한꺼번에 러시아 및 서방과 싸울 수는 없기 때문이죠. 그건 미친 짓이에요. 어떻게 생각해요, 발터?"

"어떻게 생각하냐고요? 글쎄, 잘 모르겠습니다. 자기실현적 확신을 도모해서 그냥 되풀이 말하고 있는 것일지도 몰라요. 전쟁은 안 일어난다. 전쟁은 없다."

벤야민이 어깨를 으쓱하고 의자에 깊숙이 몸을 파묻었다.

"하지만……?" 한스가 물었다.

"모르겠어요. 확실한 건 언제 어디서 발발하든 다음번 전쟁에는 우리가 상상조차 할 수 없는 독가스탄과 기타 무기가 동원되겠죠. 사실 제 걱정은 그러면 끝이라는 거예요. 모든 것이 끝나겠죠."

다프네가 포도주를 가지고 돌아왔다. 이빨이 환히 보이는 사랑스런 미소를 띠고. 하지만 좌중은 가만한 상태로 제각각의 생각에 빠져 있었다.

"와, 그럼 좋네요." 다프네가 내뱉은 말.

하지만 반응이 없었다. 마치 다프네는 보이지 않는다는 듯. 그녀의 입장은 사건이 아니라는 듯. 프랭켈은 벤야민이 던진 화두에 몰두 중이었다.

"어쩌면 유럽을 벗어나야 할지도요." 그가 머리를 가로저었다. "문제는 멍청하게 생각만 하는 걸 언제 그만둘지 아는 것이겠죠."

"저한테 그 순간이 온 것 같군요." 벤야민이 자리에서 일어나며 미소를 지었다. "모두들 실례해요. 전 피곤해서 이만."

그가 언제나처럼 분투하며 계단을 올랐다. 심장이 쿵쾅거렸고 두 팔이 이상하게도 따끔거렸다. 숨을 헐떡이며 주섬주섬 열쇠를 꺼내 자물쇠에 꽂는 벤야민. 그가 침대에 누웠다. 여전히 옷을 입은 채였다. 졸렸지만 잠이 쉬이 오지 않으리라는 걸 직감했다. 아래층에서 일어난 사건이 곱씹히는 것은 불문가지. 그놈의 에이스 페어, 날린 100프랑, 프랑켈과 그가 한 말. 좋은 질문이란 걸 인정해야만 했다. 하지만 떠날 때를 언제, 어떻게 알 수 있을까? 벤야민에게 확실한 것은 프랑스에서 보낸 나날을 셀 수 있다는 것뿐이었다. 불편한 침대에 대자로 누운 벤야민. 그는 소매치기가 주머니에 남은 시간을 돈 뒤지듯 약탈해간다는 생각이 들었다. 각설하고, 떠나고 싶다고 해도 어떻게 할 수 있지?

머잖아 벤야민은 독일 시민권도 잃게 되었다. 그가 《다스 보르트》에 발표한 글이 마침내 게슈타포의 눈에 들어왔다. 브레히트가 편집한 해당 잡지가 러시아에서도 발행되었던 것이다. 브레히트는 문제의 글로 무국적자가 되었다. 그렇게 쾨슬러가 '인간 쓰레기'라고 호명하는 존재로 전락하게 된 것이다. 벤야민은 그때부터 자신을 난민으로 인정하는 프랑스 신분증명서를 썼다. 그는 내처 프랑스 귀화를 시도했고, 아드리엔 모니에가 이를 도왔다. 뭐, 결국은 잘 안 됐다. 여러 달을 끝없이 기다렸지만, 결국 역사의 천사가 그의 운명을 정했다. 벤야민은 4월에 "내 삶은 그 불길한 편지를 끝없이 기다리는 것"이라고 썼다. 프랑스에서 여러 해를 보냈지만 이때 처음으로 뉴욕이나 팔레스타인으로 이주하는 안을 진지하게 고민했다. 비록 잠깐이었을지라도 말이다. 하지만 그즈음 사태는 더 이상 만만치 않았다. 어쩌면 때가 너무 늦어버린 것인지도. 이민이 더욱 어려워진 상황에서 벤야민이 미국에 가려면 할당 인원과 별도의 비자를 득해야 했다. 그런 종류의 비자라면 연구소나 미국 내 대학의 보증이 있어야만 영사관이 내줄 수 있는 것이다. 하지만 그가 호르크하이머의 관심과 지원을 얼마나 기대할 수 있겠는가? 호르크하이머가 그가 교수직을 얻을 수 있도록 도울 거라고 과연 믿어도 될까? 하지만 이런 회의도 벤야민을 만류할 수는 없었다. 아니면 다른 선택지가 전혀 없었을 수도? 벤야민이 한나 아렌트와 영어 공부를 시작한 이유다. 벤야민은 파울 클레의 〈앙겔루스 노부스〉와 작별해야 할지도 모른다는 생각을 했다. 내키지 않았지만 미국으로 가는 여비를 마련하려면 어쩔 수 없는 일이었다. 이미 바다를 건넌 지 오래인 에른스트 모르겐로트에게 그림 대판이 맡겨졌다.

벤야민은 이 와중에 계속해서 편지를 써 보냈다. 숄렘, 그레텔 아도르노[36], 호르크하이머, 에른스트 모르겐로트의 아버지가 수취인이었다. 다들 격앙된 편지였고, 벤야민 자신의 궁경이 꼼꼼하게 적혀 있었다. 벤야민은 친구들에게 자신을 돕기 위해 뭘 하고 있느냐고 간절하게 물었다. 현청 사무소와 미국 영사관 밖에 길게 늘어선 줄 속에서 힘이 쭉 빠졌다는 둥, 도움을 청하러 알렉상드르 쿠아레[37]를 찾아갔지만 소용이 없었다는 둥, 관광 비자와 공문서 서식

---

36 Gretel Adorno, 1902~1993. 화학자. 본명은 그레텔 카르플루스Gretel Karplus로, 아도르노와 결혼했다. 1920년대에 벤야민을 비롯하여 에른스트 블로흐, 허버트 마르쿠제 등 베를린의 지식인들과 교류했다.《파사겐 베르크》를 비롯한 벤야민의 연구들과 관련해 그와 여러 차례 서한을 주고받았다.

37 Alexandre Koyre, 1892~1964. 러시아 태생의 프랑스 과학철학자. 젊은 시절 독일 철학의 세례를 받았고, 후에 프랑스로 이주해 활동을 했다. 이 과정에서 베르그손, 후설, 힐베르트 등의 가르침을 받았다. 대표 저서로《갈릴레오 연구》가 있다.

의 세부 사항, 프랑스에서 전쟁 위협이 얼마나 비등하고 있는지, 반유대주의가 어떤 식으로 기세를 더하고 있는지, 동발 가의 집세를 내느라 자기가 얼마나 곤궁한지, 외국인을 규제하는 새로운 법령의 내용, 자신이 얼마나 적막하고 외로운지 등을 그는 자세히 적었다. 그런 격랑의 한가운데서도 어찌된 일인지 벤야민은 집중력을 길어올릴 수 있었고, 이를 바탕으로 이의 제기가 상당했던 〈보들레르〉 개정 작업을 끝냈다. 뉴욕에서도 새 버전의 〈보들레르〉를 환영했다. 한나 아렌트와 아드리엔 모니에 같은 친구들이 1939년의 그 석 달 동안 그의 주변에서 살았는데, 그들은 도저히 믿을 수가 없었다. 그렇게 절망에 빠진 남자가 별안간 온 세상이 사라진 것처럼 작업에 몰두했다는 사실이 말이다. 벤야민의 주변 세상이 완벽하게 공허한 침묵 속으로 빠져든 듯했다. 발터의 천사, 발터의 앙겔루스 노부스가 그의 옆에 머물며 주변의 잔해로부터 그를 지켜주는 듯했다. 하지만 그 잔해는 여전히 쌓이는 중이었다.

5월 말. 한나 아렌트가 숄렘에게 편지를 쓰기로 마음먹었다. 그녀가 털어놓은 내용을 보자. "벤야민 걱정이 많습니다. 뭔가 돈벌이가 될 만한 걸 주선해보려고 노력했지만, 참담하게 실패했어요. 때문에도 그가 작업을 하는 데 필요한 적요 상태를 확보하는 게 중요하다는 생각이 더욱더 듭니다. 벤야민의 작업이 변한 것 같아요. 세세한 문체까지도 말이에요. 쓰는 내용 모두가 정말이지 더욱더 확정적이고, 주저하고 망설이는 게 줄었습니다. 그가 전기를 맞고 있다는 생각이 들고, 자주 놀랍니다. 이 시점에서 벤야민이 작업을 중단해야 한다면 그건 엄청난 손실이 될 겁니다."

하지만 숄렘은 이 터놓고 말한 간청에 대꾸하지 않았거나 대꾸

할 수 없었다. 그가 벤야민에게 어떻게 썼는지 보자. "아직 시간이
있는데 왜 미국으로 가려고 하지 않는지 모르겠습니다. 어쩌면 선
배한테는 그게 더 나은 방법일지도요."

숄렘은, 팔레스타인은 이제 물 건너간 선택지라고 말했다. 그렇
다고 해서 미국이 더 나을 것도 없었다. 미국 영사관 대기실의 목제
의자와 회색 타일은 늘 찾는 도서관의 열람실만큼이나 발터에게
익숙해졌다. 하지만 미국은 여전히 벤야민에게 흥미가 없었다.

8월 초. 무더위가 파리를 집어삼켰다. 그 숨이 턱턱 막히는 열파
속에서 발터의 가슴 통증이 악화되었다. 아브라미 박사가 통상의
수수료 절반 가격에 발터를 진찰해주기로 약조했다. 진단은 정확
했다. 심장 울혈과 쇠약. 이제 그는 항상 신경을 쓰면서 조심해야만
했다. 당장에 금연을 하고 과로와 쓸데없는 근심 걱정도 멀리해야
했다. 아브라미 박사의 조언에 벤야민이 쓴웃음을 지었다.

"그것만 하면 되는 거군요." 벤야민은 이렇게 말하고 진찰실을
빠져나왔다.

벤야민만 역사의 농간에 휩쓸리고 있는 건 아니었다. 지금이야
말로 역사가 광란적으로 활보하는 시대. 8월 23일, 벤야민은 신문
을 펼치고서 대경실색했다. 바로 그날 유럽 전역의 수백만 명이 독
일과 소련의 불가침 협정 소식을 접하고서 심장이 얼어붙었다. 쾨
슬러는 다프네와 프랑스 남부를 여행하고 있었는데, 머리를 얻어
맞은 듯했다. 그가 이렇게 썼다. "환상의 죽음보다 더 슬프고 확정
적인 죽음은 없다." 그가 다프네에게 들려준 상황 설명은 무력하기
만 했다. "그녀는 서른다섯 살 먹은 한 남정네가 자신의 환상이 죽

어버린 사태에 야단법석을 떠는 이유를 이해하지 못했다. 그녀는 착각이나 오해 따위는 하지 않는 세대이기 때문이다."

다음날 오전에는 이 소식이 더욱더 주목을 받았다. 벤야민은 동발 가 아파트의 1층 계단에 앉아 리벤트로프가 급히 러시아를 찾았고, 히틀러와 스탈린의 밀약이 성사되었다는 상보를 읽고 있었다. 독일에게 폴란드를 백지위임해버린 협약의 제3항이 특히나 악명을 떨쳤다. 붉은 군대가 나치 독일의 국가 〈호르스트 베셀의 노래〉를 불렀고, 만자 십자장 깃발이 모스크바 공항에 나부꼈다. 벤야민은 숄렘에게 이렇게 쓴다. "지난 며칠 동안 펼쳐진 광경이 스산한 황량함을 불러일으키는군. 시대의 영혼이 엄청난 중요성을 지니는 어떤 표지판을 거기 세운 듯해. 베두인족 노인 같은 우리는 그 의미를 놓칠 수가 없지."

벤야민이 《파리 수아르》를 조심스럽게 접어 뒤부아 부인에게 돌려줬다.

"선생님, 외출하실 건가요?"

"마음을 바꿨습니다." 그가 대꾸했다.

일주일 후 독일 공군이 폴란드 공군 기지를 공습하는 가운데 총통의 기갑 사단이 북쪽과 남쪽에서 바르샤바로 쳐들어갔다. 9월 3일 프랑스와 영국이 대독 선전포고를 했다. 그런데 파리 사람들은 이 사실에 별로 주목하지 않는 듯했다. 한스 잘은 여러 해 후 쓴 회고록에서 이렇게 밝힌다. "전쟁이 발발했지만 사람들은 뚱하니 관심이 별로 없었다. 이미 수도 없이 반복해서 예측되었기 때문에 정작 일어났을 때는 이런 분위기였다. 거봐, 내 말이 맞지, 정도였던 것이다. 사람들은 벽장에서 군복을 꺼냈고, 손톱을 깎았으며, 하품

을 하면서는 입을 가렸다. 파리에 어둠이 깃들고 밤이 오면 클럽들
은 회중전등을 사용했다." 그게 다였다. 마지노선에선 여러 달 동안
아무 일도 일어나지 않았다. 진짜 전쟁은 내부 전선에서 시작되었
다. 첫 번째 상대는 프랑스 공산당과 사회주의자들이었다. 그다음
적은 외국인과 망명자들, 또 아랍계였다. 피아를 구별할 만큼의 시
간이 없었다. 누가 반파시스트이고, 누가 박해를 받은 유대인인지
는 중요하지 않았다. 그들이 정견 때문에 망명과 국외추방으로 대
가를 치르고 있었음을 상기해보라. 게슈타포가 다수 독일인의 여
권을 압류했고, 그들이 히틀러의 제5열일 수는 없다는 분명한 사실
은 전혀 고려되지 않았다. 그들은 그저 그들의 출신 때문에 용의자
가 되었다. 하지만 그렇다고 해서 재외국인들 중에 '손님을 환대하
는' 프랑스를 떠나겠다고 생각한 사람은 한 명도 없었다. 사람들은
그냥 권리를 내주며 굴복했다. 체포는 실수나 과실이고, 시간이 흐
르면 해소될 것이라고 믿은 것이다. 그들 가운데 자르고 써는 데서
가장 잔인무정한 역사 기계 속으로 발걸음을 내딛었다고 생각한
사람은 단 한 명도 없었다.

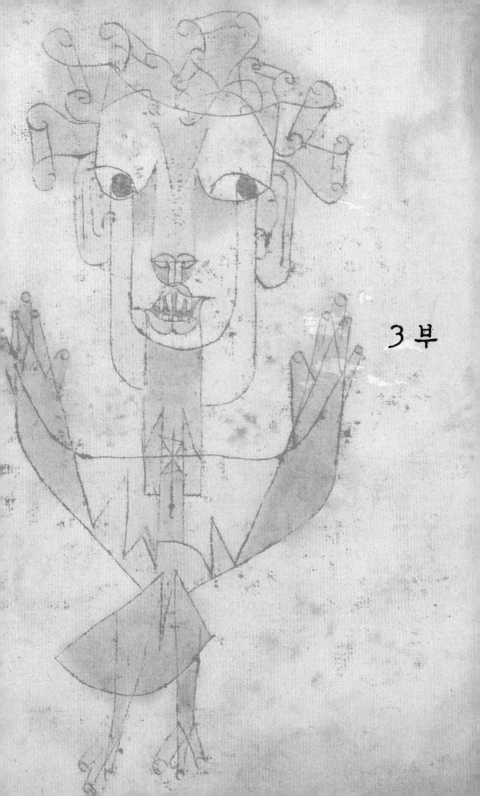

3부

어디까지 얘기했더라 …… 아, 그렇지! 세트퐁. 어떻게 보면 '캠프'였지. 최악의 한파가 끝난 3월 말에야 비로소 뭐라도 준비를, 설비를 할 수가 있었다오. 그 습지에 열을 맞춰 막사를 지었지. 정확히 말하면 기둥을 세우고 지붕을 단 것뿐이지만 말이오. 나무토막으로 얼기설기 벽을 칠 수 있었던 곳은 딱 한 면뿐이었다네. 나머지는 뻥 뚫렸고 말이지. 감사하게도 눈과 비, 삭풍이 우리를 어루만져주었지. 아직도 궁금하네, 집을 그렇게 짓도록 명령한 놈들이 사악한 건지 멍청한 건지. 벽을 세 개 더 만든다고 돈이 얼마나 더 들겠나? 아무렴, 우리는 그런 명령을 받았지.

처음에는 우리 중에도 일부가 여전히 환상을 품었어. 프랑스가 머잖아 우리를 환대할 것이고, 평화롭게 살도록 조치해줄 거라고 말이지. 한 해 전 아라곤 지방에서 피난 온 사람들에게 해줬던 것처럼. 하지만 이후로 상황이 달라졌지. 4월 1일 히틀러가 프라하를 접수했고, 그 다음 마드리드가 함락됐어. 우리는 사태를 분명하게 인지하고 체념할 수밖에 없었지. 다 합해서 2~3만 명쯤 됐을 거야. 우리는 강제 수용소의 수형자였고, 상황이 개선될 기미는 전혀 없었지. 흙먼지, 오물, 추위, 굶주림. 캠프 끝으로 수도관이 설치돼 있었지만 더러운 물을 조금 쓸 수 있는 정도였다네. 하루에 한 시간만 급수가 됐으니까. 점심과 저녁은 빵, 그리고 한 대접의 무염 쌀이었지. 그나마 다행이었던 건 우리가 전쟁을 이미 겪었다는 거였어. 비참함과 고통에 이미 익숙해져 있었거든. 하지만 전쟁은 종결됐고 그 끝도 악성이었다고 할 수 있지. 우리가 원한다고 해도 에스파냐로 돌아갈 수 없었으니.

몸무게가 10킬로그램 넘게 빠졌네. 폐렴을 앓고도 살아남을 수 있었던 건 다만 젊었기 때문이지. 매일 아침 기상하면 마리아노가 눅눅한 돗짚자리에 누운 채로 나를 살펴보고는 미소를 지었다네.

"얌마, 라우레아노. 아직 안 죽었네, 우리 말라깽이. 살만 좀 빠졌군."

"그래, 너는 나보다 상태가 훨씬 좋은 것 같구나."

농담할 기운이 어디서 난 건지 지금 생각해봐도 모르겠다니까. 메르세데스와 부대낀 게 한 백 년은 지난 것 같더군…… 하지만 그래봐야 두세 달밖에 안 흘렀지. 계속 전쟁이었어. 하지만 그 느리고 쩨쩨한 죽음보다는 전쟁이 차라리 나았다네. 날과 달이 거듭되면서 조금씩 조금씩 소진돼 먹혀버린다고 한번 생각해보게. 수용소에서 우리가 접한 침략 소식이라곤 벼룩의 공격이 다였다네. 이질이 퍼졌지. 아, 기동 부대도 있었어. 놈들이 가끔씩 밤에 들이닥쳐서 막사를 수색했다네. 우리는 밖으로 쫓겨나 한데서 몇 시간씩 추위에 떨어야 했지. 어느 날 아침은 수용소 소장이 기상하고서 맛이 갔던가봐. 수형자들을 죄 막사 앞에 도열케 하고는 국기에 경례를 시켰지. 그 삼색기에 반감은 전혀 없었어. 하지만 놈들이 우리를 처우한 방식을 한번 생각해보게. 괴롭히고 창피를 주었지. 그러던 놈들이 차렷 자세를 취하라는 거야. 당연히 그런 강압이 통했을 리가 없지. 어느 정도까지야 억누르고 참을 수 있어도 그 이상은 안 되는 법이야.

마리아노와 내가 무리를 이끌었어. 둘이 모두를 조직했지.

"차렷!" 깃발이 게양대로 올려졌고, 중위가 구령을 외쳤어. 우리는 36번 막사였는데 모두가 아무 일도 없다는 듯 서서 버텼지.

"차렷!" 놈이 반복했다네.

온갖 방법으로 시위를 했어. 귓속말을 하고 잡담을 해대고 손톱을 깨무는 사람이 있었는가 하면, 다른 사람들은 휘파람을 불어댔지. 그랬더니 놈들이 쌀을 안 주더군. 또, 우리 모두를 작은 경기장에 가두었지. 가시철조망이 둘러쳐진 직사각형 우리였는데, 면적이 5제곱미터쯤 될까, 수용소장의 텐트 바로 앞에 있었다네. 놈들이 몇 날 며칠이고 우리를 거기에 방치해뒀어. 한데서 담요도 없이 추위와 비를 그대로 겪어야 했지. 지독했어.

상황은 거기서 끝나지 않았어. 프랑스 놈들한테 난민은 빨갱이나 위험한 파괴분자였다네. 우리는 귀찮은 짐이자 비용이 드는 골칫거리였어. 그리고 그 때문에 정말로 화를 내더군. 사람과 사람은 지갑을 통해서 만나지. 5월 중순이 되자 프랑스 경찰이 첩자를 심더군. 우리를 설득해 집으로 돌려보내려 했던 게야. 굶주리며 난민 생활을 하느니 에스파냐 감옥이 더 낫다는 거지. 하지만 그 공작은 통하지 않았어. 그러자 장교단이 하나 투입됐는데, 우리더러 아프리카로 가서 군대 생활을 하라고 하더군. 외인 부대가 우리를 기다리고 있다나 어쨌다나.

그들은 "외인 부대 아니면 당장에 에스파냐로 보내버리겠다"고 위협했지.

그렇게 갖은 수를 쓴 끝에 얻어낸 결과가 약 30명의 자원병이었네. 그렇게 해서 CTE, 곧 에스파냐 노동자 중대가 파견되었지. CTE는 우리가 이끌었지만 놈들이 명령을 했다네. 하지만 그즈음 우리는 잘 조직돼 있었고, 그들이 뭘 원하는지 단박에 보이더라고. 값싼 노동력이었어. 프랑스 노동자들과 경쟁을 붙일 노예 노동이 필요했던 게야. 우리는 거기 반대했지. 아쉽게도 몇 명이 서명해버렸고, 몽토방의 CTE 노동자들이 그들을 거칠게 떠밀면서 모욕했네. 결국 수용소에서 어떻게 됐는지 아나? 기동 부대가 우리 막사로 들이닥쳤고, 강제로 잡아가려고 시도했어. 하지만 우린 저항했고 굴하지 않았지. 놈들이 잡아가려고 하는 이는 누구라도 숨겼어. 상황이 그렇게 급박했기 때문에 밤마다 정신이 없었지. 어쩌다 잠을 좀 자도, 자기 전에 메르세데스의 영상이 좀처럼 떠오르지 않더군. 항상 홀딱 벗고 얼굴을 베개에 파묻었는데 난 후배위였던 말이지. 그런 거라도 좀 생각하면서 고추를 만지작거려야 하는데 그냥 뻗어버린 거지. 아무튼 메르세데스 생각을 계속 했네. 마리아가 호전됐는지, 또 매주 보낸 편지를 그녀가 받고 있는지도 궁금하기만 했지. 그렇게 그해 여름이 흘러갔다네. 우리는 그 모든 걸 달관한 듯 냉철하게 대했어. 가끔은 웃기도 했지. 그 모든 게 엉터리로 전개되는 익살극, 문제의 무대에서 우리가 어쩔 수 없이 연기를 해야만 하는 연극 같았다고나 할까? 그러고는 히틀러가 폴란드를 침공했고, 음악이 바뀌었네. 상황이 정말로 참담해진 거지.

지하철역을 빠져나오는 벤야민의 눈에 포스터가 보였다. 카르
푸르와 생제르맹 데 프레 교차로 모퉁이의 한 건물 벽에 포스터가
도배돼 있었던 것이다. 로데옹 가도 마찬가지였다. 하얗고 큼직한
포스터에는 밝은 빨강색으로 글자가 들어가 있었다. 벤야민이 길
건너편에서 실눈을 하고 읽어보려 했지만 아무것도 알아볼 수 없
었다. 너무 멀었던 것이다. 그래도 육감이란 것이 발동했고, 희미한
예감이 말하고 있었다. 이 포스터는 뭔가의 조짐이다. 전쟁이 시작
되는 문. 포도에 선 발터를 태양이 녹이고 있었다. 그는 여느 때처
럼 어영부영했다. 아무것도 아니라며 관심을 끊을지 아니면 길을
건너 확인해볼지 말이다. 프랑스 사람들이 포스터 내용을 화제삼
아 이야기하는 듯했고, 벤야민은 그들의 눈빛을 보고서 문제를 피
해 자리를 뜨는 것이 더 낫겠다고 판단했다.
　어떤 남자가 얼굴이 벌게져서 소리쳤다. "망할. 때가 온 거야.

더 이상은 독일 새끼들을 그냥 봐줄 수 없어." 남자의 흰색 셔츠 아랫단이 바지에서 비어져나와 있었다.

신중. 남자는 고함소리까지 신중했다. 겁쟁이가 아니라는 것을 알리는 게 필요했다. 벤야민이 길을 따라 걸었다. 이제 움직임은 점점 더 느려졌고, 좀 더 떨었다. 상점의 진열창을 흘끗 보았고, 자주 걸음을 멈추고서 숨을 골랐다. 정체된 대기가 후끈했다. 멀리 모퉁이 너머 보지라르 가로 군용 트럭 호송대가 보였다. 로데옹 가가 익숙한 길이라는 것이 천만다행이었다. 아드리엔 모니에의 서점은 7번지에 있었다. 아드리엔은 작가이자 편집자로, 프랑스는 물론이고 외국의 지식인 다수가 그녀 주위로 몰려들었다. 7번지 맞은편 12번지에는 실비아 비치가 운영하는 서점 셰익스피어 앤드 컴퍼니가 있었다. 호리호리한 체구로 근엄해 뵈는 실비아 역시 작가로, 그녀는 무려 볼티모어에서 파리로 건너왔다. 유럽과 미국 아방가르드의 중심지에서 다만 자신을 찾고자 해서였다. 그녀가 1922년 제임스 조이스라고, 거의 무명이나 다름없는 에이레인의 지적 소설을 출간했다. 길을 좀 더 내려가면 끝에 18번지가 있었고, 거기에는 사진가 기젤레 프로인트가 살았다. 자립심이 강하고 의지가 굳은 여자였던 기젤레는 인디언처럼 눈매가 날카롭고 광대뼈가 툭 불거져나와 있었다. 발터와 기젤레는 자동차를 타고서 자주 루아르강을 여행했고, 책과 사진 얘기를 밤늦도록 나누곤 했다. 그즈음 기젤레와 발터는 일주일에 두 번 되 마고에서 만나 체스를 두곤 했다.

발터의 친구들 가운데 헬렌 헤셀[38]만은 로데옹 가에서 한참 떨어진 곳, 즉 그르넬 가에 살았다. 헬렌이 결혼한 프란츠 헤셀은 발터와 1920년대에 프루스트를 번역했다. 헬렌, 아드리엔, 실비아, 기젤레는 벤야민의 뮤즈 4인조였다. 이들은 그를 존경했고 프랑스에서 발터의 삶을 돌봐줬다. 네 여인은 발터의 정중한 태도와 여림에 끌렸다. 삶을 순진무구하게 헤쳐나가는 발터, 우수에 젖은 파란 눈의 발터는 매력적이었다. 그의 두뇌가 사상을 갈무리하고 가공해내는 걸 보노라면, 도무지 애를 쓴다는 태가 전혀 나지 않았다. 수월하게 천의무봉의 솜씨로 척척 펼쳐지는 사유의 세계라니!

발터가 메종 데자미 데 리브르 서점으로 들어섰고, 후 하고 안도의 한숨을 쉬었다. 창백한 표정과 주름살. 간밤에 악몽을 꾸면서 전전반측한 듯 눈 아래 다크서클이 큼지막했다. 아드리엔이 발판 사다리에 올라 맨 꼭대기 서가의 책들을 정리 중이었다.

"좋은 아침이에요." 그녀가 몸도 돌리지 않은 채로 인사말을 건넸다. "잠깐만 기다려주세요."

"접니다, 아드리엔." 벤야민이 여전히 씩씩거리며 말을 받았다.

"발터! 도대체 여기서 지금 뭐 하고 있는 거예요?"

아드리엔이 책 정리를 당장에 그만두고 사다리를 내려왔다. 그녀의 동그랗고 토실한 얼굴에 놀란 표정이 역력했다.

"포스터 못 봤어요? 아무 일도 없다는 듯이 돌아다니다니 미친 거 아니에요?"

"아, 포스터요. 하얀 바탕에 빨간 거? 봤죠. 하지만 읽지는 않았어요. 왜요? 뭐라고 적혀 있는데요?"

"일단 앉으세요."

---

38   Helen Hessel, 1886~1982. 독일의 작가, 저널리스트. 《타게부흐》라는 주간지에 기사 및 소설을 썼다. 1912년 파리에서 공부할 때 독일 시인이자 작가인 프란츠 헤셀을 만나게 되고, 이듬해 결혼한다.

아드리엔의 태도가 너무나 진지했고, 벤야민은 겁이 날 지경이었다.

아드리엔이 말했다. "마실 거 갖다드릴 테니 잠깐만 기다리세요. 기젤레한테 연락을 취할 거고 가게 문을 닫을 거예요. 함께 점심 먹으러 가요. 자초지종을 설명해드릴게요, 알겠죠? 제가 살게요."

벤야민이 카운터 뒤에 앉아 고개를 끄덕였다. 허벅지 위로 검정 가방과 겹쳐 얹은 두 손이 유난히 눈에 들어왔다. 그는 다만 원했다. 숨을 고르고 쉬면서 최소한도로 존재할 수 있는 공간을 확보하고 싶었을 뿐인 것이다. 사라지려면 어디로 가야 할까? 닥쳐오는 풍파를 어디로 가야 피할 수 있단 말인가? 그에게 어떤 운명이 다가오고 있었나? 아드리엔이 사무실에서 법석을 피우는 가운데 발터는 가만히 응시하며 기다렸다. 삶의 욕망이 돌아오기를 말이다. 아무 일도 일어나지 않았다. 효과가 없었다. 아드리엔이 책을 치우고 책방 셔터를 내리는 걸 발터는 힘없이 지켜보았다. 자리에서 일어나 그녀를 따라가겠다고 마음먹었지만 그것도 마지못한 것이었다. 두 눈은 풀이 죽어 있었고, 태양이 그의 어깨를 응징했다. 이윽고 발터의 눈에 포스터가 들어왔다. 극장 건물 벽에 덕지덕지 붙은 채 젖은 풀이 여전히 번들거리는.

"아드리엔." 발터가 그녀를 불렀고 포스터 내용을 읽었다. "알림. 대상: 그단스크와 자를란트 출신 독일인과 독일 출신으로 국적 미정인 모든 외국인(50세 이하)."

포스터의 내용이 그를 지목하고 있었다. 이제 그의 차례가 온 것이었다. 벤야민은 억류될 터였다. 그는 담요 한 장, 개인 위생용

품, 이틀치 먹을 것을 준비해 콜롱브 경기장으로 찾아가야 했다. 그 명령서에는 파리 군정 장관의 서명이 들어가 있었다.

"이럴 수가." 발터가 읽기를 마치고 내뱉은 말이다. 얼굴이 헬쑥해진 그가 호흡을 가다듬으려고 애썼다. 그는 꼭 시체처럼 보였다. 막 무덤에서 걸어나와 산 사람을 괴롭히는 시체. 아드리엔이 그를 부축해 함께 식당으로 갔다.

아드리엔이 발터를 위로했다. "다 잘될 거예요."

벤야민이 들릴 듯 말 듯한 목소리로 대꾸했다. "착오나 실수일 거예요."

하지만 그것은 실수나 착오가 아니었고, 기젤레가 그 사실을 상기해주었다. 기젤레가 발터를 일깨웠고 마침내 그의 얼굴에 핏기가 돌아왔다. 그녀는 이미 식당에 와 있었다. 테이블에서 두 사람을 기다리는 그녀의 눈빛이 어슴푸레 빛났는데, 그건 기젤레가 바짝 긴장한 채로 주변 실내를 살펴보고 있다는 얘기였다.

"장난이 아니라구요, 발터. 이번에는 정말이에요."

허리가 구부정한 장년의 종업원이 끼어들었다. "주문하시겠어요?" 이마의 주름살이 깊다.

"와인 주세요." 아드리엔 모니에가 대꾸했다. "저는 고기 레어로 익혀서 주시고요."

"저도 그거면 됐어요." 기젤레가 급히 말을 받았다. 그녀는 몸을 떨었고, 먹는 일은 안중에 없었다.

"신사분은요?"

음식 주문은 큰일이고, 그래서 힘든 과정이었다. 발터가 메뉴를 찬찬히 읽었다. 그러고는 다시 훑어보았다. 이제 그는 오늘의 수프를 물었다. 발터는 땀을 흘리고 있었고, 그 모든 선택지에서 갈팡질팡하는 중이었다. 종업원이 그 옆, 아니 그의 위에 서 있었고, 아무튼 그는 설명했다. 하지만 점점 더 허리를 숙여야 했고, 또 이마에서는 주름이 늘어나고 깊어졌다. 짜증이 났을 것이다.

"생선이라? 생선은 신선한가요? 아니면 고기를 선택해야 할 것 같고. 아니다. 그냥 서대기로 하겠어요. 하지만 신선해야 합니다."

벤야민이 별안간 차분해진 듯 보였다. 호흡이 정상으로 돌아왔고 가슴 통증조차 사라졌다. 발터는 포도주를 좀 마시고 집어든 유리잔을 통해 기젤레를 바라보았다.

발터가 가르쳐주겠다는 듯이 입을 열었다. "음, 나는 이제 더 이상 독일 시민이 아니고 난민이죠. 나는 유대인입니다. 나치에도 반대하고요. 그들이 내 입에 재갈을 물리고 싶지는 않을 겁니다. 실수가 있는 게 틀림없어요."

기젤레가 침착함을 유지하려고 애썼다. 사태의 실상을 설명해 설득하려고 했지만, 그녀는 또한 알고 있었다. 그가 한번 마음을 정하면 얼마나 바보처럼 고집을 피우는지 말이다. 늙은 벤야민은 정확히 원하고 바라는 대로 할 터였다. 이상 끝. 더 이상은 기대할 수 없다. 기젤레가 긴 한숨을 내뱉었다. 패배를 인정하고 받아들인다는 의미였다.

"모르시겠어요? 프랑스 사람한테는 억양이 독일식이면 이젠 누구라도 적인걸요. 달라디에 수상은 그 점을 잘 알고 있고 당연히 이런 상황을 이용하고 있다구요. 아무렴, 투옥되는 위험 부담을 감수하기보다는 경기장으로 출석하는 것이 더 나아요. 뭐 솔직히 내키는 일은 아니지만요."

벤야민이 씩씩거리면서 나이프의 첨미에 시선을 고정했다. 칼 끝을 한참이나 뚫어져라 바라보던 그가 종업원을 불렀다. 지나가는 모습이 반사되었던 것이다.

"저, 미안한데, 마음이 바뀌었습니다. 육고기로 주문을 바꿀 수 있을까요?"

"살짝 익혀드릴까요, 아니면 바짝 구워드릴까요?"

"글쎄요."

벤야민이 또다시 주저했다. 어색하고 당황한 모습이 역력했고, 불을 붙이지 않은 담배를 만지작거렸다. 이윽고 그가 실내를 둘러본다. 다른 테이블의 누군가 다른 손님 또는 벽에 붙은 무언가의 장식물이 대답을 해줄 거라는 듯.

벤야민이 마침내 웅얼거렸다. "미안합니다. 다시 생각해봤는데요. 못 들은 걸로 해주세요. 생선으로 하겠습니다."

기젤레가 고개를 절레절레 흔들었다. 웃어야 할지 화를 내야 할지 알 수 없었다. 아드리엔이 팔을 뻗어 벤야민의 어깨를 토닥였다.

"일시적인 조치일 뿐이에요." 아드리엔의 목소리는 조용했다. "우호적인 독일인과 나치를 거기서 분류하겠지요. 이삼일이면 끝날 겁니다."

생선 요리는 나쁘지 않았다. 그런데도 발터는 자기 음식을 먹으면서 계속 스테이크가 담긴 남의 접시를 흘겨보았다. 딸려 나온 감자에서 김이 모락모락 피어오르고 있었다.

발터가 별안간 입을 열었다. "믿을 수가 없어요. 난 작업을 해야만 한다구요. 마무리해야 할 작업입니다. 그들이 내 입을 틀어막으려고 해요. 이곳은 볼테르와 몽테스키외의 나라라구요."

"그만둬요. 철학은 됐다구요." 기젤레가 폭발했다. "신문은 안
보는 거예요? 프랑스가 독일 수중에 떨어지면 어떻게 될지 생각해
보라구요. 그리고 내 음식은 왜 보는 거예요? 바꿀까요? 가져가요.
갖다 먹어요. 난 필요 없으니까. 당신이 내 점심식사를 망치게 하느
니 차라리 그게 낫겠어요."

"고마워요. 감사합니다." 벤야민이 접시를 바꾸면서 낮은 소리
로 대꾸했다. 기젤레의 폭발에 적이 당황한 듯했다. 아니, 완전히
압도당한 듯했다. "제발 화내지 말아요. 부탁합니다. 부디 어떻게
하면 좋을지 알려주세요."

두 사람이 밝게 웃었다.

"경기장으로 가서 신고를 하세요. 그러면 우리가 연줄을 동원
해볼게요. 며칠 있으면 빠져나올 수 있을 겁니다."

벤야민이 고개를 끄덕였다. 벤야민은 받아든 고기를 먹으면서
이리저리 궁리를 했다.

"처음 선택이 옳았어." 발터의 이런 선언에는 약간의 불만이 배
어 있었다. "생선이 더 맛있어요. 고기에 아무런 풍미가 없군요."

수천 명, 아니 수만 명은 족히 됐다. 기껏해야 이삼일치 정도의 식량과 담요를 소지한 사람들. 그들은 유대 난민, 반나치 망명자, 느닷없이 잡혀온 관광객, 에스파냐 내전 참전 용사들이었다. 부주의해서 잡혀온 히틀러의 정보원도 있었을 것이다. 아무튼 사람들은 여름 신발과 의복 차림을 하고 있었다. 그들 모두는 선별위원회가 신속하게 서류를 검토해 밤이 오기 전에 귀가조치해주기를 바라고 기대했다. 하지만 하릴없이 낮 시간이 흘러갔고 이내 어둠이 경기장을 감쌌다.

벤야민의 검정 가방에는 칫솔, 잠옷, 바게트 두 개와 치즈가 들어 있었다. 양복 속주머니에는 공책과 몽테뉴의 《수상록》도 집어넣었다. 각종 서한도 챙겼다. 발레리와 로맹이 그의 프랑스 시민권을 지지해줬고, 아드리엔 모니에와 막스 호르크하이머는 그가 프랑스에 헌신할 뿐만 아니라 대단한 역량의 저술가라고 칭찬하는 편지를 써주었다. 그 견딜 수 없는 첫날 이른 아침부터 발터는 경기장 계단에 쪼그려 앉아 누군가에게 편지를 전달할 수 있기를 바라면서 기다렸다. 무릎 위에 서류 가방이 여러 시간째 놓여 있었고, 가시철조망 너머로 9월의 하늘이 법랑처럼 반짝였다. 발터의 머릿속에 우울한 무성영화가 떠올랐다. 느린 화면으로 자신의 인생이 비처럼 쏟아져내리는. 발터의 머릿속이 서서히 텅 빈 흑판처럼 자욱한 회색으로 변했다. 파랑의 기미가 전혀 없는 하늘 같다고나 할까. 밤이 왔고, 다른 사람들은 분주히 오가며 깔고 잘 짚단을 챙겼다. 하지만 발터는 이를 전혀 인지하지 못했다. 밀치락달치락하는 몸싸움도 상당했다. 지붕이 덮인 경기장 부분을 차지하려고 사람들이 다투었던 것이다. 발터는 자기가 있는 곳에 그냥 계속 앉아 있었다. 닳아 해진 양복을 입고 몸을 잔뜩 웅크린 채로 말이다. 눈이 반쯤 감겨 있었고 이마에 깊은 주름이 잡혔는데, 먼 데를 바라보는 듯했다. 막스 아론이 지켜본 벤야민의 모습이 바로 그러했다.

막스는 스무 살이었고, 이마 앞의 부스스 헝클어진 금발이 반항적인 느낌을 자아냈다. 그는 생의 의지가 강렬했다. 그 첫날 밤 막스도 다른 모든 이처럼 마른 밀짚을 조금이라도 더 확보하기 위해 분투 중이었다. 그는 음식과 마실 물이 걱정이었다. 사람들이 이 경기장에서 얼마나 오래 머물게 될까? 그런데 바로 그때 미동조차 하지 않는 한 노인이 막스의 시선을 사로잡았다. 군중 한가운데에 바위가 놓여 있는 듯했다. 대혼란과 아수라 속에서 근엄하고 품위 있게 빛나는. 그는 예순 살 이하로는 보이지 않았다. 막스는 그가 포스터를 잘못 읽고서 실수로 온 것이 틀림없다고 생각했다. 아무튼 그는 잠자리에 들었다. 그런데 다음날 아침 일어나 눈을 비비는데,

그 노인이 정확히 같은 장소에 있는 게 보였다. 간밤에 전혀 움직이지 않은 듯했다! 가엾은 노인네. 도대체 뭐라도 좀 먹었을까? 잠은 좀 자고? 막스가 손으로 바지를 털면서 냉큼 다가갔다. 그러고는 일없는지, 도움이 필요한지를 물었다. 벤야민이 자리에서 일어나 머리를 숙이며 인사했다.

"걱정해 주셔서 고맙습니다, 아론 씨. 다행히도 아주 좋습니다. 지금은 아무것도 필요치 않군요. 다시 한번 감사드려요."

그가 다시 자리에 앉았다. 그런데 별안간 굉장히 당황한 듯 벌떡 일어섰다.

"용서하십시오. 제 소개를 깜박했군요. 저는 베를린 출신이고 발터 벤야민이라고 합니다."

하늘이 우중충했고, 과연 해가 날지도 알 수 없었다. 운동장에서는 묵직하고 눅눅한 기운이 피어올랐다. 건초 냄새가 났고 풀이 썩고 있음을 알 수 있었다. 씻지 못해서 지저분한 사람들의 끈적임까지.

"제가 궁금한 게 하나 있는데 물어도 될까요, 아론 씨?"

벤야민이 이번에는 일어나지 않았다. 하지만 말하는 태도가 어찌나 고상했는지 막스는 이 사람이 행동을 짐짓 꾸미고 있다는 생각이 들 정도였다.

"사안이 좀 내밀한데, 양해를 좀 구하자면." 그가 목소리를 낮추었다. "용무를 해결하려면 어디로 가야 할까요?"

청년은 가까스로 웃음을 참았고, 연단 한쪽 사람들이 모인 데를 가리켰다.

"저기요. 보이죠? 양동이가 있어요, 구리 양동이. 대충 때우면서 융통성을 발휘하는 거죠."

"고맙습니다." 벤야민은 이렇게 대답했지만 꼼짝하지 않았다.

그는 불가해한 표정을 짓고 있었다. 하지만 내면은 완전히 만신창이였다. 세상과 그 모든 불행을, 그는 저주했다. 거기 사람이 다보는 데서 오줌을 싸버렸으니. 용을 써가며 참으려면 참을 수도 있었을 것이다. 하지만 그는 그러지 않았다. 아니, 불가능했다. 내장이 꼬이며 뜯겨나가는 듯했고, 그는 더욱 창백해졌다. 그는 두 눈을 꼭 감았고, 들통에서 볼일을 보겠다는 생각을 당장에 집어치웠다. 그냥 지금 있는 곳에 있으면 될 일이었다. 이 모든 고난의 길이 오래 계속되지는 않을 터였다. 곧 그를 부를 거라는 기대가 있었다. 어쩌면 놈들은 알파벳순으로 일처리를 할 거고, 어쩌면 그가 첫 순서로 가도 좋다는 허락을 받을지도 몰랐다. 벤야민은 허벅지 위에 가방을 올려둔 채로 대기했다. 9시가 되자 경기장의 확성기가 켜지더니 군대 행진곡을 틀어줬다. 이제 사람들이 불릴 터였다. 사람들의 웅성임이 중단되었고, 수천 명이 기대감 속에서 연단 쪽을 바라보았다. 그들이 고대하던 방송이 확성기를 통해 삑삑, 치직, 탁탁거리면서 새어나왔다. 하지만 방송 내용은 지금 이 시점부터 경기장수용 인원이 전부 포로로 간주될 거라는 통보였다. 이는 다만 그들을 보호하려는 조치일 뿐으로, 조만간에 다른 곳으로 이송될 것이라는 안내가 덧붙었다.

순식간에 열흘이 지났다. 그 열흘간 사람들은 경주로를 걸었고, 악취가 나는 밀짚 위에서 꾸벅꾸벅 졸았으며, 계단에서 소문을 주워섬겼고, 서로에게 당신은 여기에 왜 왔으며, 언제 어떻게 석방될 것인지를 묻고 또 물었다. 그들은 하루에 세 번 파테를 먹었다. 깡통에 담긴 파테를 손가락으로 퍼서 역시 손가락으로 빵에 발랐다. 파테가 무엇이던가? 그 끈적끈적한 지방 덩어리가 머리카락에, 얼굴에 덕지덕지 붙었고, 이내 닿을 수 있는 모든 구멍을 장악했다. 물이 별로 없었고, 씻는 일도 문제였다. 물 한 들통을 열다섯 명이 써야 했는데 그것마저도 감지덕지였다.

벤야민은 그 시간 동안 몽테뉴를 읽었고, 막스와 함께 칸트와 보들레르를 토론했다. 뒷짐을 지고 산책을 하면서 경기장 마당을 정처 없이 훑는 것도 빠뜨릴 수 없는 일정이었다. 그러면서 이런 처우의 부당성을 탄원하는 내용을 머릿속으로 구성해보았다. 벤야민은 자신이 조만간에 석방될 것으로 내다보았다. 아무튼 그에게는 적어도 친구 막스가 있었다. 막스가 그에게 파테를 가져다줬고, 쓸 물을 챙겨줬으며, 들통 앞에서 가림막을 들어줬다. 마침내 벤야민이 거기서 용무를 보기로 결심했던 것이다. 밀짚이 새로 지급되었을 때는 막스가 그의 돗짚자리를 쾌적하게 정리해주기도 했다.

"아론 씨, 정말 감사합니다." 벤야민은 매번 고개를 숙이며 이렇게 말했다.

그리고 운이 좋았다. 잘이 나타난 것이었다. 나흘 또는 닷새째 오후였을 것이다. 비가 올 것 같았고, 사람들이 피할 곳을 찾아 칸막이 좌석 쪽으로 몰렸다. 막스가 밀치락달치락 앞장을 서며 길을 텄고 벤야민이 뒤를 따랐다. 예의 서류 가방이 그의 가슴에 안겨 있었다.

"실례합니다, 실례해요." 벤야민의 말. "좀 비켜주시겠어요? 부탁입니다." 그의 말을 듣는 사람은 아무도 없었다. 사람들은 그저 부닥치며 고함을 질러댔을 뿐이었다. 미끄러지고 밀려 넘어지는 사람들. 느닷없이 손 하나가 벤야민의 어깨를 잡아당겼다. 동시에 그의 이름을 부르는 소리가 들렸고, 벤야민은 화들짝 놀라서 고개를 돌렸다.

"벤야민! 맞죠?"

그 아수라에서 낯익은 얼굴을 보자 눈물이 나올 지경이었다. 잘의 시선은 확신이 없었다. 그의 얼굴에 미소인 듯 미소 아닌 웃음이 떠올랐다. 바로 앞에 있는 이 사람이 정말 그의 친구 벤야민인가? 쭈뼛쭈뼛 정리되지 않은 머리에, 긴 수염에, 움푹 들어간 뺨에, 이와 코뿐으로 반쪽이 된 얼굴의 이 사내가? 그것 말고도 또 있었다. 벤야민에게 다가가는 방법을 아는 사람은 없을 것이다, 아무도. 그가 기이하게 나올 가능성이 상존했다. 가령 벤야민은 수수께끼를 좋아했다. 아무리 침착한 사람이라도 한 방에 훅 갈 수 있는 상황이 엄존했던 것이다. 하지만 현실의 발터는 이제 달랐다. 남이 그를 포옹해도, 그것도 격렬하게 안아도 발터는 그냥 내버려두었다. 심지어 그는 잘의 더러워진 머리칼을 피하지도 않았다.

"이렇게 말해서는 안 되겠지만," 발터가 그의 귀에 대고 속삭였다. "자네를 만나니까 정말 좋군."

발터는 잘이 자기 말을 알아들었는지 알 수가 없었다. 바로 그 순간 천둥이 길게 우르르 쾅쾅거리며 새카매진 하늘을 갈라놓는 듯했기 때문이다. 뒤이어 장대비가 퍼부었다. 폭우는 한두 시간가량 지속되었다. 구리 소재 지붕이 빗방울에 난타당했다. 운동장은 진흙탕이 되었고 사방에 물웅덩이가 생겼다. 스탠드에도 물이 찼고, 밀짚이 다 떠내려갔다. 폭우는 는개가 되는가 싶더니 짙은 안개를 형성했고, 이어서 오싹한 추위를 안기는 비가 추적추적 내렸다.

수용 인원들은 천장 가설물 아래 다다다닥 뭉치지 않을 수 없었다. 사람들은 비바람 속에서 잠을 청했지만 무익한 노력이었다. 동틀 무렵이 되자 서쪽 하늘에서 빛이 나오는가 싶더니, 약간이지만 파란 틈이 보였다. 정각 8시. 대개가 나이든 예비군들인 경비병이 무리를 헤치고 들어와 빵과 파테를 나눠줬다. 막스가 요령 있게 세 사람 몫을 챙겼고, 재킷 아래 안전하게 간수한 채로 친구들에게로 가져왔다.

"고마워요, 아론." 벤야민이 말했다.

"이제부터는 떨어지지 말도록 합시다." 잘의 낮은 목소리가 진지했다.

그렇게 셋이 다 함께 모여 있던 아침에 두 번째 방송이 확성기를 통해 흘러나왔다. 예의 군가가 울려퍼지고 나서였다. 이번에는 그들이 프랑스 전역의 자발적 노동 수용소로 이송될 거라는 내용이었다. 곧 점호가 있을 것이고, 그러면 경기장 밖 광장에 주차된 트럭에 탑승해야 할 터였다.

경기장이 호각 소리, 비명, 고함으로 가득 찼다. 자발적 노동 수용소? 놈들에게는 이게 난민 보호를 위한 조치라고 할 배짱이 있었다.

"개 같은 프랑스 놈들. 우리가 죄다 간첩이라는 거군. 우리가 범죄자야?" 막스가 내뱉은 말이다.

막스와 함께 경기장에 잡혀온 아브라함스키는 몸집이 거대한 폴란드인이었다. 그가 불같이 화를 냈다. 그도 다른 모든 이처럼 그 잘난 선별위원회가 도대체 뭔지 알고 싶었다. 그들이 과연 난민들 사이에서 나치를 골라낼 계획이 있기는 한 것인가? 관련해서는 더 이상 한마디도 들을 수 없었다.

벤야민이 고개를 가로저었고, 묵직하게 습한 공기를 천천히 들이마셨다.

"진정하십시오, 아브라함스키 씨." 벤야민의 말이 천천히 이어졌다. "선별위원회가 있다고 해도 그건 익살극일 뿐입니다. 잘 아시겠지만, 이 세상 최고의 선의가 발휘된다 해도 수천 명의 사안을 제대로 살펴보는 일은 불가능해요."

잘이 여러 해 후에 쓰듯, 사태의 진실은 프랑스가 이 전쟁에 전혀 준비되어 있지 않았다는 것이었다. 난민을 억류한다는 결정은 막판에 즉석에서 취해졌다. 설상가상으로 프랑스 군대는 "독일 반대 세력을 선별해낼" 능력이 전혀 없었다. "극우 잡지 《악시옹 프랑세즈》 독자들한테는 히틀러에 반대하는 독일인과 히틀러를 지지하는 독일인 사이에 아무런 차이가 없었다. 똑같이 물리쳐야 할 존재였던 것이다." 쾨슬러는 더 혹독하게 비판했다. 그가 자기 소설에 어떻게 쓰고 있는지 보자. "전쟁 발발 초기 몇 달 동안 공보 장관은 외국인들이 자행한 범죄 얘기를 일부러 대중 사이에 퍼뜨렸다. 공포를 조장하는 정책을 고의로 취한 것이다. (이런 작태가 비밀 공작원에 대한 정신병적 집착이 시작되기 오래전에 이미 펼쳐졌던 것이다.) 공보 장관은 정부가 불결한 재외국인이라는 용과 영웅적으로 싸우고 있다는 식으로 상황을 묘사했다. 약 300만 하고도 50만 명의 외국인이 프랑스에 거류하고 있었음을 알아야 한다. 350만이면 전체 인구의 약 10퍼센트였다. 외국인들은 독일로 보내진 유대인 50만 명보다는 상황이 훨씬 나은 희생양이었다. 비록 그렇더라도 프랑스의 외국인 혐오는 독일에서 작동한 반유대주의의 지역적 변형물과 다름없었다."

9월 중순의 어느 날 오전, 콜롱브 경기장에 억류된 외국인 수만 명한테는 기다리는 것 말고 달리 선택의 여지가 없었다. 확성기가 쉿쉿거리면서 끊임없이 이름을 내뱉었다. 하늘이 흔들렸고, 바닥은 지난 비로 난장판이었다. 벤야민과 친구들의 이름은 정오가 한참 지나서 호명되었다. 그들은 양쪽으로 도열한 군인들 사이에서 줄을 지어 행진했고, 검정색 트럭의 뒷칸에 탑승했다. 소지한 물건과 담요가 짐이 돼 빨리 움직이지 못하는 사람은 경찰이 등짝을 세게 후려쳤다.

트럭마다 긴 의자가 열 줄이었다. 보병 대원이 착검을 한 채 앞과 뒤, 또 사방에 배치돼 있었다. 트럭들이 인적이 드문 둑길을 따라 줄지어 이동했고, 루브르와 튈르리 쪽으로 나아갔다. 아우스터리츠 역에 긴 화물 열차가 정차해 있었다. 수감자들을 기다리고 있었던 것이다. 사람들은 쉰 명씩 나뉘어 기차에 실렸다. 화차 내부는 서로의 얼굴을 식별할 수 없을 만큼 몹시 어두웠다. 그들은 누가 누군지 알 수가 없었다. 발터가 재주를 부렸다. 널판 사이를 내다보면서 어디로 이송되는지를 알아내려고 애쓴 것이다. 하지만 열차가역을 통과하는 속도가 너무 빨랐고, 지나치는 도시의 이름이 적힌 간판을 하나도 읽을 수가 없었다. 여행은 여러 시간 동안 계속되었다. 땀이 났고, 목이 말랐으며, 계속 서 있어야 해서 다리까지 아팠다. 이윽고 그들이 도착한 곳은 느베르 역이었다. 호각 소리가 어찌나 크게 났던지 고함과 저주의 소리를 집어삼키고도 남았다.

발터는 느베르를 알았다. 느베르가 루아르강에 있는 소도시임을 말이다. 어쩌면 기젤레와 함께 겨울에 한번 찾았을지도 몰랐다.

밖으로 나오자 대기가 밝고 시원했다. 태양이 작은 운하를 따라 늘어선 포플러나무들 뒤로 지고 있었다. 여남은 명의 남녀가 역 관사 옆에 서서 기차에서 굴러떨어지듯 내리는 사람들을 음산한 시선으로 쳐다보았다. 벤야민은 그들이 할 수만 있다면 자기네를 즉결 처분할 것 같다고 생각했다. 하지만 그런 생각을 입 밖에 낼 수는 없는 일. 그가 넥타이를 풀었다. 두 눈을 꼭 감고 호흡에 집중하는 벤야민. 다시 눈을 떴을 때, 기차는 가고 없었고 광장에는 300~400명의 죄수들만이 덩그러니 놓여 있었다. 막스가 벤야민의 팔을 잡으며 걱정하지 말라고 말했다.

"조금만 더 힘을 내자구요." 잘의 이 말이 위안이 되었다. "거의 다 온 거 같아요."

지옥이 있다면 바로 그것이었다. 경비 요원들이 사람들을 길게 한 줄로 세웠다. 말을 안 듣고 저항하는 수감자는 총칼로 위협하기까지 했다.

"앞으로 가!" 대위가 외쳤다.

"가방 주세요. 제가 들겠습니다."

"진심으로 감사드립니다, 아론 씨." 벤야민이 대꾸했다.

그들은 길을 따라 걷기 시작했다. 아스팔트로 포장된 길 하나가 초록의 대지 사이로 나 있었다. 전원으로 포도밭이 보였고, 사람들이 버리고 떠난 마을은 덧문이 죄 닫혀 있었다. 기다란 검은 리본이 하나 보였는데, 정말이지 서글픈 일몰이었다. 두 시간쯤 걷자 날이 완전히 어두워졌다. 도착한 곳은 베르뉘슈 성이었다. 낮고 널찍한 건물로 기와를 얹은 지붕이 가팔랐고, 양쪽으로 사각형 탑이 솟아 있었다.

벤야민은 걷는 게 힘들었다. 자주 헐떡였고, 멈춰서 쉬워야 했지만 호위병들이 그를 가만두지 않았다. 두 번쯤 실신할 뻔하기도 했지만 다행히 막스가 그를 부축해주었고, 물도 마실 수 있도록 도왔다. 그렇게 벤야민은 끝까지 버텨냈다. 그들은 무슨 선지자와 안내인 같았다. 성전을 향해 나아가는 현명한 노인과 그를 수행하는 젊은 사도 말이다. 산의 정상에 이르면 선지자가 전율하고, 다리가 풀려 마침내 쓰러지는. 그리고 어둠이 깔리는.

벤야민이 말했다. "아, 가슴."

막스, 아브라함스키, 잘이 그를 성으로 옮겼다.

"이제 괜찮아요. 고맙습니다." 그가 고개를 숙였다. 벤야민이 계단을 올랐고, 어둡고 텅 빈 복도를 따라 그들이 머물게 될 어둡고 텅 빈 방으로 들어갔다. 등과 침대는 없었고, 의자와 탁자, 심지어 뭘 걸어둘 걸이조차 안 보였다. 막스가 바닥에 담요를 펴자 벤야민은 당장에 곯아떨어졌다. 가끔씩 하는 꿈의 발작 말고는 어떠한 미동도 하지 않는 채로.

그가 잠에서 힘겹게 빠져나왔다. 잠은 흐르는 모래 또는 황량한 사유의 지옥 같은 곳이었다. 창문으로 들어오는 빛이 흔들렸고, 아무튼 방 안의 형체들에 그림자를 선사했다. 마치 비현실적 원근법으로 포착한 광경 같았다. 눈꺼풀이 여전히 무거웠고, 벤야민은 별안간 자신의 보잘것없는 미래를 깨달았다.

"지금이 몇 시죠?" 그가 셔츠 단추 사이로 늑골의 통증을 어루만지며 말했다.

귀조 하사가 정확히 6시에 그들을 깨웠다. 악마처럼 고함을 쳐댔고, 총검으로 모두를 들쑤시면서. 사람들이 30분 만에 마당에 모였고, 텅 빈 가설 오두막 앞에 도열했다. 냉기를 안은 미스트랄이 하늘의 구름을 쓸어갔고, 목까지 파고들었다. 잘, 막스, 아브라함스키 사이에서 발터가 바닥의 자갈돌을 응시했다. 걱정이 들었다. 그는 이따금 두리번거리며 베르뉘슈 성을 믿을 수 없다는 표정으로 쳐다보았다. 담쟁이덩굴이 벽과 지붕을 덮고 있었고, 햇살 속에서 기와가 울퉁불퉁한 게 확연히 보였다. 세 사람이 한기를 떨치려고 발을 동동 굴렀다. 벤야민이 다시금 주변을 두리번거렸다. 두세 줄 뒤에 한스 피트코가 있었다. 꼿꼿하게 서 있는 그의 모습은 바람은 물론이고 프랑스 놈들에게도 굴하지 않겠다는 결연한 의지를 보여줬다. 돌처럼 차가운 표정이라니! 정성스럽게 빗고서 포마드까지 바른 그의 머리칼이 단연코 눈에 띄었다. 더구나 다른 대다수가 지저분하고 엉망인 머리였으니 말이다. 벤야민이 한스에게 고개를 끄덕이며 미소를 지었다. 그러고는 눈을 내리깔고서 다시 몸을 돌려 외투 속으로 바싹 파고들었다. 한눈에 봐도 몸을 떨고 있다는 게 감지되었다.

수용소장이 가설 연단에 올라와 헛기침을 했다. 단신에, 말랐고, 골수 프랑스인이었다. 기른 콧수염이 수전노 귀족의 인상을 자아냈다. 그의 일장 훈시가 길어질수록 연설에 요점이 없다는 게 더욱 분명해졌다. 수용소장은 불안하고 당황한 듯했다. 강제로 붙잡혀와 가시철망과 보병이 에워싼 고성에 죄수처럼 내던져진 300명만큼이나 그렇다는 것만은 확실했다.

"저들이 왜 우리를 수용소에 수감하고 있는 거지?" 벤야민이 낮은 목소리로 자문했다.

"우리한테 중노동을 부과할 겁니다." 잘이 대꾸했다. "길을 닦고 교량을 보수하는 등의 일을 하겠죠. 우리는 죄수예요. 전쟁 포로 말입니다."

"아니야. 불가능해. 우리는 유대계 독일인이야. 박해를 받은 히틀러의 희생자라구. 논리적이지 않아. 말이 안 된다구."

"떠들지 마!" 상병 하나가 소리쳤다.

벤야민이 당장에 입을 다물었다. 그의 눈에 여전히 훈시 중인 수용소장이 들어왔다. 그가 숨을 내뱉자 입김이 보였다. 벤야민은 훈시 내용에 집중할 수가 없었다. 앉아서 쉴 시간이 좀 필요했다. 하지만 연설이 끝나자 검진을 받기 위해 줄을 서서 대기해야 했다. 바람에 눅눅한 농촌의 기운이 실려왔다. 길 너머에서 흐르는 강의 냄새와 함께. 하지만 벤야민의 콧구멍으로는 자신의 과거 냄새가 메아리쳤다. 아버지 냄새, 네텔벡 가에 있는 저택 거실의 차와 패스트리, 대학 시절 교정 계단의 동급생들. 그가 과거를 더듬으며 거기에 있었다. 하지만 동시에 그는 거기에 있지 않았다. 반나체로 아브라미 박사의 진단서를 가방에서 꺼내 보여줄 때까지도 말이다.

"심장에 문제가 있습니다. 짐작하시겠지만요."

"좋습니다. 노역을 면제해드리죠." 벤야민이 들은 통보였다.

그렇게 수용소 생활이 시작됐다. 시작은 재앙 그 자체였다. 제대로 돌아가는 일이 아무것도 없었다. 엿새가 지나서야 비로소 깔고 잘 밀짚을 얻을 수 있었다. 취사장이 세워지고 담요가 지급된 것도 엿새 만이었다. 이런 상황 전개를 관리감독한 게 군인들도 아니었다. 재소자들이 앞장서서 그 일을 모두 해낸 것이다. 잘은 30년도 더 지났지만 냉소적으로 이렇게 회고했다. "사람들은 감옥에서조차 자기들이 독일 출신임을 잊지 못했다." 규율, 질서, 상황 대처 능력이 프랑스인들의 비효율성과 현저하게 대비됐다. 재소자들은 당번을 정해 침상을 정리했고, 변소를 지었으며, 밀짚과 담요를 찾아냈고, 도기 그릇을 빚었고, 우유를 비우고 단지를 확보했다. 프로이트와 융, 트로츠키와 레닌 수업도 조직되었다. 그들은 당장에 무에서 공동체를 일궈냈다. 혼란과 불안을 뒤로하고서 일정하게 기능하는 사회를 만들어낸 것이다. 대형 창고를 관리하던 한 사내가 리더로 부상했다. 거기서 지시를 하달하고 인력을 조직하는 법을 배웠던 것이다. 그가 어디 출신인지는 아무도 몰랐다. 바로 지금 이 순간 과업을 수행하기에 적격이라는 점을 제외하면 말이다. 우표 수집가 한 명이 우체국을 세우고 운영했다. 먹쇠인 화가가 주방을 책임졌다. 벤야민도 수업을 하면서 공동생활에 기여했다. 그는 수업을 하면서 특유의 자세로 고개를 숙인 채 왔다 갔다 했다. 강의료가 나왔다. 단추 하나 또는 골루아즈 담배 세 개였다. 물론 그게 수용소에서 쓰이던 유일한 화폐는 아니었다. 잘은 한 군인이 몰래 반입해준 작은 공책에 시를 썼고, 못 세 개와 연필 하나에 시를 팔았다.

물론 그럭저럭 해나가는 것도 쉬운 일이 아니었다. 적응이 필수였다. 재빨라야 했고 또 융통성을 발휘할 줄 알아야 했다. 벤야민은 정말이지 그런 유형이 아니었다. 그는 체계적이고 꼼꼼한 인물로 의식을 좋아했다. 그렇게 조직적인 사람이 모든 논리가 뒤집혀 자신의 통제를 벗어난 상황에 내던져졌으니! 발터는 세부 사실 속에서 사는 사람이었다. 그는 자질구레하고 소상한 세목과 사정만으로도 언제나 세상을 구성해냈다. 하지만 이곳 수용소의 나날은 우스꽝스럽고 터무니없는 일의 연속이었고, 비유하면, 그의 지성의 바늘도 바느질을 통해 사태를 꿰고 엮을 수 없었다. 여러 해 후 리자 피트코는 이렇게 말한다. "그는 어떻게 적응해야 할지 몰랐다. 그는 컵에 관한 모종의 이론을 수립한 후에야 찻물이 담긴 컵을 대면할 수 있는 종류의 사람이었다."

벤야민은 항상 삶을 작은 조각 단위로 취했고, 이제 삶이 복수를 하고 있었다. 혼자 힘으로 빵과 담요를 입수하고, 추위와 비로 부터 쉴 곳을 찾는 등속이 그가 직면한 문제였다. 하지만 여태까지 사용해온 나침반을 잃어버리기라도 한 듯 그는 혼란에 빠졌고 당황했다. 발터에게 친구가 있다는 게 천만다행이었다. 한스 피트코는 그에게 말하자면 바느질하는 법을 가르쳐주었다. 발터는 한스의 도움 속에서 수업료를 흥정했고, 식량을 확보했다. 막스 아론이 발터의 청년 제자였다. 그가 빈 감자 부대를 나선 계단에 쳐서 일종의 달개로 삼았고, 벤야민은 거기에 돗짚자리를 깔 수 있었다. 그렇게 사생활을 누릴 수 있게 되면서 벤야민은 어느 정도 안정을 찾았다. 그에게 최악의 수용소 사정은 감방의 비좁은 공간에 갇혀 옴짝달싹하지 못하는 상황이었다. 혼자일 수가 없었고, 갖은 소음에 노출되었으며, 다른 죄수들이 악취를 풍겼음에야.

수감자들은 정오가 되면 밖으로 나가 마당에서 식사를 했다. 양철 지붕은 대충 올라가 햇빛을 피할 수 있는 곳이었다. 파테의 나날은 끝났고 이제 그들은 양파를 먹었다. 끈적끈적한 죽도 먹었는데, 잘 보면 고기 조각이나 감자 덩어리가 들어 있기도 했다. 인근의 수용소에서도 재소자들이 왔다. 아직 주방을 갖추지 못한 탓이었다. 그 가운데 케스텐[39]이 있었다. 이마가 넓고 눈썹이 짙어서 금방 눈에 띄었다. 함께 이야기를 나눌 수 있는 상대를 필사적으로 찾고 있었다. 그가 발터에게 다가왔다.

---

39 Hermann Kesten, 1900~1996. 독일의 소설가. 제1차 세계대전 후 표현주의에 대한 반발로 대두한 1920
    년대 독일의 신즉물주의 운동의 중심인물이기도 하다. 1933년 나치를 피해 독일 및 파리를 떠나고, 1940
    년에는 뉴욕으로 이주하여 미국 시민권을 획득했다. 히틀러 집권기에도 집필 활동을 계속하며 다수의 소
    설과 글들을 발표했다.

"벤야민 박사님, 혹시, 저 기억하십니까? 글을 쓰는 헤르만 케스텐입니다. 혹여? 선생님께서 제 소설을 비평해주시기도 했습니다만."

벤야민이 기억을 더듬으며 케스텐을 빤히 응시했다. 그가 케스텐을 떠올린 게 틀림없었다. 1929년경이었다. 그는 케스텐이 주인공 요제프 바르를 내세워 시도한 불손한 접근법이 마음에 들었다. 벤야민이 그를 대충 훑어본 후 자기 대접에서 감자를 찾았다.

"다 옛날 얘깁니다." 그가 대꾸했다.

"예, 그렇네요." 케스텐이 벤야민의 목에 난 검정 선을 응시했다. "아이러니합니다. 드디어 전쟁이 났고, 히틀러와 싸우게 됐죠. 헌데, 우린 여기에 갇혀 있으니 말입니다. 아무것도 할 수 없고, 쓰는 일도 못하죠."

어쩌면 그것이 벤야민의 최대 고역이었을까? 어느 날 저녁이었다. 그와 잘은 가시철조망 너머에서 한가로이 풀을 뜯는 양떼를 지켜보았다. 해가 질 무렵이었고 제비떼가 하늘에서 집단 비행을 하고 있었다.

발터가 입을 열었다. "내가 뭘 하고 싶은지 알아? 아무 카페에나 앉아서 배를 긁적이며 시간을 보낼 수 있다면 얼마나 좋을까!"

잘이 고개를 끄덕였고 어둠이 솟아오르는 하늘을 바라보았다. 돌풍이 대지를 휩쓸고 지나갔다.

이윽고 잘이 침묵을 깨고 말을 받았다. "글쎄요. 뭔 말인지 모르겠습니다. 카페에 앉아서 아무것도 안 하겠다고요? 뭐라도 쓰셔야 하는 거 아닌가요? 연구 말입니다."

발터가 그 화두를 곱씹더니 미소를 지었다. "자네 말이 맞을지도. 난 아무것도 못할 거야. 사람한테는 생각거리가 필요한 법이지. 여기도 똑같아. 내가 어떤 결심을 했는지 아나? 담배를 끊을 거야. 살아남으려면 어려운 과제에 집중해야 해."

살아남으려면. 말은 쉬웠다. 파리에서는 헬렌, 기젤레, 실비아, 아드리엔이 분주하게 움직이고 있었다. 벌써 10월이었지만 그들은 친구 건을 어디로 가져가야 할지 여전히 판단을 하지 못했다. 경찰청, 현청, 군부대를 항용 들락거리기는 했다. 희망 섞인 장문의 편지를 써서 담배와 초콜릿과 스웨터가 필요한지도 벤야민에게 물었다. 하지만 그에게는 행간이 보였고 그들이 낙담하고 있음을 알 수 있었다.

하지만 벤야민은 그 모든 걸 이겨냈다. 그에게는 약간의 책이 있었다. 친구가 있었고 강의를 했으며 연필과 메모장도 있었다. 벤야민은 어느 일요일 오전 군인과 수감자들을 위해 올린 연극 공연에도 참여했다. 그가 합창곡 〈헛간의 목소리〉를 불렀고, 어떤 배우는 잘의 시를 몇 편 낭송했다. 전쟁이 발발한 날 쓴 〈1939년 비가〉의 시구가 성의 큰방을 가득 채우자 넝마에 텁수룩한 남자 300명이 눈물을 훔쳤다. 잘이 화장실로 달려간 것은 자신의 시어가 불러일으킨 흐느낌을 도저히 참을 수 없었던 까닭이다. 화장실에는 사람이 이미 한 명 있었다. 직전에 큰방을 빠져나온 이였다.

"이게 다 무슨 소용입니까? 무슨 소용이에요?" 잘이 신경질적으로 토로했다. "노래며, 시며, 소장 놈은 독일어를 하나도 모르고, 그는 범죄자예요. 제네바 협정을 무시해도 유분수지. 놈이 뭘 하고 있는지 아세요? 우리를 공장에 팔아넘겼어요. 일당 5프랑에 말입니다. 내일부터 우리는 작업에 투입될 겁니다. 비행장을 만든대요."

이후로 수용소 생활이 더욱 힘겨워졌다. 매일 아침 6시에 벤야민의 동료들이 공항 건설 현장으로 출근했다. 한기로 뼈마디가 우두둑거리는 재소자들을 게을러터진 군인 네 명이 감시했다. 한 시간을 걸어야 했는데 그들은 여전히 여름옷을 착용하고 있었다. 콜롱브 경기장으로 출석한 바로 그날 입었던 옷으로 이제는 누더기 그 자체였으니 수시로 괴롭히는 가을의 삭풍과 강우로부터 그들을 지켜준다는 것은 언감생심이었다. 재소자들은 밤에야 돌아왔고, 냄새가 고약했으며, 뼈마디가 쑤셨고, 신발 역시 해져 너덜너덜했다. 사람들은 노역과 자신들의 운명과 식량 부족과 프랑스인의 백치 같은 무능함을 저주했다.

아브라함스키가 이렇게 투덜거렸다. "삽도 안 줘요. 맨손으로 땅을 파게 시켰다구요."

"그걸 알았더라면 내 삽을 드렸을 텐데요." 고개를 절레절레 흔드는 한스 피트코가 쓸쓸해 보였다. "나한테는 2미터 깊이로 구덩이를 파라고 시키더군요. 그러고는 어떤 명령을 내렸는지 아세요? 파낸 흙으로 구덩이를 다시 메우랍디다."

수용소의 상황은 그런 식이었다. 물론 가끔은 더 나빠졌고 말이다. 신문이 항상 들어오는 게 아니었고 사람들은 뜬소문에 의지하지 않을 수 없었다. 독일 군대가 마지노선을 돌파했고, 파리 입성을 목전에 두고 있다거나, 그게 아니면 연합군이 공세를 개시할 것이라는 식으로…… 그들은 그렇게 거기 있었다. 느린 시간, 굶주림, 추위, 기진. 그들은 결코 오지 않을 편지를 기다리면서, 희망이란 걸 부채질하면서 '왜'와 '얼마나 더'를 자문했다. 적십자가 몇 안 되는 진짜 나치 죄수들을 보호하며 미온적으로 다루는 행태는 확신을 갖고 자진해서 반나치 활동을 벌인 그들이 인간 쓰레기 취급을 당하는 현실과 쓰디쓰게 대조됐다.

공공연한 나치 외에도 편안한 수감 생활이라는 호사를 누리는 수감자가 둘 더 있었다. 그들은 영화 제작자로 소장에게 〈프랑스 만세!〉란 영화를 만들겠다고 제안했고, 자료를 조사한답시고 느베르 도서관을 들락거렸다. 오래 힘들게 걸어야 했다. 매일 세 시간씩이었으니 말이다. 하지만 두 사람은 그 정도 희생쯤은 감수할 용의가 있었다. 소장이 크게 감동했고, 그들은 특별 완장을 하사받았으며, 원하면 아무 때고 수용소를 벗어날 수 있게 됐다. 두 사람은 밤에 술이 반쯤 취한 채로 맛있는 프랑스 요리를 먹으면서 돌아왔다. 동료 수감자들이 그들에게 욕설을 퍼부었다. 하지만 진정한 환영과 저주는 취침 시간에 이루어졌다. 두 놈이 외출로 들른 식당에서 맛본 음식 얘기를 떠벌리곤 했던 것이다. 벤야민은 자신의 작은 쉼터에서 몸을 떨었다. 빈속이 우르릉 아우성을 쳤고, 그는 자신도 완장을 받아내겠다고 궁리했다. 그는 완장에 집착했다. 며칠 동안 꿍꿍이속을 품은 벤야민이 어느 날 저녁 팔꿈치로 신호를 보내 잘을 한쪽으로 끌고 갔다.

"완장 말이야." 그가 입을 열었다. "웃지 말게. 나한테 수가 있어." 벤야민은 수용소장에게 문학잡지를 만들겠다고 제안할 요량이었다. "당연히 최고 수준으로 말야. 수용소 사람들이 보는 잡지 말일세. 지식인을 대상으로 하겠지만 이걸 활용하면 우리가 어떤 존재인지를 프랑스 사람들에게 알릴 수 있을 거야. 그들이 국가의 적이라면서 여기다 가둔 우리들이 어떤 사람들인지 말이야. 내일 4시에 나한테 오게." 그가 은밀한 시선으로 주위를 살피며 내뱉은 마지막 말은 이랬다. "1차 편집회의를 하자고."

　다음날, 빈 감자 부대로 가린 계단 아래로 다섯 명이 모였다. 잘과 벤야민, 막스 아론(그 시점에 발터의 개인 비서로 활약하고 있던), 한스 피트코, 그리고 잘은 모르는 또 다른 수감자, 이렇게 다섯이었다. 그들은 무릎을 맞대고 머리를 모았으며 보초를 매수해 입수한 술을 한 모금씩 나눠 마셨다.

　벤야민이 입을 열었다. "여러분, 중요한 건 완장입니다. 생존의 문제죠. 완장을 찬 사람만이 이 캠프를 살아서 나갈 겁니다."

　그는 매우 진지한 어조였다. 부당한 중상과 비방으로부터 철학 명제를 방어하는 이의 비장한 각오가 느껴진다고나 할까. 발터의 머릿속에서는 완장이 이제 생존 그 자체의 상징으로 형질을 전환한 상황이었다. 정말이지 완장은 완전히 새로운 세계를 건설할 수 있는 출발점이었다.

　"음, 첫 호를 꾸몄으면 하는 여러분의 생각을 좀 듣고 싶군요?"

　수용소에서 읽히는 책을 소개하는 기사를 쓰자, 수감자들을 통계 분석해 망명자들의 상이한 사회 계층을 알리자는 등속의 얘기가 나왔다. 막스 아론은 일요일 오전에 무대에 올린 연극 얘기를 쓰자고 제안했다. 잘은 제가 보기에 반응이 좋을 것 같은 테마를 제시했다.

　이렇다. "나는 쓰고 싶어요. 아무것도 없는 무에서 사회가 어떻게 생겨나는지를요. 수용소 사회학이라고나 할까요. 변소를 만드는 것에서부터 시작해 지금 이렇게 잡지를 내자는 문화적 상부구조에 이르기까지요."

　"좋아요, 좋습니다." 벤야민이 메모를 하면서 이렇게 말했다.

이후로 5인은 일주일에 두 번씩 만났다. 술을 꼬딱지만큼씩 마셨고, 봉투 뒷면에 써온 기사를 큰 소리로 낭독했다. 하지만 잡지는 발행되지 못했다. 당연히 완장도 속수무책이었다. 하릴없이 11월이 닥쳤다. 첫눈이 왔다. 수용소 마당이 거대한 눈밭으로 화했고, 집에 돌아가는 얘기를 꺼내는 사람은 이제 아무도 없었다. 발터의 편지는 더욱 빈번해졌고, 필사적으로 변해갔다. 아드리엔 모니에가 평론가 뱅자맹 크레미외[40]를 찾아갔다고 답장을 했다. 하지만 도움이 될 만한 최선의 인물은 외무부 산하 유럽 분과 책임자인 앙리 오프노라는 게 그녀의 판단이었다. 호르크하이머도 미국에서 손을 썼다. 조르주 셀르와 모리스 알브바슈와 접촉한 것이다. 11월 6일, 헬렌 헤셀이 발터에게 알려왔다. 투르에서 쥘 로맹을 만났고, 그가 앙리 망브레[41]에게 편지를 써 주겠다고 약속했음을 말이다. 망브레는 프랑스 펜 클럽 사무총장이고, 벤야민 건에 개입할 수 있을 터였다. 하늘이 도운 걸까? 마침내 일이 진척되는 듯했다. 이제 그들은 다만 계속 노력하면서도 그들의 공작이 일을 망치지 않기만을 바라야 했다. 벤야민이 맨 먼저 집으로 돌아가지는 못했다. 엄청난 폭풍이 몰아치던 어느 날 케스텐이 점심식사 자리에 나타났다. 싸락눈이 양철 지붕을 미친 듯이 두드려댔다.

"안녕하세요, 벤야민 박사님!" 그가 외쳤다.

그의 얼굴을 보면 누구라도 알 수 있었다. 대단히 기쁜 일이 있지만 남들의 속을 뒤집지 않으려고 그 사실을 애써 감추고 있음을

---

40 Benjamin Crémieux, 1888~1944. 프랑스의 평론가. 처음에는 소설을 썼으나, 나중에는 평론을 썼다. 《신 프랑스 평론》지에서 극평을 담당했다.
41 Henri Membré, 1890~1952. 프랑스의 소설가, 언론인.

말이다.

"여기서 나가나 보군요." 발터가 그의 눈을 보면서 근엄하게 말했다. 사실 궁금할 것도 없었다. 벼락이 땅을 뒤흔들었고 하늘을 찢었다.

케스텐이 대꾸했다. "그렇습니다. 내일이요. 펜 클럽 친구들이 저를 석방시킨 겁니다."

발터의 얼굴이 환해지면서 암청색 눈동자가 번득였다. 펜 클럽이 자신을 위해서도 캠페인을 전개하고 있지 않을까? 올바른 추론이었다. 그래, 아직 희망을 놓을 필요까지는 없어!

벤야민이 그 경로로만 구원을 받은 것은 아니었다. 11월 17일 기젤레 프로인트가 그에게 써 보낸 짤막한 우편엽서를 보자. "발터에게. 친구 오프노한테서 방금 전화를 받았는데 선별위원회가 당신 일을 어제 마무리했다고 해요. 이제 자유입니다. 다들 당신이 돌아오기만을 학수고대하고 있어요. 거기 수용소장이 명령서를 당장에 수령한다면 얼마나 좋을까요! 아무튼 결정은 이미 났어요. 그러니 부디 침착하시고 용기를 잃지 마세요. 사랑을 담아, 기젤레."

친구들이 발터를 포옹으로 환송했다. 얼굴을 벽에 대고 가린 걸 보면 막스는 운 것 같았다.

"리자를 만나면 잘 있다고 전해주세요." 한스 피트코가 조용히 청했다.

그날 밤 벤야민은 담요 속에서 전전반측했다. 그러다가 잠이 들었고 그는 꿈을 꾸었다. 아브라미 박사와 커다란 동굴로 들어가는 꿈이었다. 동굴에는 침대가 놓여 있었고, 많은 이가 자는 게 보였다. 사랑스런 여자가 한 명 있었는데, 여자의 움직임이 전광석화 같왔다. 발터가 그녀를 보았는데, 그것은 눈으로 본 것이 아니었다. 그녀가 담요를 당겼고, 그는 그녀를 마음의 눈으로 보았다. 꿈이 몇 분은 지속되었을 것이다. 이제 발터는 자신이 더 이상 잠을 잘 수 없음을 깨달았다. 안경을 찾아 쓴 벤야민. 자리에서 일어나 창가로 간다. 그가 거기 몇 시간째 서서 어슴푸레한 하늘을 바라보았다. 희미한 별들이 구름 뒤에서 얼굴을 빼꼼히 내밀었다. 이윽고 어둠이 연해졌고, 구름이 분홍색으로 달아올랐으며, 솔개 몇 마리가 별안간 날아올라 수용소로 사용 중인 성 위에서 큼직한 원을 그렸다.

겨우 아홉 시간? 이탈리아에서 멕시코로 오는 데 그것밖에 안 걸린단 말이요? 정말 대단하군. 나 때는 이탈리아에서 멕시코까지 오려면 2주는 걸렸을 거야. 확실히 요즘이 낫군. 시간을 아꼈으니 내 얘기를 더 들을 수 있겠네. 그렇지. 한 번은, 살면서 적어도 한 번 정도는 남 얘기를 들어볼 수도 있겠지요. 그 사람이 이야기 전체를 처음서부터 끝까지 말해주겠다는 데야. 젊은이, 자네는 운이 좋은 거요. 나를 만났으니. 그 벤야민한테까지는 얼마 안 남았다오. 그러니 인내심을 가져요. 어디까지 얘기했더라? 아하, 그렇지. 세트퐁 수용소. 캠프 상황은 대강 얘기했고 그래, 전쟁이 터지자 당연하게도 상황이 더욱 악화했다네.

점쟁이가 아니라도 독일 놈들의 속마음을 알 수 있었지만 수용소 장교들은 소탐대실이라고 나무 때문에 숲을 못 보더군. 독일이 폴란드를 먹고 나서 프랑스를 조준할 거라는 판단에 무척 놀란 눈치였어. 아니, 그네들한테 유일하게 확실한 것이 전쟁이기는 했어. 우리 때문에 전쟁을 한다는 것이지. 식량 배급이 크게 줄었다네. 규율이 더욱 엄해졌고. 가믈랭 장군이 직접 나타나더니 징용에 응하지 않으면 에스파냐로 돌려보내겠다고 위협했지. 놈의 난제가 그거였어, 외인 부대 말일세. 실상 많은 이가 수용소에서 굶주리는 것보다 그게 더 나을 거라고 생각하기 시작했다네. 마리아노의 생각이 명료했다는 게 얼마나 다행인지. 어느 날 아침 국기 게양식이 있고 나서 재소자들이 자원입대로 옥신각신하던 차였는데 마리아노가 손을 들고서 앞으로 걸어나갔지. 그는 비쩍 말라버린 상태였고, 피로에 찌든 모습이었지만 두 눈에서 여전히 빛이 났고, 눈동자 역시 자석처럼 사람들을 끌어당겼다네.

다들 조용한 가운데 그가 말했지. "우리는 독일과 싸우고 싶소. 하지만 위엄과 품위를 바탕으로 한 것이어야지 용병은 아니오."

마리아노가 말을 하면 내가 통역을 했네. 모두가 우리를 바라봤어. 도무지 입이 떨어지지 않았지만 그래도 해야 했지. 집중을 하고 실수를 하지 않으려고 말야.

그가 계속해서 어떻게 말했느냐 하면, "프랑스 군대에 들어갑시다. 물론 의무와 권리가 똑같아야 합니다. 당신들, 프랑스 군대와 말이오. 그렇다면 좋습니다. 우리도 싸우겠습니다."

그들은 우리 말을 들으려고도 하지 않았어. 대장이 우리를 가증스럽다는 듯이 쳐다보더군. 웃고 있었는데 그건 혐오였어. "됐고. 자리로 돌아가시오."

그네들이 우리를 모른다는 게 자명했지. 에스파냐로 돌려보내겠다고 협박하고 배를 곯게 했더니 우리가 자존감과 존엄성을 택했다고 생각한 게야. 2만 명 가운데 외인 부대를 선택한 사람은 쉰 명에 불과했네. 그들은 후퇴했고 수용소를 와해할 새로운 전략을 궁리해야 했지. 에스파냐인으로 구성되고 프랑스의 명령을 받는 노동 부대가 그들이 들고나온 새로운 발안이었다네. 하지만 놈들은 우리에게 지뢰 해체를 시키려고 했어, 공병 소속으로 말야. 그나마 나았지. 하지만 그들이 한 약속은 우리가 그 유명한 마지노선에 투입될 때까지만 유효했다네.

11월 초에 출발했지. 화물차에 실린 동물처럼 여러 날을 이 지역에서 저 지역으로 이동했다네. 그렇게 해서 마침내 도착한 곳이 모젤의 사르 유니옹 역이었고. 밤이 늦었는데 철로와 낮게 펼쳐진 회색 건물 위로 안개가 깔리고 있더군. 높은 굴뚝이 하나 보였는데 그 희미한 윤곽이 하늘 속으로 파묻혀 있었지. 우리를 조용히 내리게 하더군. 자욱한 어둠 속 대기에서는 휘발유 냄새가 났어. 멀리 다리 건너편에서 개 한 마리가 길게 울부짖었지. 새카만 음영의 방어 시설 위로 그 소리가 윙윙거리더군.

"이 계획은 좋구만." 마리아노가 이렇게 말하더군.

"뭔 소리야?" 소처럼 트럭에 실리면서 내가 물었어.

"야심한 밤에 죽도록 피곤한 상태로 도착한 거 말이야. 놈들이 이제 우리를 갈라놓으려고 하면 우리로서도 별수 없는 거지."

언제나처럼 마리아노 말이 맞았어. 트럭이 2급 도로로 빠져나갔고, 두 시간을 더 달렸지. 엉덩이가 얼얼한 상태에서 허허벌판 한가운데 있는 외딴 농장에 도착했다네. 헛간이 하나 있었는데 바닥에 밀짚이 좀 있더군.

"여기다. 내려." 놈들이 말했지. "여기는 교전 지역이다. 지금부터는 흡연은 물론이고 불을 지피는 것도 절대 금지다."

마리아노가 새벽녘에 나를 깨웠어. 바람이 벽을 긁는데, 거 있지? 쇠붙이를 쓸거나 깎는 데 사용하는 강철로 만든 연장. 줄로 가는 것 같더군. 그 둔탁한 소리가 도대체 수그러들지 않는 거야.

"가자." 마리아노가 말했어.

빛이 거의 없는 그 더러운 하늘 아래로 거대한 뜰이 보이더군. 주변 사방은 가시철조망이고 말이야. 매 20미터마다 감시 초소가 세워져 있었고. 마리아노가 입을 앙다물고 그 음산한 광경을 응시했어. 너무 화가 나서 얼어붙은 듯했지.

"보여?" 그가 말했지. "우린 죄수라고. 그런데 여기에서 우린 100명뿐이군. 세트퐁의 반역자들이 프랑스 전역으로 흩어져버렸다라."

나는 대꾸하지 않았어. 무슨 말을 하겠나? 다른 사람들이 아무렇게나 마당으로 나가는 모습이 눈에 들어왔네. 암회색 제복을 입고 있었는데 크게 떠드는 몸짓이 어수선했지. 이번에는 내가 마리아노에게 주의를 줬어.

"에스파냐 사람들이야. 이 사람들도 에스파냐에서 왔다구."

"망할." 그가 대꾸했지.

하지만 사실이었어. 그리고 또…… 보고, 또 열심히 봤지. 내가 누굴 만났는지 아나? 이탈리아인 동지 알폰소를 본 거야. 그래! 정말로 알폰소였어. 얼마나 반가웠는지 내 말조차 안 들렸다네.

"알폰소다." 아마 고함을 질렀겠지.

"정신이 나갔구만." 마리아노가 이렇게 대꾸했지.

"그럴지도." 나는 대충 대답하고 알폰소를 큰 소리로 불렀다네.

팔을 크게 흔들면서 말이야. 드디어 알폰소가 나를 돌아봤어. 그는 일순 뻣뻣하게 굳어버리는가 싶더니 고개를 흔들었고, 태연하게 무리에서 떨어져나와 우리한테 걸어왔지. 손가락 하나를 코에 댄 채로 말이야. 당장에 깨달았어. 조용히 해야만 한다는 것을 말이야.

알폰소가 소리 죽여 이렇게 말했다네. "여기서 난 안드레스야. 안드레스 델 캄포. 알겠어?"

젠장할! 국경의 그 떠들썩하고 혼란한 장소에서 알폰소가 에스파냐인 행세를 하고 있었던 거야. 추방을 피하려면 어쩔 수 없었고, 그렇게 그는 아르젤 수용소에 머물렀다가 5월에는 마른으로 보내져 노역을 했고, 마침내 우리랑 같이 최전선으로 던져졌다는 거였지.

"세풀베다 알지? 그 친구도 여기 있어, 다른 중대에."

"그럼 우린 로열 플러시royal flush(포커 용어로 같은 짝패의 10에서 에이스까지 카드 5장이 연속으로 있는 최고의 패-옮긴이)로군." 내가 웃었지.

웃을 일이 별로 없다는 게 사태의 진실이었지. 그날 아침 공식 통역사가 마당에 우리를 죄 소집해 거기가 도대체 어딘지 알려줬다네. 자랄브와 자르그민 사이인데 마지노선에서 남쪽으로 불과 몇 킬로미터 밖이었지. 우리는 제125공병 연대 소속으로 에스파냐인 중대 여섯 개 가운데 하나였어.

"그래서 우리가 프랑스 군대 소속인 거요, 아니요?"

질문의 주인공은 마리아노였어, 언제나처럼 말이야. 추위를 찢는 목소리가 칼 같았지. 그의 위치는 3열이었는데 손을 주머니에 쑤셔넣고 옷깃은 세운 채였다네. 거기서 낮은 벽에 서 있던 장교에게 도전한 거지.

"물론, 맞소." 중위가 군화를 부딪치며 웅얼거렸어.

"그렇다면 당장에 이 철조망을 제거하시오. 당장에 말이요. 알아들었어요?" 마리아노는 잠잠한 어조였다네.

이제 좀 나아지겠군, 하는 생각이 들었지. 아니었어. 그 땅딸막한 장교는 얼굴색이 붉으락푸르락해졌고 콧수염마저 씰룩이더군.

"그건 논의 사항이 아니오." 장교가 말했지. "당신들은 체포 구금 중이요. 이 사실에 순순히 따를 생각이 없는 사람은 나오도록 하시오."

처음에는 걸음을 내딛는 사람이 단 한 명도 없었어. 하지만 둘이어서 셋, 결국에 가서는 우리 모두가 놈에게 다가갔고, 그 개자식을 에워싸버렸지. 그 종이호랑이 놈은 오줌이라도 지릴 마냥 잔뜩 기가 죽었다네. 결국 철조망이 제거됐어. 최소한 자유롭게 돌아다닐 수는 있게 된 거야. 하지만 우리는 대가를 치러야 했지. 노예처럼 일을 해야 했어. 그 황량한 평원 한가운데서 탱크 방어용 바리케이드와 구덩이를 구축한 거야. 먹을 것도 거의 안 줬다네. 너무 배가 고파서 우리는 인근 들판으로 나가 감자와 당근을 찾아 헤매야 했어. 놈들이 말한테 주던 말라비틀어진 빵을 훔쳐먹었지. 지휘관 이름은 생각이 안 나. 하지만 우리가 붙여준 별명만은 생생하게 기억한다네. 물개. 뚱뚱한 데다가 배를 잔뜩 내밀고 걸었거든. 사실 그렇게 뚱뚱하진 않았지만 야비한 인간이었고 우리 에스파냐 사람들, 특히 공화주의자들한테 불만이 많은 놈이었지. 부하들이 그놈 마음에 들기 위해 빡세게 몰아붙였을 거야. 그 새끼보다 더한 개자식은 없을걸. 정말이지 이를 갈았다니까. 겨울이 닥쳐온 데다 북쪽이었으니 얼마나 추웠겠나? 기온이 영하 35도까지 떨어지는 날도 많았어. 그런 데서 땅을 팠지. 얼음처럼 단단한 땅이 파지겠나? 배급 식량은 새 모이만큼이었지. 한시라도 허리를 펼라치면 징벌로 독방에 감금됐다네.

다른 중대도 상황이 열악했어. 드디어 세풀베다를 만났는데, 피골이 상접해 있었고, 안색이 말이 아니었다네. 세풀베다가 마지막으로 교회 앞에 오줌을 싸갈긴 게 몇 달 만인지! 하지만 그 짓을 못하게 됐다고 해서 그가 돌아버린 건 아니야.

"아라곤의 참호가 더 나았어. 에브로도 괜찮았고." 그가 왔다 갔다 하면서 웅얼거렸지. "배가 고파. 단테의 제9지옥. 그게 나라구. 이 프랑스 개자식들을 죽여버리겠어. 아무 짝에도 쓸모없는 놈들. 창녀 자식들."

2월 중순쯤이었어. 무지하게 추운 어느 날 저녁이었다네. 어찌나 추웠는지 지금도 그때를 떠올리면 추위, 추위뿐이야. 중대를 가르던 낮은 담장을 사이에 두고 다 같이 얘기를 했어. 알폰소와 마리아노와 내가 의견을 같이했지. 하지만 우리가 무얼 할 수 있겠나? 세풀베다는 웃었고, 계책이 있다는 듯 표정이 환했다네.

그가 이렇게 말하더군. "정말이지 난 조직가로서는 별로야."

그는 입을 다물었고 여덟 명의 손을 거친 담배의 마지막 한 모금을 깊이 빨았다네.

"그래서 뭐?" 내가 물었어.

그가 말했지. "파업을 하자. 단식투쟁 말이야. 지금 먹으라고 주는 게 얼마나 되는지 생각해보라구……"

곧이어 행동에 돌입했다네. 다음주에 우리는 배급받기를 거부했고 거의 이틀이 다 가도록 상황을 유지했어. 대령 한 명이 나타나더군. 참모 본부의 요직에 있는 거물이더라고. 머리부터 쳐들고 들어오는데 거친 황소 같았지. 우리가 무슨 생각을 했는지 아나? 군대에서 단식투쟁을? 그건 정말이지 미친 짓이었어. 게다가 우리는 말한테 먹이던 빵을 훔치고 있었거든. 다행스럽게도 대령이 괜찮은 사람이었다네. 정말 좋았다고 말하지 않을 수 없어. 대령은 우리의 상황을 전혀 몰랐고, 자초지종을 듣고서는 큰 충격을 받았어.

"믿을 수가 없군요." 그가 의자에 털썩 주저앉으며 내뱉은 말이라네. "귀하들이 해준 얘기는 프랑스 혹은 프랑스 군대의 명예와 어울리지 않습니다. 내게 시간을 좀 주시오. 대책을 강구해보겠소."

그는 자기 말에 진정한 사람이었어. 아직도 명예를 소중히 여기는 구식의 사람이라니! 사흘 후 우리는 닭고기와 빵을 제공받았고, 구역의 모든 부대가 참여하는 축구 시합도 열렸다네. 도대체 몇 년 만에 축구공을 차보는지 말야. 마리아노와 나도 운동장을 누볐다네. 당연히 우리가 이겼지. 알폰소는 수비를, 나는 중앙을 담당했어. 마리아노는 대장답게 공격을 했고 말야. 세풀베다는 밖에서 우리 팀 감독에게 잔소리를 늘어놨다네. 전쟁 전에 B리그에서 주장으로 활약한 바스크 친구가 코치를 해줬지. 활기가 넘쳤고 살아 있는 기분이 들더군. 바리케이드 작업과 독일 놈들이 가끔씩 쏴대는 대포만 없었다면 전쟁 중이라는 생각은 아무도 못했을 거야. 메르세데스가 함께 있었다면 최고였을 텐데. 하지만 그 특별한 흥청망청은 오래가지 않았어. 그 기묘한 전쟁이 곧 끝나게 되지.

벤야민이 파리로 돌아온 건 1939년 11월 25일이었다. 날이 습했다. 공기에서 폭풍우의 전조가 느껴졌다. 먹장구름이 물갈퀴를 펴듯 하늘을 달렸다. 비가 뿌리는 길 위로 가로등 불빛이 파리했다. 벤야민이 누이동생의 집 문을 두드렸다. 손가락 관절 마디로 나무판을 건드리는 듯 마는 듯. 그는 초인종을 써야겠다는 생각을 하지 못했다.

"오빠!" 도라가 두 손으로 얼굴을 감싸며 탄성을 내질렀다.

"왜 그러니? 귀신이라도 봤어?"

사실이 그랬다, 귀신. 그는 최소 25파운드는 살이 빠졌고, 텁수룩한 눈썹 아래 눈구멍 속 두 눈 역시 퀭했다. 얼굴 피부는 느즈러졌고, 두 어깨는 셔츠 속에서 도무지 찾을 수도 없었다. 정신 상태에 관해 말하자면 말하지 않는 편이 더 나았다. 벤야민이 며칠 후 호르크하이머에게 보낸 편지를 보자. "단 한 시간도 혼자 있는 게 불가능했고, 조용한 날이 없었어요. 그게 나한테 얼마나 많은 희생을 요구했는지 잘 아실 겁니다." 그는 극도의 피로를 느꼈다. 바짝 여위어버린 그는 이제 길을 따라 걸으면 매 3~4분마다 멈춰서 쉬어야 했다. 심장이 문제였다. 호르크하이머에게 그 사실을 말하진 않았지만 말이다. 벤야민은 3개월간 느베르에서 고초를 치렀고, 심장이 더욱 쇠약해지고 말았다. 이제 벤야민은 확실한 노인에 병약자였다.

"심근염입니다." 아브라미 박사의 진단이었다. "크게 걱정하실 필요는 없어요. 휴식을 취하시면 돼요. 담배를 끊으시고요. 걷는 건 필요할 때만 하세요."

걷지 말라니, 그 지시야말로 충격이었다. 벤야민에게 걷는 것은 예술 행위였기 때문이다. 파리를 산책하는 것 말이다. 산보는 그가 사물과 사태를 이해하고 파악하는 방식이었다. 그런데 그런 그가 이제 몇 걸음만 내딛어도 숨을 헐떡이는 신세로 전락한 것이었다. 심장이 두방망이질하는 게 가슴을 통해 느껴졌고 시야까지 흐려졌다. 천벌, 저주. 이런 것들을 제쳐놓더라도 파리까지 병자처럼 창백했다. 벤야민은 파리가 더 암울해졌음을 깨달았다. 가게 덧문이 내려가 있었고 사람들은 손전등과 촛불을 사용했다. 사이렌 소리가 사정없이 울리며 어둠을 찢어발겼다. 무장한 보초들이 주요 교차로에 배치돼 있었다.

벤야민이 볼 때 이것은 전쟁이었다. 파멸이 그의 등 뒤에서 그림자처럼 어른거렸다. 그 잠잠하고 공허한 자기 파괴라니! 벤야민의 삶의 실은 이전처럼 여전히 위태롭고 또 불쾌했다. 그의 삶이 다시금 방향을 잡기 위해 촌각을 다투는 듯했다. 아침에 일어나면 낮 시간이 스스로 빠져나간다는 것이 느껴졌다. 때는 바야흐로 겨울이었고, 초저녁의 어둠과 함께 추위가 그 자리를 차지했다. 동발 가의 거처는 난방이 형편없었고, 그는 침대에 머무르는 시간이 많았다. 귀환 후 첫 달, 그는 꼭 필요할 때만 외출했다. 아드리엔과 다른 친구들을 찾아가 감사 인사를 해야 했고, 장을 보고, 공과금을 납부하고 은행 계좌를 열고, 도서관 대출증을 신청하는 등속이 처리되어야 했다. 그리고 1월 초에 그는 전 아내 도라를 만났다. 도라가 런던으로 돌아가는 중이었고, 전남편을 만나기 위해 파리에 들렀다. 도라가 벤야민에게 자신과 함께 떠나자고 다시 청했다.

"어쩌면 얼마 안 걸릴 거예요. 건강을 회복할 때까지만요."

"안 가는 게 더 나을 것 같아요. 아무튼 청해줘서 고마워요."

두 사람은 손을 잡고 생 루이 섬을 걸었다. 구불구불한 길 위로 바람이 울부짖었고, 둘은 강을 조망할 수 있는 열린 공간을 찾고 있었다. 별안간 벤야민이 걸음을 멈추고 루이필립교 난간에 몸을 기댔다. 재발한 것이었다. 숨이 안 쉬어졌다. 그가 필사적으로 공기를 흡입했다. 빗방울이 벤야민의 얼굴을 때렸다.

"뭐예요? 아파요?"

"아니요, 됐어요. 괜찮아요." 그가 가쁜 숨을 몰아쉬었다. "몸이 좀 약해졌고 쉬이 피로해지는 것뿐이라오. 저기 있는 카페에 갑시다."

둘이 자리를 잡고 앉았다. 뻣뻣하게 경직돼 창백한 게 발터는 목석 같았다. 그가 빗방울로 뿌연 창문을 통해 시테 섬과 노트르담을 바라보았다. 얼굴에 손을 괴고 발터를 응시하는 도라의 시선은 걱정이 배어 있었다.

"생각해봐요. 런던으로 가야 한다구요. 분명 도움이 될 거예요.

휴식을 취할 수 있고, 더 잘 먹을 수 있을 테고, 슈테판도 보고, 일도 할 수 있을 테니까요."

발터가 깊게 숨을 들이 쉬었고 이윽고 고개를 가로저었다. 그가 반백의 머리를 뒤로 쓸어넘긴다.

"안 간다고 했잖소. 가능하지 않은 일이요. 내가 일할 수 있는 곳은 여기 파리뿐이라고. 며칠 후면 도서관 대출증이 나와요. 어떤 희생과 대가를 치르더라도 이 작업은 끝내야 하오."

"슈테판을 위해서라도 런던에 갈 수는 없는 거예요? 정말이지 당신을 보고 싶어 한다구요."

"도라, 당신도 알지 않소, 내가 좋은 아버지가 못 된단걸."

날이 어두워졌고 두 사람은 카페를 나왔다. 비가 그친 상태였고 바람이 하늘을 청명하게 닦아내고 있었다. 초저녁의 별빛 아래 파리는 양동이로 물청소를 막 마친 것처럼 남은 방울이 들었다. 가로에는 차가 거의 없었지만 그래도 운행 중인 전조등 불빛이 축축한 대기를 홱홱거리며 지나가는 게 눈에 들어왔다.

"조만간에 다시 봐요, 꼭." 도라가 말했다.

발터가 그녀 앞에 똑바로 섰다. 머리를 숙이고서 우산 끝으로 발을 가볍게 찌르며.

"그래요. 곧 봅시다." 발터가 대꾸했다.

두 사람은 서로 바라보았다. 행복한 침묵이 둘을 감쌌다. 이윽고 둘은 웃었다. 하지만 그 미소는 서로에게 다른 무슨 말을 해야 할지 모르는 사람들의 아둔하고 산만한 제스처였다. 도라가 발터에게 잽싸게 키스했다. 입술이 상대방의 뺨을 빠르게 스치는 그런 키스.

"고집쟁이 노새 같으니." 도라가 중얼거렸다.

도라가 호텔 유리문 너머로 사라졌다. 발터는 한참을 길에 서 있었고 다시금 들고 있던 우산에 몸을 기울였다. 그가 어깨를 돌려 걷기 시작했다. 머뭇거리는, 자신 없는 걸음걸이였다. 잘 모르는 길과 구역을 지나가기라도 하는 것처럼 말이다. 아니, 이상하고 위험한 곳을 통과하기라도 하는 것처럼. 벤야민은 시간을, 자신의 과거를 걷고 있었다.

집에 당도한 벤야민은 옷도 벗지 않은 채로 드러누웠다. 돌처럼 굳은 자세로 잠에 빠진 그는 새벽에 오한을 느끼며 잠에서 깼다. 맥락 없이 험한 말을 늘어놓은 걸 보면 악몽을 꾼 듯했다. 잔뜩 일그러진 얼굴이 거울에 보였다. 그게 정말로 자신의 얼굴일까? 그는 거울에 비친 얼굴을 똑바로 쳐다보았고 두 눈을 감았다가 다시 응시했다. 누군가 다른 사람이 거울을 통해 자신을 응시하고 있다는 생각에 소스라치게 놀랐고 벤야민은 고개를 돌려버렸다. 몸이 부르르 떨려왔고 생각을 정리해볼 필요가 있었다. 이 모든 게 거짓말이라는 생각이 들었다. 그는 도라에게 거짓말을 했고 스스로도 속였다. 그는 런던에 가더라도 상황이 엉망일 것임을 알았다. 하지만 파리에 남는 것 역시 궁경의 연속이었다. 그래서 아렌트와 영어 공부를 하기로 하지 않았던가. 며칠 전에는 호르크하이머에게 조언을 구하는 편지를 쓰기도 했다. 과연 남아야 할까, 아니면 떠나야 할까? 호르크하이머가 기꺼이 나서서 선서 진술서를 작성해줄까?

후에 확인된 바에 의하면, 벤야민의 편지는 우는 소리를 하는 어조였다. 어설프게 자존심을 세우려고까지 했는데 비굴하고 굴종적이었다. "이 상황에서 귀하의 조언이 제게 가장 중요하다는 것은 두말하면 잔소리입니다. 제가 미국에 가서 물질적 곤경이 발생

한다면 그건 저도 원하지 않으니까요. 우리의 우정에 해를 끼치다니 있어서는 안 될 일입니다. 현 시점에서 귀하와의 우정이야말로 저에게는 물질적 생존을 뒷받침해주는 유일한 수단일 뿐만 아니라 제가 누릴 수 있는 거의 유일한 정신적 지지이기도 하니까요. 감히 청컨대 최대한 허심탄회하게 귀하의 의견을 알려주시기 바랍니다. 그러니까 제가 프랑스에 계속 남아야 할까요, 아니면 미국으로 건너가 당신과 합류해야 할까요? 귀하가 이 요청을 심사숙고해주시는 것이 제게는 매우 필요하고 중요합니다. 저는 저의 처지를 씁쓸한 어조로 '운명'이라고 부릅니다. 그렇다고 해서 상기한 요청이 이런 처지에 대한 저의 책임을 회피하려는 시도는 또한 아님을 양지해주셨으면 합니다. 이렇게 청하는 단 하나의 이유는 제가 상황을 종합적으로 파악해 결정을 내려야만 하기 때문입니다."

벤야민은 결정을 쉽게 내리지 못했다. 그가 파리를 떠나기로 마음먹었다 해도 그 결정은 결코 쉽지 않을 터였다. 그는 재외국인이었다. 나라 없는 외국인, 유대인이었다. 그러니 허가 없이 파리를 떠나는 것 역시 쉽지 않을 터였다. 미국 비자를 받으려면 긴 줄, 보증인, 이런저런 서류를 수고스럽게 만드는 절차가 요구됐다. 이것은 그의 능력 범위를 한참 벗어났다. 그러니 벤야민에게 남은 거라곤 작업에 진력하는 것뿐이었다. 1월 11일, 도서관 대출증이 다시 나왔다. 이것이 그의 운이었다. 언제나처럼 상황이 그의 손을 잡아 이끌었고 그는 선택의 수고를 덜었다. 벤야민은 마음의 평화까지 느꼈다. 그는 얼음장 같은 고요함을 발견했다. 산산조각 나고 있던 구세계의 한가운데서 말이다. 그즈음 독일의 무장 사단이 프랑스 국경으로 집결하고 있었다.

그들이 계단에서 마주친 것은 정오를 지난 오후였다. 승강기가 또 고장 나서 벤야민이 난간에 기댄 채 느린 걸음으로 계단을 내려오는 중이었다. 쾨슬러가 그를 빠른 속도로 지나치다가 별안간 멈췄다. 쾨슬러 역시 이틀 전에 수용소에서 귀환한 상황이었다. 비쩍 마른 그의 얼굴에도 굶주림의 흔적이 역력했다.

　"발터? 당신이군요." 그가 몸을 돌리며 말했다.

　"그런 것 같군요." 벤야민이 어정쩡한 미소를 지었다. "당신이 석방돼서 정말 기쁘고 좋군요. 여전하시죠?"

　"그럭저럭." 쾨슬러가 얼굴을 찡그렸다. "뭐, 괜찮습니다. 적어도 며칠 전보다는요. 제가 좀 급한데 저랑 쉬셰 부인 좀 만나보시겠어요? 걸으면서 얘기도 나누고 오늘 밤 축하 겸 해서 와인과 치즈도 함께하심이?"

　"그러고 싶긴……"

"자, 가시죠. 베르네 수용소에서 막 빠져나온 사람을 매일 만날 수 있는 게 아니라구요."

그 이름이 벤야민에게 특별한 경종을 울린 것은 아니지만 제안을 거절할 수 없다는 것도 명백했다.

"좋습니다." 그가 마음을 정했다. "하지만 좀 천천히 걸읍시다. 보시다시피 건강이 그리 좋지 못합니다."

주 내내 눅눅하고 흐린 날씨였고 그날 새벽에야 겨우 비가 그친 상황이었다. 보지라르 가를 덮은 1월의 하늘은 낮았고 창백하기 이를 데 없었다. 구름이 있었지만 보이지는 않았다. 그래도 여기저기서 태양 광선을 확인할 수 있었기 때문에 구름이 필터 역할을 한다는 걸 알 수 있었다. 두 사람은 밝고 어두운 음영을 교대하며 걸어갔다. 쾨슬러가 앞장을 섰다. 주머니에 손을 집어넣었는데 언제나처럼 구부정한 자세였고 입에는 담배를 문 채였다.

"힘드셨죠? 있을 수 없는 일이에요. 프랑스는 수년간 나치의 수용소를 유럽 문명의 어두운 그림자라며 비난해왔죠. 그러던 놈들이 생각해낸 첫 번째 행동 지침이 그 흉내라니요!"

쾨슬러의 말에는 분노가 배어 있었다. 그가 고개를 절레절레 저었고 새가 날개를 퍼덕이듯이 팔꿈치를 움직였다. 주머니에서 손이 빠져 추위에 노출되는 것을 막고자함이었다.

"그래도 놈들이 거기에 파시스트를 투입하지는 않은 듯해요. 결코 아니죠." 쾨슬러가 잠깐 뜸을 들였다. "에스파냐 내전의 용사들이 있더군요. 독일 및 이탈리아 난민들과요. 거기에 그 어떤 것과도 아무 관련이 없는 나와 같은 중립국 헝가리 출신자들도요. 프랑스 민주주의에 대해서는 더 할 말이 없네요."

벤야민은 그저 고개를 끄덕이지 않을 수 없었다. 잠시 더 걷고서 그가 베르뉘슈 얘기를 꺼냈다. 하지만 시시콜콜 늘어놓지는 않았다. 그 3개월간의 경험을 더는 떠올리고 싶지 않았던 것이다. 잘과 그곳을 벗어나지 못한 다른 모든 이의 고초를 입에 올리는 것은 그 자체로 괴로운 일이었다. 하지만 쾨슬러는 여전히 배출이 필요했다. 자신이 벗어난 공포와 참상을 늘어놓고 싶었던 것이다. 그는 걸으면서 말을 거듭했다. 줄담배를 피웠고, 벤야민은 거의 보지 않았다. 주변 가로와 지나가는 차도. 그의 머릿속에서 어수선한 영상들이 질주했다. 쾨슬러도 역시 경기장에 유치되었다. 그가 붙들려 간 곳은 테니스 경기장인 롤랑 가로였다. 롤랑 가로 경기장에서 분류된 그는 아리에주 인근의 베르네로 이송되었다. 국경인 피레네 산맥에서 약 4킬로미터 떨어진 곳이다. 생각해보면 그곳은 징벌 캠프였다. 가시 철망이 사방에 둘러쳐졌고 참호가 있었다. 돌이 많은 토양은 비가 오면 진흙으로 화했다. 날이 추워지면서는 얼음처럼 단단한 돌덩어리로 변했고 말이다. 그곳의 막사는 한 해 전 에스파냐 난민들이 형편없는 나무 판자로 얼기설기 가설한 것이었다. 막사 하나당 200명이 들어갔고, 폭 2.5미터의 나무 침상 위에서 무려 다섯 명이 자야만 했다. 12월에는 기온이 영하 20도까지 떨어졌지만 난방 기구는 고사하고 담요도 전혀 없었다. 밥을 먹을 식당이 없었고, 탁자와 의자, 수저와 포크는 말할 것도 없었다. 씻을 수 있는 비누도 없었다. 노역은 허리가 부러질 만큼 고됐다. 음식은 구역질이 났다. 경비병들은 구타를 했고, 채찍을 쓰는가 하면 구덩이에 집어넣는 형벌까지 가했다. 최소 8일 동안 그랬는데, 먹을 것과 마실 것을 전혀 주지 않다가 얼마 후 빵과 물을 주는 식으로 응징했던 것이다.

"아직도 거기 2,000명이 남아 있다는 걸 생각하면 가슴이 미어집니다." 그의 말투가 슬펐다. "선량한 사람들이에요. 레오란 이름의 이탈리아인을 만났는데, 파시스트 감옥에서 이미 9년을 살았더군요. 어떤 헝가리 시인은 세게디노에서 3년간 중노동형을 했고요. 에스파냐 군인도 두 명 있었습니다. 아이러니하게도 그들한테는 이게 보상이었죠. 내내 프랑코와 싸웠으니까요. 저만 빠져나온 거예요. 영국 친구들이 백방으로 노력해준 덕이죠. 남은 사람들한테 도대체가 무슨 희망이 있을까요?"

두 사람이 쉬셰 부인의 가게 맞은편에 도착했다. 하지만 어느 누구도 길을 건널 생각을 하지 않았다. 가만히 땅을 내려다본 것이다. 두 사람은 옷깃 속으로 목을 숙인 채 생각에 잠겨 있었다. 잠시 후 벤야민이 쾨슬러의 팔을 붙들고 조용히 길을 건넜다. 군인을 가득 실은 트럭 호송대가 지나갔다. 차도를 건너자 물웅덩이가 나왔다. 쉬셰 부인이 혼자서 진열된 치즈 사이에 자리를 잡고 앉아 있었다.

"부르고뉴 치즈 주세요." 쾨슬러가 입을 열었다. "카망베르도 좋은 걸로 주시고요. 숙성 상태를 확인해주세요. 냄새가 나도 좋지만 너무 나면 안 돼요."

"작가님, 350그램밖에는 드릴 수가 없군요. 또 공식 가격의 열 배를 청구하기도 해야겠구요. 달리 도리가 없지요. 당신이 나를 신고하면 감옥에 가야 하겠지만, 정부 고시를 따르면 당장에라도 문을 닫아야 하지요. 망할 전쟁을 탓하세요."

"좋습니다. 350그램 주세요. 남편분은 전선에서 무슨 얘기를 전해오나요?"

"더러운 얘기를 해서 좀 그렇지만 치질에 걸렸대요. 먹으라고 주는 음식이 구역질이 날 정도라네요. 저한테 약을 사서 보내라고 했답니다. 군대에서 약도 안 주나 봐요. 그런데도 신문에 나는 보도는 전선의 병영 생활이 훌륭하다는 거죠. 프랑스는 제 앞가림부터 해야 돼요. 도대체 우리가 폴란드한테 뭘 해줘야 합니까?"

쾨슬러가 대꾸하려 했지만 벤야민이 그의 옷소매를 잡아당겼다.

"그냥 둬요. 돈을 지불하고 갑시다." 벤야민이 작은 소리로 속삭였다. 그가 독일어로 말했다는 사실이 중요했다. 벤야민은 가게 아줌마를 똑바로 쳐다보았다. 입가에 엷은 미소를 실어서 말이다.

"프랑스 놈들 머리에는 똥만 들어 있어요." 쾨슬러가 말했다. "아세요? 최종 형태의 고문이 뭔지, 저에게 일어난 최악의 악몽을요. 저는 석방되자마자 경찰서를 찾아가 서류를 갱신해야만 했습니다. 저들이 나를 이곳저곳으로 보내더군요. 관공서 대여섯 군데를 찾아다녔죠. 그렇게 찾아간 공무원 서기가 내 서류에 도장을 찍어줘야 하는데, 내가 헝가리인이고 베르네에서 막 돌아왔다는 걸 확인하더니 이렇게 말하는 것 아니겠어요. '이 서류에는 도장을 찍어드릴 수 없습니다.' '그게 무슨 소립니까?' 제가 항변했지요. 관련해서 할 수 있는 일이 아무것도 없다는 말이잖아요. 내가 유명한 저널리스트고 중립국 시민임을 안다면…… 아서라, 아니에요. 나한테는 엘루안느망éloignement이죠. 그게 무언지 아세요? 추방입니다. 하지만 전쟁 중이고 내쫓는 게 어려워지자 이렇게 유예 및 보류 체제를 만든 거죠. 그들이 비자 갱신을 거부하면서 단기 연장만을 내

주는 거예요. 유예죠. 처음에는 스물네 시간을 주더니 지금은 닷새예요. 이 고문이 얼마나 오래 지속될지 모릅니다. 매번 경찰서에 가서 몇 시간씩 줄을 서야 해요. 개 같은 놈들."

"그래도 지금 자유로운 몸이라는 게 중요합니다." 벤야민이 쾨슬러를 위로했다. "그런데 좀 천천히 걸으면 안 될까요? 숨막혀 죽겠어요."

"우리가 장례 행렬을 따라 걷고 있는 것 같다는 생각이 듭니다."

이제 가로가 훨씬 조용했다. 저녁이 됐고 사람들이 어둠에 겁을 집어먹은 것 같았다. 두 사람이 다시금 모퉁이를 돌아서 동발 가로 접어들었을 때쯤에는 집들의 덧문이 이미 단단히 쳐진 상태였다. 두 사람은 나란히 걸었다, 어두운 하늘 아래서 길을 잃은 것처럼. 그들은 마치 친구 같았다. 불가해한 패배를 똑같이 경험한.

발소리가 안마당에 울려퍼졌다. 숨을 헐떡이며 계단을 오른다. 색인 카드가 가득한 방들이 있는 복도를 휘이휘이 지난 그가 이윽고 열람실 출입문 앞에 멈춰 섰다. 벤야민은 자신의 발소리를 매 걸음 들었다. 침묵을 깨고 떠오르는 그 소리를 외면할 도리가 없었다. 바야흐로 그가 4개월 만에 처음으로 도서관에 발을 들이는 것이었다. 그는 이 일을 귀향으로 상상했지만 열람실 좌석 사이를 걸으면서 자신이 그곳에 어울리지 않는 낯선 사람으로 느껴졌다. 궁륭 천장은 여전했건만. 책을 읽는 사람도 거의 없었다. 도서관 직원도 모두 각자의 사무실에 틀어박혀서 얼음장 같은 침묵만 감돌았다. 책상에 자리를 잡은 벤야민은 풀이 죽었다. 새로 발급받은 도서관 출입증만 하릴없이 손에 들려 있었다. 신청한 책을 가져오길 기다리는데 거기 담긴 애꿎은 문구에만 자꾸 눈이 갔다. "3454번. 벤야민, 발터. 직함: 철학 박사, 문예비평가. 주소: 동발 가 8번지." 그들은 주소까지 잘못 적어놓고 있었다.

바로 그때 작은 소음이 들렸고 벤야민은 고개를 돌렸다. 직원들이 방 저쪽의 서가에서 줄을 맞춰 다가오는 게 아닌가! 조르주 바타유가 걸어오면서 미소를 지었다.

"환영합니다." 그가 말했다. "잘 오셨어요."

복사실의 루벳이 아버지의 보관실에서 가져온 와인 두 병을 개봉했다. 대출부의 그르넬 부인은 구워온 단 과자를 꺼냈다.

"다시 우리와 함께이니 이제 안전합니다." 바타유의 이 말은 무척이나 위무가 되었고, 눈물이 날 지경이었다. 벤야민은 패스트리를 먹고, 악수를 하고, 모두에게 고맙다는 말을 하면서도 반쯤 넋이 나간 상태였다. 놀랍게도 마음속 깊은 곳에서는 정말이지 오래된 권태가 느껴졌다. 그 인종忍從과 체념의 느낌이라니, 다만 세상을 바라보면서 수줍게 미소 짓는! 조금 후 바타유가 벤야민의 팔을 잡아끌고서 그의 책상으로 안내했다.

"작업이 잘되기를 바랍니다." 그가 벤야민을 포옹했다.

이제 그 책상이 벤야민의 마지노선으로 떠올랐다. 그 열람실은 도열한 부대원이 상주하는 전장이었다. 벤야민이 세상의 공격을 바로 여기서 막아냈다. "아직 시간 여유가 있을 때 떠나세요." 친구들은 말했다. 숄렘이 예루살렘에서 편지를 썼다. 아도르노, 호르크하이머, 브레히트까지 그에게 떠나라고 권했다. "포르투갈이든, 쿠바든, 미국이든 가세요. 당장에 마르세유로 가서 출항하는 첫 배를 잡아타세요."

"비자와 경비는 어쩌구요?" 벤야민의 대답이었다. 그는 머물렀다. 벤야민은 낮곁에 작업을 시작했다. 아르 누보 스타일의 탁상등을 켜고서 그는 이내 정신없이 빠져들었다. 작업등 불빛이 책을 읽는 그의 얼굴을 호박색으로 비췄다. 벤야민은 여러 날 동안 마음을 정하지 못했다. 보들레르를 계속 작업할지 아니면 연구소가 새로 의뢰한 루소와 지드 에세이를 시작할지를 말이다. 그가 그레텔 아도르노에게 쓴 편지를 보자. "그 시리즈를 일단 시작하면 보들레르를 중단해야만 할 듯해서 주저가 됩니다. 이 시리즈는 엄청난 작업이 될 테고 거듭해서 시작했다가 중단해야만 한다면 일이 까다로워지겠죠. 그래도 저는 위험을 감수해야만 할 것 같습니다. 제 방의 방독면 때문에 계속 이 일을 생각합니다. 학승이 자기 방에 두는 해골바가지 있지요? 방에 있는 마스크가 제게는 그 해골바가지를 복제한 물건 같단 말이지요. 불안감을 자극하는 해골 말입니다."

그가 에스파냐 철학자 발타사르 그라시안의 좌우명을 이처럼 실행에 옮기려고 한 적이 전에는 없었다. "만사에서 시간을 자기편으로 만들어 여유를 갖도록 하라." 벤야민이 이 문구를 공책에 베껴 적은 것은 20년도 더 전이었다. 하지만 시간이 거칠게 그를 육박해 들어왔고 그의 사유는 낭비되었다. 벤야민은 숄렘에게 이렇게 썼다. "아닐 수도 있지만 내가 출판하게 될 모든 내용은 어둠의 힘으로부터 탈취해낸 승리야. 우리에게 약속된 미래가 매우 불확실하기 때문이지." 그렇게 벤야민은 노력과 활동을 배가했다. 그의 시간이 무한히 펼쳐진 것 같았다. 침대에서 독서하는 오전 시간과 도서관에서 지내는 긴 오후. 그는 그럴 수 있었고 그래야만 했다. 시간이 다른 원환에 사로잡혀 있으며 흔히 보는 것처럼 꾸준하고 텅 빈 것만은 아님을 알았기 때문이다. 벤야민은 시간이 끝없이 앞으로 나아가는 것만은 아님을 잘 알았다. 하지만 그는 그런 가장과 체하기를 잘하지 못했다. 벤야민은 지드나 보들레르에 관해 쓰지 않았고, 시간을 사유했다. 그는 결국 역사에 관해 쓴다.

벤야민이 그레텔 아도르노에게 어떻게 썼는지 보자. "전쟁이 일어났습니다. 그리고 온갖 일이 뒤따랐죠. 저는 이런 사태 전개로부터 최소 20년 동안 속으로만 간직해온 몇 가지 생각을 적어둬야겠다고 마음먹었습니다. 혼자만 품고 있던 그 사상을 이제 말해도 될 것 같습니다." 그가 사는 세상이 사형집행 영장을 발부받은 듯했고, 이런 발안이 떠올라 구체화됐다. 벤야민은 열에 들떠 집필했다. 사실 그에게 자주 일어나는 일이었다. 처음에는 사소한 것, 이미지, 부스러기가 나왔다. 그런데 이것들이 밀도 있는 구절과 폭로, 계시, 단어들의 완벽한 사슬로 변형된다. 그가 공책의 뒤에다가 열여덟 테제를 적었다. 공책의 여백에는 작아서 알아보기 힘든 글이 채워졌다. 이 테제를 읽다보면 그 각각을 깊이 재고하고 다듬어야 할 것 같은 마음이 들어서 어쩔 줄 모르게 된다. 그것도 긴급하게. 벤야민의 글은 마르크스주의와 메시아주의를 통합하고 있는 듯하다. 우둔하게 진보를 믿는 행태, 역사를 의식하지 못하는 작태를 공박하는 이 최후의 기소장을 보자면 소름이 끼칠 정도이다. 이 문서는 신이 나 있으면서 동시에 얄궂다. 벤야민은 신학, 철학, 문학의 경계를 넘나든다. 당대는 암울한 시대이고 이 모든 분야가 구조 활동에 나서야 한다고 요구하는 듯하다.

그는 2월과 3월에 도서관에서 살다시피 했다. 역사란 테마를 골똘히 궁리하면서 말이다. 그러고는 저녁이 되면 여동생에게 메모한 내용을 받아적도록 시켰다. 도라가 가끔 타자기에서 눈을 떼고, 창문 너머 닫힌 덧문들을 바라보았다. 배가 고프고, 또 지쳤는지 그녀가 한숨을 내쉬었다. 그러고는 오빠를 올려다보았다.

"그만해요, 오빠. 눈 아파 죽겠어요."

"조금만 더. 부탁해." 벤야민은 이렇게 간청하고는 써온 내용을 읽어줬다.

벤야민이 어느 날 저녁 동생에게 이렇게 말했다. "클레가 그린 〈앙겔루스 노부스〉란 그림이 있어." 도라가 타이핑한 이 문장은 벤야민의 가장 유명한 구절 가운데 하나다. "천사가 나오는데, 골똘히 생각하는 무언가에게서 벗어나려고 하는 것처럼 보인다. 천사의 눈은 응시하는 시선이며, 벌린 입에, 날개를 펴고 있다. 바로 이것이 역사의 천사다. 그의 얼굴은 과거를 돌아보고 있다. 우리는 일련의 사건을 보지만, 그는 하나의 재앙을 본다. 그 단 하나의 파국 속에서 잔해가 쌓이고 있다. 천사의 발 앞으로 돌무더기를 거칠게 게워내고 있는 것이다."

"살인 얘기예요?"

"아니, 잔해. 도라, 잔해라구. 그 단 하나의 파국 속에서 잔해가 쌓이고 있다. 천사의 발 앞으로 돌무더기를 거칠게 게워내고 있는 것이다. 천사는 머물고 싶다, 죽은 사람을 살리고 싶다, 박살난 것을 온전한 형태로 되돌리고 싶다. 하지만 낙원에서 폭풍이 불어오고 있다. 바람이 사납게 천사를 때리고, 해서 천사는 날개를 접을 수 없다. 천사는 폭풍에 저항할 수 없고, 미래로 내몰린다. 잡석더미가 천사 앞에서 하늘높이 치솟는다. 우리는 이 폭풍을 진보라고 부른다."

"잘 이해가 안 돼요, 오빠."

"나중에 설명해줄게, 도라. 그만하고 뭐 좀 먹자."

"빵하고 샐러드가 있는데 드레싱이 없어요. 지난 이틀 동안 식용유가 떨어졌는데 도무지 구할 수가 없네요."

도라가 부엌으로 갔다. 발터는 안락의자에 몸을 파묻고 눈을 감았다. 심사숙고할 시간이 필요했다. 미래. 희망? 바깥에서는 비가 조용히 내리고 있었다. 가로는 어두웠다.

"다 됐어요. 오세요."

"이리 와줘, 도라. 잊기 전에 좀 더 쓰자."

"그걸 못 기다려요? 배고프다구요."

"일 분만. 타이핑해주렴. 유대인은 미래를 살피는 것을 금지당했다. 토라와 기도 의식은 기억을 설교한다. 이 때문에 유대인은 미래에 마음을 두지 못한다. 혼령이나 점쟁이가 되지 못하는 것이다. 하지만 그렇다고 해서 미래가 균등하게 공허해지는 것은 아니다. 매 순간이 작은 문이고, 메시아가 그 문으로 들어올 수도 있기 때문이다. 이제 끝이다."

도라는 몇 년 후 숄렘에게 이렇게 말한다. "타이핑하라고 들려주던 발터 오빠의 목소리가 아직도 귀에 생생해요." 발터의 침착하고 음악 같은 목소리가 전혀 지치지 않고 차례로 논증을 제시했다. 발을 단단히 딛고 선 확실한 명제. 그것은 예언자의 주장이었다. 침착한 가운데서 분출되는 확고함은 결코 흔들릴 수 없었다. 그것은 패배를 목도하지만 자신의 예언이 진실임을 아는 사람의 목소리였다. 과연 누가 재앙을 딛고서 이 세계의 질서를 다시 구축할 것인가? '세상을 바로잡는다'는 이야기가 성경에는 이렇게 적혀 있다. 티쿤 올람Tikkun olam.

이 테제는 발표용이 아니었다. 적어도 벤야민이 주장한 바에 의

하면 그렇다. 하지만 그의 속마음은, 모든 친우가 이 테제를 읽고 토론해주었으면 하고 바랐다. 들판에서 직접 싸우는 사람보다 언덕 꼭대기에 선 사람이 전장을 더 잘 파악할 수 있고, 그런 명료함 속에서 쓰인 테제라는 자부심이 넘쳤던 것이다. 벤야민은 5월 초에 미국에 머물던 친구 슈테판 라크너에게 〈역사철학 테제〉를 소개했다. "나는 역사를 궁리해보았고, 관련해서 짤막한 에세이를 하나 썼다네. 꼭 전쟁 때문은 아니야. 차라리 내가 속한 세대의 종합적 경험이 원인 작용을 했다고 봐야겠지. 어쩌면 우리야말로 역사로 인해 가장 심각하게 불구가 된 존재 아니던가! 어쩌면 자넨 물을지도 몰라. 니체의 개념 두 개가 기묘하게 종합돼서 역사가 단조하는 것은 아니냐고. 선한 유럽인과 최후의 인간 말일세. 거기서 최후의 유럽인이 나오는 거지. 우리 모두가 싸우고 있네. 최후의 유럽인이 되지 않으려고 말이야."

마리아노가 무슨 말을 했는지 아나? 우리가 4중대를 3대 0으로
박살내고 샤워를 하는 중이었어. 나도 한 골을 넣었지, 그것도 헤
딩으로 말일세. 후반전에 알폰소가 오른쪽에서 완벽한 패스를 해
줬네.

"오래가지 않을 거야." 그가 몸을 닦으면서 말했지. "이 속편한
감정도 곧 끝난다구."

마리아노는 항상 모르는 게 없었지. 실제로도 날씨가 좋아지자
맞은편에서 독일 군대가 기동하는 정황이 들리더군. 4월 초순경부
터 놈들이 우리를 두드렸지. 매일 융커스가 상공을 날았다네. 에스
파냐에 있을 때 우리는 그 비행기를 라모네스los Ramones라고 불렀
어. 엔진 소리를 알고 있었기 때문에 프랑스 사람들보다 먼저 들었
던 게지. 그런데 그게 기분 잡치는 소리거든. 무섭지는 않았어. 다
만 놈들이 폭탄을 퍼부으면 퍼부을수록 바르셀로나와 메르세데스

생각이 났지. 고문이 따로 없었네. 칼로 찌르는 듯한 고통, 오래된 상처가 별안간 들고일어나 후벼파는 듯한 느낌. 참호에 틀어박힌 채 포격을 받으면서도 살아남으려면 그런 생각은 하지 말아야 한다는 것을 알았지. 메르세데스를 아예 만난 적이 없는 것처럼 잊으려고 노력했어. 하지만 잘 안 되더군. 밤마다 기억이 되살아나 이를 악물고 자야만 했지. 낮에는 메르세데스 사진 한 장 없는 걸 한탄했고 말야. 몸의 유연한 곡선, 초록색 눈동자를 잊어버리면 어쩌나 하고 겁을 먹었지. 메르세데스에 관한 모든 걸 잊어버리면? 그냥 먼지뿐으로 다른 아무것도 생각이 안 나면? 어느 날 저녁 알폰소한테 메르세데스 얘기를 했다네. 안마당을 걸었는데 밖이 어두웠지. 통행금지까지는 시간이 별로 없었고, 밖에 나온 사람은 우리 둘뿐이었어.

"메르세데스가 어떻게 지내는지 정말 궁금해." 내 귀에만 허용된 것처럼 작은 소리로 이렇게 말했어.

그런데 알폰소가 들었지. 꽁초가 어디서 났는지 그가 손으로 가리고 불을 붙이더니 고개를 들고 하늘에 걸려 있는 별을 보았어. 하늘은 칠흑같았지만 그래서인지 정말로 총총하고 가득했다네.

"아나 마리아 얘기는 좀 알아?"

알폰소 역시도 누군가를 뒤에 남겨두고 떠나왔다는 걸 깜빡했던 거지. 둘 다 걱정 보따리를 잔뜩 짊어진 슬픈 남자들이었어.

"아니. 하나도." 내가 대꾸했지.

그러자 알폰소가 지갑에서 사진을 한 장 꺼내더니 성냥불을 그어 보여주더군. 바르셀로나 항구의 어떤 카페에서 둘이 함께 서 있는 사진이었어. 뒤로, 벽에 가리긴 했는데, 메르세데스가 웃고 있었지. 나를 보면서 웃는 게 틀림없었어. 그 웃음이 시간과 공간을 날아갔다네. 그동안의 괴로운 세월을 정복해버린 거야. 피레네와 보스케산맥도 능히 넘을 수 있었지. 나는 프랑스 동부 전선의 전투 참호에 처박혀 있었지만 동시에 거기 있지 않았다네. 그런데 갑자기 무슨 생각이 들었는지 알폰소한테 훈계를 늘어놨지.

"아나 마리아는 잊는 게 좋아." 꽤 진지한 어조였지. "존재한다는 사실 자체를 잊어야 해. 쓸데없는 기억을 떨쳐버리지 못하면 전투원으로서 산송장이나 다름없어." 왜 그렇게 말했는지 도무지 모르겠네. 그냥 닥치고 있거나 속으로만 생각했더라면 더 좋았을 거야. 알폰소가 나를 보는데 기함한 표정이더군. 박장대소하며 크게 웃는 건 좀 심한 거라고 생각했음에 틀림없어. 그냥 쓸쓸한 미소를 지었지.

"좀 적어둬야 할까?" 뜸을 들였다가는 이런 말도 보탰지. "내 고향 이탈리아에는 이런 속담이 있거든. '자기 그림은 모르는 사람한테 그리도록 시켜라.'"

난 아무 말도 하지 않았다네. 그냥 곧이어 다가오는 전쟁을 투덜거렸지. 완전히 다른 생각거리가 필요했다고나 할까. 이틀 후 마지노선 작업에 죄다 투입되었다네. 사르그민이라고 하는 곳인데 독일 참호가 불과 몇 미터 밖에 있었지. 그즈음에는 탄환이 정말로 귓전을 스쳤어. 쌩 하고 날아가는 거 말야. 매일매일 상황이 악화됐지. 그런 식으로 우리는 다시 한번 총알밥 신세가 되었다네. 포르바흐를 거쳐서 프랑스와 룩셈부르크와 벨기에 국경 지대의 롱 위에서 말야. 200킬로미터 이상을 도보로 이동했지. 주간에 행군을 해서 야음이 떨어질 때까지 멈춰서 작업을 한 거야. 우리 생각에는 그래도 이제 6개월 만에 처음으로 민간인을 구경할 수 있을 거라며 기분이 들떴지. 마지노선 주변의 모든 농촌 촌락이 여러 달 전에 소개되었고, 해서 우리는 그때까지 완전히 격리된 상태나 마찬가지였거든. 그런데 사르 유니옹에 도착해봤더니 사람들이 우리를 보자마자 피하더군. 우리한테 뭐라도 팔아야 할 것 같은 가게 주인들조차 숨거나 적대감을 표현했지. 거기까지 에스파냐 빨갱이들에 관한 악명이 자자하게 퍼져 있었던 거야. 우리한테 말을 거는 사람이 한 명도 없었어. 하물며 우리가 여자들한테 무얼 기대할 수 있었겠나. 그들은 몸을 돌려 내빼거나 덧문 사이로 우리를 훔쳐봤지, 우리가 이상한 동물이라도 되는 양. 그쯤에는 어찌나 굴욕을 밥 먹듯이 당했는지 웃으면서 흘려보낼 수 있을 정도였어. 애들처럼 농담을 했으니까. 세풀베다가 우리 중에서 가장 신났다네. 활짝 웃으면서 우리한테 장난을 쳐댔지. 요컨대 꿍꿍이가 있었던 거야. 그가 무리에서 이탈해 골목으로 향하면, 나는 알고 있었어. 멀리서 교회 첨탑을 봤던 거지. 몇 분 후에 돌아오면서는 승리의 주먹을 허공에 내질렀고, 만면에 웃음을 가득 띠고 있었다네.

"임무 완수. 바쿠닌 만세." 그가 이렇게 말했지.

하지만 우리의 여정은 전혀 평화롭지 않았어. 불과 며칠 사이에 구역 전체를 여러 번 이동해야만 했다네. 자르루이에서는 요새 두 곳을 잇는 도로 평탄 작업을 했고, 티옹빌에 가서는 기차 화물을 하역하고, 참호를 파고, 캠프를 수몰하기 위해 댐을 만들고, 다리를 폭파했다네. 그리고 어느 화창한 날, 히틀러가 마침내 침공의 날이 왔다고 결정을 내렸지.

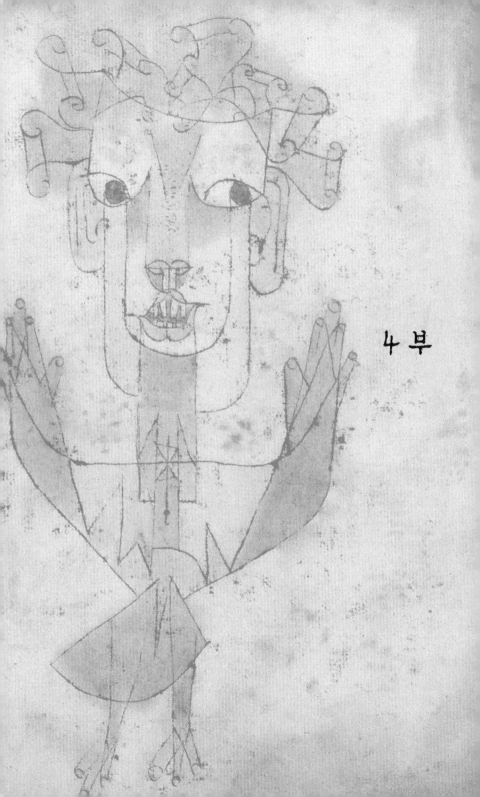

4부

5월 10일 금요일, 침략이 단행됐다. 구데리안의 장갑차가 마지 노선을 따라 진격했다. 아르덴 삼림 지대의 산과 계곡은 머리카락이 쭈뼛 섰다. 스당이 14일 소개疏開되었다. 급강하 폭격기 슈투카들이 로테르담에 폭탄을 퍼부었다. 15일 네덜란드 여왕과 정부가 런던으로 달아났다. 독일 군대가 스당에서 뫼즈강을 건넜다. 이렇게 신속하게 펼쳐진 전쟁도 없었다. 기습에 놀란 프랑스군은 줄행랑을 쳤다. 하지만 적의 진격 속도가 훨씬 빨랐다. 그들은 목표를 새로 정하는 데 걸릴 시간보다 더 빠르게 새로운 공격을 단행했다. 마르크 블로흐는 당시에 이렇게 썼다. "완전히 다른 두 문명에서 배태된 적이 이 전장에서 조우했다." 그는 시대를 말한 것이었다. 식민지 시절에는 창이 총과 대결했다면, 이번에는 프랑스 군대가 후진적 야만인에 해당했다.

파리 사람들이 아는 것이라고는 만사가 무탈하니 잘 돌아가고 있다는 것뿐이었다. 적어도 화요일까지는. 신문과 라디오가 독일이 마스트리히트 주변에서는 몇 차례 승리를 거두었지만 연합군이 아르덴을 돌파했다고 보도했다. 그날 프랑스는 스당에서 잔인한 싸대기를 맞았다. 하지만 프랑스 사람들은 정신을 차릴 생각이 여전히 없었다. 오히려 혼란스럽고 끔찍한 악몽으로 빠져든 것이다. 벤야민이 그 혼란 한가운데에 있었다. 그는 '심오한 평정 상태'에서 생활했고, 비유하면 그 마른 개울에서 생각을 길어올리는 중이었다. 그는 매일의 의식을 세심하고 꼼꼼하게 되풀이했다. 재앙이 한창인 가운데 모종의 질서에 매달리고 있었던 것이다. 외출을 시도해 문밖을 걸어나갈 때면 항상 오른발을 먼저 내딛었다. 늘 같은 경로를 따랐고 똑같은 포도를 걸었다. 그가 책상 위에 두는 펜은 촉이 항상 정확히 오른쪽을 향했다. 눈을 붙이기 전에도 막 덮은 책 위에 깜빡하고서 안경을 방치하는 법이 없었다. 반드시 침실용 탁자에 가지런히 놓아둔 것이다. 아무튼 벤야민은 알고 있었다. 독일군 전차가 이 의식 절차조차 방해할 것임을 말이다. 아드리엔 모니에의 집을 찾았는데, 폴 르노 수상의 구슬픈 목소리가 들려왔고 이때 확신이 섰다. "묵과할 수 없는 중대한 과실이 일어났고, 그 때문에 뫼즈강 위의 교량이 파괴되지 않았습니다. 독일 포병대가 그길로 우리 전선을 뚫고 말았습니다."

벤야민이 조르주 바타유의 집을 찾아간 날에는 가믈랭 장군의 다음과 같은 명령, 곧 "후퇴 불가. 죽음으로써 전선을 사수한다"는 명령이 발동되었다는 소식이 전파되었다. 물론 같은 날 프랑스 육군은 엔강을 따라 철수 중이었다. 파리가 위험에 처했지만 그 사실을 인정하는 사람은 아무도 없었다. 어쩌면 희망을 유지하기 위해서? 벤야민은 사태를 모르지 않았고, 숨지도 않았다. 그에게는 시간이 더 필요했거나 그게 아니라면 그 망할 놈의 비자가 필요했다. 그가 불과 며칠 전에 아도르노에게 써 보낸 편지를 보면 미국 영사관에서 맞닥뜨린 온갖 난관이 죄 설명돼 있다. 그의 발 아래서 땅이 부글거리고 있었고, 그는 뉴욕에서 무엇이라도 소식이 날아오기를 기다렸다. 도서관으로 가는 길에 되 마고 카페에 앉아 쉬거나 센강을 산책할 때면 피난민들이 탑승한 진흙투성이 차량이 북쪽에서 몰려들고 있음을 뻔히 알 수 있었다. 지붕에는 매트리스가 묶여 있었고 차량 후부에는 자전거도 결속돼 있었다. 파리를 관류 이동하는 그들의 모습은 불길을 피해 달아나는 짐승 같았다. 벤야민의 귀에 도시 괴담이 들려왔다. 가믈랭이 자살했다, 낙하산 부대가 마들렌 광장에 이미 안착했다, 벨빌에서는 독일 놈들이 건네준 독이 든 초콜릿을 먹고서 어린이 세 명이 사망했다, 낙하산 부대가 야음을 틈타 횃불을 들고 강하해 아라스를 장악했다 등등. 벤야민은 집주인 아줌마의 《파리 수아르》에서 가믈랭이 육군 총사령관직에서 해임되었다는 소식을 읽었다. 불안감이 밀려왔고, 피로했다. 일흔 살의 장군 막심 베강이 새로 임명되었다. 여든넷이 넘은 페탱이 신임 국방 장관으로 에스파냐에서 호출되었다. 거리에는 다음과 같은 포스터가 또 나붙었다. "재외국인에게 두 번째로 알림." 이번에는 도저히 옴짝달싹할 수 없는 궁극의 그물이었다. 모두 수용소로 보낼 거라는 고지 명령이었던 것이다. 75세 이하의 남자, 여자, 병약자, 환자까지. 후자의 경우 침대를 벗어날 경우 수용소 철조망 안에서 불과 며칠이면 사망할 터였다.

벤야민은 오후에 도서관으로 향하는 길에서 그 포스터를 보았고, 당장에 경로를 바꾸었다. 루브르를 지나쳐 다시 센강과 생제르맹을 건너 로데옹 가로 찾아갔다. 파리에 몇 안 남은 친구 중 하나가 필요했다. 최대한 빨리 걸었다. 어깨를 잔뜩 움츠리고 고개를 숙인 채 비틀거리며 나아갔다. 불의에 대항해 스스로를 지키고 싶지만, 무능력하고 당황한 채 몸을 웅크린 사람이 있다고 해보자. 벤야민이 영락없이 그런 사람이었다. 그가 책방의 문을 와락 열고 들어섰다. 심장이 산산조각 날 지경이었고 호흡이 거칠어 이빨까지 떨려왔다.

"또는 아니겠죠, 아드리엔?" 벤야민이 헐떡이며 말했다. "또 잡혀가면 정말 끝이에요."

두 사람은 의회의 오프노와 펜 클럽의 앙리 망브레에게 전화를 걸었다. 그들은 외교관으로 활약 중이던 생 존 페르스[42]에게 공동 명의 서한을 보냈다. 벤야민이 여러 해 전에 그를 만난 적이 있었던 것이다. 생 존 페르스의 시 〈아나바즈〉를 그가 번역했다. 과연 페르스가 도움이 되어줄까?

"그만 돌아가요." 아드리엔이 벤야민을 입구로 배웅하며 말했다. "다 잘될 거예요. 잠깐만요. 택시 값을 드릴게요."

밖은 봄이었다. 해가 지려는지 건물들 앞으로 슬픈 오렌지색 입자들이 보였다. 그래서인지 사물의 윤곽이 도드라졌고, 목화송이처럼 하늘에 떠 있는 구름 몇 점의 가장자리가 벌겋게 달아올랐다. 날이 이내 어두워졌고, 벤야민은 아파트 계단을 힘겹게 기어오르

---

42 Saint-John Perse, 1887~1975. 프랑스의 시인, 외교관. 법학을 전공했으나 문인들과 교류하여 시작詩作에 뜻을 두었다. 1960년 노벨상을 수상했다.

는 중이었다. 그 계단통이 마치 사유의 공간인 듯했다. 그는 길 잃은 영혼처럼 번뇌 속에서 방 안을 왔다 갔다 했다. 난방 장치는 더 이상 가동되지 않았다. 뜨거운 물을 사용한 지가 언제였는지. 외국인들은 어딘가의 수용소에 죄 수용돼 있었다. 프랑스인 장정 대다수가 징집되었다. 이제 집세를 내는 사람은 아무도 없었다. 집주인들은 오래전에 이미 유지관리를 포기한 상황이었다. 그 건물에서는 벤야민이 실질적으로 유일했다. 쾨슬러마저 최후의 체포를 기적적으로 모면한 후 감쪽같이 사라졌던 것이다. 동발 가의 삶 자체가 소모성인 듯했다. 전쟁이라는 사후 경직이 그 전위를 후원하고 있는 듯했다. 사보타주원들이 먹잇감의 가장 내밀한 부분까지 침투해 있었다. 이제는 더 이상 싸울 수가 없었다. 실제로도 그런 방해 공작원 중의 한 명이 식료품 저장실에 침입해 식량을 망쳐놓은 듯했다. 벤야민이 선반을 물끄러미 바라보았다. 빵껍질에 곰팡이가 슬어 있었다. 그는 바깥 거리를 내다보지 않으려고 블라인드를 쳤다. 촛불을 켜고 침대에 드러누워 예수가 못박힌 십자가를 떠올렸다. 생 존 페르스, 망브레, 오프노가 과연 그를 구해줄 수 있을까? 이번에 구류되면 그의 심장이 버티지 못할 것이었다. 프랑스가 침략을 당한 작금의 상황에서라면 수용소행은 게슈타포의 손아귀로 직행하는 것이었다. 차라리 집에서 죽는 것이 더 나을 터였다. 바로 이 침대에서, 함포고복하다가. 그게 훨씬 나았다.

마음속이 뒤죽박죽이었고, 발터는 조르주 심농을 찾아보았다. 심농, 그가 언제나 열애한 작가 가운데 한 명. 하지만 빙판에서 미끄러지듯 두 눈이 자꾸 행간을 벗어났다. 한 시간 후 발터는 촛불을 불어 껐다. 처연한 침묵이 찾아왔다. 침묵은 마치 냄새처럼 어두운 거리에서 피어올랐다. 가구 아래 쌓인 먼지에서도 피어올랐고 등불로 증류돼 다른 침묵과 섞였으며, 눅눅하게 젖은 벽에서 뚝뚝 들어 발터를 감쌌다. 그가 담요 아래서 몸을 뒤척였고, 덧문의 틈 사이를 내다보았다. 어둠이 내뿜는 최초의 분비물, 다가오는 날의 순수한 첫 상태, 그 날것의 진실 한 줄기를 붙잡아야 했다. 발터는 씻는 일을 생략했다. 이미 자주 그러고 있었다. 그는 당장에 아드리엔의 책방으로 달려갔다. 지하철에서 부딪친 사람들만큼이나 그도 정신이 없었다. 파리 시민들의 두 눈에는 음울한 두려움이 배어 있었다.

생 존 페르스의 구제였든 오프노의 도움이었든 벤야민은 천만다행으로 캠프행을 면했다. 기껏해야 서너 명만 누린 특혜였다.

"감사해요, 아드리엔." 발터가 고개를 숙였다. 이게 그가 한 말의 전부였다. 하지만 생각해보라. 자신의 죽음이 연기되었다는 말을 막 전해 들었을 때 사람 머릿속에서 어떤 생각이 빗발칠지를 아는 사람이 누가 있겠는가?

아드리엔이 두 눈을 내리깔고 대꾸했다. "유감스럽게도 도라와 한나는 도울 수 없었어요. 두 사람은 벨로드롬 디베르로 가야 한대요. 가서 만나봅시다."

도라는 울면서 오빠와 함께 지하철로 걸어갔다. 정오가 갓 지난 시각이었고, 대로의 가로수가 미풍에 흔들렸다. 햇빛이 빨간 지붕에 반사되었는데 도무지 냉철함을 유지하기가 힘들었다. 그들 주위 온 데 사방으로 군인들이 행진해갔다.

"제발 그만 울거라. 우릴 잡아갈 거라구."

"그게 대수예요?" 도라가 대꾸했다. "내가 당한 일보다 더 나쁠라구요."

"조용히 해." 발터가 나직하게 으르렁거렸다. "수용소는 나도 가봤어. 지금은 이렇게 풀려나 있고. 네가 아프다고 말하면 곧 풀어줄 거야."

도라의 가방은 별로 무겁지 않았다. 그런데도 느닷없이 가슴이 죄어왔고 발터는 계단에서 걸음을 멈추지 않을 수 없었다. "조금 있다 따라갈 테니 먼저 가서 표를 사도록 해."

두 사람은 개찰구에 이르렀고, 발터는 더 이상은 거짓말하지 않기로 마음먹은 상태였다. 그가 동생에게 재빨리 키스했다. 이제 도라는 떠나야 했다. 발터는 여동생이 다른 승객들의 무리 속으로 사라지는 것을 가만히 지켜보았다. 통로의 불빛이 어두웠다. 벤야민의 세계를 구성하던 또 한 장의 벽돌이 바스러졌다. 마지막 가족이 가버린, 떠나버린, 사라진 것이다. 벤야민은 거리로 나왔고, 숨을 깊이 들이쉬었다. 주변으로 세찬 바람이 불었고, 그는 압도당했다. 발터는 절망감에 휩싸였다. 그 절망감은 죽기 위해 태어난 곳으로 회귀하는 장어처럼 과거의 먼 시간을 거슬러 온 듯했다. 발터는 보지라르 가를 따라 정처 없이 걸었다. 슬픔이 뚝뚝 들었고, 거리와 광장과 스쳐지나가는 사람과 군인은 눈에 들어오지도 않았다. 별안간 귀가한다는 생각이 끔찍하게 느껴졌다. 변함없이 불결하고 누추한 곳에 가기 위해 그 곡소리 날 계단을 기어오른다? 발터는 도서관에 가기로 결심했다. 그곳에는 《파사겐 베르크》용 메모가 가득한 책과 공책이 있었다. 마음이 좀 편안해졌다. 그는 널빤지를 붙잡고 있는 난파한 선원 신세였다. 비록 흠뻑 젖었지만 이 널빤지가 그를 구제해줄 터였다. 요컨대 벤야민은 연구 활동을 통해 구조를 요청할 수 있었다. 먼 미래까지 뻗어나갈 비명을 내지를 수 있었던 것이다.

아베빌, 불로뉴. 독일군이 영불 해협에 당도했고, 프랑스와 영국 연합군은 됭케르크에서 적과 싸웠다. 다시금 라디오에서 폴 르노의 목소리가 들려왔다. 만장처럼 휘날리던 내용을 보자. "프랑스를 구할 수 있는 유일한 방법이 기적이라면, 저는 그 기적을 믿습니다. 프랑스는 굴복하지 않습니다."

비가 왔다. 그 비를 맞으며 사람들이 역으로 몰려들었다. 길에서 사라진 버스와 택시는 빈 터에 주차돼 있었다. 파리 시민들은 낙하산 부대와 히틀러의 제5열에 강박적으로 사로잡혀 있었다. 프랑스인 남녀 수백만 명이 비를 맞으며 도보로, 자동차로, 비틀거리는 마차로 피난을 떠났다. 하늘에 떠 있는 폭격기 슈투카를 바라보면서 말이다. 피난민의 천막과 매트리스가 길을 차지했다. 도시와 연결되는 도로가 차단되었다. 군사 행동이 마비되었다. 프랑스는 죄진흙으로 덮여버렸다. 6월 3일에도 비가 계속해서 왔다. 바로 그날 동틀 무렵 독일 공군 루프트바페가 파리를 폭격했다. 벤야민은 자고 있다가 하늘에서 나는 윙윙거리는 단조로운 저음에 잠을 깼다. 여기저기서 대공포가 발사되는가 싶더니 쉬익, 쉿 하는 소리가 났고, 멀리 북쪽에서 폭발음이 들려왔다. 그가 창문으로 하늘을 내다보았다. 동포가 조종하는 비행기들이 야기한 혼란, 그 혼란의 배경으로 기이한 형상의 잿빛 구름이 보였다. 독일 폭격기가 급강하해 스칠 듯 날면서 공격을 감행했고, 그런 다음 비스듬히 선회했다. 거리 때문에 약해졌다고는 해도 떨어지는 폭탄의 소음은 견디기 힘들었다. 인간의 것이 아니었고, 그래서 무시무시했다. 폭탄이 야기한 죽음만큼이나 그렇게 야만적이었다.

벤야민은 방독면을 챙겨 건물 밖으로 나갈 경황이 없었다. 폭격이 오래 지속되지 않았기 때문이다. 고기 타는 냄새, 연기, 화약 냄새가 아파트의 열린 창문으로 퍼져 들어왔다. 구급차와 소방대원들의 사이렌 소리도 그칠 줄을 몰랐다. 벤야민은 침대 한가운데에 오랫동안 앉아 있었다. 헝클어진 머리를 하고서 미동도 않은 채 툭 튀어나온 눈으로 창문 밖을 내다보았다. 지붕 위로 연기 기둥이 여럿 솟아올랐고 하늘이 드디어 열리면서 파란 기운이 감돌았다. 그리고 태양 광선이 비쳤는데, 그는 좀 충격을 받고 놀랐다. 이런 상황에 햇빛이라니, 적절하지 않다는 생각이 들었던 것이다. 바로 그때 뒤부아 부인이 벤야민을 부르는 소리가 났다.

"괜찮은 거예요, 방야망 씨? 저예요. 별일 없는 거죠?"

"예." 벤야민이 대꾸했다. 하지만 대꾸하고 나서 그가 깨달은 것은 말하는 날숨이 입술을 빠져나가지 않았다는 사실이었다. 집주인 아주머니가 그의 대답을 듣지 못했을 가능성이 많았다. "예. 괜찮습니다." 그가 되풀이했다. 이번에는 고함에 가깝도록 힘을 쥐어 짜내면서 대꾸했다.

"숙녀가 한 분 와 계세요. 말하기로는 당신 동생이라고 하네요."

도라! 어떻게 이런 일이? 벤야민이 문을 열었고, 그녀가 서 있었다. 하지만 발터는 동생을 거의 못 알아볼 뻔했다. 그녀는 피골이 상접한 모습으로 몸집이 꼭 참새처럼 왜소했고 머리칼도 마치 얼굴을 에워싼 묵직한 덤불 같았다. 여동생은 뺨이 우묵하게 들어갔고, 사시나무 떨듯했다. 흐느껴 울기도 했는데, 단속적으로 갈라지는 숨소리 때문에 어린 소녀 시절이 연상됐다. 거기서 그렇게 그녀가 발터를 바라보고 있었다. 오빠가 무서운 존재라도 되는 양 뒤부아 부인 뒤에 서서 말이다. 동생은 오빠의 삶에 다시금 끼어든 것에 대해 미안한 마음으로 사과를 해야 마땅하다고 느끼는 듯했다.

"어서 와라. 울지 말고." 발터가 동생을 포옹하며 말했다.

"전 이제 떠납니다." 뒤부아 부인이 끼어들었다. "아줌마 댁이 있는 페리괴로 가요. 이런 말을 해서 미안하지만 독일 사람들은 믿을 수가 없어요. 당신도 마찬가지고요."

도라가 진정하는 데에는 시간이 걸렸다. 발터는 동생을 침대에 뉘었고, 마실 물을 갖다줬으며 꽤 오랜 시간 동안 걱정하며 머리도 쓰다듬어주었다. 도라가 천장의 한 지점을 내내 응시하다가 마침내 입을 열었다. 구르스에 갔다는 것이었다. 구르스는 피레네산맥 올로롱 인근 캠프였다. 벨로드롬 디베르에 모인 사람들은 거기서 일주일간 유치되었다가 기차에 구겨져 끝나지 않을 것 같은 여정에 나섰다고 했다. 그들은 지쳐갔고, 굶주렸으며, 단 한 방울의 물도 마시지 못했다. 마침내 구르스에 도착했을 때는 모두가 충격을 받았고 얼어붙었다. 구르스는 이미 유명한 곳이었다. 프랑스가 거기에 소위 달갑지 않은 위험인물들을 구류하고 있었던 것이다. 에스파냐 공화국 군대 장교들, 반정부 세력과 공산주의자, 정치 활동에 적극 나선 반나치 망명가들이 그러했다. 사람들은 그곳을 지옥이라고 했다. 도라가 이야기를 풀어놓을수록 발터는 쾨슬러 얘기를 다시 듣는 듯했다. 베르네의 막사, 추위와 벼룩, 처벌과 응징, 굶주림, 똑같이 비인도적인 처우. 다만 도라는 쾨슬러처럼 분해하지는 않았고, 떨면서 울었다. 손짓을 하고, 이름과 날짜를 헷갈리기도 하면서. 발터는 동생이 리자 피트코와 한나 아렌트를 멀리서 보았지만 그들과 이야기를 나누지는 못했음을 알았다. 도라는 결국 군의관의 진찰을 받았고, 그가 그녀를 집으로 돌려보내기로 결정했다. 틀림없이 유대인이었을 것이다.

"알겠지? 말했잖니, 아프다는 걸 알면 집으로 보내줄 거라고."

하지만 그 자신은 이 말을 믿지 않았다. 감옥 이야기를 많이 들었지만, 어느 누구도 이렇게 쉽게 빠져나오지는 못했던 것이다. 발터가 자리에서 일어나 빠른 속도로 방 안을 왔다 갔다 하기 시작했다. 뒷짐을 진 채로. 이윽고 그가 책상에 앉았다. 생기 없는 햇살이 구석에 정연하게 쌓인 책들을 비추었다.

"이제 여기 왔잖니." 발터가 말했다. "쉬도록 하렴."

"쉬어야죠, 그래요…… 집주인 아주머니의 말이 맞아요. 우리는 가야 해요. 파리를 탈출해야만 한다구요."

발터의 누이는 바보천치였다. 멍청하고 고집까지 센. 발터가 주먹으로 탁자를 짚으며 다시 일어섰다.

"모르겠어?" 그가 언성을 높였다. "난 연구를 끝내야 한다고. 나한테는 그게 이 세상에서 가장 중요한 일이란 말이다. 난 파리에 머무를 거고, 그게 다다."

도라는 몹시 당황했고 시선을 돌려 벽을 보며 울었다. 발터의 눈에 나약한 여자가 들어왔다. 아프고, 겁에 질린. 발터가 화를 삭이며 목소리를 낮추었다.

"그리고 난 비자가 나오기를 기다려야만 해. 호르크하이머가 서류와 돈을 여기로 보낼 텐데, 내가 없다면 어떻게 되겠니? 며칠만 더 기다려보자. 그런 다음에는 함께 떠날 수도 있을 거야. 진정하고, 가서 뭐 좀 먹자."

도라는 한숨을 내쉬고는 억지 미소를 지어보였다.

"그 꼴로는 못 나가." 발터가 말했다. "우선 씻어. 어머니는 네 머리가 까치집 같다고 하셨지."

발터는 그날 오후 도서관에 갔다. 폭격 얘기를 하는 사람은 아무도 없었다. 벤야민은 바타유한테서 돈을 빌렸고, 자기 책상과 복사하는 곳 사이를 바쁘게 오갔다. 《파사겐 베르크》를 쓰기 위한 발췌록이 사방에 널려 있었다. 도라가 구르스로 가기 전에 타이핑해주지 못한 것들이었다. 루브가 벤야민의 어두운 표정을 눈치챘다. 면도를 하지 못해 얼룩덜룩 더러운 얼굴도. 넥타이가 헐겁게 동여매져 있었고, 그는 신경이 곤두선 채 안절부절못했다.

"좀 더 빨리 해주시겠어요?" 벤야민이 요청했다.

"5분 후면 문을 닫습니다." 루브가 인내심을 발휘해 말을 이었다. "내일 다 해드릴게요. 걱정 마세요."

"이거 스무 쪽만 더요."

벤야민은 사실 서두르는 것이 아니었다. 그는 아직 떠나기로 결정하지 않고 있었다. 다만, 그래도 그리 오래 기다리지는 못하리라는 모호한 판단을 했다. 거의 텅 빈 열람실에 들어서는 순간 불안과 열망이 그를 사로잡았다. 그는 옆자리에서 2절판 책을 살펴보는 아샤를 보았다. 적어도 그는 그 사람이 아샤라고 생각했다. 정말이지 심장이 뛰기를 그만두고 목구멍에 걸린 듯했다. 똑같이 검은 머리, 초록색 눈동자, 무심한 듯 감각적인 분위기. 발터는 낚싯바늘에 걸린 물고기처럼 굳어버렸다. 그는 15년의 과거를 거슬러 카프리 섬으로 갔다. 그리고 라트비아의 수도 리가와 모스크바로도. 팬티 안이 고동치면서 단단해졌다. 아샤, 아샤 라시스. 물론 그 사람은 아샤가 아니었다. 아샤는 이미 죽고 없었다. 아니, 운이 좋다면 스탈린의 수용소에서 목숨을 부지하고 있을 테고 말이다. 도시가 폭격을 받은 직후, 침략이 한창인 가운데, 고서를 살펴보는 그 여자가 아샤는 아니었다. 하지만 파리의 도서관에서 이. 특이한 여자를 보고 있자니, 그것도 바로 옆자리에서 보고 있자니 환상이 샘솟지 않을 수 없었다. 발터의 마음속 깊은 곳에서 그 옛날의 기억이 물결쳤다. 카프리 섬의 단궤. 그 하얀 벽에 기대어 선 아샤. 발터가 너무나 빨리 장중에 빠져들자, 그녀는 완고한 태도로 화를 냈다. 아샤는 벤야민을 만나면서 딱 한 번 정도 매료되었다. 그가 리가의 어느 카페에서 친구 베른하르트와 칸트를 논하는 아주 짧은 동안만이었다. 적게 내렸다고는 해도 2월의 눈에 덮힌 모스크바는 진흙탕에 음울하기만 했다. 아샤는 벤야민에게 떠나라고 말했고, 그는 자존심 따위는 버리고 그녀의 사랑을 간구했다. 고서를 보고 있는 여자는 압도적이었다. 15년의 세월이 흘렀다는 점을 감안하면 정말이지 대단했다. 벤야민은 지친 상태였고 과거를 돌아보고 싶은 생각이 없었기 때문이다. 벤야민은 깜짝 놀랐고, 격랑이 일었으며, 창피했고, 후회와 당혹감으로 가득 찼다. 그를 완강하게 사로잡고 있던 쓰라린 감정이 씻겼다. 그런 정서는 그가 미래를 예측하며 본 징후들 가운데 하나였다. 그래, 어쩌면 그 여자는 징후였다. 살아서 그를 기다리고 있는 사신. 벤야민이 몹시 서두르면서도 떠날 시간이 왔음을 깨닫지 못한 것은 그 때문이었다.

밖은 아직 어둡지 않았다. 비가 막 내리기 시작했고, 차들이 젖은 도로를 드문드문 휩쓸고 지나갔다. 바로 뒤에서 자전거 벨이 울렸고, 그는 깜짝 놀랐다. 흐릿한 물체가 지나가면서 그의 검정 가방을 거칠게 밀쳤다. 남자는 자전거의 가로장 위에 여자를 태우고 있었고, 손짓과 함께 욕설을 퍼부었다.

"조심하라구, 노친네야."

도라가 집에서 오빠를 기다렸다. 그녀는 타자기 앞에 앉아 있었다. 발터가 입력하라며 주고 간 종이가 탁자 위에 가득했다.

"기분은 좀 어떻니?" 발터가 들어오며 물었다.

물론 그는 동생이 무슨 반응을 보일 거라고 기대하지는 않았다. 발터가 가방을 걸상에 내려놓고 화장실로 들어갔다.

"좀 나아졌어요." 도라가 대꾸했다. "그래도 피곤해요. 타자도 못 쳤어요. 내일 할게요."

"그래, 네 말이 맞다. 하지만 이건 긴급한 일이야." 오빠의 인정은 별 설득력이 없었다. 벤야민이 손을 닦고 문 쪽을 바라보았다. "해야만 해."

실내복 차림의 도라가 자리에서 일어섰다. 그녀가 거리와 무채색의 쓸쓸한 하늘을 바라보았다. 지금이 과연 오빠에게 진실을 얘기해줄 적당한 시점일까? 분위기가 잠잠했다. 빗소리가 단조롭고 부드러웠다.

도라가 마음을 다잡았다. "오빠! 엠마가 내게 편지를 보냈어요. 아시죠? 엠마 콘, 학창 시절 동기요. 엠마가 남쪽 루르드로 피난을 갔대요. 거기가 다른 곳들보다 괜찮다고 해요. 사람들도 친절하고요. 순례자들한테 익숙하니까요."

벤야민은 대꾸하지 않았다. 천천히 손가락만 두드릴 뿐. 그는 분노를 억누르고 있었다.

침략이 단행된 건 5월 10일 금요일이었다네. 기갑 사단이 몰려왔고, 낙하산 부대와 비행기도 빼놓을 수 없겠지. 그래, 우린 에스파냐에서 시련을 겪었지. 하지만 그렇게 많은 장비와 무기는 본 적이 없었어. 그토록 신속하게 전장이 이동하는 것도 난생처음이었어. 독일 놈들이 마지노선에 구멍을 내고 돌파했지. 네덜란드를 횡단하더니 닷새 후에는 뫼즈강을 건너더군. 우리는 프랑스 군대에 뭔가 문제가 있다는 걸 이미 알고 있었다네. 알자스 삼림에서 수백 문의 대포가 유기되었지. 부대가 이동하긴 했는데 전선에 당도해서는 뭘 해야 할지 모르더군. 분위기가 수상쩍었어. 어느 누구도 진정으로 싸우려고 하지 않았다네. 우리도 싸우고 싶지 않은걸. 국경을 따라서 여러 날을 걸었지만 캠프는 코빼기도 안 보이더군. 결국 우린 오던 길로 되돌아가 아르텐에서 대전차 참호를 구축했지. 그 시점에 무슨 구체적 전술 목표라도 있는 것처럼 말일세. 독일군

낙하산 부대가 나중에 거기 숨었다가 퇴각하는 우리 군대를 뒤에서 공격하고 말았지. 작업은 밤에 했는데, 그건 낮에는 하루 온종일 그 망할 놈의 슈투카가 우릴 들볶았기 때문일세. 급강하 폭격기 말야. 에스파냐에서 봤던 것들은 완전 애들 장난이었어. 읍락과 부락들이 그놈의 비행기가 지나가면 똑바로 서 있는 것이 아무것도 없었다네. 그런 다음에는 전차가 진입해 해당 전역을 점령했고. 해서 우리는 달아났다네. 그러던 어느 날 오전, 놈들과 전선의 측방으로 조우하고 말았지. 독일군은 빠르게 기동했고, 이미 뫼즈강을 건너 남쪽으로 30킬로미터를 뚫고 들어갔던 거야. 우리가 운이 좋았던 게 새로 부임한 대위, 그르노블 출신의 무슨 백작이었는데, 그가 군사 기동을 조직할 줄을 알았어. 우리는 오던 길로 되돌아갔고 우리 편과 다시 만날 수 있었지. 하지만 그쯤에는 상황이 1년 반 전의 카탈루냐와 비슷했어. 간신히 빠져나왔는데, 절대 혼란의 한가운데로 떨어졌고 정신이 없었지. 명령과 수정 명령이 빗발쳤는데 사실 그게 그거였어. 남쪽으로 가라.

하루에 30, 40킬로미터씩 주파했을 거야. 쉬지 않았지. 어느 날 저녁 지휘관이 목표로 정한 도시에 당도했는데 독일군이 이미 장악했더군. 그래서 우리는 다음날 오전 대표단을 구성해 대대장에게 보냈다네. 독일군이 기습 공격을 단행할 경우 자위할 수 있는 무기를 원했던 거야. 우리 넷, 그러니까 알폰소, 마리아노, 나, 세풀베다가 총병이랄까, 그리고 공산당에서 지도적 역할을 했던 친구 하나, 에스트레마두라 사회당 지부 서기 출신자가 찾아갔지. 설득력 있게 주장을 펼쳤지만 사령관 놈한테 욕만 바가지로 처먹었어. 그가 화가 난 건지 놀라서 당황한 건지 가늠이 안 되더군. 고개를 숙이고 밖으로 나오려는데 마침 그때 라디오에서 〈라 마르세예즈〉가 지지거리며 흘러나오더라구. 그러더니 총리 르노가 발표를 했지. 참회하면서 탄원할 때랑 목소리가 똑같더군. "묵과할 수 없는 중대한 과실이 일어났고, 그 때문에 뫼즈강 위의 교량이 파괴되지 않았습니다. 독일 포병대가 그길로 우리 전선을 뚫고 말았습니다."

"지랄하고 있네. 망할 프랑스 새끼들." 우리가 현장을 벗어나자마자 튀어나온 세풀베다의 일성이었지. "놈들은 우릴 믿지 못해. 놈들은 우릴 믿지 않아."

내 생각에 우리는 그때 몽메디에 있었던 것 같아. 먼지를 잔뜩 뒤집어쓴 트럭, 마차, 구급차, 군인들이 자기 부대를 찾고 있었어. 전날 자행된 폭격으로 가옥이 여기저기서 여전히 불타고 있었고 말야.

마리아노가 천천히 말했지. "우리가 싸우는 걸 보게 되면 망신도 그런 망신이 없을 거야. 한 차례도 이렇다 할 교전 없이 줄행랑을 치고 있으니. 이게 사태의 진실이야."

직접 무기를 찾아냈어. 어려울 리가? 버리고 갔으니 사방에 놓여 있을 수밖에. 백작이라는 대장이 다만 신신당부했지. 밤에 캠프에 들어갈 때는 은닉할 것. 기가 막히지 않아? 기관총도 세 정 발견했고 우리는 대오의 뒤에 그걸 유지했다네. 뒤를 엄호해야 했거든. 그런데 어쩌다 만난 세네갈 중대가 우리에게 무기를 건네라는 것 아니겠어? 명령에 복종하지 않으면 사살하겠다고 위협하더군. 우리도 거총을 하고 고함을 쳐대며 버텼지. 그렇게 30분쯤 있었을까, 방아쇠에 손가락을 걸고 서로를 겨누면서. 그때 대장이 개입해줬지. 우리가 무기 소지를 허락받았고, 다만 다음날 아침까지 마차에 은닉해야 했던 거라고. 사정이 그런 거라고 말야.

5월 말에는 바르르뒤크에 있었지. 독일 놈들이 그곳에 폭탄을 떨어뜨렸고, 달아나는 민간인과 군인 모두에게 총을 쐈어. 생각이고 뭐고 할 겨를이 없었지. 화재를 진압하고, 부상자를 구급차로 운반하고, 시체를 수백 구나 매장했다네. 그 모든 일을 폭격을 받으면서 했어. 프랑스 군대는 손실이 엄청났고, 우리는 에스파냐인 친구 네 명만을 잃었지. 우리는 독일 비행기를 알고 있었고 언제 어떻게 은엄폐해야 하는지도 알았어. 하지만 프랑스 군인들은 개활지에서 미친 사람처럼 사방으로 흩어져 달아났지. 그러니 독일 놈들이 그들을 못 잡았겠나? 우리 부대는 툴에 당도했을 때도 거의 온전한 상태였어. 하지만 그게 뭐가 좋겠나? 우리가 장엄한 종말을 얼마 남겨두고 있지 않다는 게 분명했다네. 우리가 무얼 할 수 있었겠나? 이런 사람도 있었고 저런 사람도 있었지. 어쨌거나 싸울 무기를 확보해야 한다고 느끼는 사람들이 있었어. 에스파냐인들이 슈투카를 물리칠 수 있음을 보여줘야 한다는 것이지. 하지만 멍청이들이 우리를 제지하고 있다고 보는 반면, 그렇게 해봐야 아무 도움도 되지 않는다고 보는 사람들도 있었다네. 정말이지 덫에 갇힌 쥐 신세가 될 거라는 판단이었던 거야. 함께 퇴각하는 게 더 나을 것이다, 두고 보자.

마리아노가 언제쯤 머리칼을 쥐어뜯으며 나불거릴까 기다리고 있는데 놀랍게도 가만히 있더라고. 벽에 기대앉아 담배를 피우며 두 눈을 감은 채로 말야. 마리아노를 째려보면서 내가 뭐가 도울 게 없는지, 또 그가 뭘 원하는지 이해하려고 애썼지. 하지만 그냥 계속 벽에 기대어 있더라고. 물론 할 말이 있긴 했어. 논의가 다 끝나고

였지만. 죽음 같은 침묵 속에 다 같이 앉아 있는데, 그 망할 자식이 …… 놈이 그냥 앉은 채로 이렇게 말했어. "누구라도 원하는 대로 할 수 있어. 하지만 내가 볼 때 이렇게 계속 후퇴하는 것은 자살행위일 뿐이야. 하지만 민간인 복장으로 갈아입고 작은 단위로 나누어서 이동하면, 어쩌면 에스파냐 국경까지 갈 수도 있을 거야."

그렇게 해서 우리 네 사람, 알폰소, 마리아노, 나 그리고 세풀베다는 독일군을 피해 걸어서 달아나기 시작했다네. 남쪽, 이어서 동쪽, 그리고 다시 남쪽. 비탈, 뇌프샤토, 동쪽의 에피날 등등. 우린 간선 도로를 피했고 수도 없이 들판을 가로질렀어. 먹을 것을 찾아 버려진 마을에도 들어가봤지만 이미 탈탈 털린 뒤였지. 밭, 창고, 포도주 저장실 모두 말이야. 마실 물도 못 찾았어, 파이프를 잘라버렸더군. 사막을 횡단하는 것 같았다네. 죽음의 신이 우리를 자신의 조준기에 올려놨지. 도망치려는 시도가 무용하다는 듯이 말일세. 인간이 할 수 있는 것에는 한계가 있는 법이지. 6월 중순이었는데 겨우 랑베르빌레르 외곽에 당도했을 뿐이었고, 우리는 초주검이 돼 있었지. 도보 탈주가 여러 주째였고 수천 킬로미터를 걸었을 게야. 하지만 다 소용없었어. 독일군의 프랑스 침공이 걷잡을 수 없이 밀려드는 형국이었거든. 죄다 익사할 해일 같다고나 할까. 어떤 산 정상의 숲 근처에 농장이 버려져 있었고, 그날 밤 우린 거기서 쉬기로 했지. 두 달 만에 처음으로 눈을 좀 붙이려나 했는데 결과적으로 아무도 못 잤어.

"야," 알폰소가 그날 밤 언젠가 입을 열었어. "독일 놈들한테 잡히는 게 차라리 더 나을 거야. 그러면 다 끝날 테니."

"아나 마리아는 어떡하고?" 내가 대꾸했지.

반응하지 않더군. 침묵이 우리를 감쌌고, 우리는 각자 생각에
골몰했던 것 같네.

"저기, 괜찮으시면 저한테 크루아상 하나만 더 사주시겠어요?"

생 오귀스탱 가의 그 카페에 있는 손님은 그들뿐이었다. 조르주 바타유가 손을 들어 웨이터를 불렀다. 그러고는 꼰 다리 사이로 다시 손을 찔러넣었다.

이윽고 그가 몸을 펴면서 단언했다. "관련해 제 생각은 당신이 이제 여기를 떠나야 한다는 것입니다."

"말이야 쉽지." 벤야민이 웅얼거렸다. "내가 어디로 가겠나? 서류도 없고 돈도 없네."

"이해를 못하시는군요. 선생께는 목숨이 그렇게 의미가 없나요? 독일 놈들이 여기 들이닥치면 어떻게 될지 한번 생각해보세요."

발터는 새로 도착한 크루아상을 입안 가득 욱여넣고서 자신의 비애마저 삼켜버렸다. 그가 밖을 내다본다. 도로, 자동차, 사람이 전부 하나의 탁한 회색으로 응축돼버리는 것 같았고, 벤야민은 고개를 흔들었다.

"아무렴." 그가 말했다.

가끔은 진실이 감각되기도 한다. 이미지일 수도 있고 풍경일 수도 있으며, 분위기일 수도 있고 특정한 냄새일 수도 있다. 담배나 크루아상의 향미일 수도 있다. 벤야민은 이제 자신의 운명을 인지한 듯했다. 그는 파리를 응시하고 있었고, 슬픈 파리가 카페 창문에서 뚝뚝 떨어지고 있었다. 그는 거기서 벗어나려고 했다. 무력하게나마 최후의 방어 수단으로 막아내고자 했다.

"내 일은?" 벤야민이 대꾸했다. "내 공책, 내 책은? 그 모든 걸 지고 갈 수는 없네. 나한테는 이 세상에서 그게 가장 중요해."

"해결할 방법이 있어요." 바타유가 위로했다. "저한테 맡기세요. 어디에 숨겨야 좋을지 압니다. 안전할 거예요. 전쟁이 끝나면 온전한 상태로 돌려드릴게요. 됐습니까?"

벤야민은 '좋다'고 말하지 않았다. 그는 '싫다'고도 말하지 못했다. 눈을 내리깔고 손가락으로 애꿎은 팔걸이만 긁어댔을 뿐. 바타유의 눈에 그 모든 걸 저울질하는 벤야민의 머리가 보였다. 벤야민은 낚싯바늘에 걸린 물고기 같았고, 이 제안을 강제하는 것은 무용할 터였다.

"일어나시죠." 바타유가 말했다. "시간이 꽤 됐네요. 도서관에 가야 해요. 차분하게 생각해보시고 그런 다음 말씀해주세요."

두 사람은 천천히 걸었다. 말없이 다시금 생 오귀스탱 가를 올라갔다. 벤야민은 뒷짐을 졌다. 희미한 태양이 낮게 떠서 둔중한 빛을 던지고 있었다. 벌써 6월, 하지만 6월이 6월 같지 않았다. 리슐리외 가 모퉁이 라디오 가게 앞에 사람 몇이 모여 있었다. 분위기가 침울했다. 바타유가 모인 사람들 너머를 확인하려고 까치발로 섰다.

"무슨 일입니까?" 바타유가 물었다.

"르노 수상요." 파란 정장을 맵시 있게 차려입은 금발 여자가 대꾸했다. "르노 수상이 라디오 연설을 한대요."

여자는 가게 차양에 달린 낡은 스피커를 지향하느라 실상 돌아보지도 않았다. 〈라 마르세예즈〉가 지지거리며 흘러나왔다. 연설이 시작되었을 때는 도로를 달리던 차들까지 멈춰 섰다. 천사가 상공을 날면서 군중의 소음을 잠재우기라도 한 듯했다. 베이강 선이 무너졌다. 독일군이 솜강, 브레슬강, 엔강을 건너 랭스와 루앙을 점령했다. 그러고 나서 르노는 이탈리아가 참전했다고 발표했다. 군중 속에서 여자들의 흐느낌이 터져나왔다. 남자도 마찬가지였다. 모두가 비통함을 느꼈지만 품위를 잃지 않으려고 애썼다. 르노가 이렇게 얘기했다. "조국은 상처를 입었지만, 프랑스 국민은 형제애로써 단결하고 있습니다."

수상의 목소리가 떨렸다. 다른 시절이라면 생기가 넘쳤을 목소리였다. 그 방송과 눈물이 몰락한 국가에서 마지막으로 흘러나오는 단결과 통일의 제스처라는 생각을 발터는 했다.

사람들이 곧 흩어졌고 벤야민이 바타유에게 말했다. "그렇군." 끈적한 바람이 건물을 휩쓸고서 튈르리 정원까지 불어갔다. 그곳 마로니에의 잎사귀들이 헝클어지는 걸 보면 알 수 있었다.

발터가 도라의 집에 당도했을 때는 날이 어두웠다. "루르드로 가자." 그가 눈을 내리깔고서 고개를 절레절레 흔들었다. "공책과 필기를 수합하는 대로 떠나도록 하자."

도라는 주방에서 뭔가를 끓이고 있었다. 그녀가 주걱을 한쪽에 내려놓고서 오빠를 보았다. 기쁨의 미소가 그녀의 얼굴에 가득했다.

"가방은 이미 다 싸놨어요."

그게 할 수 있는 말의 전부였다. 벤야민이 다시 밖으로 나왔다. 통행금지가 발효 중이었고, 길은 칠흑같이 어두웠다. 발터가 고개를 숙이고 집으로 향했다. 그는 생각을 가다듬으려고 애썼다. 하지만 주변 사방으로 밤의 고요가 넘실댔고 마치 깃발이 바람에 날리는 것 같았다. 북쪽에서는 사이렌 소리가 요란했다. 순찰 중인 군인들의 저벅이는 발소리, 꽝 하고 덧문이 닫히는 소리, 남쪽으로 향하는 차 소리. 보지라르 가로 접어든 벤야민은 깨달았다. 자신의 머리가 두려움과 공포로 가득 찼음을. 자신이 더 이상은 이런 상태를 원하지 않음을. 이런 상황이 끝장난다면 얼마나 좋을까! 연기처럼 사라질 수만 있다면. 시종일관 불운이 따라다녀 탈진해버린 이 삶에 종지부를 찍을 수만 있다면. 이윽고 동발 가에 접어들자 숨이 가빠왔다. 발터가 문을 열고서 계단을 올랐다. 하지만 자물쇠에 열쇠를 꽂기 전 계단에서 한참을 쉬어야 했다. 발작이 지속된 건 고작 몇 초뿐이었지만 평소보다 더 예리하고 극심했다. 발터가 주머니를 뒤졌고, 심장약을 꺼내 어둠 속에서 물 없이 삼켰다. 30분쯤 지나자 호흡이 정상으로 돌아왔다. 머리도 한결 가볍게 느껴졌다. 하지만 그렇다고 해서 잠을 잘 잔 것은 또 아니었다. 발터는 단속적으로 잠이 들었다가 깨기를 반복했다. 그 과정에서 흉골에 압박감을 느끼기 일쑤였다. 이를 악물었고, 땀이 비오듯 쏟아졌다. 동이 틀 때까지 내내 그러했다. 망할 여명은 칠흑같은 어둠과 희미한 잿빛 사이 어딘가에 있었다. 발터가 자리에서 일어났다. 힘겹게 얼굴을 씻었고 잽싸게 옷을 챙겨 입었으며 공책과 메모를 모았다. 집을 나선 것은 정각 8시. 이슬비가 내렸는데 어찌나 가늘었는지 땅에 닿기도 전에 증발했다. 주변에는 사람이 아무도 없었다. 어두운 표정의 군인들만 빼고. 거리를 달리는 군용 차량만이 도시 위에 군림하는 듯했다. 오데옹 가의 서점은 문이 닫혀 있었다. 아드리엔이 아직 도착하지 않은 것이었다. 벤야민이 출입구에서 그녀를 기다렸다. 한 손은 허리에 짚고 다른 손으로는 우산을 앞뒤로 흔들면서. 아드리엔이 모퉁이를 도는 모습이 보이자 발터가 손을 흔들었다. 그는 미소를 지으며 또 침착해 보이려고 애썼다. 아드리엔이 걸음을 재촉하면서 머리에 모자를 단단히 눌러썼다.

"또 무슨 문제가 있어요?" 그녀가 지근거리에 이르자 물어왔다. 벤야민이 눈을 내리깔고 우산을 비껴서 아드리엔에게 공간을 제공했다.

"드릴 말씀이 있습니다." 그가 아드리엔이 문 여는 걸 도우면서 말했다.

안은 어두웠고 오래된 신문 냄새가 벽을 타고 스멀거렸다. 아드리엔이 블라인드를 걷자 틴들 현상으로 먼지가 공기 중에서 춤을 췄다.

"상황이 얼마나 엉망인지 아시겠죠? 아무도 찾는 사람이 없어요. 가게 문을 계속 열어야 하는지도 모르겠구요. 뭐 아무튼, 앉으세요. 그간 어떻게 지내셨는지 말씀 좀 해주세요."

"파리를 떠나기로 했습니다." 벤야민이 의자에 털썩 주저앉았다. "폐가 되지 않는다면 여행 허가를 득하는 데 도움을 좀 얻을 수 있을까요?"

아드리엔의 시선에 물기가 배었다. 그녀가 다정하게 그를 바라보았다. 발터가 떠나야만 한다는 것은 분명했지만 아드리엔은 유감천만이었다. 독일군이 침략한 이 땅에서 그녀 혼자 무엇을 한단 말인가? 아드리엔은 각오가 전혀 안 돼 있었고 정말이지 무너질 지경이었다.

그녀가 입을 열었다. "정말, 정말 떠나실 거예요? 남쪽이라고 해도 결코 더 편하지는 않을 거예요. 파리는 크기라도 하죠. 숨어 있기에 이상적인 곳이라구요. 나치라도 여기서 당신을 찾아내지는 못할 겁니다."

"아드리엔, 당신은 나만큼 독일 사람들을 알지 못해요."

쓸쓸한 미소와 함께 던져진 벤야민의 대꾸에는 아이러니가 배어 있었다. 하지만 벤야민의 속은 정말이지, 정말이지 심각했다. 그 옛날의 고통이 떠올랐고, 담청색 눈동자에서 모호하고 불명확한 무언가가 솟아올랐다. 이 와중에도 카운터에 놓인 스탕달의 책이 그의 시선에 들어왔다.

벤야민이 말했다. "그 정부 관리한테 연락을 취해주실 수 있겠어요?"

정오가 채 되지 않아 오프노가 다음날까지 두 사람의 루르드 여행 편의를 봐주는 관련 증명서를 마련해주겠다고 약속했다.

"됐어요." 아드리엔이 전화를 끊으며 웃었다. 이제 그 밖의 다른 것들을 궁리해야 했다. 그녀가 서랍을 열고 지폐꾸러미를 꺼내 탁자 위에 올려놓았다.

"커피를 좀 끓일게요." 아드리엔이 사무실로 자리를 옮겼다.

잠시 후 그녀가 돌아왔을 때도 벤야민은 여전히 같은 의자에 앉아 있었다. 담배를 입에 문 채 두 손으로는 배를 움켜쥐고, 탁자 위의 돈을 응시하면서 말이다. 쟁반 위에서 컵이 부딪치는 소리가 나자 발터는 깜짝 놀랐다.

"받을 수 없어요." 그가 말했다. "정말이지 안 돼요."

밖이 꽤 어두웠고 빗방울이 창문을 부드럽게 두드렸다. 하지만 그렇다고 불을 켜기에는 또 너무 이른 시간. 아드리엔이 발송 예정인 도서더미 위에 쟁반을 내려놓고 의자에 앉았다.

"제발요, 발터." 명명함 속에서 그녀가 입을 열었다. "자존심 부릴 때가 아니에요. 돈이야말로 이 참혹한 상황에서 살아서 빠져나갈 수 있는 유일한 수단이란 말입니다. 나를 봐서라도 가져가세요. 나라도 안심이 되게요."

벤야민이 그녀를 바라보았고 두 손으로 뜨거운 커피잔을 쥐었다. 한 모금을 마시고 다음 모금을 마시기 전에 그가 조용히 고개를 끄덕였다.

마지막으로 벤야민이 이렇게 말했다. "여기가 서점이어서 말인데 《적과 흑》을 한 권 얻을 수 있을까요? 다시 읽어보고 싶은데 내가 가진 것은 몇 년째 오리무중입니다."

독일군이 24시간 후 센강을 건너 퐁투아즈를 점령했다. 르노가 마지막 라디오 연설에서 루스벨트에게 필사적으로 호소했다. 벤야민은 오전에 가방을 쌌다. 가방 두 개에 공책, 책, 발췌록, 잡지, 신문 스크랩을 집어넣었다. 그 두 개는 누이동생의 집에 두고 떠날 요량이었다. 가지고 갈 것은 서류 가방이었고, 거기에는 다음이 담겼다. 역사를 사유한 〈테제〉, 《파사겐 베르크》 작업 원고, 발레리, 호르크하이머, 로맹이 써준 지지의 편지, 엑스레이 사진과 아브라미 박사의 진단서, 책 두세 권, 방독면, 칫솔, 그리고 셔츠 두 장. 마지막으로 그는 파란 가방 하나에 《파사겐 베르크》 원고와 신문지에 싼 파울 클레의 그림 〈앙겔루스 노부스〉를 담았다. 바타유가 그 파란 가방을 받았다. 도서관에는 사람이 거의 없었다. 주간이었지만 비가 왔고 천장에 난 커다란 채광창도 이렇다 할 빛을 포집하지 못했다.

"자네를 믿겠네." 벤야민은 숨이 턱에 차서 말했다. "나한테는 이게 이 세상에서 가장 중요해."

"알겠습니다, 발터. 걱정하지 마세요. 아무도 찾을 수 없는 곳에 숨겨놓겠습니다. 친위대 SS도요. 당신이 더 중요해요. 부디 몸조심하십시오. 행운을 빌겠습니다."

바타유가 이렇게 말하면서 벤야민을 껴안았다. 그가 턱을 발터의 어깨 위에 댔는데 이는 자신의 감정을 숨기기 위함이었다. 바타유는 결코 다시는 벤야민을 보지 못할 것으로 확신했다.

벤야민이 말했다. "다음에 보세." 이제 비를 맞으며 두려움에 떨고 있는 도시를 동분서주하는 일이 기다리고 있었다. 벤야민은 시간과 싸우면서 두 장의 여행증명서를 입수하고 그런 다음에는 꾸린 가방을 도라의 집으로 옮겼다. 마지막 순서는 숨을 헐떡이며 담당 의사를 찾아간 것이었다.

"귀찮게 해서 죄송합니다만 수면제 좀 처방해주실 수 있겠습니까? 한동안 잠을 자지 못했습니다. 그리고 천식약도 필요합니다. 그리고 또 모르핀 제제도요."

벤야민은 자신의 사태 판단을 아브라미 박사가 짐작하고 있음을 알 수 있었다. 박사는 진격하는 독일군이 자기 앞에 앉아 있는 탈진한 남자에게 어떤 영향과 효과를 미칠지 여러 모로 짐작해보았다.

그가 입을 열었다. "당신네 나라 사람들이 받는 고통을 생각하면 모르핀은 좋은 치료약이 아닙니다."

"제발 부탁드립니다." 벤야민이 간청했다.

아브라미가 한숨을 내쉬고서 처방전을 써주었다. "필요에 따라 저녁마다 모르핀 제제 한 알."

그가 말했다. "잘 생각하고 복용하세요."

다시금 길에 선 벤야민. 부슬부슬 내리는 비. 침울하게 낮게 깔린 하늘. 면전에서 이 세상이 분해되고 있었고 벤야민은 처연했다. 그는 가까스로 약국을 찾아갔고, 집으로 돌아왔으며, 다시금 도라의 집으로 갔다. 둘은 이제 함께 역으로 향했다. 그들이 역에 당도했을 때 독일군이 파리 외곽으로 치고 들어왔다.

가방이 무거웠고, 발터는 여러 차례 멈춰 서서 폐에 휴식 시간을 줘야 했다. 길에는 수천 대의 낡은 시트로엥과 푸조가 있었다. 두 사람을 뒤로하고 나아가는 그들 차량에는 트렁크, 곤포, 휘발유 통, 옷장, 개, 고양이, 짚단과 매트리스가 실려 있었다. 그렇게 남쪽으로 향하는 대열은 광란의 도가니였다.

"오빠, 이 많은 종이는 다 뭐예요?" 도라가 화를 냈다. "바타유나 아드리엔한테 맡길 수도 있잖아요. 시간 맞춰 갈 수나 있겠어요? 벌써 늦었다구요. 가요."

"넌 이해 못해." 벤야민이 대꾸했다. "넌 아무것도 모른다구." 그가 고개를 흔들면서 같은 말을 되풀이했다.

희미한 조명 몇 개만이 역을 밝히고 있었고 잿빛 하늘 배경 때문에 잘 보이지도 않았다. 대다수의 기차가 선로에 멈춰 선 상태였다. 발터와 도라는 가까스로 객차에 올라탈 수 있었다. 객차가 사람과 피난 세간으로 미어터졌다. 이윽고 호각 소리가 났다. 모두가 집단적으로 안도의 한숨을 내쉬었다. 파리를 탈출하는 마지막 기차였던 것이다. 어둠이 깃들었고, 기차가 오를레앙과 투르를 지나쳤다. 벤야민은 빗방울이 흐르는 차창에 얼굴을 갖다 대고 있었다. 호우 속에서 탈출하는 사람들의 광경이 그의 눈에 들어왔다. 천막과 매트리스가 흠뻑 젖은 건 불문가지였다. 모뵈주에서는 소방차가, 수아송에서는 약국이 보였다. 벤야민은 마차, 연로한 부모를 실은 인력거를 보았다. 한쪽에 '파리의 밤'이라고 적힌 관광버스가 눈에 들어왔는데 사람들이 하물받이를 붙들고 있었다. 아이들은 기진맥진한 상태였고 엄마들은 필사적이었다. 벤야민은 진창 속에서 탈출하는 프랑스를 보았다. 난파선, 불가해한 만신창이! 그가 주머니에서 서류를 꺼내 폈다. 검정 도장, 빨강 도장, 도지사의 서명이 만족스러웠다. 그 순간 도라의 목소리가 들려왔다, 성가신 파리마냥.

"오빠, 내 말 들어요?"

"응, 아니. 도라. 못 들었다. 미안해. 지쳐서."

벤야민이 천천히 몸을 좌석에 기대고 다시 밖을 내다본다. 벤야민의 눈에 강을 따라 심긴 포플러, 먼 데 도시, 대성당의 종탑이 들어왔다. 뾰족 솟은 종탑이 은회색 하늘을 배경으로 내뻗은 손가락처럼 보였다. 선풍이 요란했다. 그는 눈을 감고 잠을 청했다.

알폰소와 내가 맨 먼저 잠에서 깼네. 새벽 5시였을 거야. 주간
으로 바뀌는 과도기였고 안개가 밤하늘을 덮고 있었지. 뜰과 농장
을 구획하는 벽에 눌어붙어 있는 것도 기묘했고, 실상 그 구획 담장
이 여전히 서 있는 것도 대견스러웠다네. 천천히 해가 솟아올라 빛
을 뿌리더군. 사방이 고요했지. 그냥 멀리서 가끔 대포 소리만 들리
는 정도. 마리아노와 세풀베다는 결국 아침잠에 굴복한 듯이 쌔근
쌔근 자고 있었다네. 알폰소와 나는 시선을 교환했고 당장에 서로
의 의중을 꿰었어. 우리는 더는 도망치고 싶은 생각이 들지 않았어.
그즈음에 우리가 느낀 거라곤 엄청난 굶주림뿐이었으니. 들판으로
나가 감자를 캤고, 마당으로 돌아와 삶아 먹으려고 불을 피웠지. 헛
간 옆에 섰더니 숲과 들판이 보이더군. 곧게 뻗은 흙길이 산으로 이
어져 있었다네. 하얀 구름을 보면서 감자를 깎고 있는데 오토바이
엔진음이 들렸지. 수초 만에, 그러니까 기도 드릴 시간도 없이 독일

군 두 놈이 우리 앞에 떡하니 나타난 거야. 오토바이에서 내리면서 야단스럽게 비명을 질러댔지. 손 들어! 벽으로 돌아서! 무려 2년 동안이나 나는 싸움을 해왔지. 에브로강과 아라곤에서 말야. 하지만 독일 놈 둘이 그렇게 나타나자 내가 얼마나 두려웠는지 자네는 감히 상상도 못할 거야. 이가 부들부들 떨리더니 파도처럼 목을 타고 내려가 다리까지 온몸을 집어삼켰다네. 한 놈이 총구를 등에 갖다 댔는데 녹아내릴 것 같더군. 그때의 느낌을 아직도 잊지 못해. 결코 다시는 보지 못할 어머니와 메르세데스가 생각났지. 아돌포 삼촌, 그 사회주의자 장교, 아버지가 회전목마를 태워줬는데, 내가 파란 말에서 떨어졌던 날도. 그 모든 게 정말이지 전광석화처럼 빠르게 흘러가면서 다 보였어. 그 순간 그 개자식이 개머리판으로 내 팔을 후려쳤다네. 그때까지도 내가 칼을 들고 있었거든.

우리가 두려워하자 그 두 독일 놈이 비웃더군. 하지만 그렇게 키득거리면서 웃다가 좆 됐지. 머리를 들자 뒤로 당겨졌고, 그걸로 끝이었어. 총성은 들린 것 같지도 않아. 고개를 돌렸더니 그 독일 놈 얼굴에 구멍이 나 있더라고. 헬멧 바로 아래. 웃다가 굳어버린 미소가 눈에 들어왔지. 다른 놈도 그 자식 옆에 널브러져 있었다네. 위로 창문을 올려다봤더니 세풀베다와 마리아노가 웃으면서 우리를 향해 손을 흔들었어.

"라우레아노, 넌 찐따야, 안 그래?"

"좆까." 난 그렇게 얘기하고 땅바닥에 주저앉았지.

알폰소가 상황을 수습했어. "정신들 차려. 얼른 여기를 빠져나가야 한다구."

난 벽에 기댄 채 몸을 웅크리고 울고 있었지. 그사이 세 친구는 단호하게 행동했고. 독일 놈들의 무기를 노획했고 오토바이는 부 쉈지.

"라우레아노, 일어나!" 알폰소가 고함을 쳤다네.

"감자도 가져가자." 마리아노가 말했고.

그렇게 우리는 출발했어. 모를라뉴를 경유해 부뤼에르로. 이번 에야말로 정말로 도망치는 느낌이었지. 다시는 무장한 나치 놈과 대면하고 싶지 않았고 그렇게 하기 위해서라면 뭐든 할 기세였다 네. 배고픈 게 차라리 더 나았어. 기진한 게 차라리 더 나았다고. 메 르세데스를 떠올리자 기관차처럼 움직일 수 있었지. 미친 속도로 산을 탔어. 배 아픈 것도, 독일 정찰대도 아랑곳하지 않았지. 우리 는 여전히 가야 할 길이 멀었어. 마치 전사 같았지. 마리아노가 선 두에 섰고 우리 세 사람이 뒤를 따랐어. 안전한 길을 찾기 위해 애 썼지. 밤에 이동하고 낮에는 숨어 있었어. 밤에 모젤강을 헤엄쳐서 건너, 생타메 남쪽으로 갔지. 에브로강 따위를 떠올려봐야 아무 소 용이 없었네. 다 옛날 얘기이기도 했고.

"같은 강물에 두 번 들어갈 수는 없다." 맞은편 강안에 도착했을 때 내가 그렇게 말했지. 우리는 흠뻑 젖은 채 거친 숨을 몰아쉬고 있었어.

"우라질." 세풀베다는 싸늘했지. "됐거든. 얼른 뜨자."

계속 이동했어. 스쳐지나간 도시들을 비록 멀리서만 봤지만 아 직도 생각이 나. 뢰셸 뱅, 브줄, 브장송, 루앙, 쇼페예스. 페탱이 독 일 놈들에게 휴전을 간청했는데 그 멍청한 소리를 들었을 때 어디 쯤이었는지는 모르겠군. 농촌 어르신 한 명이 그 소식을 들려줬지. 20년 전부터 독일 놈들한테 받을 빚이 있다더군. 우리가 그 양반을 만나지 못했다면, 지금 여기서 자네한테 이야기하는 사람은 없었을 거야. 그가 우리를 구해줬지. 우리는 고기와 술과 신선한 과일을 얻어먹었어. 도시민들이 독일군에게 외국인을 인계하는 문제로 마을이 분열돼 있다고도 알려주더군. 우리는 배부르게 먹었고, 또 깨달았지. 경찰도, 프랑스 군대도 믿을 수 없다는 걸 말이야.

"그게 더 나아." 내가 식식거리자,

"차라리 잘됐어." 마리아노가 대꾸했지.

그때부터 우리는 여정에서 누구와도 조우하는 상황을 회피했다네. 식물 뿌리를 캐 먹었고, 물은 강물이나 버려진 우물로 해결했지. 가끔은 밭에서 당근과 토마토를 훔치기도 했고 말야. 그렇게 한 걸음, 한 걸음 남쪽으로 나아갔지. 우리는 그림자 부대였어. 귀신처럼, 그림자처럼 프랑스를 횡단해 나아갔다네. 투명인간처럼 말야. 독일이 에스파냐인 수천 명을 마우트하우젠으로 이송한 것은 다행이었어. 그들은 프랑스 전역의 강제 수용소에 유치돼 있었는데, 페탱과 그 졸개들이 캠프를 드글드글하게 채웠지. 아마 우리가 프랑스 군대와 함께 싸워봤기 때문일 거야. 친구들은 그들이 제네바 협약의 보호를 받을 거라고 봤어. 하지만 개들에게 던져지는 뼈다귀 신세였을 뿐이었다네.

우리는 항상 서로를 정직하고 공정하게 대했네. 그런데 뭐랄까, 어째서 그렇게 된 건지 모르겠지만, 7월 중순쯤에 리무에 도착했는데, 우리들 사이에서 무언가가 잘못 흘러가고 있다는 걸 깨달았지. 리무는 카르카손에서 남쪽으로 약 20킬로미터쯤 돼. 기묘한 긴 장감이 흘렀지. 마리아노에게 어떠냐고 물으면, 대꾸하지 않았어. 또, 그가 내게 더 빨리 가자고 채근하면, 나는 집어치우라고 반감을 표했다네. 뭐, 그런 식이었어. 뭐가 문제인지 어느 날 저녁 알았다네. 수수밭 지대 한가운데로 개울이 흘렀는데, 그 가장자리에 서서 깨달았지. 나는 바다 쪽으로 향하고 있었어. 포르부에 가서 메르세데스를 만나려고 말야. 하지만 마리아노는 서쪽을 목표로 했지. 팜플로나 인근에서 국경을 넘어가 아스투리아스로 돌아가려 했던 거야.

"거기엔 여전히 친구들이 있어. 지원 세력." 그가 물에다가 돌을 던지면서 말했지.

일몰 직전이었어. 서쪽 지평선이 노랗게 빛났고, 동쪽은 바다인데, 하늘이 차갑고 파랬지. 활기가 없었다네.

"메르세데스보다는 지원이 더 중요하겠지……" 말을 더듬었지만, 마리아노한테 내가 안중에 있었겠어?

"일이 잘 풀리면, 다시 싸워볼 수 있을 거야."

던진 돌이 퐁당 하고 떨어졌네. 내가 아무 말도 안 하자, 그는 꽤 씸씸하게 생각했지.

"나는 너를 한 번도 그렇게 생각해본 적이 없어……" 말이 암담했다네. "보지에 빠져서 맛이 갔구만, 안 그래?"

그 자식이 나한테서 뭘 원했겠나? 대답을 안 하고 다른 동료를 바라보았지. 짐작하겠지만 알폰소는 나와 생각이 같았고, 안절부절못했어. 그 친구도 바르셀로나로 돌아가 아나 마리아를 찾고 싶었지. 하지만 차마 그 얘길 마리아노에게 하진 못했던 게야. 마리아노가 얼마나 열 받을지 알았으니까. 세풀베다는 나무에 기댄 채 가지에서 애꿎은 잎사귀만 뜯고 있었지.

알폰소가 낮은 목소리로 물었어. "너는 어때?"

세풀베다가 땅에 주저앉아 머리를 긁적였어.

이윽고 쉰 목소리가 흘러나왔지. "난 마리아노와 가겠어."

우린 30분 후에 찢어졌네. 포옹과 키스를 교환했지. 알폰소와 나는 들판을 가로질러 동쪽을 향했고 마리아노와 세풀베다는 푸아로 갔네. 결코 다시는 그들을 만나지 못했군.

여러 해 후에 세풀베다가 칠레로 갔다는 걸 알았어. 마리아노는 1943년 프랑코의 졸개들에게 살해당했고. 아스투리아스 게릴라 부대 리더 중의 한 명이었다더군. 히혼 출신의 옛 동료가 팔아넘겼다네. 1934년에 함께 싸웠던 누군가였고, 아마 돈 때문이었겠지. 그게 아니면 감옥에서 나오려고 했거나. 마리아노가 어디 있고 뭘 하는지를 알려줬고, 놈들이 이른 아침에 그를 잡으려고 출동했지. 마리아노는 사마 인근의 농장에 은거 중이었다고 하더군. 사람 하나를 잡겠다고 부대 전체가 움직였다네. 흠씬 두들겨 패는 것부터 시작했다지. 그런 다음에는 벽에 세워 사살했고. 눈가리개도 하지 않고 두 발로 서게 한 채로 말야. 냉혈한들이지. 매장도 안 했을 거야. 무덤도 없겠고. 오, 젊은이. 내 여정에서 잃어버린 친구는 그 수를 셀 수 없을 정도야. 하지만 마리아노는 달랐다네. 그 친구에게 무슨 일이 일어났는지를 알게 된 날, 나는 혼자라는 게 어떤 느낌인지를 비로소 알았어. 이후로 잠을 제대로 못 자. 밖이 어두운데도 깨기 일쑤지. 꿈을 꾸다가 땀이 뒤범벅된 채로 말야. 마리아노 꿈도 아니고 전쟁 꿈도 아닐 거야. 이 도시겠지. 여기 온 지도 여러 해고 다른 곳에서 산다는 건 상상도 할 수 없는 일이야. 시끄러운 자동차 소리, 좌판을 벌여놓고 앉아 있는 인디오, 스모그, 화산, 노점을 단속하는 경찰, 길바닥을 헤매는 개들, 타코 판매대 같은 게 나오겠지. 날이 갈수록 느끼게 돼, 나보다 훨씬 늙어 보이는 사람들이 실은 더 젊고 주소록에서 지워버린 명단이 산 사람보다 더 많다는 걸 말이야. 자네라면 어떻게 하겠나? 사색적이 되지 않을 수 없는 게지. 오, 젊은 이. 자네 말이 맞아. 그 사람, 자네의 철학자 얘길 해야지.

이제 벤야민은 본격적으로 괴롭기 훨씬 전에도 두통을 감지할
수 있었다. 아직 암시와 전조일 뿐인데도 관자놀이가 희미하게 눌
리는 통증, 그러다가 점점 더 참을 수 없는 지경으로까지 발달 전개
되는 두통, 그런 두통이 이제 발터에게 영향을 미쳤다. 앙굴렘 역에
서 그는 잠이 깼고 머리가 슬슬 아파오는 것을 느꼈다. 자리에서 뒤
척이며 들이마신 공기는 객차에 구겨 탄 승객들의 날숨과 땀으로
팍팍하기만 했다. 기차가 도시들을 뒤로 하며 이동해감에 따라 두
통이 심해졌다. 지루하고 부자연한 한 줄기 빛이 보였다. 이른 오후
에 포에 도착했다. 그즈음 두통은 야수로 변해 목까지 욱신거렸다.
통증 때문에 입도 열 수 없는 지경이었다. 마침내 루르드에 당도했
고 숨통이 좀 트였다. 역에는 검문소가 수도 없었고 방문자 안내소
에서도 줄을 서야 했다. 아무튼 방을 하나 배정받을 수 있었다. 하
지만 길을 걸어야 했다. 두 사람은 가방을 질질 끌면서 가게를 지나

쳤다. 성모 마리아 소상小像과 신이 행한 기적을 형상화한 테라코타
가 가득 진열돼 있었다. 길에는 순례자들과 망연한 표정의 난민이
또한 한가득이었다.

"덧문 닫아라, 도라."

지정 여인숙에 도착하자마자 발터는 들고 있던 검정 가방을 내
던져버리고 침대 위에 널브러졌다. 방은 살펴보지도 않았다. 작은
침대가 나란히 둘 있었고 시트는 하얬다. 싱크대는 어두운 사암으
로 만들어졌고, 벽에는 꽃무늬 벽지가 발라져 있었다. 벤야민은 완
전히 기진한 상태였다. 머리만 아픈 게 아니라 배도 아팠다. 속이
뒤틀리면서 토할 것 같았다.

도라가 물었다. "먹거나 마실 것 좀 갖다드려요?"

"아니." 그가 신음에 가까운 소리를 냈다. "좀 쉬고 싶구나."

벤야민은 자리에 누워 헐떡이며 흐느꼈다. 그는 혼자였고 방은
어두웠다. 두 눈을 감고 몸을 뻗고 누운 발터. 격통을 물리치려는
분투. 발터는 믿지도 않는 신의 자비를 간구했고, 잠시 후에는 창피
함을 느꼈다. 가까스로 침대에서 일어난 발터가 싱크대로 다가가
구토를 했다. 아침에 먹은 빵과 치즈가 위산에 섞여 있는 것이 보였
다. 구토를 하자 진이 다 빠져버렸다. 입에서는 역한 기운과 신맛이
났다. 몰골이 말이 아니었다. 하지만 다시 자리에 눕자 통증이 조금
씩 사라지는 것이 느껴졌다. 시간을 두고서 서서히 밀려나는 썰물
처럼. 별안간 잠이 왔다. 어떤 예고도 없이 말이다. 발터는 도대체
가 통증에서 해방된 사태를 완미할 틈도 없었다. 어찌나 깊이 잠이
들었던지 발터는 도라가 들어오는 소리도 듣지 못했다. 다음날 아
침에야 그는 겨우 인기척을 느꼈다. 여동생이 일어나 화장실에 가

고, 돌아와서 옷을 갖춰 입는 것을 말이다.

"기분은 좀 어때요?" 동생이 부드러운 어조로 물었다.

"한결 낫구나." 발터가 대꾸했다. "좋아졌어. 고맙다. 이놈의 두통을 알지. 시간을 주는 수밖에 없어. 시간을 주면서 침로를 좇아 달리게 하지 않으면 한 일주일은 가지."

빛이 창문으로 잠잠히 들어와 방 안의 사물을 비스듬히 비추었다. 대상 사물이 정교하게 조각 중이라는 느낌이 들었다. 방은 장식 없이 수수했다. 히비스커스와 등나무로 조성된 정원도 내다보였다. 화장실은 아래층에 있었고, 다른 아홉 개의 객실 투숙객과 나눠 쓰게 돼 있었다. 옆으로는 식당과 작은 휴게실이 보였다. 휴게실에는 라디오 한 대, 주위로 빛깔이 바랜 소파 두 개가 놓여 있었다. 바로 거기서 벤야민이 루르드의 첫날을 보내게 된다. 르노의 마지막 연설이 흘러나왔다. 그는 두 제국을 합치자는 영국의 제안을 거부했다. 그 발표는 항복한다는 얘기였다. 페탱이 르노의 자리에 앉았고, 다음날 그 원수의 다 죽어가는 목소리가 라디오 전파를 탔다. 늙은이의 기침 속에서 벤야민이 결코 듣고 싶지 않던 발언이 튀어나왔다. "국민 여러분에게 교전을 중단하라고 말씀드리게 되어 가슴이 미어집니다."

"그만둬야지." 여관 주인 투생 부인이 맞장구를 쳤다.

벤야민이 그녀를 빤히 쳐다보았다. 백발을 뒤로 묶은 노파로 눈동자가 암녹색이었다. 그녀는 슬퍼하는 기색이 없었고 오히려 전쟁이 마침내 끝났다는 사실에 안도하는 눈치였다. 다른 많은 프랑스인처럼 그녀도 사태의 심각성을 전혀 파악하지 못하는 듯했다. 쾨슬러는 후에 이렇게 쓴다. "참새들이 전화선 위에서 찍찍거렸다.

같은 선에서는 명령이 하달되는 중이었다. 그들을 죽이라는." 벤야
민에게는 꼭 책을 읽는 것처럼 자신의 미래가 보였다. 그림과 사람
이 많이 나오는 아동용 도서. 비록 자신이 모았지만 지금 어디 있는
지 행방을 알 수 없는 책. 그가 길을 따라 걷는다. 그 길에서는 촛농
냄새가 나고 사람들의 기도 소리가 들린다. 그가 무료 급식소에서
딴 사람들과 함께 줄을 서고 있다. 빵 한 조각이라도 타 먹을 수 있
기를 간절히 바라는 벤야민이 보였다. 벤야민은 점점 더 비통에 차
울부짖는 어조로 편지를 쓴다. 그는 미국행 비자를 간절히 기다린
다. 마르세유행 여행 허가증도 필요하다. 마르세유에 당도하면 그
를 안전한 곳으로 데려다줄 배에 승선할 수 있을지도 모른다.

벤야민이 낮은 소리로 말했다. "이곳 루르드는 미로고, 우린 그
미로에 갇힌 신세로군."

과연 그러했다. 하지만 라디오 파리가 방송하는 〈호르스트 베
셀의 노래〉, 곧 나치 독일의 국가가 게슈타포에 의해 독일인으로
신원이 확인된 반나치 망명 난민 전원이 본국으로 이송될 것임을
의미한다는 사실은 벤야민조차 깨닫지 못했다. 6월 22일 이후로
는 벤야민과 같은 남녀의 경우 어떠한 종류의 이동도 당국의 감독
을 받게 된다. 두 사람은 그 시점부터 참혹한 공포의 나락으로 떨어
지지 않기 위해 방문자 안내소를 찾지 않는다. 그들은 늑대처럼 숨
어 지내면서 움직여야 했다. 그들은 배를 주리면서도 극도로 신중
했고 맹렬하게 탈주를 시도했다. 발터는 마치 몽유병자처럼 그 올
가미를 뚫고 나아갔다. 가끔은 게으름과 체념이 엄습하기도 해서
몇 날 며칠을 통으로 침대에서 보내기도 했다. 그런 때는 책을 읽거
나 유기된 원고의 슬픈 운명을 탓하는 식이었다. 바깥 하늘은 파랑

색이 맹위를 떨쳤고, 길에서는 사람이든 물건이든 대상을 해체할
만큼 강렬한 열기가 피어올랐다. 몸짓과 말을 취하고 내뱉기가 면
구스러울 지경이었다. 8시 이후에는 통행금지가 실시되었고, 6월
의 어슴푸레한 미광이 펼쳐졌다. 달이 종탑 뒤에서 깨진 동석처럼
떠 있었다. 벤야민은 그 오랜 잔광 속에서 편지를 쓰고는 했다. 편
지를 통해서 미로를 벗어날 수 있는 탈출로를 찾겠다는 희망을 붙
잡은 것이다. 그게 아니면 그냥 자기가 얼마나 필사적인지를 드러
내는 것에 그친지도. 그레텔 아도르노는 발터의 마흔여덟 번째 생
일이 지나고 며칠 후에 다음과 같은 편지를 받았다. "모든 걸 예측
했지만 그 어떤 것도 지키고 보호할 수는 없었다고 할 수 있지요."7
월이 경과하면서 프랑스가 둘로 쪼개졌고, 페탱이 민족 독립을 지
휘할 것처럼 사칭하고 나섰다. 아도르노와 호르크하이머가 벤야민
에게 미국행 비자를 마련해주기 위해 분투했다. 두 사람은 뉴욕에
세워진 난민 위원회에 연락했고, 숄렘에게도 도움을 구했다. 어떻
게든 프랑스에서 발터를 빼내기 위해 아바나나 산토 도밍고의 일
자리를 마련해주려고도 했다. 하지만 이 모든 조치와 노력이 가망
없어 보였다. 벤야민이 무엇이라도 자유의 냄새를 맡을라치면, 그
때마다 미로의 문이 그를 외면하고 닫혀버렸던 것이다.

"제가 그랬지요? 아도르노의 말을 믿지 말라고."

8월 초였다. 어둠이 찾아오자 두 사람의 방에서도 끈적끈적한
열기가 서서히 누그러졌다. 도라가 방에 들어왔을 때 발터는 여전
히 침대에 누워서 책을 읽고 있었다. 침울한 분위기였고, 그녀가 방
을 나섰던 오후와 정확히 동일한 자세 및 정조였다.

"저녁 안 드세요?" 동생이 이렇게 묻자 발터가 생각 없다고 구

시렁거렸다. 도라가 오빠에게 화가 난 듯한, 안됐다는 듯한 표정을 지어 보인다.

"전 가요." 동생의 이런 태도는 뜻밖의 단호함이었다. "저는 엠마가 있는 농촌으로 갈 거예요. 거기에 친구들이 있대요. 고택이 있다는데 숨을 수 있을 거예요."

도라는 오빠가 대꾸해주기를 기다렸다. 하지만 그는 읽는 책에서 얼굴도 돌리지 않았다. 도라가 벽장을 열고 여행 가방을 꺼냈다. 그러고는 불을 켰다. 동생 도라가 단호하게 최후통첩을 던졌다.

"오빠도 가요." 그녀가 속삭였다. 오빠의 반응이 어떠할지는 명약관화했다. 아니나 다를까, 발터가 즉답을 했다. 분노와 원한이 짙게 배어 있는.

오빠의 대답은 고함에 가까웠다. "미국에 갈 수 있는 비자를 기다리고 있다고 얼마나 더 설명해야 하니!"

"1년째 기다리고 있다구요. 아도르노를 절대 믿지 말라고 했잖아요."

도라의 목소리가 송곳 같았다. 정말이지 뇌를 뚫어버릴 듯했다. 도라가 연구소를 정조준했고, 이 방법은 발터가 떠올리고 싶지 않은 의심을 불러일으킬 만큼 예리했다. 상황이 마무리되었다. 한 시간 후 벤야민은 분노를 가라앉혔고 다시금 누이를 있는 그대로 바라보게 됐다. 동생은 연약했고 겁을 먹고 있었다. 오빠의 도움과 지원이 절실했다. 하지만 그가 방법을 모른다는 것이 문제였다. 해가 지자 생기가 사라졌고, 인적이 뜸한 밤거리에서 유령 같은 침묵이 솟아올랐다. 발터가 아드리엔한테서 받은 돈의 정확히 절반을 동생에게 건넸다.

"행운을 빈다." 그가 말했다.

"제발 나랑 가요."

"아니야, 도라. 난 마르세유로 가. 조만간에 다시 만나자. 걱정마라. 기껏해야 한 달이니."

두 사람의 눈가에 눈물이 맺혔다. 하지만 둘 다 참았다. 슬픈 것이 두려워서였다. 도라가 떠나자 벤야민이 창가로 가서 밖을 내다본다. 바람이 불었고 등나무꽃 향기가 올라왔다. 밤이 깃들고 있었다. 이제 그는 정말로 혼자였다. 종탑이 8시 30분을 알렸다. 시간이된 것이다. 발터는 빠져나갈 수 없는 미로 속으로 더 깊숙히 사라지고 싶었고, 8시 30분은 그런 바람 속에 도피하는 시간이었다. 적막감을 조금이라도 떨쳐버리기 위해 발터는 편지를 썼다. 대상은 아도르노였다. "내일, 아니 다가오는 시간에 무슨 일이 벌어질지도 전혀 알지 못합니다. 그런 절대 불확실성이 몇 주째 제 삶을 지배하고 있습니다. 제게 발부된 소환장이라도 되는 양 신문을 죄 읽고, 라디오 방송의 갖은 비보를 듣습니다."

방에서 들리는 소리라곤 벤야민이 종이 위를 달리게 하는 만년필 긁히는 소리뿐이었다. 그 사유의 소리가 발터의 머릿속에서 딱맞아떨어지며 호응했다. 밖은 이미 야심했다. 벤야민이 심호흡을한번 하고 글을 이어나갔다. "마르세유로 가서 거기 영사관에 소청을 하려고 했지만 그럴 수 없었습니다. 지금으로서는 외국인이 이동 허가를 득하기가 불가능하기 때문입니다. 국외의 당신들이 해주는 노고에 기댈 수밖에 없는 것이지요. 비록 제가 평정을 유지하고는 있지만 상황이 매우 힘겹다는 것을 당신이 분명히 인지해주었으면 합니다. 나는 무너지지 않았어요. 하지만 상황이 위험하다는 걸 말하지 않을 수 없군요. 이런 상황을 돌파할 수 있는 사람은 거의 없을 것입니다."

벤야민은 늦게 잠이 들었다. 어둠이 희미해져가는 상황에서 그는 자다 깨다를 반복했다. 전전반측하며 이까지 갔다. 동틀 무렵에 눈이 떠졌는데 기진함을 느꼈다. 발터는 깬 채로 오랫동안 누워 있었다. 눈을 감고서 앞으로 닥칠 일을 궁리하고 또 궁리했다. 그러다가 마침내 자리에서 일어나 나가기로 마음을 굳혔다. 식당 좌석에 자리를 잡고 앉자 커피가 나왔다. 《파리 수아르》의 마르세유 판을 대충 넘겨보는 그의 눈에는 초조함이 배어 있었다. 배우들, 상류 사회 인사들이 리비에라 해안을 가득 채우고 있다는 기사가 눈에 들어왔다. 비시 정부가 새로 칙령을 발표했는데 수영복이 무릎까지 내려와야 한다는 내용이었다. "이제 반바지는 안 된다. 프랑스 여자들이 남자처럼 입는 것도 이제 금지다!" 기자는 계속해서 이렇게 열변을 토했다. "국민 혁명은 전진한다."

발터는 낭패감을 느끼며 자리에서 일어났다. 아무튼 아직 남아 있는 희미한 희망의 끈을 놓아버릴 수는 없었다. 그는 작렬하는 태양 아래로 힘겹게 나아갔고 우체국으로 향했다. 어떤 확신이 있어서라기보다는 의무감 때문이었다. 그런데 놀라운 일이 벤야민을 기다리고 있었다. 연구소의 제네바 비서인 율리아네 파베즈가 뉴욕에서 폴락이 보낸 전보를 그에게 전달해준 것이었다. "당장에 마르세유로 가라고 벤야민에게 알려주세요. 미국행 비자가 거기 있을 겁니다."

발터는 믿을 수가 없었다. 전보를 손에 쥔 발터가 머릿속으로 생각을 굴렸다. 정리가 되었다. 벤야민이 호르크하이머와 아도르노를 믿고 기댄 것은 옳았다. 도라에게 전보를 보여줄 수 있었으면 하는 마음이 굴뚝같았다. 당장에 마르세유행 여행 허가증을 취득해 역으로 갈 수만 있다면! 하지만 일단 카페로 돌아가야만 했다. 카모마일 차를 주문해 심장약을 삼켜야 했던 것이다. 몸이 어찌나 떨렸는지, 몸이 와해될 것 같은 느낌과 더불어 두려움이 엄습해왔다. 과거의 참호에 똬리를 틀고 있었어야 할 기억이 그를 찾아나선 듯했다. 겨우 진정한 발터. 햇살이 눈부셔서 발터는 눈을 찡그리지 않을 수 없었다. 하이힐을 신은 여자 둘이 위태롭게 또각거리며 그를 지나쳐 모퉁이로 사라졌다. 발터는 재떨이 아래 깔아놓은 전보를 바라보며 실없이 웃었다. 8월 4일. 벤야민은 모든 문제가 한순간에 몽땅 해결됐다고 생각했다.

하지만 발터의 판단은 틀렸다. 마르세유 소재 미국 영사관으로부터 확답을 들으려면 여러 날이 걸릴 터였다. 루르드에 주둔한 군대를 설득해 여행 허가증을 교부받는 것 역시 마찬가지였다. 당국 사이에서 전보가 오가는 데에도 여러 날이 걸렸다. 통행증을 요청함에 따라 벤야민이 다시금 대명천지에 모습을 드러낸 것이었고, 체포돼 게슈타포에 인계될 수도 있다는 두려움과 공포가 비등했다. 그래도 발터는 그 두려움을 잘 관리했다. 남과의 대화를 최대한 줄였고, 꼭 필요하지 않으면 방도 나서지 않았다. 그는 암담한 내용의 편지를 신중하게 작성했다. 8월 9일 한나 아렌트의 파리 옛집으로 편지가 발송됐다. 아렌트가 구르스에 억류 중이었음에도 편지가 전달되기를 바라면서. "시간의 압박이 심해서 답답하고 괴로워. 영육의 삶이 유예된다면 기분이라도 좋으련만." 발터는 아렌트에게 자기가 《적과 흑》을 읽고 있으며, 원고를 생각하면 가슴이 미어진다고, 또 마르세유에 도착하면 영사관에서 미국행 비자를 받을 수 있을지도 모른다고 썼다. 하지만 여행 허가를 받기 위해 아직 확인 절차를 밟고 있다고도 알렸다.

마르세유가 17일에 확인 증서를 보내왔다. 사흘 후 벤야민이 자정발 열차에 탑승했다. 물론 그는 통행금지령 때문에 8시까지 역에 도착해야만 했다. 승강장에서 대기하는 네 시간은 길었다. 그러고서 객차에 몸을 실었다. 그는 다리를 접고 몸을 숙였다. 머리가 점점 더 묵직하게 느껴졌다. 가끔씩 순찰병이 지나갔다.

"서류 좀 봅시다."

두려워할 게 없다고 아무리 다짐을 해도 안 됐다. 서류를 건네면서는 심장이 두방망이질치는 게 느껴졌다. 군모와 제복이 보이자마자 숨이 가빠졌고 손바닥에서는 땀이 났다. 입술이 떨려왔다. 인도의 가로등이 차창을 따라 움직이기 시작했을 즈음 그는 이미 만신창이였다. 발아래서 철로가 덜컹이는 게 느껴졌다. 밤의 심연이 풍경을 지워버렸다. 그는 다리 사이에 가방을 끼우고 이마를 객차 옆에 대고 앉아 있었다. 바깥은 어두웠고 눈꺼풀이 쿵쾅거렸다. 발터는 잠을 자지 못했다. 기묘한 따끔거림 때문이었다. 마치 얼음이 뱃속에 들어간 것 같은. 발터는 그 불쾌한 감각을 인지하면서 유년 시절로 돌아갔다. 동요의 곱추난쟁이가 이불 아래서 자신을 쫓아온 일이 생생하게 떠올랐다. 이제는 더 이상 그것을 잘못 판단할 수도 없었다. 그것은 두려움이었다.

아니, 아직 아니네. 자네의 철학자는 아직 아니라네. 7월에 포르부에 도착했지만 9월 말까지는 그 벤야민을 만나지 못했지. 그러니까 거의 2개월 후에야 우연히 그 사람을 만났다네. 어느 날 밤 피레네 산맥이었어. 그 양반은 은밀히 국경을 넘고자 했지만, 당시에는 그 일이 쉽지 않았지. 내가 처음 월경했던 7월은 휴전 직후였고 당시에는 산맥을 감시 통제하지 않았으니. 페탱이 프랑스 군대를 거기 배치한 것은 나중 일이고, 그런 다음에야 게슈타포가 왔고, 이어서 에스파냐 국경 수비대가 가동됐어. 알폰소와 나는 사람은 코빼기도 못 봤다네. 밤에 방드르 항구를 출발했고 동트기 전에 정상에 올랐지. 바다가 보이더군. 그럴 때 읍락이 하늘보다 더 어둡다는 거아나? 수평선 위가 서서히 보라색으로 바뀌었지. 불빛이 어둠 속에서 달랑거리고 있었다네.

"다 왔네." 내가 말했지. "저 아래가 포르부일 거야. 틀림없어."

"저 아래……" 알폰소가 턱으로 수평선을 가리키며 말을 받았어. "나의 조국."

자네 까먹었을 거야. 알폰소가 이탈리아 사람이라는 거 말야. 그 친구한테 에스파냐로 돌아가라고 하는 사람은 아무도 없었어. 그것도 프랑코의 에스파냐로 말야. 내 말이 그 말일세. 알폰소는 사랑에 빠져 있었지, 정말이지 깊은 사랑.

"곧 도착할 거야." 내가 녀석을 격려해줬지. "아나 마리아와 잘되기를."

하지만 알폰소는 아랫입술을 깨물고는 대답을 하지 않았어. 사실 숨어 있는 내내 입을 열지 않았지. 거의 하루 종일. 마을이 어두웠지만 그렇다고 관광객처럼 활보하며 다닐 수는 없었고, 밤이 찾아들 때까지 기다렸다네. 해가 우리 뒤에 있었는데 사과처럼 빨갰고 따뜻한 온기가 등짝을 간질였지. 햇살이 산악에 가득했다네. 부드럽고 찬연했지. 그 햇빛이 활수하게 대양과 하늘로 뻗어가면서 구름과 포르부의 가옥을 비추었어. 계곡은 얼룩처럼 새까맣게 남아 있었고. 에스파냐. 나의 고향, 고국. 하늘과 빛. 세이지와 로즈메리 향기. 그리고 소똥과 바다와 불탄 숲. 철로 앞 마을의 첫 번째 가옥에 당도했지. 전쟁의 폐허를 도처에서 확인할 수 있었어. 광장과 화단이 돌무더기투성이었으니. 어두웠지만 운이 좋게도 메르세데스의 집을 찾을 수 있었지. 비좁고 잠잠한 골목에서 주소지 번호판을 더듬었다네. 집 문을 두드리는데, 가슴에서 뛰는 심장소리가 어찌나 크게 느껴지던지.

"누구세요?" 노파의 목소리가 들렸네.

"저는 라우레아노입니다. 메르세데스 있습니까?"

"많이 늦었어요. 내일 오세요."

"제발요. 부탁드립니다."

고요한 침묵이 얼마나 지속됐는지 모르겠지만 나한테는 영원처럼 느껴졌다네. 다시 산으로 올라가야 하나 싶은 바로 그 순간, 문이 열렸지. 메르세데스. 안부를 물을 시간조차 없었어. 울고 있었거든. 그냥 서서 울고 있더라고. 포옹도 키스도 안 해주고서. 참으로 오랜만에 다시 나를 보았으니 기뻤을 거야. 하지만 눈에서는 눈물이 강물처럼 흘러나왔지. 감정은 섬세해. 그래도 사람이 좋으면 웃지 않나? 안 그런가? 여자들이란, 나이가 일흔여덟이나 됐지만 아직도 그네들 속은 모르겠어.

"오, 메르세데스! 왜 우는 거야?" 내가 그녀를 끌어안았지.

"귀신 같아요." 흐느낌 때문에 그녀의 말을 간신히 알아들을 수 있었어.

짐작이 됐지. 여러 달 동안 도망자 신세였으니, 거울을 보고서야 내 몰골을 확인했는데, 그동안 어땠을지 정말 상상이 안 되더군. 떠돌이 부랑자! 내 뼈에 붙은 고기가 30킬로그램이 채 안 됐을 거야. 면도를 못 해서 길게 늘어진 수염, 눈은 퀭했고, 눈 아래 주머니가 부풀어서 볼에 가 닿을 지경이었네. 고갈되기는 메르세데스도 마찬가지였어. 두 눈은 벌겋게 충혈되었고 우울과 비애가 감싸고 있었지. 코가 더 날카로워졌더라고. 파란 드레스를 입었는데, 쇄골 주변의 깊은 만곡이 다 보였어. 그래도 어머니 페파 여사는 덩치가 크더라고. 베개처럼 튼실했지. 어머니가 일을 처리하고 돌보는 중임을 단박에 알 수 있었어. 세 사람이 아직 현관에 서 있는데, 어머니께서는 벌써 주방으로 가서 음식을 준비하셨지.

"자요. 어서 와요." 어머니가 부르는 소리가 났네.

베이컨, 치즈, 빵, 술. 다 함께 자리에 앉았는데, 조용한 것이 무슨 장례식 같더군. 물어볼 게 많으면 항상 그런 식이지. 혀를 씹어 먹은 듯한. 진정한 대답이 하나뿐일 때도 마찬가지네. 너무 두려운 거지. 페파 부인조차 입을 다물더라고. 어머니가 말없이 술을 부어 줬고, 난 카펫 위에서 미끄럼을 타듯이 부엌을 어슬렁거렸지. 아무튼 물어봐야만 했어.

"딸은?" 내 잔에 담긴 포도주를 보며 말했지.

미소를 짓더군. 그게 다였어. 딱 한 번 웃은 거야. 안도의 한숨이 나오더라고.

"마리아는 잘 있어요. 지금 자고 있어요." 메르세데스가 대꾸했지.

다른 걸 물어보려면 시간이 필요했다네. 죄다 말이야. 뭐 일단 침묵이 깨지면 그걸 유지하는 법을 남자라면 알아야 해. 자네도 알지? 알폰소 놈이 입에 음식물을 잔뜩 넣은 채로 끼어들었어. "아나 마리아 소식은 좀 아세요?"

내가 소라도 타 죽을 만큼 녀석을 쏘아봤지.

한순간이었지만 메르세데스의 얼굴에서 비애의 먹장구름이 이는 걸 봤네. 두 눈으로 모여서 폭풍처럼 분출했지.

"잊는 게 신상에 더 좋을 거예요."

알폰소의 얼굴이 벌개졌어. 기침을 하더니 술을 좀 삼켰고, 다시 기침을 했지. 치즈 사레가 들어서 기식엄엄했다구. 물에 빠진 사람처럼 얼굴은 보라색인데 두 눈이 불룩해졌더군.

"왜죠?" 음조가 아주 높아서 가성처럼 들릴 지경이었어.

메르세데스가 잠시 뜸을 들였지. 그러고는 불만과 좌절감이 담긴 한숨을 내쉬었어.

"아나 마리아는 지금 살인자와 한패예요. 파시스트요. 전쟁이 종결된 후 사방을 쏘다니면서 사람을 총살하는 놈들 중의 하나와요." 메르세데스가 별안간 침까지 뱉었다네. "놈들이 트럭을 타고 나타나 할 수 있는 모두를 찾아 모으고 벽에 줄을 세운 다음 쏴 죽였어요. 미치광이들처럼 웃으면서요. 나쁜 놈들, 파시스트, 개자식. 그들이 여전히 활개를 치고 있어요. 아나 마리아는 그 가운데서도 최고 악질과 어울려 다니고요. 당신이 어떤 년이랑 놀아났는지 아시겠어요?"

"메르세데스! 말조심하렴." 페파 부인이 나무랐지.

그걸로 끝이었어. 이번에야말로 입 다물고 있는 게 좋았지. 상책이었어. 알폰소에게 무슨 말을 하겠나? 자리에서 일어나 그의 어깨에 손을 올리고는 지긋이 토닥였다네.

"오늘 밤 여기 머무는 게 가능할까?" 눈을 마주하지 않고서 이렇게 물었지.

메르세데스가 고개를 끄덕여줬다네. 자리에서 일어나 문을 닫고 나갔지. 잠시 후 메르세데스가 잽싸게 복도를 오가는가 싶더니 팔에 이부자리를 들고 나타났어. 어머니가 벽장에서 돗짚자리를 꺼내와 주방 바닥에 깔아주셨지. 우리가 어떻게 잤겠나? 메르세데스는 혼자였고 알폰소는 돗짚자리. 나랑 메르세데스? 애처럼 얼굴이 발개졌어. 섹스를 해본 적이 없는 것 같았으니 말이야. 나의 모든 미래가 거기서 결정되기라도 하는 것처럼 신경이 곤두섰지. 하지만 불안은 오래가지 않았다네. 메르세데스가 주방으로 머리를 빼꼼히 밀어넣고는 알폰소를 바라봤다네.

"매트리스가 편해 보이지 않네요. 그래도 어쩔 수 없죠. 내일 또 얘기하고 잘들 자요."

그러고는 그녀가 나를 봤어. 아무 말도 하지 않았지. 그냥 손을 내밀고는 웃었다네.

"다들 잘 자요." 페파 부인이 중얼거렸고.

믿기지가 않았어. 요즘이야 여자가 엄마의 인사를 받으며 사내를 자기 침대에 들이는 게 아무렇지 않을지도 몰라. 하지만 젊은이, 그때가 언제던가! 시대가 완전히 달랐다구. 약간 망연자실했지만 메르세데스를 따라갔지. 그녀의 향수를, 그녀의 두 어깨를 좇아갔지. 너무 깡말라서 옷이 맞지 않고 벗겨질 것 같았다네. 아무튼 그리고 그 엉덩이, 그 엉덩이를 어찌 잊을 수 있겠나!

"다시 둘이네요." 메르세데스가 말했어.

장식 없는 벽 넷, 의자 둘, 서랍장, 호두나무로 만든 큼지막한 오래된 침대. 마리아가 자고 있던지 매트리스 한쪽이 눌려 있었다네.

"옷 벗어요." 메르세데스가 속삭였고.

그 청은, 뭐랄까, 돌격 함성이었어. 옷을 벗고서 그녀 옆에 누웠다네. 메르세데스의 손이 내 다리 사이를 움켜쥐었고, 혀는 목을 핥았지. 그러고는 어떻게? 그걸로 끝이었어. 생각나는 거라고는 몸이 이완되면서 느긋함을 느꼈다는 거야. 항구에 들어온 배 같다고나 할까. 틀림없이 회로가 끊겼을 거야. 그만 됐다고 메르세데스에게 말했겠지. 지난 1년 반 동안의 피로가 내 주위에서 나를 감싸며 무너져 내렸네. 정말이지 한순간이었어. 의식하지도 못한 채 잠에 빠져들었다네. 그 느낌이라니!

벤야민은 서서, 아니 객차의 문에 기대서 부두와 창고를 내다보았다. 빈민 지구, 교외 변두리, 전봇대와 용설란, 철조망과 종려나무, 초록 구릉을 배경으로 계단과 냄새 나는 골목도 눈에 들어왔다. 이윽고 마르세유였다. 소금, 휘발유, 오줌, 잉크 냄새가 났다. 아치 길, 계단, 다리, 발코니가 길에 빽빽했다. 생 샤를 역에서 밖으로 나왔을 때는 해가 이미 지고 있었다. 벤야민이 광장 정상에서 눈을 가늘게 뜨고 손으로 차양을 만들어 뉘엿뉘엿 지는 해를 가렸다. 쭉 뻗어나가는 지붕들, 산, 고지의 노트르 담 드 라 가르드, 기차가 건너온 다리가 보였다. 칸비에르 가 아래, 옛날 항구, 바다는 파랬다. 평저선들이 철재 도개교 아래를 미끄러져 가고 있었다. 배들의 돛대가 마치 구옥의 정면 장식을 훑고 지나가는 듯했다. 벤야민이 잠시 멈춰서 8월의 기운을 실어나르는 미스트랄을 깊이 들이마셨다. 얼마 후 그가 안경을 바로하고 검정 가방을 들더니 출발한다.

"출발." 속으로 말했지만 큰 소리였을 것이다.

기차에서 흑갈색 머리의 백인 여자가 이미 이렇게 경고한 바 있었다. "방을 찾는 건 부질없는 짓이에요. 여인숙이든 호텔이든 다 꽉꽉 들어찼어요. 세상 사람이 전부 마르세유로 모여들어 만남을 갖기라도 한 것 같다니까요."

그렇다면 이제 그는 무엇을 해야 한단 말인가? 여자가 대단한 정보라도 되는 양 은밀히 난민 센터를 알려줬다. 증명서나 서류 따위를 보여주지 않아도 되는 곳이라고 했다. 난민 수용소는 졸리에트 지구의 오래된 학교에 있었다. 벤야민은 걷고 있다. 고개를 잔뜩 수그린 채 느릿한 걸음으로 학교를 찾는 발터. 그가 북적이는 칸비에르 가를 지나 벨기에 부두로 나아갔다. 벨기에 부두는 제1차 세계대전 때 파괴된 구항이다. 코르시카 지구에서는 분수대 옆에 앉아 잠시 쉬었다. 가방을 무릎에 올려놓고 심호흡을 한다. 발터는 10년 전에 이곳을 처음 찾았다. 하지만 마르세유는 여전히 벤야민에게 놀랍기만 했다. 마르세유는 아프리카의 도시처럼 하얗고 벌거벗은 느낌이었다. 하지만 시선을 바다로 돌리게 만드는 골목길 하며 항만과 대로는 유럽과도 상당히 비슷했다. 유럽, 갖은 나라의 탈주자들. 강제 수용소에서 모여든 사람들. 패배한 군인들과 탈영병. 가족을 잃고 서류와 돈이 없어 오도 가도 못하는 사람들. 중립국은 그들을 역병이라도 되는 것처럼 거부했다. 벤야민 같은 사람들은 정말이지 운이 좋았다. 아직은 강제 수용소나 가축 운반차에서 죽지 않았기 때문이다. 산산조각 난 대륙, 거기서 마르세유는 마지막 피난처였다. 요컨대 탈출 루트의 종단이었던 셈이다. 하지만 마르세유가 올가미임이 곧 드러났다. 떠나지 않을 배를 아무런 대책 없이 기다려야 하는 올가미. 사람들은 거기서 비자, 돈, 허가증을 구하려고 갖은 수를 짜내야 했다. 게슈타포를 피하는 것은 두말하면 잔소리. 야간 순찰대와 경찰이 수상쩍은 용의자는 언제라도 체포해갔다.

벤야민이 심호흡을 하고서 똑바로 섰다. 그러고는 가파른 계단을 올랐다. 걸음마다 호흡을 가다듬기 위해 멈춰야 했다. 그가 뒤로 펼쳐진 졸리에트 부두의 텅 빈 잔교를 내려다보았다. 등대에서 내뿜는 광선도 보였다. 빛이 희미해서 섬들은 거의 안 보이지 않았다. 마룻바닥에 돗짚자리가 되는 대로 펼쳐진 게 보일 만큼 아직 밝을 때 난민 센터로 쓰는 학교에 도착했다. 수백 명의 남녀가 복작거리고 있었다. 참을 수 없는 악취가 벽에 배어 있었다. 벤야민은 식당에서 구운 토마토와 빵을 받았다. 조금 지나자 관리자들이 불을 껐다. 벤야민은 빈자리에 드러누우며 생각했다. "없는 것보다야 낫지." 그러고는 속절없이 깊은 잠에 빠져들었다. 가방은 머리맡에 두었고 꿈은 꾸지 않았다. 다음날 아침, 깨어난 벤야민은 멍투성이였지만 그래도 휴식을 어느 정도 취했다는 걸 느꼈다.

벤야민은 8시에 벨정스의 카페 드 라 로통드의 유리를 덮은 테라스에 앉아 있었다. 테이블에는 먹다 남은 모닝커피와 검정 가방이 보였다. 미스트랄이 시역 전체에 휘몰아쳤고 밖은 여전히 추웠다. 길과 광장에서 피어오르는 선풍이 보일 지경이었다. 소금기 가득한 바람에 신문지가 날렸다. 카페는 벌써 연기가 가득했다. 유럽의 갖은 얼굴과 언어가 보이고 들렸다. 가끔은 한마디씩 알아들을 수도 있었다. "오랑…… 포르투갈…… 쿠바 비자…… 경유…… 마르티니크……" 벤야민은 거기 혼자 있는 것이 좋았다. 느긋한 산책자처럼 관찰하는 것 말이다. 칸비에르 가를 지나는 사람들은 소지품들에 힘겨워했다. 주택과 가옥의 파사드가 무너져 내리고 있었으며, 빛이 눅눅한 대기를 비스듬히 비추었고, 해서 포도가 번들거렸다. 하지만 조금 더 있자하니 옆 테이블들에서 왁자한 소리가 났고, 패배의 지도가 그려지기 시작했다. 발터는 점점 더 불편하고 불쾌해졌다. 고독감이 수그러들지 않았고, 단지 누구라도 불러서 말을 하고 싶었다. 그가 종업원에게 크루아상을 주문한 이유다.

"쿠폰 주세요." 종업원의 대꾸가 짜증스러웠다.

"쿠폰이요?"

"새로 오셨군요. 그렇죠?" 벤야민 옆에 앉아 있던 노인이 몸을 기울였다. 동시에 주먹으로 괴고 있던 얼굴을 살짝만 돌려서 접근을 거의 감지할 수 없을 정도였다.

"지금 여기서는 배급을 시행하고 있어요." 그의 설명이 이어진다. "뭐든 쿠폰이 필요합니다. 제가……? 저는 카를 판 에르데라고 합니다."

표정이 진지했고, 얼굴엔 주름이 잡혀 있었다. 파란 눈동자. 그는 긴 은발을 한가운데로 단정하게 가르마 타고 있었다.

발터가 자리에서 일어나 고개를 숙였다. "만나서 반갑습니다. 저는 벤야민 박사입니다. 발터 벤야민이라고 해요."

"진짜 이름인 듯하군요. 글쎄요, 실수하신 겁니다. 서류에 문제가 없지 않은 이상 이름은 말 안 하는 게 더 낫지요."

"서류는 문제 없습니다." 벤야민이 대꾸했다. "미국행 비자까지 받았는걸요."

"문제 없다고 자신하세요? 자신할 수 있는 사람은 아무도 없습니다. 말해보세요. 방문 허가증입니까?"

그는 그윽하고 침착한 목소리였고, 아마도 그 때문에 발터가 향수에 젖었을 것이다. 발터는 그 낯선 노인이 참견하는 것이 화나지 않았다. 발터의 얼굴에 난감하다는 기묘한 표정이 떠올랐다. 판 에르데가 어정쩡하게 고민스런 표정을 지은 이유다. 아이나 바보한테나 어울릴 법한 그런 표정 말이다.

"여기 마르세유에 머무르려면 방문 허가증이 필요해요." 그가 말을 이어갔다. "바레 광장에 있는 현청 사무소에 가서 신고해야 합니다. 방문 허가증이 없으면, 비자들만으로는 탈출할 수 없어요."

"비자들요? 하나면 되는 거 아닙니까?"

"아, 그렇게 들렸나요? 용서하시오. 아무튼 잘 모르는 것 같군요, 그렇죠? 미국행 비자가 있다면 운이 좋은 거죠. 이제 필요한 건 출국 비자와 여행 허가증이겠군요."

벤야민이 눈을 가늘게 뜨고 판 에르데를 바라보았다. 그러고는 다시 창문 너머 바깥을 응시했다. 구름이 건물들에 음영을 드리우고 있었다. 발터가 다시 노인을 바라본다. 그러고는 깜짝 놀랐다. 그는 노인의 말을 믿지 않았고 믿을 수도 없었다. 발터는 자기가 고난의 십자가길 종단에 이르렀다고 생각했다. 그런데 지금 이 남자가 산통을 깨고 있었다.

"설명해드리지요, 다." 판 에르데가 말했다. "하지만 나한테 커피 좀 사시지요? 돈이 없어요. 미안합니다."

발터가 동전을 셈해보고서 종업원을 불렀다. 판 에르데가 자기 몫의 커피를 들이켜고는 의자에서 기지개를 켰다. 마침내 길고 긴 설명이 시작되었다. 그는 행복해 보였다. 복잡한 얘기를 통해 지독한 침묵에서 벗어날 수 있게 되었으니 만족한다는 듯이.

"미국에 가려면 먼저 포르투갈에 가야 해요. 그리고 에스파냐를 통과해야죠. 맞죠? 경유 말입니다."

"그게 무슨 소리예요?"

"당신, 아무것도 모르는군요. 우리는 역병의 근원이에요. 우리가 통과하는 어떤 나라라도 확실히 하고자 한다는 말입니다. 우리가 그 나라에서 중단하고 멈춰서 숨어버리지 않으리라는 걸요. 우리가 당장에 떠나리라는 걸요. 가장 중요한 건 포르투갈 비자를 얻는 겁니다. 하지만 포르투갈 비자를 얻으려면 뉴욕행 배 탑승권을 갖고 있어야 해요. 이제 포르투갈에서 당신한테 비자를 발급해주면 그 사실과 증빙 서류를 에스파냐 영사관에 알리고 에스파냐 경유 권리를 득해야 하는 것이지요. 이 모든 일에는 돈이 많이 들어갑니다. 왜 수고스럽게 당신한테 이 모든 걸 알려주는지 그 이유를 모르겠군요. 아무튼 그래요. 당신한테는 프랑스에서 탈출할 수 있는 비자가 여전히 필요합니다. 그리고 그것은 획득하기가 아주 어렵습니다."

밖에서 별안간 비가 내리기 시작했다. 마르세유는 여름철만 되면 가끔 스콜성 폭풍우가 몰아친다. 기다란 빗줄기가 창문을 두드려댔다. 길을 걷던 사람들이 건물 입구로 몸을 피했다. 카페 내의 잡담이 일순 멈추었다. 말소리를 입 밖에 내기에는 결코 좋은 순간이 아니었다. 하지만 벤야민은 그 사실을 너무 늦게 깨달았다.

"탈출 비자요?" 목소리가 너무 컸다. 방 안의 모든 사람이 벤야민의 테이블로 시선을 돌렸다. "하지만 어떻게?" 그가 목소리를 낮추었다. "프랑스는 왜 사람들이 떠나는 걸 막는 거죠?"

판 에르데가 고개를 가로저으면서 한숨을 쉬었다. "조심해요. 당신 독일 사람이죠? 지금 실권자는 독일 사람들이에요. 그들이 모든 걸 통제한다구요. 누구든 이 대륙을 떠나고자 하는 사람은 그들이 가만두지 않아요."

10분 후 폭우가 시작되었을 때와 꼭 마찬가지로 느닷없이 그쳤다. 하늘이 다시 맑게 개었고 태양이 보도에 고인 물을 말렸다. 카페는 축축한 기운이 그득했다.

판 에르데 노인이 천천히 대화의 줄기를 다시 잡았다. "모든 비자가 다 마찬가지예요. 그러니 당신이 프랑스를 떠나는 것은 기정사실이 아니에요. 도대체가 리스본이나 아메리카로 가는 방도를 찾을 수 있을까요?"

"제가 어떻게 해야 하죠?" 벤야민이 물었다.

말없이 계속 듣고만 있었던지 발터의 목소리가 쉰 소리로 나왔다. 그가 짧게 헛기침을 했다. 노인이 스푼 핥는 일을 중단하고 다시 그를 바라볼 때까지 기다려야 했다.

"뭘 해야 합니까?" 발터가 되풀이 물었다.

"시간이 필요하죠. 그것도 아주 많이. 용기를 잃지 마세요. 나를 예로 들자면 멕시코에 가서 교편을 잡기로 계약을 했죠. 그 계약서 덕택에 비자가 나왔고 통과증도 얻었어요. 그런데 출국 비자를 얻는 데 한 달이 걸렸고 그 과정에서 통과증의 유효 기간이 지나버렸습니다. 통과증이 사라지자 모든 게 끝나버렸어요. 계약서를 갱신 연장하면서 기다리는 중입니다. 다시 시작하려고요."

이번에는 판 에르데 노인이 밖을 내다봤다. 하지만 눈에 띄는 광경이 도무지 마음에 들지 않았던 모양이다. 옆으로 만자 십자장을 새긴 자동차 한 대가 천천히 칸비에르 가로 내려가고 있었다. 마르세유에서 목격하는 첫 번째 나치 차였다. 운전수는 한 명이었고 제복을 걸친 남자 두 명이 밖을 내다봤다. 그중 한 명이 장갑으로 차창을 두드리며 웃는 게 보였다.

"서두르세요." 판 에르데가 속삭였다. "현청으로 얼른 서류를 가져가요. 시간이 별로 안 남았어요."

바레 광장 현청. 벤야민은 루부아 거리에 있는 외국인 사무소로 보내졌다. 줄이 별로 없었다. 대기실에서 왔다 갔다 하는 사람이 두세 명 정도. 직원이 1개월짜리 방문 허가증에 도장을 찍어주면서 물었다, 마르세유에서는 무얼 할 거냐고.

"떠날 겁니다." 벤야민이 대답했다. 쉰 목소리가 나왔고 발터가 불안해한다는 게 빤히 보였다. "일을 좀 정리할 겁니다."

"좋습니다." 직원이 서류에 도장을 찍고 서명을 한 다음 돌려줬다. "안녕히 가십시오. 방야망 씨." 그가 미소인 듯 미소 아닌 미소를 지었다.

발터는 화가 나지 않았다. 확실히 말하건대 이번에는 행복했다. 그가 서류를 가방에 집어넣고 밖으로 나왔다. 정오가 갓 지난 시간이었다. 맞은편 인도에서 해상 운송 부서 직원이 흑판에 선박들의 이름과 출발 날짜를 적고 있는 것이 보였다. 그 공무원 바로 뒤에 사람들의 줄이 있었다. 벤야민이 벨기에 부두 쪽으로 발길을 옮겼다. 갈매기들이 태양 아래 여기저기 흩어져 있었다. 잠깐의 행복감은 이미 사라지고 없었다. 발터가 계단에 앉아 바다를 응시했다. 배들이 항만에서 깐닥거리고 있었다. 키들이 닿을락말락했다. 산들바람이 불고 있었다. 벤야민은 결국 어디에 있었던가? 거대한 노천 강제 수용소. 마르세유가 그랬다. 바라고 기대하지만 그 희망은 헛되었다. 끝없이 기다려야만 했다. 마르세유를 둘러싼 가시철조망이 바로 그것이었다. 거기에는 해가 있었다. 대륙 가장자리의 작은 지점 마르세유에도 태양은 가득했다. 유럽이 끝나는 곳. 바다가 시작되는 곳.

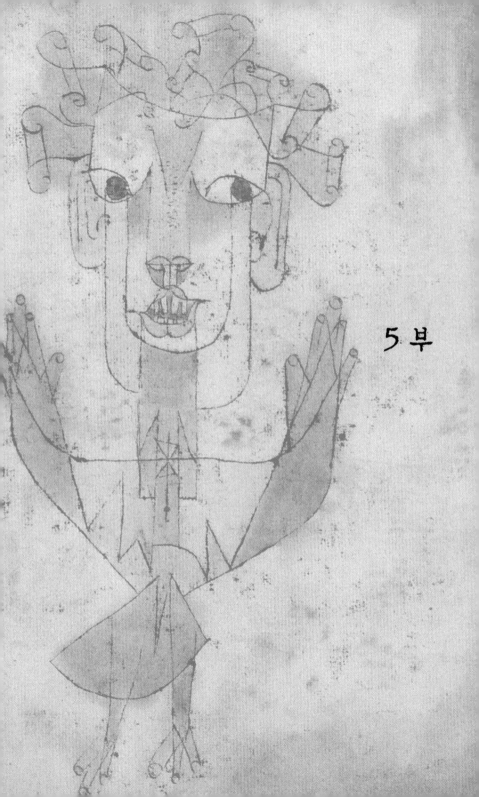

5 부

떠나기. 벗어나기. 그가 어디를 가든, 카페든, 보도든, 약국의 줄이든, 어디를 가든 사람들의 유일한 대화 주제는 탈출이었다. 승선권, 노획된 선박, 도착하지 않는 배, 비자, 잘못된 여권, 난민을 환영하는 먼 이국의 땅. 이런 식으로 갖은 얘기가 떠돌았고, 기다리는 일은 그럭저럭 견딜 만했다. 희망이 살아 있었다. 그즈음 독일 공군 루프트바페가 영국을 공격했다. 페탱은 노동조합을 해산했고 식당의 주류 판매를 금지했다. 유대인 가게의 창문은 국민 혁명의 이름으로 산산조각 났다. 하지만 마르세유로 모여든 갖은 난민은 이런 얘기를 입 밖으로 꺼내지 않았다. 벤야민이 그런 얘기를 꺼내면 사람들은 어깨를 으쓱할 뿐이었다. 그가 말을 붙인 사람들은, 어떤 사람이 배에 몰래 탔다가 적발돼 내던져졌다거나, 토머스 쿡 여행사 직원이 물경 200프랑의 가격에 있지도 않은 배의 미국행 가짜 티켓을 팔려고 한다거나, 생 페레올 가의 어떤 비밀스런 사무소가 100프랑을 받고 중국 비자를 내줬다는 이야기나 주워섬겼다. 누군가가 여러 주 후에 그 돈을 새김된 서류의 표의 문자를 해석해냈다. "이 증서를 소지한 사람은 어떤 상황에서도 중국 땅을 밟는 것을 금지한다." 하지만 그 비자 아닌 비자를 써서 어떤 사람이 포르투갈 통과 허락을 받아냈다고도 했다.

"마르세유의 포르투갈인들이 중국어를 한마디도 모른다면 틀림없이 가능해……"

사람들은 웃으면서 시간을 기망했다. 술집과 영사관과 광장에서 매번 만나는 똑같은 사람들에게 절망과 자포자기 상태가 결코 승리하지 않았음을 주장하는 방식, 그것이 바로 웃음이었던 것이다.

벤야민은 마르세유 나날의 초기를 몽 방투에서 보냈다. 칸비에르 가와 벨기에 부두가 만나는 길의 모퉁이에 있는 카페다. 그는 몇 시간씩 거기 앉아 있곤 했다. 옛 부두 주변의 하얀 집, 햇빛을 찬연하게 토해내는 요새, 깐닥거리는 배들의 돛대, 부두에서 건조 중인 고기잡이 그물이 보였다. 바깥 거리에서는 밀정들이 돌아다녔고 경찰은 대로에서 독일 억양에 증빙 서류가 없는 사람들을 수색했다. 벤야민이 자신의 불편과 불안에 휘둘리고, 그 올가미에 잡힐 수도 있다는 극심한 괴로움에 함몰되었다면, 결국 그런 내면의 고뇌와 비통에 압도당하고 말았을 것이다. 심연의 바닥으로까지 추락하고 말았을 것이다. 그러나 그에게는 아직 출판해야 할 책이 있었다. 벤야민의 공책과 에세이가 여전히 그의 검정 가방에 쑤셔 박혀 있었다. 그가 이 소리를 크게 말하지는 않았다. 하지만 그는 분명하게 알고 있었다. 자신의 저술이 예언자의 외침이라는 것을. 자신의 미래 비전을 거듭해서 되풀이 말해야 하는 운명의 예언자 말이다. 벤야민은 그래서 계속 가야 했다. 벤야민이 그 모든 걸 포기할 수 없었던 이유다. 그는 제네바 연구소로 전보를 쳤고, 거기에는 여행 경비를 보내달라는 요청이 적혔다. 다음날 그는 생 페레올 광장에 있는 미국 영사관을 찾았다.

로비에 테이블이 있었고, 계단 맨 위로 주요 사무실들이 보였다. 그 탁자는 마치 서류더미로 신음하는 생명체 같았다. 호락호락해 뵈지 않는 직원 하나가 몰려든 사람들을 통제했는데, 엉덩이로 테이블을 미는 신기를 발휘하자 행운의 인물 하나가 들어갈 수 있었다. 발터가 쭈뼛거리며 직원에게 다가갔다.

"안녕하세요. 저는 벤야민 박사입니다." 그가 루르드에서 받은 전보를 건넸다. "제 비자를 찾으러 왔습니다."

"저기서 기다리세요."

의자는 몇 되지도 않았지만, 사람들이 이미 다 차지하고 있었다. 남자, 여자, 아이, 노인이 죄 거기 있었는데 때 빼고 광낸 것이 영사에게 좋은 인상을 심어주겠다는 각오가 빤히 보였다. 조바심 내며 왔다 갔다 하는 사람들, 그들은 테이블을 보았고 각자의 서류를 살폈다. 조용히 대화를 나누기도 했는데 듣자하니 병이나 임신 사실을 숨겨야 할지 말아야 할지, 또 빈곤 상태로 영락해버렸음을 숨길지 이실직고할지가 궁금한 것이었다. 은신처에서 막 빠져나온 듯 모두의 얼굴이 창백했고 표정은 긴장돼 있었다. 일부는 낯이 익었다. 이미 수백 번은 길에서, 또 카페에서 보거나 지나쳤던 까닭이다. 벤야민은 그들과 얄궂은 미소를 교환했다. 모두가 그랬던 것처럼, 그들이 다시금 서로를 만나게 되리라는 걸 알았기 때문이다.

"영사는 좋은 사람입니다. 제가 알지요." 손에 모자를 든 노인이 말했다. 벤야민이 몽 방투에서 전날 봤던 사람이었다.

발터의 웃음은 희미했다. 자신이 선별되었음을 알았고, 그 죄책감이 거슬렸던 것이다. 실상 자기 주머니에 비자가 이미 있었던 것이다. 얼마 안 있으면 그는 손에 서류를 쥐고서 계단을 걸어가고 있을 터였다. 인장이 찍히고 빨간 리본이 붙은 문서를 말이다. 아직 삶의 기회와 가능성이 있는 남자라니! 두 시간 후 직원이 발터의 이름을 부르고는 가로장을 치워줬다. 그가 들어간 2층의 대기실은 이미 사람들로 가득했다. 한번 더 인내심을 갖고서 기다려야만 했다. 얼마 안 있어 여자가 밖을 내다보며 발터를 불렀다. 영사는 작고 여윈 남자로 너무 큰 양복을 입고 있었다. 자기한테는 너무 큰 책상 뒤에서 길을 잃은 듯했고, 썩 좋지는 않았다. 발터가 영사 앞에 섰다. 숨이 가빠왔는데 뱃속에 얼음이 들어온 듯했다. 불안이 손톱처럼 그를 할퀴었지만 모든 게 잘 풀릴 거라고, 곱추난쟁이가 여기까지 쫓아올 수는 없다고 거듭 상기했다. 하지만 다 소용없었다.

영사가 서류철을 살펴봤다. "후원자가 아주 많으시군요. 저기 여직원과 서류 작업을 마무리 지으세요. 그런 다음 다시 얘기합시다."

영사의 말이 떨어지기 무섭게 여직원이 입구에 대기했다. 여직원은 아주 젊었는데 갈색 곱슬머리가 마치 상추 같았다. 여자가 벤야민을 정중하게 옆방으로 안내했다. 그녀는 앞에 놓인 타자기에서 단 한 번도 눈을 떼지 않은 채로 벤야민 생애의 각종 세부 사실을 침착하고 냉정하게 다그쳤다. 질문이 매우 포괄적이었다. 빠져나갈 수 없는 것이 꼭 그물 같았고, 벤야민은 하마터면 집어치우라며 그냥 떠나겠다고 말할 뻔했다. 아무튼 이번에는 그녀가 섰고, 벤야민을 작은 책상에 앉혔다. 지문을 뜨려는 것이었다. 여자가 손가락을 종이에 대는 방법을 시현했다. 지그시 눌러야 하지만 또 너무세게 해서는 안 된다는 지시 사항이 보태졌다. 손가락 열 개와 손바닥까지 그렇게 지문이 채취되었다. 발터는 이제 좀 안심이 되었다. 뭐랄까, 성 베드로를 친견하고 천국으로의 입장 여부를 기다리는.

"이제 비자가 나오는 건가요?" 벤야민이 물었다.

여직원이 웃고는 다시 그를 영사가 있는 방으로 데려갔다. 영사가 서 있었는데, 성직자처럼 엄숙했다. 타자기 두드리는 소리가추가로 좀 더 났다. 그러고는 펜이 왔다 갔다 했다. 장식체의 서명과 직인. 계단 맨 위에 선 벤야민의 두 눈에 시기 어린 사람들의 얼굴이 내려다보였다. 그가 장식용 줄이 달린 자신의 비자로 눈을 돌리고서는 잽싸게 그걸 가방에 쑤셔넣었다. 발터는 눈을 내리깔았다. 초라함과 굴욕이 느껴졌던 탓이다. 그가 재빨리 무리를 가로질러 정문을 나왔다. 광장에는 사람이 없었다. 조성된 정원 한가운데심긴 나무들 아래 서 있는 사람도 없었고, 신문 가판대 옆에서도 꼬빼기가 안 보였다. 모두가 카페에 있었고, 그가 들어서자 조용한 가운데 사람들의 시선이 쏠렸다. 발터가 자리를 하나 차지하고서 가방을 바닥에 내려놓는다. 여전히 쏟아지는 눈길들, 발터는 방금 일어난 모든 사태가 도무지 현실 같지 않은 공허한 시간, 그런 끔찍한종류의 시간 속으로 빠져들었다는 느낌을 받았다. 이제 그는 다시금 기다림을 시작해야 할 터였다.

한 주가 지났고 제네바에서 돈이 도착했다. 무려 이레를 카페에서 끝없이 기다리고 난 후였다. 카페는 그가 맞이한 운명의 배경

이었고, 다른 난민들의 대화와 담배 연기가 가득했다. 허파가 견뎌
줄 것 같으면 구항의 미로와 같은 거리를 정처 없이 돌아다니기도
했다. 벨즁스 가, 아테네 대로, 그리고 졸리에트 부두까지. 그는 텅
빈 선창을 세심히 살펴보곤 했다. 아마도 속절없는 격통에 무너져
다 끝내버리자는 충동에 사로잡혔을 것이다. 하지만 발터는 이를
악물었고 그 충동을 참았다. 미국에서 출판할 책, 글을 쓰고 돈 받
을 일, 중요한 서클들에 이름이 퍼지면서 칭송받게 될 일을 떠올렸
다. 그가 힘을 낼 수 있는 유일한 방법은 그것뿐이었다. 9월의 그 화
요일 오전 마침내 돈이 도착했고, 발터는 부리나케 여행사로 달려
갔다. 하지만 너무 늦고 말았다. 대기하는 줄이 이미 문밖까지 뻗어
있던 데다, 코르시카인 직원이 창문에 막 '영업 마감' 간판을 걸어
버렸던 것이다. 발터는 새벽에 다시 와 아침부터 찬바람을 맞으며
줄을 서야 할 터였다. 다음날. 줄을 서자 주변 사람들이 몸을 부들
부들 떨면서 이렇게 투덜거렸다. 리스본항이 폐쇄되었다, 알렉산
드라호가 마지막 배가 될 거다 등등. 그렇게 기다리자 9시가 되었
고, 어제 그 직원이 하품을 하면서 나타나 영업을 개시했다. 사무소
는 코딱지만 했고, 무너질 것 같은 나무 칸막이가 중간을 나누고 있
었다. 벤야민의 귀에 계속해서 몇 시간째 들려온 말은 기도와 주문,
위협, 뇌물 공여, 간청과 애원이었다. 사람들이 칸막이 이쪽에서 끊
임없이 복작였다. 비자는 있지만 돈이 없는 사람, 표는 있지만 여권
이 만료된 사람. 하지만 그들은 여전히 증기선의 탑승권을 원했다.
발터의 차례가 왔다. 포마드를 발라서 머릿결이 빳빳한 직원이 하
품을 한다.
　"돈은 있습니까?" 창구 뒤에서 이렇게 묻는 그의 어조는 무례하

기만 했다.

하지만 그것도 잠깐. 벤야민의 돈을 구경하더니 당장에 예의 발라진다. 그가 하품을 멈추고 당연히 발터의 뱃길을 예약해주겠다고 했다. 하지만 필요한 서류를 모두 확인할 때까지는 승선 티켓이 발권되지 않을 거라고 설명했다. 요컨대 그동안 벤야민이 소지한 것은 영수증뿐이었던 것이다.

밖으로 나온 벤야민. 거리의 공기가 잠잠했다. 집들의 덧문은 죄 닫혀 있었고, 음울한 침묵이 오후를 무겁게 짓눌렀다. 벤야민이 한숨을 내쉬고서 땀에 젖어 축축한 셔츠를 등에서 떼냈다. 그걸로 끝이었다. 어쨌든 일을 완료한 것이다. 벤야민이 생존 투쟁의 한 마디를 또다시 매듭지었다. 역설과 탈출구가 가득했으니 참으로 기이한 마디이기도 했다. 이 과정에서 발터의 목숨이 날아갈 수도 있었다. 내면에서는 어두운 충동이 들끓었고, 그는 이 모든 걸 끝내버리고 싶었다. 최후 진술을 남기고 사라지기. 하지만 다른 욕망도 못지않았다. 발터가 계속 쓰면서 투쟁할 수 있었던 이유다. 그는 두 번째 길을 따랐고 매듭을 계속 이어갈 수 있었다. 비자, 서류, 선박, 승선권, 영사관은 미로였다. 그 미로 속에서 모든 게 회복할 수 없을 만큼 치명적일 수도 있었지만, 벤야민은 멈추지 않았고 출구를 놓치지 않았다.

로통드 가의 쿠바 카페. 벤야민이 올리브와 안초비가 토핑으로 올라간 피자를 주문해놓고서 생각에 빠져 시간을 죽이고 있다. 막 획득한 배급표가 요긴했다. 창문 너머의 어떤 여자에게 시선이 쏠렸다. 여자의 얼굴에는 긴장감이 서려 있었고, 몹시 지쳐 보였다. 걸음걸이가 마치 곱추 같았다. 늦은 오후의 햇살이 여자의 검정 머리칼에 떨어졌고, 그녀의 빠른 보조 속에 청동빛이 반사되었다. 벤야민이 냉큼 값을 치른 후 가방을 움켜쥐고서 벨죙스 가로 달려나갔다. 군인 네다섯 명의 무리를 추월했을 때쯤 벤야민은 이미 헉헉대고 있었다. 그가 큰 소리로 불렀다.

"한나!" 즉시로 그는 입술을 깨물었다. 한나라니, 그런 호명이 위험하다는 걸 깨달은 것이다.

한나가 몸을 돌렸다. 하지만 처음에는 그를 알아보지 못했다. 이윽고 그녀는 발터를 알아보았고 미소를 지었다. 과거에는 단 한 번도 그런 적이 없는 한나가 포옹과 키스를 퍼붓자, 발터는 행복에 겨워 눈물이 날 지경이었다.

"너도 여기에?" 벤야민의 목소리가 한껏 고조되었다.

"바보 같은 질문이군요." 그녀가 진지하게 대꾸했다. "당신 스타일이 전혀 아니잖아요. 하지만 뭐, 용서해드리죠."

얼마 후 조레스 광장의 작은 카페. 한나는 발터에게 구르스 탈출 경위를 설명해주었다. 다른 재소자 100명과 함께 게슈타포가 도착하기 전날 밤 도망치는 데 성공했다고 했다. 그녀는 걸어서 프랑스 남부를 횡단한 것이었다. 포, 타르부, 몽토방. 잠은 한데나 헛간에서 잤고, 마주치는 농민한테서 빵과 달걀을 구걸했다고 했다. 단독으로 여행한 것은 그쪽이 더 안전할 것으로 판단했기 때문이라고도 했다. 몽토방에서는 어머니와 남편 하인리히를 만나는 기적을 경험했다고 했다. 한나는 마르세유에 온 지 2~3주가 됐고 탈출에 필요한 모든 것을 입수했다고 얘기해주었다. 티켓, 비자, 리스본행 배편 등등. 그녀에게 이제 필요한 것이라고는 어머니의 비자뿐이었다.

"당신은 어때요?" 한나가 발터의 사정을 물었다.

발터가 고개를 가로저었다. 그가 무슨 말을 할 수 있을까? 그 자신이 여전히 답을 알지 못했다. 진실? 어쩌면. 태양이 생 니콜라 요새 위에 걸려 있었고, 그들이 마주한 테이블에도 이미 어둠이 내려앉은 상황. 벤야민이 탁자에 팔꿈치를 대고 손으로는 턱을 괴었다. 다른 팔이 검정 가방에 드리워져 있는 게 유난히 눈에 띄었다. 발터는 퀼런이 필요했다. 아니 파이프에 집어넣을 담배가 필요했는지도.

"나? 무리야." 그가 말을 이었다. "나는 이런 상황을 견디기에 적합하지 않아. 정말이지 불행이 들러붙어 떠나지를 않는군. 이제 됐어."

"오, 발터! 아직도 그 곱추난쟁이한테서 못 벗어난 거예요? 주위를 봐요. 사람들 안 보여요? 더 이상은 누구도 누구를 돌보지 않아요. 모두가 각자 힘으로 알아서 자기를 구제해야 한다구요. 하다 못해 당신은 미국에 친구라도 있잖아요. 비자도 있고 돈도 있고. 보세요. 당신은 곧 떠날 수 있다고요."

저녁이 되었고 어둠이 깔렸다. 안개의 내습이 인상적이었다. 거리와 광장의 작은 화단을 덮은 모습이라니! 등대 뒤 바다로까지 뻗어나간 모습은 위협적이기까지 했다. 발터가 커피잔 바닥에 남아 있던 설탕을 긁어내고는 한숨을 쉬었다.

"너한테는 쉽겠지." 발터의 목소리는 저음이었다. "하지만 나는 아니야. 작년에 이런 암울한 시절과는 내가 어울리지 않는다고 했던 말 기억나? 네가 옳았어. 모더니티, 이건 지옥의 계절이야. 모더니티 하면 가끔씩 어떤 것들이 생각나. 정말이지 이 모든 게 끝났으면 싶어."

한나가 어깨를 으쓱했다. 한나는 벤야민이 벌써 몇 년째 자살을 생각 중임을 알고 있었다. 숄렘이 1932년 니스에서 발터가 자살 직전까지 갔음을, 또 유언장까지 작성했음을 알려줬던 것이다. 광장을 중심으로 그들 맞은편 부두에 스무 명 정도 되는 사람이 모여 있었다. 한나가 한동안 그들을 응시했다. 밖은 막 들어온 가로등이 희미한 불빛을 내뿜고 있었다. 수평선 가장자리의 마지막 파란 어스름도 보였다. 한나가 다시 입을 열었다.

"저기 보세요. 저들이 뭘 하는지 아시죠? 저 사람들은 밤새도록 저기 서 있을 거예요. 빵이나 정어리 몇 마리라도 살 수 있길 바라면서요. 당신은 머잖아 이 고역에서 벗어나 해방될 수 있을 거예요."

발터는 대꾸하지 않았다. 대신 가방을 열고는 안을 뒤적였다.

"부탁 하나 들어주겠니?" 발터의 최후 요청.

한나가 고개를 끄덕이며 손가락으로 머리카락을 꼬았다. 한눈에 봐도 더럽다는 것이 분명했다. 샴푸를 한다면 두 시간은 족히 걸릴 머리였다.

"뉴욕에 도착하면 이걸 아도르노에게 전달해줄 수 있겠니? 논설 두 개와 내가 쓴 〈테제〉야. 역사에 대한 생각을 좀 적었지. 반드시 그러겠다고 약속해줘. 나한테는 이 세상에서 제일 중요한 것이란다."

"알았어요, 발터. 걱정하지 마세요."

한나가 받은 문서를 두 번 접어 주머니에 쑤셔넣었다. 그녀의 눈에는 발터가 노인처럼 보였다. 그런 발터가 자신이 문서를 다루는 방식에 놀라서 움찔하는 것 아닌가! 아무튼 한나는 더 이상 별 말을 하지 않았다. 시계를 들여다보는 한나의 시선은 초조했고, 앉은 의자에서 앞으로 미끄러질 뻔하기까지 했다.

"가봐야 하는구나. 그렇지?" 발터가 말했다.

"네, 맞아요. 하지만 걱정하지 마세요. 다시 5번가(뉴욕에서 가장 번화한 거리-옮긴이)에서 만날 수 있을 거예요." 이렇게 말하고서 그녀가 웃었다. "행운을 빌어요." 이 말과 함께 한나가 발터의 뺨에 키스를 해주었다. 발터는 한나가 얼마나 소모되었는지 깨달았다. 헝클어진 머리 하며, 삶이 가해오는 매질에 지치고 닳아서 비쩍 말라버린 몸뚱이라니! 발터는 테이블에 앉은 채로 그녀가 걸어가는 걸 지켜보았다. 한나의 머리 위로 이불솜처럼 두툼한 구름이 북쪽에서 불어오고 있었다.

"다음주에 오세요."

길에서 옹송그리며 줄을 선 지 꼬박 일주일. 그 기간 내내 한기를 막아준 것은 셔츠 두 벌과 들고 있는 신문지뿐이었다. 이제 그의 재킷은 꼬질꼬질 더러웠고 낡을 대로 낡아 꼭 전장에 휘날리는 넝마 깃발 같았다. 이 모든 게 저 포르투갈 놈 때문이라니! 놈이 새된 소리로 벤야민에게 일주일 후에 다시 오라고 지시했다.

벤야민은 영사관 밖으로 나왔고, 모여서 기다리는 사람들을 뚫고 벨룅스 가로 향했다. 별안간 심장이 오그라드는 느낌이 들었고, 그는 다리가 풀려 주저앉고 말았다. 다행히도 지나가던 사람이 발터를 발견해 로통드 카페로 부축해갔다. 그가 물을 달라고 청해서 발터가 약을 먹을 수 있게 도왔다.

"괜찮으세요?"

"네, 감사합니다. 괜찮아요."

급박한 상황이 끝났고, 이제 발터는 아무려면 가만히 앉아 있어야 했다. 그가 천천히 호흡을 가다듬었고 두 눈을 반쯤 감은 채로 칸비에르 가의 군중을 유심히 살폈다. 출입구 쪽이 어두워졌다. 바람이 빛을 쓸어가버린 것 같았다. 남자와 여자가 손을 맞잡고 걸었다. 군인 한 명이 지나갔는데, 아서 쾨슬러와 흡사했다. 너무나도 말이다. 발터는 평온했다. 이제 그런 광경쯤은 익숙했고 둔감해졌다. 사흘 전에는 로마 거리에서 힐데 베르통이 느닷없이 그 앞에 나타났다. 이후로도 같은 날 그는 크라카우어를 만났고 피자 가게에서 저녁 시간을 함께 보냈다. 거의 모두가 발터처럼 그래도 운이 좋은 인간쓰레기였다. 뭐 조만간 그들 모두가 마르세유에서 최후를 맞이하게 되지만 말이다. 마르세유는 거대한 깔때기였다. 칸비에르 가에 있기만 하면 누구라도 만날 수 있었다.

"아서!" 발터가 불렀다. 남자는 대꾸하지 않고 신문으로 얼굴을 가린 채 스쳐지나갔다. 어쩌면 잘못 본 것일지도. 햇빛 때문인가? 발터의 심장이 여전히 불규칙하게 뛰고 있었다. 그런데 몇 분 후, 그 남자가 발터 옆으로 앉았다.

"여기서 보다니요." 그가 말했다. "당신은 꼭 딴 나라에서 온 것 같군요. 아무튼 날 아서라고 부르진 말아주세요. 나는 이제 외인 부대원 알베르 뒤베르라구요."

아서가 하고 있는 팔자수염은 정말이지 골족 지도자 베르킹게토릭스 같았다. 하지만 사시사철 물고 다니는 담배가 여전히 입에 걸려 있었음은 물론이다. 그렇다면 아서가 이제 군인이란 말? 쾨슬러든 아서든 군인은 담배를 하루에 한 갑씩 배급받았다. 벤야민은 도저히 참을 수 없었고,

"제발 부탁인데 담배 한 대만 나눠주시겠어요?" 하고 말했다.

발터가 천천히 한 모금을 빨아들였다. 입 안에서 천천히 돌리며 끽연 향을 음미했다. 그렇게 세 모금, 네 모금, 다섯 모금, 여섯 모금까지 즐긴 발터가 이윽고 오늘이 무슨 요일이냐고 묻는다.

"화요일이요. 왜죠?"

"오늘은 주류 판매가 허용되니 함께 축하합시다. 패스티스의 아니스 향을 느껴보자구요."

발터의 심장은 아무래도 상관없었다. 두 사람은 건배했다. 해후를, 구조를 말이다. 이윽고 쾨슬러가 자신의 사연을 들려주었다. 감옥에서 몇 번씩이나 탈출했고 어떡하다 입대를 하게 되었는지 말이다. 그가 장 가뱅의 한 영화에서 착상을 했다고 말했다. 어떻게 마르세유까지 왔는지, 두 달 전 비아리츠 인근에서 다프네와 접촉이 끊어졌다는 사실도 알려줬다. 지금 그는 영국으로 가서 연합군에 가담하고자 했다.

"준비는 끝났어요. 자정에 출발합니다." 그가 벤야민의 귀에 대고 속삭였다.

그렇군요. 이렇게 하는 둥 마는 둥한 대꾸 속에서 벤야민은 심란하기만 했다. 쾨슬러는 원래가 안절부절 좀이 쑤셔 못 견디는 성격이었다. 그의 머릿속에는 온 세상이 다 들어가 있었고, 거꾸로 그의 머리도 세상에 콕 박혀 있었다. 쾨슬러는 생각과 행동을 분리할 수 없는 사람이었다. 이제 벤야민은 다시 혼자가 될 터였다. 남들은 모두 소리 소문 없이 쥐도 새도 모르게 유령처럼 빠져나갈 터였고, 그는 다시금 혼자 남아 비자와 영사관 문제로 씨름할 터였다. 하지만 배들이 얼마나 오랫동안 남아 있어줄 것인가? 그는 앞으로도 얼마나 오랫동안 기다려야 하는가?

인지하지도 못한 가운데 저녁이 깃들었다. 갈색과 파랑색의 저녁이었다. 따뜻하고 조용한 저녁. 새까만 하늘을 캔버스 삼아 밝고 높은 별들이 점묘법으로 그려진 듯 박혀 있었다. 그리고 그 어둠이 가로를 덮었다.

"어디 머무세요?" 쾨슬러가 물었다.

"난민 센터요. 끔찍한 곳입니다. 하지만 호텔이 다 차버렸으니."

"어쩌면 제가 머물던 방을 차지하실 수도 있겠네요. 여기서 금방이에요. 가보실래요? 아니, 학교로 가서 가방을 가져오셔야겠지요?"

"가진 것이라곤 지금 여기 나뿐입니다." 벤야민의 대꾸와 표정은 풍자적이기까지 했다.

두 사람이 천천히 벨꿩스 가를 따라 걸었다. 쾨슬러가 앞장을, 벤야민이 뒤를 따랐다. 그들은 비어 있는 생선 가게 두 곳을 지났고 말리려고 널어둔 그물 위의 돌들을 요리조리 피했다. 어두운 골목으로 접어들자 바람이 사나워졌다. 골목이 어찌나 비좁은지 마주한 건물의 벽이 거의 닿을 지경이었다. 두 사람은 모퉁이 서너 개를 돌았고 가파른 계단을 올랐으며 열린 문을 하나 통과해 마침내 어두운 조명의 입구 통로에 안착했다. 뚱뚱한 노파가 카운터 뒤에 앉아 있었다. 머리칼을 돌돌 마는 도구를 주렁주렁 달고서 기다란 손가락으로 신문을 짚어가며 대충 훑어보고 있었다. 쾨슬러가 그녀와 몇 마디를 나누었고, 그녀가 마침내 카운터 너머 위를 올려다보며 숙박 장부를 벤야민에게 내밀었다. 그가 자신의 난민 통행증 정보를 써넣자 지켜보던 노파의 콧잔등에 주름이 일었다.

"일주일치 숙박료를 미리 주셔야겠어요." 말하는 게 치사스러웠다.

벤야민이 값을 치렀다. 그에게 무슨 선택권이 있었겠는가? 쾨슬러가 옆에 번호가 적힌 열쇠를 받아서 복도로 향했다. 복도는 짐짝과 고래고래 소리지르는 애들로 가득했다. 쌓인 가방을 기어오르거나 뛰어내리면서 서로를 추적하는 아이들이라니!

"에스파냐 애들이에요." 쾨슬러가 설명했다. "일행 전체가 나랑 같은 배로 떠날 겁니다."

방은 무지막지하게 작았다. 침대와 서랍장 하나씩이면 끝나는 공간이었다. 걸이들이 달린 막대 하나가 작은 틈새에 박혀 있었다. 밝은 초록으로 도색된 벽에 간 금은 물끄러미 보고 있자니 핏줄 같기도 했다. 아래로 낮게 설치된 창문은 유리가 역시 초록색으로 안마당을 내려다볼 수 있었다.

"물론, 별로죠." 쾨슬러가 미안해했다.

"천만에요. 백 명씩이나 되는 사람과 땅바닥에서 자는 것보다야 백만 배는 더 좋지요."

"다행입니다. 천만다행이에요. 이제 가보겠습니다. 배가 자정에 떠나거든요…… 전쟁은 몇 주면 끝날 거고, 조만간 다시 만나도록 하지요."

벤야민이 고개를 끄덕이고는 부서질 듯한 침대에 몸을 뉘였다. 출입문 너머에서 짐 끌리는 소리가 났다. 아이들의 목소리와 꽃병을 조심하라는 주인 노파의 외마디 비명도 들을 수 있었다.

"일이 잘못되기라도 하면 뭐라도 취할 방도가 있어요?" 벤야민이 베개에서 머리를 돌리지도 않은 채 내뱉은 말이다.

쾨슬러가 고개를 가로저으며 바라보자, 벤야민이 음모라도 꾸미는 듯 자기 가방을 뒤졌다. 그렇게 해서 나온 물건이 모르핀 병이었다. 벤야민이 가만하게 일흔두 알까지 셌다. 그러고는 절반을 모으더니 건넨다.

"이걸 먹을 필요가 없으면 좋겠지요. 당연한 일이에요. 하지만 혹시라도 그래야 한다면 이만큼으로도 됐으면 싶군요. 어때요? 서른여섯 알이면 되겠죠?"

"충분합니다." 쾨슬러는 자신이 마치 전문가라도 되는 듯 발터를 확신시켜주었다. 상황이 그토록 비참했음에도 쾨슬러는 이 대화가 초현실적이라는 생각이 들었다. 하지만 다시 생각해보면 어느 정도까지만이었다. 발터가 게슈타포에 잡히느니 차라리 자살을 선택하겠다고 한 것은 처음도, 마지막 인사도 아니었다. "그렇기는 해도 부디 약이 필요없기를 바랍니다. 담배를 좀 드리고 갈게요. 약속해주세요. 뉴욕에 안착해서 다시 글을 써주시겠다고요."

쾨슬러가 떠난 후, 벤야민은 침대에 드러누운 채 두 눈을 꼭 감았다. 그렇게 눈을 감고서 모종의 신호와 단서를 찾았다. 그래도 덜 외롭다는 느낌을 안겨줄 무언가가 필요했던 것이다. 자기가 어떻게 죽을지 모른다는 끔찍한 기분을 떨쳐내기 위한 분투! 마르세유의 어떤 불결한 호텔과 침대. 읽을 책 한 권도 없음. 수중에는 죽음에 이르게 할 만큼의 알약 서른여섯 개. 그 막막한 심정이라니! 소년의 손아귀를 벗어나 하염없이 날아가는 끈 떨어진 연 같은 신세! 발터가 가끔 가늘게 눈을 떴다. 그러면 주변으로 몇 없는 물건과 가구가 불시에 눈에 들어왔다. 창문을 통해 불길한 미광이 스며들었고, 그는 자신의 운명과 연결된 불가사의를 파악하고자 애썼다.

그러다가 잠이 들었음에 틀림없다. 벽 너머에서 느닷없이 괴성이 들려왔고, 거기 놀라 깼기 때문이다. 아이들이 고래고래 소리를 지르고 있었다. 부산한 발자국 소리와 짐짝 끌리는 마찰음. 여인들의 소리도 들렸는데 억누른 어조의 악담과 욕지거리였다. 벤야민이 안경을 끼고 밖을 내다보았다. 갈피를 못 잡는 얼떨떨한 상태였다. 머리칼은 헝클어졌고 볼은 빨갰으며 양말은 신다 만 것처럼 질질 끌렸다.

"실례지만 무슨 일입니까?" 구겨진 꽃무늬 드레스를 입은 중년 여자가 옆에 있었고, 그가 물었다.

무슨 일이 일어난 것이냐 하면, 배를 타겠다고 항구로 간 일가족 전원이 짐짝과 함께 돌아온 것이었다. 별안간 경찰이 다가오더니 아무런 고지도 없이 남자들을 모두 체포해버렸다고 했다. 여자는 자초지종을 알리면서 속이 타는 눈치였다. 입술을 깨물었고 주먹을 쥐었으며 고개를 절레절레 흔들었다.

"개자식들! 그들이 그러더군요. 페탱과 프랑코가 협정을 맺었고 에스파냐 남자는 모두 군대에 가야 한다고요. 도둑놈들! 이제 어떻게 해야 하는 걸까요?"

그녀가 이즈음에서 벤야민에게 하던 말을 중단했다. 눈은 퉁퉁 부었고, 시인 행색의 이 웃기는 남자가 아무짝에도 쓸모가 없음을 깨달은 것이다.

"유감입니다. 아무튼 쉬세요." 벤야민이 이렇게 내뱉고는 서둘러 방으로 들어왔다.

그가 재킷과 셔츠를 벗었다. 바지는 걸이에 걸고, 다시 이부자리 속으로 기어들어갔다. 잠이 왔을까? 그가 전전반측하는 사이 바깥 소음이 잦아들었다. 발터는 이 생각 저 생각 과거를 더듬었지만 별 소용이 없었다. 동트기 직전 겨우 다시 짧은 잠에 들었지만 이번에는 꿈이 사나웠다. 도라, 율라, 아샤, 자신, 그러고는 다시 여동생과 남동생 게오르크가 나왔다. 어린 시절 초상 사진을 찍으려고 포즈를 취하던 때의 영상이었다. 그러다가 아래쪽 길에서 나는 시끄러운 소리에 발터가 화들짝 놀라서 눈을 떴다. 청소 때문에 급수전이 열렸고, 쏟아져 나온 물이 도로 경계석을 따라 포장도로를 타고 흐르다가 으르렁거리며 배수로로 빠졌다. 아무튼 잠이 깨자 기분이 한결 나았다. 꿈에서조차 모든 것이 엉망이었고, 그가 자신의 인생에서조차 객승일 뿐이라는 것이 명확했던 것이다.

됐어요. 째지는 목소리의 암소 같은 여자가 그에게 수령증 어디
에 서명해야 할지를 알려주었고, 이어서 포르투갈 비자를 건네줬
다. 태도가 어쩜 그리 뻣뻣한지. 아무튼 완료되었다. 이제는 티켓을
쉽게 얻을 터였다. 아니 적어도 벤야민은 그렇게 생각했다. 하지만
줄을 두 시간이나 서서 기다린 끝에 여행사로 돌아갔더니, 그 환장
할 정도로 따분한 직원이 이렇게 말하는 것이었다. 벤야민 당신은
프랑스 출국 비자가 필요하고 그것 말고도 한 달은 더 기다려야
한다!

"저를 탓하지 마세요. 화내셔도 소용없습니다." 그가 창구 너머
로 이렇게 말했다. 직원이 눈썹을 찡그리자 눈 주위 주름살이 깊어
졌다. "항구에 가보셨습니까? 부두가 텅 빈 거 보셨어요? 정기 여객
선이 들어온다는 약속을 한 지가 일주일째입니다. 출국 비자를 갖
고 오세요. 우리도 뭘 할지 알아보는 중이니까요."

다시 바깥 거리. 머리가 지끈거릴 정도로 태양이 내리쬐고 있었고, 마르세유 전체가 그 충격에 휘청거리며 바다로 빠져드는 것 같았다. 광선이 너무 밝았다. 하늘의 금속성 청색이 맹렬한 기세를 내뿜었다. 하지만 벤야민은 9월의 그 사랑스런 아침나절을 즐길 수 없었다. 지상의 물체를 잘라버릴 듯한 그 사악한 빛! 사물이 밝히 드러나며 모든 비밀이 벗겨지는! 그가 걸친 옷은 완벽했다. 슬픔, 고통, 고뇌, 분노가 범벅이었으니. 이제 어떻게 해야 한단 말인가? 그 결정을 해야만 할지도 몰랐다. 몰두해온 것에 작별을 고해야 할 때가 온 듯했다. 그는 패배자였고 미래가 없었다. 이런 생각을 하며 벨기에 부두를 걷는 발터는 몽유병 환자 같았다. 그는 생 장 요새 인근에 정박 중인 포함의 잿빛 굴뚝을 보았지만 안중에 없었다. 리브 뇌브 부두에서 계단을 기어오른 발터는 생트 빅투아르로 이어지는 인적 드문 거리를 지났다. 수시로 멈춰서 숨을 가다듬어야 했다. 이제 무얼 해야 한단 말인가? 발터가 교회 입구 계단에 앉아 속으로 이렇게 중얼거렸다. 벌써 몇 번째 되뇌는 말. 불과 몇 미터 떨어진 곳에서 성냥을 파는 소녀가 보였다.

그를 알아본 사람은 피트코였다. 그가 기둥 사이로 앉아 있는 사람이 벤야민임을 알아보았다. 두 손으로 머리를 감싼 채 시선을 땅에 고정하고 있는 신사. 피트코가 다가가 말을 붙였다. 주변에 게슈타포의 밀정이 있는지 확인할 필요도 굳이 없었다.

"벤야민? 벤야민 박사님. 어디 안 좋으세요?"

한스 피트코와 발터는 느베르 수용소 시절 이후 처음 만나는 것이었다. 두 사람은 나이 차가 열 살 정도였다. 그런데 지금은 강제수용소에서 나온 지 불과 몇 달 후였음에도 벤야민의 행색은 넝마나 줍는 절망적인 처지의 노인네로 전락하고 말았다. 반면 한스는 말쑥한 청년의 모습을 하고 있었다. 포마드를 바른 머리 위로 베레를 쓰고 있었고 단정한 넥타이가 돋보였다. 폭풍이 몰아치고 있지만 자신의 이상과 목표를 고수하는 사람의 고집 센 결의 같은 게 느껴졌다.

"요즘 같은 때 잘 지낼 수 있는 사람이 과연 있는지 모르겠군요." 벤야민이 미소로 피폐함을 지우며 대꾸했다. "그래도 피트코 당신을 만나다니 기쁩니다."

"저도요. 그리고 이렇게 밖이잖아요. 좀 걸으실래요?"

발터가 자리에서 일어나 그를 좇았다. 마치 꿈결처럼 구항이 펼쳐졌다. 옛 항구가 햇살 속에서 찬연히 빛나고 있었다. 하지만 더는 걸으면서 말을 할 수 없었고, 그는 피트코에게 카페에 들어가자고 제안했다. 브뤼뢰르 데 루프에는 항상 찾아오는 사람들이 앉아 있었다. 이 사람들 때문에 마르세유가 음산한 바닷가 감옥으로 변한 터였다. 영웅들, 도둑들, 가난뱅이들, 의사들, 작가들, 독일과 이탈리아의 밀정들. 담배 연기와 땀 냄새가 가득했다. 두 사람은 바에서 약간 떨어진 안 보이는 자리를 골랐다. 자리를 잡고 앉자 한스가 골루아즈 한 갑을 탁자 위에 꺼내놨고, 벤야민의 두 눈이 희번덕거렸다. 나흘 동안 담배를 한 가치도 빨아 물지 못한 상황이었다. 어딜 가도 담배는 없었다. 쾨슬러가 주고 간 담배는 이미 오래전에 다 떨어졌고, 누구한테 구걸한다는 것도 헛된 짓이었다. 담배가 있는 사람은 죄다 자기 몫만을 생각했다. 남한테 담배를 주는 것은 범죄나 다름없었다.

"내가?" 발터가 더듬거리며 말했다.

한스가 펼쳐서 위로 향한 손으로 담배를 가렸고, 발터는 잽싸게 불을 붙인 다음 한 모금을 깊이 빨았다.

"그래 어떠세요?" 한스가 묻는다.

"안 좋아요." 벤야민의 대꾸가 암담했다. 하지만 곧 그가 분발하고서 똑바로 앉았다. "좋습니다. 출국 비자가 없긴 하지만 말이죠. 그게 없으면 승선권을 안 주겠다네요. 내일은 현청에 가볼 생각입니다."

"제정신이세요?" 한스가 말을 끊었다.

"왜죠?"

피트코가 한숨을 내쉬었다. 그는 항용 벤야민에게 모든 걸, 자초지종을 설명해야만 했다. 이렇게 갈팡질팡 어리숙한 노인네가 이런 혼란 손에서 그렇게나 오랫동안 살아남았다는 것이 믿기 힘들었다.

"도대체 무슨 생각을 하는 겁니까? 그런 비자는 못 구합니다. 상황을 통제하는 건 비시 정부라구요. 아예 짐을 싸서 날 잡아잡수세요 하면서 게슈타포한테로 가세요. 배가 떠날 일은 없을뿐더러 2~3일이면 이 항구도 폐쇄될 거라구요."

발터가 커피잔을 든 채로 얼어붙었다. 그는 대경실색해 한스를 바라보았는데 마치 한스가 무슨 대단한 비밀이라도 폭로한다는 투였다.

"그럼 난 어떡하죠?" 발터가 입을 열었다.

"남은 방법은 불법으로 국경을 넘는 거예요. 피레네산맥을 건너야 합니다. 에스파냐 국경 수비대원들은 그렇게 악질이 아니에요. 그 자식들이 난처하게 몰아붙이기는 할 거예요. 서류가 제대로

된 게 아니다, 우리는 이런 말 못 읽는다는 등속으로 말이죠. 그래
도 결국에는 항상 통과시켜줍니다. 에스파냐 비자 있으세요?"

"아니, 없어요."

"그렇다면 당장에 그걸 구하세요."

발터는 어찌나 충격이 심했는지 골루아즈가 손가락 사이에서
꺼지는 것도 알아채지 못했다. 그가 탁자에 떨어진 재를 치우고는
한 모금을 깊게 빨았다가 내뿜었다. 생각에 잠긴 발터의 눈에 한스
가 신문 한 귀퉁이에 뭔가를 휘갈겨 쓰는 광경이 들어왔다. 한스가
고개를 들었고, 벤야민은 웃음을 지어 보였다.

"한번 잘 보세요." 벤야민이 요청했다. "내가 무슨 도적이나 스
파이처럼 피레네산맥을 넘을 수 있을 거라고 생각하십니까? 나는
못 해요. 소용없는 일이에요."

피트코는 대꾸하지 않았다. 대신 아까 메모한 신문지를 찢어서
내밀었다.

"뭡니까?" 발터가 이마로 안경을 밀어올리면서 물었다. 피트코
의 눈에 발터의 콧잔등에 남은 붉은 안경자국이 들어왔다.

"리자의 주소입니다. 국경 근처 방드르 항구에 있습니다. 제 아
내 리자를 기억하시지요? 아내가 거기 있고, 도와드릴 수 있을 거
예요. 뭐, 당신이 거기로 가셔야겠지만요. 마르세유는 더 이상 안전
하지 못해요. 아테네 대로 스플랑디드 호텔에 쿤트 부대가 이미 자
리를 잡았어요."

벤야민도 그 소식을 듣긴 했다. 쿤트 부대는 포로 수용소의 나
치를 풀어준다는 구실로 명부를 가져갔다. 이제 사람들이 무더기
로 게슈타포에 인계될 것이었다.

"하지만 피레네라니." 발터의 항의는 진심이었다. 그가 카페 창문 너머로 항구를 바라보았다. 어떤 남자가 피부색이 짙은 사내 둘과 언쟁하는 광경이 보였다. 그 사람은 손가락으로 거부 의사를 표시했고, 양손으로 가슴팍에 팔짱을 끼는가 하더니 다시 두 손을 위로 뻗었다.

"쉽다고는 안 했어요." 한스도 인정했다. "독일군 정찰대가 이미 국경을 돌아다녀요. 비시 군대가 지원을 하고 있고요. 하지금 지금으로선 피레네 루트가 가장 안전합니다. 저도 몇 주 후면 넘을 계획이에요."

밖에서 언쟁을 벌이던 남자가 다른 두 사람에 의해 이끌려 가는 게 눈에 들어왔다. 머리를 숙인 채였다.

"보셨어요?" 벤야민의 물음에는 걱정과 근심이 배어 있었다.

"못 본 체하세요." 한스가 속사였다. "망할, 개자식들. 커피 마저 드시고 일어나요. 침착하셔야 합니다. 호텔까지 모셔다드릴게요."

피트코가 자리에서 일어섰고, 발터는 리자의 주소를 가방에 집어넣었다. 해가 지고 있었고 하늘이 묵직하게 다가왔다. 지평선 위로 구름 몇 점만이 똬리를 틀고 있었다. 바다로 나간 어선 두 척이 북서풍 속에서 흔들리는 게 무척 외로워 보였다. 한스는 걷는 내내 주위를 살폈다. 벨정스 가를 지나면서 골목을 돌 때마다 뒤를 점검했던 것이다. 벤야민은 목구멍까지 치고 올라온 심장을 억눌렀고 절뚝거리며 한스를 쫓아갔다. 이윽고 두 사람이 헤어질 때쯤에는 날이 어두웠다. 햇살이 조금쯤 지붕을 비치기도 했지만 가옥의 정면은 고색창연하고 묵직한 어둠으로 가라앉아 있었다.

"선생님을 믿어요. 리자에게 안부 전해주시고요."

발터는 계단을 기어올라갔고 호텔 입구에 도착했을 때쯤에는 숨을 헐떡이고 있었다. 여주인과 그녀의 감당 안 되게 육중한 가슴이 카운터 위로 보였다. 여자의 활수한 입에 미소가 걸렸고 그녀가 순식간에 발터를 붙잡았다.

"아하, 선생님. 일주일치 숙박료를 또 주셔야 하는데 알고 계시지요?"

뭐, 알고 있었다. 바로 전날 저녁 그는 상황을 종합해보았다. 결론은 승선권값을 제하면 그의 수중에 머잖아 아무것도 남지 않게 될 거라는 것이었다. 그렇다고 뾰족한 수가 있는 것도 아니었다. 발터가 지갑에서 지폐 몇 장을 꺼내 아낙의 함지박만 한 가슴 앞에 펴놓았다. 그러고는 몸을 돌려 묵고 있는 방으로 향했다.

"열쇠 가져가요!" 주인이 뒤에서 부를 즈음 발터는 이미 복도를 절반쯤이나 지나친 상황이었다.

발터가 문을 열고 침대에 몸을 뉘였다. 두 손으로 머리를 괴었고 천장을 물끄러미 바라보았다. 발터는 울고 있었다. 숨죽였고 눈물도 흘리지 않았지만 그는 울고 있었다. 아무도 들을 수 없도록 발꿈치를 들고 살금살금 걷는 것처럼 말이다. 그래, 좋은 경험이라고 생각하자. 이 낯선 고통을, 언어를 통해 해소할 수 없음을 난생처음으로 깨닫는 일이 비통하긴 하지만! 그는 미래가 없었고, 울었다. 신세가 처량하기만 했다. 생각을 거듭해도 뾰족한 수가 떠오르지 않았다. 주변으로는 잔해와 폐허가 솟아오를 뿐. 앞으로 내려야만 할 망할 결단이 애처로웠다. 내면의 목소리가 더 이상은 실수할 여유가 없다고 그에게 말했다.

밖이 환해진 듯하자 그가 일어났다. 하지만 거리로 나오자 성당이 있는 언덕 위로 자줏빛 여명의 희미한 기운이 여전했다. 발터는 오랫동안 걸었다. 어디를 가는지도 모른 채 말이다. 그사이 하늘이 벌개졌고 이어서 자홍색으로 바뀌었다. 여인네들이 벨젱스 가를 가득 채운 채 포도에 펼쳐놓은 그물을 수선 중이었다. 밝은 기운이 도처에서 오는 듯했고 하늘이 언덕에서 바다로 나부꼈다. 벤야민은 마침내 결심했다. 그러자 불안과 동요가 가라앉았다. 그 평온무사함은 아주 먼 데서 오는 듯했다. 그는 다시금 고요하고 차분해졌다. 어둠의 왕국을 지나 안전을 확보한 마냥. 죽음의 눈을 응시하다가 더 이상은 두려워할 것이 없는 것처럼. 이제부터는 피트코의 말을 따라야 할 터였다. 마르세유와 배는 지옥으로나 가라지! 비시 정권과 프랑스 비자도! 경로야 어떤 것이든 발터는 이제 피레네산맥을 넘을 터였다. 그렇게 해서 그는 같은 날 아침 7시에 에스파냐 영사관 밖에서 줄을 섰다. 볼이 빨갛게 상기된 채 두 손을 주머니에 쑤셔넣고 가방은 발 사이에 끼운 벤야민의 이가 딱딱 맞부딪쳤다. 북풍이 뼛속까지 파고들었고, 카페든 노상이든 모인 사람들의 익숙한 대화가 주위를 채웠다.

발터 뒤에 있는 어떤 사람이 이렇게 말했다. "막판에 비자가 나왔대요. 배가 떠나기 한 시간 전이었다나. 그 사람이 달리고 달렸지만 시간에 대가지는 못했어요. 결국 아내와 합류하지 못한 것이지요. 아내는 배를 타고 기다리고 있었다고 합니다. 여자가 어떻게 했는지 아세요? 아내는 남편에게 손을 흔들면서 떠났답니다."

정문이 열렸고, 비쩍 마른 공무원 한 명이 사람들을 찔끔찔끔 통과시켰다. 바깥 군중은 매 10분마다 조금씩 전진했다.

"좀 드시겠어요?" 발터 앞의 숙녀가 말린 바나나 꾸러미를 내밀었다. "별거 아니지만 그래도 빵이 없으니까요."

"감사합니다. 기꺼이 좀 먹겠습니다. 저는 발터 벤야민이라고
합니다." 그가 예의 고개 숙이는 몸짓과 더불어 자신을 소개했다.

40줄쯤 돼 보이는 여자는 금발이 매력적이었다. 하지만 조금쯤
은 무감각해 보이기도 했다. 얼굴에 파인 주름에서는 신산함이 읽
혔다. 시무룩한 표정의 아이가 여자 옆에 서 있었다. 파란 눈동자가
어두운 피부색과 대비돼 빛이 났다. 사춘기적 특성은 아직이었다.

"제 아들 호세입니다. 저는 헤니 구를란트이고요." 여자가 눈을
덮은 머리칼을 쓸어올렸다. 여인의 눈동자에서 분노와 고통이 빛
났다. "혼자세요?"

단 것 같으면서도 쌉쌀한 말린 바나나는 사실 역겨웠다. 정말이
지 당황스러웠다. 하지만 그래도 배고픈 것은 배고픈 것이었다. 벤
야민은 바나나 조각을 힘겹게 삼켰다. 여자의 물음이 불러일으킨
당혹감을 억누르면서 말이다. 꼭 가슴을 한 대 맞은 것 같았다. 발
터가 여자의 얼굴을 찬찬히 살폈다. 과연 믿어도 되겠는지 알아야
했다. 발터가 관찰 결과에 만족했음이 틀림없다. 그가 긴장을 풀고
미소를 지었던 것이다. 두 눈에 눈물이 고일 지경이었다.

"제 아들과 전처는 런던에 있고 무사합니다. 전쟁이 끝나면 재
회할 수 있기를 바라고 있지요."

바로 그것이었다. 발터가 잠시나마 유해졌던 이유. 하지만 그
순간은 고통이 밀려올 만큼 충분히 긴 시간이기도 했다. 자신이 도
라와 슈테판과 재회하는 영상이 떠올랐다. 남자가 만들어낼 수도,
잊어버릴 수도 없는 것들이 있다. 여자의 굴곡진 허리, 어깨 위에서
잠든 갓난아기의 모습, 어떤 말들. 모종의 이유로 기억에 못이 박힌

것처럼 떠나지 않는 간단한 말들. 발터는 구를란트가 그에게 하는 말을 못 알아들을 뻔했다.

"제 남편 아르카디는 6월에 죽었어요." 여자의 시선이 아래를 향하고 있었다. 목소리는 갈라졌다. "투르의 수용소에 잡혀 있었고, 독일로 송환될 예정이었죠. 탈옥을 시도하다가 총에 맞고 죽었습니다."

구를란트가 단숨에 전한 사태의 전말이었다. 호세는 엄마 옆에서서 벤야민을 빤히 바라보았다. 파란 두 눈에서 감정이 생생하게 읽혔다. 아이는 울지 않으려고 기를 썼다. 남자는 울지 않으니까.

"선생님, 우리를 좀 도와주시겠어요?"

누군가가 그에게 도움을 요청한 것이 난생처음이었다. 그것도 다 늙은 노인에게. 하지만 벤야민은 스스로를 도울 역량도 안 됐다.

"그러지요." 벤야민이 대꾸했다. "걱정하지 마십시오. 함께 헤쳐 나가봅시다."

사흘 후 발터는 비자를 받으러 에스파냐 영사관을 다시 찾았다. 구를란트와 여자의 아들도 나타났다. 호세가 손을 흔들면서 발터를 불렀다. 줄에서 그가 끼어들 공간을 내어준 것이다.

뒤에 선 노인 한 명이 화를 냈다. "잘들 한다. 다들 이렇게 교활하게 굴 걸 알았다면 나도 일찍 안 일어났다구."

"아버지예요." 호세가 주먹 쥔 손을 흔들며 대꾸했다. 발터는 토마토처럼 얼굴이 빨개졌다.

그는 어색함을 감추려고 이렇게 말했다. "오늘 비자가 나오면 내일 당장 피레네로 출발하자."

여자는 금방이라도 눈물이 쏟아질 듯한 얼굴이었다. 하지만 이

내 표정을 수습하고서 미소를 지었다.

"우리도 따라갈 수 있을까요?" 그녀가 청했다.

발터가 기침을 했고 포플러처럼 뻣뻣하게 굳었다. 아무튼 얼굴
에서는 밝고 희망찬 미소가 피어올랐다. 양지바른 곳에서 햇볕을
쬐는 작은 짐승처럼 말이다.

"그래요, 좋습니다. 가자고요." 그도 결국 이렇게 대꾸했다.

호세가 활짝 웃었다. 어쩌면 그 짧은 순간이나마 소년은 행복감
을 느꼈을 것이다.

눈을 떠보니 메르세데스의 몸뚱이가 맨 처음 보였네. 블라인드 사이로 빛이 들어와서 얼룩덜룩했지. 이불을 엉덩이 위까지 끌어 올려쳤다네. 1분도 안 돼 부대가 배치됐어. 도리가 없지, 난 스물네 살이었으니까. 메르세데스의 어깨를 어루만졌고 혀로는 허리의 완벽한 곡선을 탐했다네. 그러고는 더 아래로 내려가면서 이불을 치워버렸지. 두 시간 후에 메르세데스는 포옹과 애무와 키스로 범벅이 되었다네. 여자들을 알 게야. 부정한다고 해도 이른 아침의 한바탕 소동을 싫어하는 여자는 없지. 나른하게 졸리는 냄새가 여전한 가운데 말이야. 결국 거기서 벗어나는 데 커피 두 잔과 담배 한 개비가 필요했다지.

알폰소는 세 시간 동안이나 부엌을 서성거렸다네. 페파 부인이 바람에 나부끼는 세탁물처럼 상완을 출렁이며 비질을 하고 주키니를 썰어 화덕 위 냄비에 집어넣는 동안 말야.

"잘 잤어요?" 부인이 묻자 알폰소가 으르렁거리듯 대꾸하고는 내 맞은편에 자리를 잡고 앉아 컵 바닥에 눌어붙은 설탕을 스푼으로 긁었지.

"오늘 밤에 떠날 거야." 놈이 이렇게 말하는 것 아니겠어. "아나 마리아를 찾을 거야."

단념시키려고 했어. 메르세데스도 마찬가지였고. 그녀의 어머니도 동의했네. 하지만 다 소용없었지. 노새처럼 고집을 부리는데. 우리가 아무리 설득해도 들으려고 하지 않더군. 귀신이 씌웠던 게야.

알폰소가 말했지. "알아, 내가 어떻게 해야 하는지."

"네가 지금 어떤 상태인지 아니? 똥오줌도 분간할 수 없는 지경이라구." 내가 말했지.

나를 바라보는 눈길에 분노가 어려 있었어. 그리고 어쩌면 부러움과 시기도. "잘났다, 자식아! 너한테는 메르세데스가 있지."

어림도 없었어. 알폰소는 가야만 했고, 우리는 계속해서 그의 마음을 돌려놓으려고 했다네. 그런데 딴 방에서 작은 소리가 나는 것 아니겠나. 엄마, 엄마, 하는 소리가.

마리아였지. 예닐곱 살쯤 됐을 거야. 잠옷을 입었지만 앙상한 몸뚱이가 그대로 보였다네. 마리아는 메르세데스보다 피부색이 더 짙었고, 이목구비가 아직 자리를 잡지 못하긴 했지만, 그래도 두 눈만큼은 엄마를 쏙 빼닮았지.

"안녕. 잘 잤니?" 내가 말했다네.

"누구세요?" 마리아가 내뱉은 말.

"아저씨는 라우레아노고 이쪽은 알폰소 아저씨란다."

"언제 가세요?"

"조만간에." 그렇게 말하는데 목이 메더라구. "걱정 마라. 곧 갈 거란다."

알폰소는 말대로 했지. 바로 그날 저녁 떠났어, 곧 다시 돌아오겠다고 하면서. 하지만 나는 어디로 가야 했을까? 그동안의 내 삶은 전쟁의 연속이었어. 다른 것은 아무것도 없었지. 이 세상에서 가진 거라곤 딱 하나 메르세데스뿐이었고 그녀가 바로 그때 내 곁에 있었다네. 다른 것을 떠올리자 두터운 먹장구름이 일어나면서 일진광풍이 불었다네. 머리에서 생각이 빗발치며 터져버릴 것 같더군. 향수에 젖어 며칠을 보냈고 수인처럼 거기 머물렀다네. 페파 부인의 주방일을 도왔고, 밤에만 집을 나설 수 있었지. 뜰로 나가서 바람을 쐤고, 다시 메르세데스의 도움을 받으면서 숨었지. 그래도 점점 더 마리아의 마음을 얻을 수 있었다네. 말이야 쉽지. 마리아는 개구쟁이였어. 나를 보기만 해도 겁에 질린 표정을 했다네. 넘어져서 다치기라도 할라치면 페파 부인에게 내가 화를 내면서 때렸다고 일러바쳤으니. 하루도 안 빼먹고 나한테 언제 가냐고 물었지. 언제 자기를 그만 괴롭히느냐고, 또 엄마를 언제쯤 혼자 있게 내버려두느냐고 말이야. 아이에게 닥치라고 말하고 싶은 마음이 굴뚝같았지만, 그럴 때면 마리아의 불행도 함께 떠올랐어. 난 아주 바보스럽게 웃곤 했지. 유다보다 상황이 더 나빴다구.

"곧 갈 거란다." 이렇게 말하곤 했지. "간다고 말했잖니. 못 믿겠어?"

그사이 나는 메르세데스가 어떤 일을 겪었는지 알아내려고 갖은 수를 썼다네. 알겠나? 정말이지 계속해서 메르세데스를 의심하며 쓸데없는 감정에 사로잡혀 있을 수는 없다고 판단했으니 말야. 하지만 그 와중에도 메르세데스가 내게 무슨 말을 할지 예상해보며 극심한 공포를 느끼기도 했지. 페파 부인한테도 자초지종을 캐물었어. 하지만 부인 역시 고개를 절레절레 흔들며 시선을 피했다네. "젊은이." 이게 부인의 대꾸였지. 그게 다였어. 그러면 얘기는 끝났어. 어느 날 밤 드디어 용기를 내서 까놓고 물었다네. 우리는 침대에 함께 있었지, 그 옛날처럼 말이야. 어쩌면 약간 구슬프기도 했겠지. 하지만 좋기도 했어. 우리는 할 때마다 내가 엎드리게 하고 뒤에서 했는데 메르세데스는 얼굴을 베개에 파묻었지. 둘 다 환장했어. 어느 날 밤은 평소보다 훨씬 더 만족한 눈치였고, 처음으로 내게 사랑한다고 말하더군. 그 기회를 잡았지. 달이 높았고 방이 희미한 우윳빛 광선으로 적당히 밝았다네.

"대답하기 싫으면 안 해도 좋아요." 이렇게 입을 뗐지. 적당한 말을 찾으려고 애썼고, "그래도 마리아에 관해 알고 싶어요. 그러니까 …… 아버지가 누굽니까?"

메르세데스가 자리에서 일어나더니 협탁의 담배에 손을 뻗더라고. 침대 가장자리에 앉아 불을 붙였지. 방 안은 잠잠했고, 메르세데스의 뒷모습만 빤히 쳐다보는데 어둠 속에서 담배 연기가 소용돌이 모양으로 피어오르더군. 바로 그때 구름이 달을 가리면서 지나갔을 거야. 별안간 더 어두워졌고 그림자가 어렴풋이 생겼으니.

"알려드리죠." 메르세데스가 입을 열었어. "하지만 다시는 그 일로 더는 얘기하고 싶지 않아요. 알아들었죠?"

고개를 끄덕였어. 베개를 벤 채로 그랬다니 얼간이지. 내가 고개를 끄덕이는 게 보이기라도 할 것처럼 말야. 메르세데스는 날 거들떠보지도 않는데. 아무튼 그녀는 나의 침묵을 이해했고, 낮은 목소리로 입을 열었지.

"남편 프란시스코의 딸이에요. 남편은 파시스트죠."

메르세데스는 자초지종을 설명하면서 울먹였어. 그날 같은 밤이었다지, 8월의. 4년 전 전쟁이 시작된 직후였다고 해. 처음부터 놈이 악질이었다나봐. 매일 밤 무지막지하게 두드려 팼다는군. 소리를 지르고 창녀라고 부르고 더러운 공산주의자라고 욕을 했대. 생각할 수 있는 최악의 모욕을 가하고 굴욕을 준 거지. 메르세데스는 놈을 혐오하게 됐고 어떻게 하면 도망칠 수 있을지 궁리했다고 해. 뭐 여기까지는 뻔한 레퍼토리고 그냥 말하려니까 나온 얘기지. 그러던 어느 날 저녁 메르세데스가 일찍 귀가했는데, 이제는 됐다고 생각했대. 마리아를 부엌으로 데려다놓은 다음 총을 챙겼다네.

메르세데스가 이렇게 말했지. "놈이 아기를 발가벗겨 놓은 채 앞에서 수음을 하고 있었어요. 그랬어요. 당신 지금 내 말 들어요? 마리아를 침대에 뉘이고 나서 놈의 시체를 마당으로 끌고 나갔죠. 사람들한테는 동지들이 놈을 매복했다가 공격했다고 둘러댔어요. 당시에는 정말 모든 게 혼란스러웠고, 다 내 말을 믿었죠. 그랬어요. 이게 다예요. 안아줘요. 좀 자야겠어요."

침묵이 방을 눌렀어. 얼마나 지났을까, 산들바람이 불었고 덧문이 벽에 부딪치는 소리가 났지. 그러더니 폭풍이 불었고 창문이 달가닥거리기 시작했다네. 두 팔로 메르세데스를 꼬옥 안아줬어. 머리칼도 쓰다듬어줬고. 그리고 눈을 좀 붙였지.

벤야민에게 시간이 더 있었다면 그 일몰이 오래가는 기억으로 자리를 잡았을 것이다. 그는 차창 밖을 내다보았고 자신이 이미 어떤 기억을 보고 있다는 신비로운 느낌을 받았다. 카마르그 상공이 빨간색, 담자색, 보라색으로 물들자 그는 기묘한 향수를 느꼈다. 가장자리가 검게 변한 구름들은 들쭉날쭉한 색깔이 줄무늬를 이루었다. 평원과 습지, 지평선과 바다 위로 핏빛 광선이 비추었고, 납빛 하늘에서는 분홍색 구름도 피어올랐다. 카마르그의 농촌을 음영과 그림자가 잠식하고 있었고, 얼마 후에는 어둠뿐이었다. 기차가 노곤하게 남쪽을 향해 가자, 도시의 불빛이 발터를 맞이했다. 벤야민과 헤니 구를란트와 아들은 말이 없었다. 그렇게 하는 게 더 쉬웠기 때문이다. 세 사람 다 휴식이 필요했다. 발터는 딱딱한 나무 벤치 위에서 몸을 웅크렸고 밤늦게야 잠이 들었다. 내면에서 감정이 굽이쳤다. 그 격랑으로 자신이 부서져버릴지도 모른다는 생각이 들었다. 날아간 기회들, 그는 이 세상에서 모든 걸 잃었다. 가능한 다른 세상들에서는 어떨까? 그는 꿈도 안 꾸고 잘 잤다, 주정뱅이처럼. 그러다가 호세의 손이 부드럽게 자신의 어깨에 닿는 것이 느껴졌다.

"벤야민 박사님, 일어나요. 방드르 항구에 다 왔어요."

일행이 하차하는 즈음인데도 날은 여전히 어두웠다. 외투로 꽁꽁 싸맸는데도 날숨이 보일 지경이었다. 남쪽으로 피레네산맥이 지평선을 차단했고, 아무튼 능선이 희미하게 빛을 발했다. 신이 있다면 아기자기한 펜 터치로 연산의 실루엣을 끼적이며 논 것이 아닐까 하는 생각이 들었다.

"여기서 기다리거라. 두세 시간 걸릴 거야."

벤야민이 뒤로 대합실을 바라봤고 헤니 구를란트가 천천히 서성이는 광경이 들어왔다. 검정 가방을 가슴에 안은 게 어깨가 구부정했다. 빛이 희미했고 음영이 드리웠다. 벤야민이 걸음을 떼자 날이 서서히 밝아왔다. 분홍색, 흰색, 파랑색 가옥이 어둠 속에서 모습을 드러냈다. 자갈돌들이 바다로 이어지고 있었다. 바다는 잠잠했고 자줏빛을 띠었으며 벨벳처럼 부드러웠다. 벤야민은 불현듯 깨달았다. 이 세상이 얼마나 평화로울 수 있는지를 깜빡 잊고 있었던 것이다. 군인 둘이 대로를 순찰하며 지나갔다. 그들을 보면서 벤야민은 자신이 아직 프랑스에 있음을 상기했다. 자신은 유대인이고 일행이 탈출해야만 한다는 사실도.

리자 피트코가 자는 다락방 문을 두드렸을 때도 여전히 이른 시간이었다. 리자가 어스름 속에서 눈을 끔벅거리는 광경이 창문으로 보였다. 다시금 부드러운 노크 소리. 리자는 그게 옆집 딸일 거라고 생각했다. 그녀가 비틀거리며 일어나 문으로 왔다.

"누구예요?" 가까스로 나온 말이었다.

"부인."

여자가 아니었다. 게슈타포? 국경 수비대? 그녀는 깜짝 놀라서 눈을 문질렀다. 현관에는 늙수그레한 남자가 서 있었다. 더러운 셔츠를 입고 있었는데 옷깃 주위로 타이가 바짝 매여 있었다. 올이 다 드러났고 때 묻은 상의에 바지도 지저분하기 이를 데 없었다. 리자가 앞에 서 있는 사람이 발터 벤야민임을 깨닫기까지는 시간이 좀 걸렸다.

"부인." 여기까지 말하고는 당황했는지, 그의 몸이 흔들렸다. "느닷없이 찾아와서 죄송합니다. 사정이 나쁘지 않으면 좋겠군요."

벤야민 노인. 세상이 무너져 내리고 있었지만, 그는 여전히 자신의 예법을 고수했다.

"남편분이 내게 알려주었습니다. 어딜 가면 당신을 만날 수 있는지를요. 월경을 도와줄 수도 있다고 하더군요."

벤야민의 말이 거짓이 아니라는 건 의심의 여지가 없었다. 한스나 돼야 리자를 그런 상황에 처넣을 수 있었다. 아내가 수를 내서 그 모든 일을 처리할 거라고 자신할 수 있는 사람은 한스뿐이었다. 발터가 현관에 서 있었다. 그가 고개를 숙였고 콧잔등 위로 안경이 흘러내렸다.

"좋아요." 리자가 대꾸했다. "채비를 좀 할게요. 시장 광장의 식당으로 가서 기다리세요."

예민한 손, 단호한 얼굴 윤곽, 날카로운 지성. 벤야민은 리자가 과단성 있고 확고한 여자라는 걸 재빨리 알아보았다. 그녀는 옷을 걸쳐 입고 광장으로 가서 함께 커피를 마셨다. 이내 두 사람은 팔짱을 끼고 한가롭게 길을 걸었다. 의심스럽게 보이는 것을 피하려는 조치였다. 그즈음 방드르 항구는 도망자가 수도 없이 지나다녔고 시민들이 그들에게 적의를 품지는 않았지만 말이다. 끈적한 바람이 느리게 불었지만 그렇다고 하늘에 흩어져 있는 구름이 꿈쩍하지는 않았다. 구름은 산봉우리에 떠 있었고 그것도 비현실적인 파랑 속에 콕 박혀 있었다.

"확실히 저는 남편 때문에 상황이 곤란해져요." 리자가 웃었다. "하지만 남편 말이 끝에 가보면 항상 옳지요. 하지만 아무리 그래도 제가 에스파냐행 루트를 확보했을 거라고 판단할 수는 없었겠지요."

벤야민은 대꾸하지 않았다. 그저 옆에서 걸으며 구두만 응시했다. 그러던 그가 고개를 들더니 다시 따뜻한 공기를 들이쉰다. 리자의 설명이 계속됐다. 이틀 전에 자신이 아제마 씨한테서 리스터 루트에 관해 들었다는 내용이었다. 아제마 씨는 인근 읍성인 바니윌스 쉬르 메르의 시장이라고 했다.

"어르신이고 사회주의자세요. 세세한 사항까지 여러 시간 동안 저랑 상황을 점검했지요. 그분이 그러는데 세르베르 묘지 인근의 오래된 길은 지금 위험하대요. 지난 몇 달 동안 많은 사람이 그 루트를 이용했고, 이제는 쿤트 요원들이 순찰을 한다고 해요."

"그래서요?"

두 사람이 해변에 도착했다. 파도가 느리게 해안을 두드리고 있었고, 아무도 없었다. 파도에 씻겨온 해초가 죽어가면서 쉰 냄새를 풍겼다. 벤야민이 뒤집힌 배 위에 자리를 잡고 앉았다. 두 손을 주머니에 찔러넣고 다리를 꼰 채였다.

"그래서요?" 그가 같은 말을 되풀이했다.

"그래서," 리자가 벤야민 옆에 앉으며 말을 이어갔다. "리스터 루트가 있다고요."

"무지해서 죄송합니다만, 그게 뭡니까?"

리자가 입술을 씰룩이고는 웃었다. "글쎄요. 나도 처음 들어보는 거니까요. 읍장님이 그러시는데 리스터는 공화국 에스파냐의 장군이래요. 그의 부대원 다수가 이 밀수업자 통행로를 이용해서 탈출했다고 해요. 하지만 서쪽으로 조금 더 가면 등반도 해야 하나 봐요. 쉽지 않은 거죠."

"뭐, 안전하기만 하다면야 다른 건 상관없죠. 하지만 미리 알려드려야겠군요. 제 심장에 문제가 있어요. 빨리 걸을 수가 없지요. 그리고 두 사람이 더 있습니다. 헤니 구를란트와 그 여자의 아들이지요. 소년은 열다섯쯤이에요. 그들도 동행하게 해주시겠어요?"

파도가 두 사람 앞 2~3미터까지 쳤다. 갈매기 두 마리가 부표 위에서 햇빛을 쬐며 졸고 있었다. 차분하고 평화로운 해변.

"물론이죠." 리자가 대꾸했다. "함께 가요. 그건 그렇고 저를 믿긴 하세요? 저는 전문 길라잡이도 아니고 리스터 루트를 한 번도 가본 적이 없어요. 저에게는 아제마 읍장이 그려준 지도뿐입니다. 지시 사항도 듣긴 했죠. 오른쪽으로 가라, 왼쪽에 오두막이 있을 것이다, 소나무 일곱 그루가 서 있는 공터가 나올 거다, 포도밭을 우회하면 산마루가 나올 거고, 제대로 찾은 것이다…… 위험한 여정입니다. 정말로 해볼 의향이세요?"

"그렇습니다." 벤야민은 주저하지 않았다. "안 가는 게 더 위험

해요."

　더 이상 얘기를 할 필요도 없었다. 벤야민 같은 고집쟁이를 리자도 몇 알기는 했다. 그가 파리에서 보였던 행태 몇이 여전히 기억에 생생했다. 벤야민은 믿는 바에 따라 끔찍할 만큼 고약하게 굴었고 또 무척 쉽게 상심하는 캐릭터였다. 참아줄 수 없는 종류의 인간. 벤야민이 과연 월경을 해낼 수 있을지 의심스러웠지만 더는 어떻게 해볼 도리가 없었다. 장시간의 도보와 등산을 그의 심장이 과연 견뎌낼 수 있을까? 그냥 생각하지 않는 편이 나았다.

　"우리가 뭘 해야 하는지 아시겠죠?"

　15분 후 두 사람은 함께 아제마 씨를 다시 찾아가기로 했다. 모든 내용을 한 번 더 설명해달라고 부탁하자는 것이었다. 루트를 이탈하지 않기 위해 기억해야 할 이정표와 세부 사항이 너무 많았다. 지시 사항을 두 사람이 외우면 더 나을 것이었다. 일단 리자의 시누이 에바에게 행처를 알려줘야만 했다. 에바가 딸 티티와 집에서 그들을 기다리고 있었기 때문이다.

　"길이 안전해지면 돌아올 테니 그때 함께 가요."

　그들은 늦은 아침에 출발했다. 리자가 앞장을 섰고 헤니가 뒤를 따랐으며 발터와 호세가 맨 뒤를 맡았다. 재미있게도 호세는 발터 옆을 떠나려고 하지 않았다. 바다가 멀리서 빛났다. 그 위로 산은 익은 포도를 이미 수확했음에도 포도나무의 초록이 한가득이었다. 포도밭에서 작업 중인 검은 옷을 입은 아낙들의 형상이 점점이 보였다.

　평탄한 대지 위의 바니윌스까지는 몇 킬로미터를 가야 했다. 하지만 벤야민은 중도에 이미 숨을 헐떡였다. 살갗은 이미 창백했고 입술마저 보랏빛을 띠었다.

"괜찮아요?" 리자가 물었다.

"아무렴요." 발터의 대꾸가 진지했다.

바니윌스에 도착한 그들은 여관에서 바다가 내려다보이는 방을 세 개 빌렸다. 작열하는 태양 아래서 바다가 초록색과 강렬한 청색을 띠었다. 벤야민은 거기서 반사광으로 눈이 아플 때까지 바다를 지켜보았다. 모락모락 피어오르던 걱정이 잠잠해졌고 바다 자체만큼이나 순진무구한 파랑으로 용해되었다. 갓 태어난 느낌. 하지만 일행은 계속 가야 했다. 그들이 정오 직후 길에서 다시 모였다.

리자가 입을 열었다. "벤야민 박사님과 저는 우리를 도와줄 어떤 분과 가서 얘기를 나눌 거예요. 여기서 기다리세요. 다른 데 가지 말고요."

"나도 가고 싶어요." 호세가 말했다. 하지만 어머니가 아들에게 눈을 흘긴다. 그걸로 끝. 두 사람이 출발했다. 아제마 읍장이 바니윌스를 가로지르는 간선 도로상의 집무실에 있었다. 아주 홀쭉했지만 손이 강건했고, 영리한 농부의 얼굴을 하고 있었다. 하지만 노년과 햇살의 공격은 어쩔 수 없는 법, 이목구비가 조각처럼 요철과 굴곡이 심했다. 불을 붙이지 않은 반 토막 시가가 입에 물려 있었다. 담배를 피울 때가 아니었다. 아제마 노인이 문을 닫고 자물쇠까지 채웠다. 그러고는 두 사람을 창문 쪽으로 불렀다.

"저기 있죠. 보여요? 저게 주앙산입니다. 거기 너머로 조금만 가면 소나무가 일곱 그루 서 있는 빈터예요. 그 공터를 오른쪽에 두고서 쭉 산마루까지 가세요."

"여기서 보니 아주 쉬운 듯한데요." 리자가 말했다. "하지만 꼭 대기까지 올라가야 한다는 거군요." 아제마가 웃으면서 팔을 뻗었다. "나도 별수 없어요. 에스파냐가 거기 있으니. 피레네산맥 저편이 에스파냐라는 것 아니겠소."

아제마가 책상으로 돌아가 자리를 잡고 앉았다. 프랑스 국기가 보였고, 페탱을 찍은 오래된 사진이 벽에 걸려 있었다. 그가 얼핏 고개를 들었고, 벤야민은 그가 입 모양이 한쪽으로 처진 미소를 짓는다고 생각했다. 그 판단은 틀리지 않았다. 읍장이 여전히 미소를 지으며 의자 끝에 걸터앉았다. 그러고는 낮은 목소리로 말했다. "지금 가보는 게 좋을지도 모르겠군요. 아직 빛이 있으니까 상황을 점검해볼 수 있겠네요. 이 지점까지 가보세요." 지난번에 자신이 그려준 지도의 장소를 그가 가리켰다. "해보면 과연 걸을 수 있겠는지 아닌지 알 수 있겠죠. 돌아와서 또 얘기해봅시다. 정말이지 내일 아주 일찍, 그러니까 어두울 때 떠나는 게 좋을 거예요. 포도밭으로 향하는 인부들에 묻어서 갈 수가 있으니까요. 배낭과 도시락을 꼭 챙기세요. 말하지 마세요. 절대로. 국경 순찰대를 피하려면 이를 명심해야 합니다."

이제야 좀 마음이 놓이는 듯했다. 그는 할 말을 빠짐없이 했고, 빠져들 듯이 의자에 다시 앉았다. 그러고는 뒤쪽 벽에 성냥을 그어 시가를 두세 번 깊이 빨아들였다. 아제마는 벤야민이 담배에 군침을 질질 흘리고 있지만 감히 달라고 청하지 못하리라는 걸 분명히 알았다.

"한 대 피우시겠습니까?" 그가 물었다. "좋은 물건이지요. 에스파냐의 암시장에서 들어왔어요."

발터가 선 상태에서 책상 위로 몸을 기울여 아제마의 성냥불을 받았다. 그렇게 피워 문 담배. 하지만 아무 맛도 안 났다. 발터는 숨을 쉴 수가 없었다. 담배 연기가 식도로 들어간 것일까? 해낼 수 없을 거라는 두려움이 별안간 발터를 엄습해왔다.

"얼마나," 그가 말을 더듬었다. "그 빈터까지는 얼마나 되죠?"

"기껏해야 한두 시간. 한가로운 산책이나 다름없지요."

대화가 끝났고, 그들은 악수를 나누었다.

"읍장님, 정말 감사합니다." 발터는 리자가 프랑스어로 이렇게 답례하는 소리를 들었다.

"그냥 남는 게 낫지 않겠어요?"

"갑니다." 벤야민이 과단성을 보였다.

"내일 아침은 아주 일찍 일어나야 해요. 아주 오랫동안 걸어야 하죠. 정력을 아껴두는 게 낫지 않을까요?"

"아니요. 갑니다. 직접 봐야겠어요. 그래야 무슨 일이 닥칠지 걱정하지 않을 테니. 지금은 아주 좋아요, 아주."

리자가 발터를 머리에서 발끝까지 훑어보았다. 정말이지 그가 원기를 회복한 듯했다. 얼굴 표정이 느긋했고 혈색도 다시 원래로 돌아왔다. 뿐만 아니었다. 벤야민 같은 인간과 다투는 게 무슨 소용이란 말인가? 일행은 오후 일찍 출발했고 천천히 걸어올라갔다. 길은 굴곡이 완만했고, 일행은 풍경을 감상하는 관광객 같았다. 바람이 불어서 언덕배기 위로 먼지구름이 피어올랐다. 9월의 색상은 지나치다 싶을 만큼 화려했다. 올리브나무 수풀, 무화과나무들, 캐럽

관목이 길을 따라 있었다. 호세의 신경이 별안간 행복감을 느꼈던지 방방 뛰면서 앞뒤로 왔다 갔다 했다. 사실 그건 불안이기도 했다. 흥미 없는 언덕길을 앞장섰다 뒤로 갔다 제멋대로 달리면서나 표출할 수 있을 듯한 그런 불안정한 상태. 어머니가 호세를 불렀고 얌전히 따라 걸으라며 제지했다. 하지만 소용이 없었다. 리자는 조용히 가는 게 더 나을 거라고 판단했고, 바람이 불어줘서 천만다행이었다. 그들이 내는 소리가 소산되었고, 괴롭기만 한 일행의 독일어 어음을 덮어줬기 때문이다. 유대계 독일인 네 명이 도망치고 있었다!

뭐라도 기분 전환이 필요했고 리자가 입을 열었다. "여기서는 북풍이 불면 사람들이 미친다고 하네요. 북풍에 광기가 담겨 있다는 거죠."

"우리 나라에서는," 벤야민이 웃으면서 반응했다. "북풍 같은 건 필요 없지요."

리자가 고개를 돌려 그를 바라보았다. 멀리서 당나귀 우는 소리가 들렸다. 그들이 떠나온 아래쪽 마을이었다.

벤야민은 그곳이 어울리지 않아 보였다. 산길을 걷는데 단단히 타이를 졸라맨 행색이라니! 재킷은 단추를 채우지도 않았고 신발은 닳아서 구멍이 났는데 그는 무슨 사슬로 묶어놓은 듯 가방을 딱 붙들고 있었다. 가방이 부담으로 작용하는 게 분명했다. 한쪽으로 몸이 기울었을 뿐만 아니라 숨을 헐떡이며 얼굴까지 잔뜩 찌푸렸기 때문이다.

"들어줘요? 좀 들어드릴게요."

벤야민이 걸음을 멈추고 깊은 숨을 몰아쉬었다. "아니에요. 됐어요. 고맙습니다. 여기 들어 있는 건 원고예요. 마지막 원고."

리자가 물었다. "그런데 왜 갖고 온 거예요? 오늘 밤 호텔로 다시 갈 텐데 말이에요."

발터가 주위를 둘러보는데 마치 거기에 다른 누가 있다는 투였다. 망가진 허수아비와 들판 여기저기 흩어져 있는 건초더미가 다임을 모른다는 식이었다.

"두고 다닌다고요?" 발터의 두 눈에서 신비로운 불꽃이 반짝였다. "이건 나의 보물입니다. 절대 잃어버릴 수 없어요. 반드시 지켜야 해요. 나보다 더 중요하거든요. 됐죠?"

아니, 리자는 인정할 수 없었다. 저 망할 인간과 집착이라니! 일행의 여정을 감안하면 상황이 좋지 않았다. 하지만 뭐, 생각과 궁리를 해봐야 무슨 소용이란 말인가. 당장 중요한 것은 나무를 다 외우는 것이었다. 내일 루트를 찾을 수 있게 도와줄 바위와 지형지물을 하나도 빠짐없이 머릿속에 담는 것이었다. 일행이 걸음을 재촉했다. 침묵의 거품이 모두를 제각각 에워싼 듯했다. 실상 그 길은 위태로웠다. 들풀과 소나무와 로커스트나무 사이로 난 길이라니! 호세조차 잠잠해졌다. 그들 앞으로, 또 위로 연산이 흐릿하게 나타나자 별안간 겁을 집어먹은 듯했다. 벤야민은 점점 더 숨이 턱에 차왔다. 게르하르트 숄렘과 쥐라산맥을 하이킹하던 게, 폴 고갱과 이비사에서 놀았던 게 생각났다. 위대한 인상파 화가의 조카 말이다. 하지만 그때는 젊었고 나치에게 쫓기지도 않았다. 발터가 무엇을 할 수 있을까? 그는 비참함을 저주받은 운명이었다. 그는 기력을 잃었고 교차로가 나올 때마다 짜증을 냈다.

일행은 세 시간째 등산 중이었다. 바로 그때 등성마루의 수목

군락에서 한 줄기 빛이 비쳤고, 그들은 깜짝 놀랐다.

"공터예요!" 호세가 일행을 앞질러 달려나갔다.

"닥쳐." 엄마가 나무랐다.

하지만 호세의 말이 맞았다. 100미터 전방에 둥그런 풀밭이 있었다. 여리고 섬세한 녹색이 사위어가는 오후의 빛 속에서 동전처럼 반짝였다.

"자, 서두릅시다." 벤야민이 서둘렀는데 마치 다시 태어난 것 같았다. 그의 보조가 통통 튀었다. 잠시나마 심장도 규칙적으로 뛰었다. 발터는 거의 뛰고 있었다. 드디어 도착한 빈터 한가운데. 그가 얼굴을 풀밭에 처박으며 쓰러졌다. 탈진해버린 것이다.

"괜찮으세요?" 호세가 물었다. "어디 안 좋으세요, 벤야민 아저씨?"

발터가 쓰러진 곳에 그대로 머물렀다. 두 다리를 벌리고 몸통이 거친 호흡으로 들썩인 채, 그냥 그대로 말이다. 몸이 그냥 가만한 가운데 손가락이 하나 움직였다, 앞뒤로. 그가 '아니'라고 말하고 있었다. 괜찮단다. 헤니가 리자를 몰래 살폈다.

"잠깐 쉬죠." 그녀가 눈짓을 했다. "더는 안 되겠어요. 정말 지쳤어요."

그렇게 일행은 풀밭에서 30분을 앉아 있었다. 솜털 같은 구름이 남풍을 받아 흩어지는 게 보였다. 거대한 빛이 하늘을 쓸어가는 것 같았다. 대지에서는 은매화와 박하 향이 강하게 피어올랐다. 대기가 뿌옇게 빛을 발했고 그 냄새들이 평화롭게 떠돌았다.

"물 좀 드시겠어요?"

"네. 감사합니다." 발터가 대꾸했다.

벤야민이 처박았던 얼굴을 돌렸고, 모두가 볼 수 있었다. 얼굴이 잔뜩 일그러져 있었고 두 뺨은 고추처럼 붉었다. 하지만 숨은 잘 쉬었다. 다시금 보이는 고집 센 미소. 리자가 기운을 냈다. 날이 어두워지기 시작했고 그들은 얼른 내려가서 가능한 한 충분한 수면을 취할 필요가 있었다. 내일 다시 출발하려면 말이다.

"출발하죠." 그녀가 자리에서 일어섰다. 그런데 발터가 움직이지 않았다. "힘드세요?"

"아니요, 아니. 괜찮습니다. 세 분만 내려가세요."

"뭐라구요?"

"난 여기 있겠습니다. 내일 다시 만나요."

멍청한 고집쟁이 노새 같으니. 벤야민의 목소리는 정말 특이했다. 태도가 무척 침착하고 평온했는데, 부자연하기 이를 데 없었고 무슨 마술을 하는 듯했다. 리자가 무엇을 할 수 있었겠는가? 발터를 만류하는 것은 불가능할 터였다.

"여기는 높은 산이에요, 벤야민 박사님." 리자가 신중하게 말을 골랐다. "위험합니다. 야생 동물과 길 잃은 소는 물론이고 밀수꾼들이 선생님을 공격할 수도 있어요. 게다가 추워요. 덮고 가릴 만한 게 아무것도 없잖아요. 먹을 것도 없구요. 여기 있겠다는 건 터무니없고 무모합니다."

발터가 의견을 고수했다. 리자를 빤히 쳐다보는 발터, 약간의 미소만이 그의 시선을 누그러뜨려줬다.

발터가 입을 연다. "내 결심은 확고합니다. 논리적이기까지 하고요. 들어봐요. 여기 온 나의 목적은 무엇인가? 국경을 넘는 것이다. 게슈타포의 손아귀에 내 원고를 넘길 수는 없는 일이니. 현재

나는 리스터 루트의 3분의 1을 주파했다. 지금 여기서 다시 내려가면 내일은 이렇게 멀리까지 못 올 수도 있다. 그러므로 나는 여기서 밤을 보내야 한다. 그런 다음 아침에 여기서부터 출발하면 되는 거지. 자, 무슨 말인지 알겠어요?"

리자가 다시 자리를 잡고 앉아 팔짱을 꼈다. "그렇다면 나도요." 그녀가 버럭 소리를 질렀지만 돌아온 건 재미있어 하는 너그러운 미소뿐이었다.

벤야민이 마침내 입을 열었다. "부인, 소와 밀수꾼한테서 나를 지켜주려고 안 가겠다고요?"

벤야민이 리자의 결정을 얼마나 숙고했을까? 어떤 유익과 불리가 있으며 또 대안은? 발터가 이 문제를 철저하게 궁리한 게 틀림없었다. 대단히 차분했고 의견도 바뀌지 않았기 때문이다. 그가 리자에게 일이 어떻게 진행돼야 하는지를 설득하기 시작했다. "당신이 나랑 여기 있겠다는 건 말도 안 돼요. 다른 무엇보다 아제마 씨를 다시 만나야 해요. 지도를 검토해야 할 것 아닙니까? 잠도 자야죠. 우리를 이끌고 무사히 국경을 넘으려면 말이에요. 따라서 당신이 내려가야 한다는 데에는 의문의 여지가 있을 수 없습니다."

발터의 말이 맞았다. 사실 리자도 알고 있었고. 그녀는 바니윌스로 일단 돌아가야 했다. 암시장에서 빵과 토마토와 잼을 확보해야 했다. 내일 굶주리지 않으려면 말이다. 리자는 최선을 다했지만 다른 방도가 없었다. 그냥 단념하고 더 늦기 전에 헤니와 함께 다시 산을 내려가기로 했다.

세 일행이 자갈길을 따라 내려가자 벤야민이 크게 손을 흔들어 줬다. 그들은 곧 숲속으로 사라졌다. 벤야민은 이제 혼자였다. 스파이처럼. 커다란 검정 얼룩이 계곡 저쪽에서부터 산을 서서히 뒤덮었고 그를 에워싼 봉우리들이 회색으로 바뀌었다. 부드럽게 벌개지는 빛이 비스듬한 각도로 나무줄기를 비추었고 또 지평선에 머물렀다. 태양이 공작새의 꼬리처럼 화려하게 빛의 살들을 휘두르고 있었다. 바람이 목이 쉰 듯한 소리로 웅웅거렸고 이제 해는 음울하고도 침통했다. 계곡에서 희미하게 소 방울 소리가 났다. 발터는 쓸데없이 생각이 장황해졌다. 정적을 깨는 귀뚜라미 소리가 날카로운 바늘 같았다.

메르세데스가 더는 얘기하고 싶지 않다고 했지. 우리는 그놈 얘기를 다시는 하지 않았어. 4년 전 그날 밤에 대해서도. 알고 있었다네, 전쟁이랍시고 좋은 사람을 많이 죽였을 거야. 그런 내가 그 망할 자식을 없애버렸다고 메르세데스를 심판할 수 있을까? 아니지. 그 일로 우리 사이가 틀어진 건 아니었네. 내가 그 집에 맞지 않다는 위화감을 느끼지도 않았고. 그런데 열흘쯤 지나자 더는 견딜 수가 없었다네. 공짜로 밥을 얻어먹는 게 감당이 안 되더라고. 거기서 생활하는 게 실은 산 채로 매장당한 것과 다를 바가 없었거든. 항상 조심해야 했지. 걷든 앉든 말이야. 부엌에서 씻었어. 마당은 위험했으니까. 내가 방에 있으면 메르세데스와 어머니가 서둘러서 블라인드를 죄다 쳤지.

　"엔리케를 조심해야 해요." 두 사람이 내게 하루에도 스무 번은 말했을 거야.

엔리케는 엔리케 비아디우였어. 단신에, 콧수염을 입 양쪽으로 길게 기른 놈이었지. 경찰이었는데 길 건너 우리 집 바로 맞은편에 살았어. 프란시아 호텔이란 간판이 걸린 좁디좁은 건물이 옆에 있었고. 블라인드를 통해서 가끔씩 내다보면 놈이 모자를 쓰고 아내에게 키스를 해주는 광경이 들어왔다네. 즐겁고 만족한 표정으로 200미터쯤 되는 경찰서로 걸어서 출근했지. 항상 가는 길에 호텔 주인 후안 수네르와 인사를 나누더군. 수네르란 놈 역시 팔랑헤당 당원으로 지역의 나치 앞잡이였고. 잡놈들이지. 비아디우는 당연히 돼지 새끼였고, 우리 같은 빨갱이라면 원한이 대단했어. 형제 둘이 전쟁통에 죽었거든. 그가 나를 발견한다면 상황이 좋을 수가 없었겠지. 덧문 뒤에 숨어서 살금살금 기어다니는 것 말고는 할 수 있는 게 없더라고. 한 번에 며칠씩 닥치고 가만히 있어야만 했어. 그냥 멍하니 기다리면서 마리아와의 승강이를 참고 견뎌야 했지. 내가 달리 무얼 할 수 있었겠나? 그렇게 입 다물고 있는 게 익숙치 않았고, 시간이 갈수록 신경이 날카로워지면서 화가 났다네.

그 와중에 완전히 다른 종류의 쇠등에가 내 머릿속에서 날기 시작했지. 상상력이 거칠게 웅웅거리면서 발동했던 게야. 우리가 뭘 먹고사는지 알 수가 없었다네. 고기와 포도주와 치즈가 어디서 난 거지? 페파 부인이 매일 점심과 저녁에 식탁에 내는 그 맛 좋은 햄은? 메르세데스가 바르셀로나에서 나를 찾을 때 병원일을 그만두었다는 것은 분명했어. 그렇담 지금은 뭘 하고 있는 거지? 메르세데스는 외출을 해서 두세 시간 정도 후에 돌아왔는데, 귀가해서 보면 두 눈에 죄책감이 가득했고 격한 감정으로 숨도 못 쉴 정도였으니 말야. 물어볼 생각을 못 했어. 하지만 사내는 여자한테 묻고 싶

은 게 많은 법이지. 결국은 정탐을 했어. 물건을 살펴보고 메르세데
스가 집을 나서면 블라인드 뒤에서 지켜보았지. 그러고는 알아냈
어. 한 시간 동안이나 창가에 붙어서 마당 너머를 살피는데 메르세
데스가 슬그머니 들어오더라고. 쥐처럼 조용했는데 팔에 꾸러미를
낀 채였어. 메르세데스가 그걸 닭장에 숨기는 것까지 봤다네. 날이
늦었고 밖으로 나온 사람이 아무도 없었어. 잠깐 동안 여러 선택지
를 가늠해보고 나서 밖에 있는 메르세데스한테 가보기로 했지. 닭
장에는 없는 게 없더군. 편육, 담배, 의약품, 소시지, 고기와 야채까
지, 화수분이 따로 없었네. 그제야 알겠더라고.

“이게 다 뭐예요?” 질문이 바보 같았지. “암시장에 가담하고 있
는 거예요?”

내 목소리가 들리자 메르세데스가 화들짝 놀랐어. 하지만 이내
고개를 돌리고는 침착한 표정으로 나를 빤히 바라보았지. 날이 그
렇게 어둡지만은 않아서 입술을 비죽거리는 게 보였어. 메르세데
스는 거의 으르렁거리는 수준이었다네.

“귀하신 대장님, 도대체 무슨 생각을 하신 거예요? 그럼 우리가
먹는 음식이 하늘에서 떨어지기라고 했겠어요? 성령이 충만하사,
우리를 굽어살피시고 있을까 봐요?”

“아니요, 그게 아니라.” 내가 말을 더듬자,

“그렇다면, 그렇담 뭐죠?” 메르세데스가 대꾸했지. “당신한테
말이 안 되는 걸 한번 생각해봐요. 여기 있으니 당신도 임무를 다해
야만 하죠.”

내가? 어떻게? 느닷없이 나를 쪼아대는 게 두려움이었는지 다
른 무엇이었는지는 모르겠어. 프랑코의 감옥에 갇혀 있다는 생각

을 했었을지도. 어쩌면 엔리케 비아디우와 놈의 콧수염, 프랑스 군
대, 게슈타포가 주마등처럼 스쳤을 거야. 아마도 내가 바뀌었겠지.
6년간이나 무모한 죽음의 유혹에 시달렸으니 더 이상은 견딜 수 없
었던가봐. 내가 내가 아니고 그저 나 자신의 환영에 불과하다는 느
낌이 들었어.

"내가? 어떻게?" 내 목소리는 아주 작았지.

"음, 가령, 뛸 수 있죠? 당신이 그렇게 해주면 수익을 나눌 필요
가 없을 거예요."

"달리기라? 내가요?"

그렇게 나는 하루 만에 밀수업에 종사하게 됐지. 일주일에 두
번 한밤중에 집을 나섰어. 등에 배낭을 메고 뒷문을 빠져나갔다네.
떠돌이 개 서너 마리가 심심했던지 읍 외곽까지 나를 따라오곤 했
다네. 아침이면 나는 프랑스에 도착해 있었지. 득의양양했어. 메르
세데스한테 접선자가 있었고 내가 시가, 달걀, 살라미, 고기, 설탕
을 방드르 항구로 가져간 다음, 에스파냐로 건너올 때는 가방에 향
수, 단추, 담배, 약을 채워 왔지. 밤에 이동했고 어두울 때 집에 들어
왔어. 읍으로 들어오는 마지막 경로에서는 출발할 때의 떠돌이 개
들이 선로 옆에서 나를 맞아주었고 함께 걸었지. 그러고는 물건을
닭장에 집어넣고서 메르세데스의 침대로 기어들어갔다네, 노곤한
몸으로 말이야. 열닷새가 지나니까 길을 다 외우겠더라고. 하지만
시간이 갈수록 체포를 피하려면 더욱더 재주를 부려야 했어. 당시
의 국경이 마지막으로 탈출할 수 있는 기회였다네. 유대인, 벨기에
인, 폴란드인 수백 명이 나치와 비시 정부의 군대를 피해서 넘어왔
지. 해서 순찰 활동이 강화됐어. 내가 그 새로운 일을 하기에 안성

맞춤인 시기였다네! 그리고 엔리케가 있었지. 그 망할 자식이 뭔가 가 일어나고 있음을 알았던 게 틀림없어. 분명히 말할 수 있지. 내가 집으로 돌아올 때 놈이 우리 집 창문을 곁눈질로 쳐다보던 것하며, 또 경찰서로 가기 전 아내와 나누던 키스가 굳게 다문 입술로 바뀐 것에서 말이야. 우리한테 천만다행이었던 건 읍에서 메르세데스가 다른 무엇보다도 순교자, 그러니까 영웅의 미망인이었다는 사실이었어. 그러니 엔리케 비아디우라도 총구를 들이대면서 집을 수색하겠다고 감히 나설 수는 없었던 거지. 하지만 그게 얼마나 가겠나?

상황이 호전된 게 하나 있었는데, 마리아와의 관계였지. 마리아가 왜 나를 달리 생각하기 시작했는지는 모르겠어. 내가 나가는 날 밤에는 메르세데스와 잘 수 있었기 때문일지도 모르고, 거듭거듭 미소를 지어 보이니까 드디어 경계심을 풀고 태도가 누그러졌을지도. 어쩌면 마리아가 그저 얼굴에 익숙해진 데다가 내가 가족 사업의 일부로까지 참여하게 됐으니 못 살게 구는 게 부적절해 보였을 수도 있겠지. 몰라. 아무튼 마리아가 나한테 인상을 쓰는 걸 중단한 건 사실이야. 언제 떠나냐고도 더 이상은 묻지 않더구만. 하루는, 그날 밤도 프랑스로 월경할 예정이었는데 메르세데스가 나한테 와서는 뺨에 키스를 퍼부으며 달콤한 말을 건넸지.

"가서 마리아한테 인사해요." 메르세데스가 귀에 대고 속삭이는 거야.

갔어. 벌써 잠들어 있더군, 입을 벌린 채로. 머리는 뒤로 돌아갔고 두 팔은 베개 위로 만세를 불렀다지. 메르세데스가 열린 문에 기댄 채로 나를 봤어. 내가 뭘 해야 했을까? 메르세데스가 뭘 원하는지 알았어. 담요를 덮어주고 이마에 뽀뽀도 해주었지. 사실 하고 싶지 않았다네. 내가 뭔가를 빼앗는 것처럼 가당찮고 터무니없다는 생각이 들었지. 아빠가 하는 그런 거잖아. 그런데 마리아가 반응하는 거 아니겠어!

"아빠." 마리아가 잠결에 옹얼거렸고, 나는 얼굴이 빨개졌다네.

"잘 자거라, 사랑스런 보물." 가까스로 이렇게 말했지. 하지만 다음 순간 확실히 해야 할 필요를 느꼈어. 아이에게 나란 걸 알려야 겠더라고. "잘 자거라, 사랑스런 보물. 라우레아노 아저씨란다."

좋든 나쁘든 시험을 통과했다고 할 수 있겠지. 방을 나오자마자 메르세데스가 나를 안고서 키스를 퍼부었다네. 편치 않았어. 사실 미칠 정도로 속이 끓어올랐지. 너무 혼란스러웠고, 누가 총을 들이댔어도 내 얼굴에서 슬픔과 혐오의 표정을 지울 수 없었을 거야.

그날 밤은 좀 더 일찍 나섰어. 개들이 나를 따랐고, 하늘은 쨍 하니 추웠어. 빛을 내는 건 조각달뿐이었지. 빠른 속도로 산을 탔어. 아무것도 생각하고 싶지 않았지. 발걸음, 숨소리, 주위의 어둠, 밤의 소리, 루트에 집중하면서 산마루까지 올라갔다네. 바람이 불어서 공기가 깨끗했고 나뭇잎들이 흔들렸지. 하산을 시작했을 즈음에는 한기가 느껴지더군. 순 기억에만 의지해서 나아갔어. 돌길은 언제나 위험하고 한 발 한 발 떼는 데 주의가 요망되지. 내내 벼랑 같은 급경사면을 붙들고 이동하면 개활지가 나와. 그리고 이제 다 왔네. 그 순간 그 사람이 보였지. 자네의 철학자가 내 앞에 있더군.

어두웠다. 피로와 권태. 그리고 심장. 율라 콘의 그림자. 아샤,
종말을 맞이한 듯한 세상의 끝에서 발터가 떠올린 여인. 여기는 피
레네산맥, 소나무 한 그루가 있었고 일몰이 보였다. 벤야민은 거기
서 무얼 하고 있었을까? 올이 다 드러난 허름한 양복을 걸치고 떨
고 있는 신사. 단단히 조여 맨 타이는 극장이나 영화관에 가는 행색
이었다. 그의 전 생애를 고려할 때 발터는 이런 곳과 맞지 않았다.
추웠다. 탈진 상태는 암울하기만 했다. 하늘에는 별이 떴다. 이웃한
조각달 역시 창백하기는 마찬가지. 발터를 향해 도라의 영상이 미
소를 지었다. 여자와의 많은 실패 사례 가운데 첫 순번. 그리고 슈
테판. 아들은 어떻게 지낼까? 가엾은 아이. 발터는 얼마나 끔찍하
고 형편없는 아빠인가! 자신이 슈테판의 손을 잡고서 아들이 떼는
첫걸음을 지켜본 게 바로 엊그제 같았다. 그리고 또 심장, 천식. 어
두웠다. 한기가 뼈를 파고들었고 불편과 불안을 억누를 수 없었다.

아주 오래전 니스에서 세상을 하직하려고 했을 때가 떠올랐다. 됐다, 이걸로 끝이다. 벤야민이 미국으로 갈 수 있는 방법이 도무지 없었다. 배가 고팠다. 추위가 빈터를 덮쳐왔다. 이곳 산야는 침묵에 잠겨 있다. 이런 상황은 발터가 실제 삶에서 꾸준히 찾았지만 소득이 없었던 그런 안온한 평화가 아니었다. 팽팽한 긴장감의 위협적인 침묵이었던 것이다. 육중한 침묵, 말만큼이나 날카로운 침묵. 일몰의 독기와 낙담이 뼛속으로 파고들었다. 추위 말고는 이제 아무 생각도 안 났다. 이빨이 다닥다닥 맞부딪쳤고, 그는 두 팔을 움직여보다가 결국 그만두었다. 가만한 채로 몸을 떨며 풀밭에 옹송그린 발터. 그는 포기해서는 안 된다고 생각했다. 걷고 이리저리 움직여야 한다. 하지만 그는 너무나 지쳤고 생각이 불가했다. 생각 말고는 뭐든 하는 법을 안다는 듯이, 사유를 열렬히 탐하면서 인생을 보내지 않았다는 듯이. 인생 자체가 빌려 쓰는 것이라는 듯 이제 삶이, 몸뚱이가, 심장과 근육과 허파가 상환을 요구하고 있었다. 발터는 일어서려고 시도했지만 곧 육중하게 주저앉고 말았다. 검정 가방을 머리에 댄 발터. 신이시여. 그의 원고가 과연 무사할 수 있을까? 발터는 여기서 죽을 수도 있었고, 그러면 원고 또한 미국으로 무사히 건너가지 못할 터였다. 하지만 그게 무슨 의미가 있는가? 벤야민은 그렇게 모든 욕망을 버렸다. 심지어 더는 죽고 싶다는 욕망조차 느끼지 않았다. 느닷없는 온기. 오, 이게 마지막 순간의 기만적 지복이란 말인가!

실은 라우레아노가 벤야민과 마주친 것이었다. 그는 정신을 딴데 팔고서 개활지를 횡단하고 있었다. 루트와 약간의 거리를 두고 이동하려면 수목 한계선을 끼고 가야 했다. 라우레아노의 발 사이

로 물컹한 것이 걸렸고, 그의 첫 반응은 욕지거리였다. 라우레아노
는 겁이 났지만 곧 평정심을 되찾았다. 그의 눈이 어둠에 익숙해진
상태였고 낯선 이의 얼굴을 식별할 수 있었기 때문이다. 찡그린 표
정이 얼어붙었지만 웃는 것 같기도 했다. 안경이 코에 삐뚜름히 걸
려 있었다. 때묻은 복장, 먼지투성이 행색, 진흙 발. 사내는 위협이
라고 느끼기에는 너무 늙은이였다. 몸이 좋지 않다는 것도 분명했
다. 라우레아노가 팔을 뻗어 남자의 손을 잡았다. 얼음장 같았다.
맥박에 집중해보았다. 멀리서 참새가 지나가는 것처럼 희미하고
약했다. 서둘러야 했다. 등짐을 땅에 내려놓고 외투를 냉큼 벗어 남
자를 덮어줬다. 그러고는 가슴부터 다리까지 차례로 문질러줬다.
남자의 눈이 깜박거리는 듯하자 라우레아노는 두 손으로 그를 붙
잡고 일으켜 세워 걷도록 시켰다.

"괜찮아요?" 라우레아노가 작은 목소리로 물었다. "이제 좀 앉
으세요. 포도주를 드릴 테니."

노인이 몸을 떨면서 쳐다보았다. 자신이 여전히 거기 있는 게
놀랍다는 듯이. 달이 백색광을 발했고 그의 얼굴은 탈진한 표정 가
운데서도 겁에 질린 두 눈이 또렷하게 빛났다. 발터가 이 낯선 남자
를 믿을 수 있을까? 그래야 했다. 그러지 않을 수 없었다.

"고맙다는 인사를 하고 싶습니다." 벤야민이 대꾸했다. 그 옛날
이비사에서 배운 약간의 에스파냐어로 말했다. "제 이름은 벤야민
입니다. 발터 벤야민 박사죠." 그가 예의 고개 숙이는 목례를 덧붙
였다.

라우레아노는 가까스로 웃음을 참았다. 도대체 이 단신의 남
자는 어디서 온 거지? 웃기는 억양은 무엇이며, 구닥다리 예의범절

이라니! 그런 것들은 망할 전쟁이 한창인 피레네산맥이 아니라 18세기의 살롱에나 어울릴 법했다.

"만나뵙게 되어 영광입니다, 박사님." 라우레아노가 당장 대꾸했다, 조금은 장난스럽게. "라우레아노 마오호죠. 저는 밀수업자입니다. 그런데 선생님은?"

라우레아노는 눈가에 서린 웃음마저 참을 수는 없었다. 그래도 국경 순찰대한테 발각되어선 안 됐기에 그는 최대한 참았다. 벤야민은 이 솔직하고 유쾌한 웃음이 징조라고 생각했다. 삶이 여전히 자신을 부르고 있다는, 어쩌면 최후의 신호. 삶을 포기해서는 안 되었다. 심장이 빠르게 뛰기 시작했다. 팔이 따끔하고 얼얼했지만 그는 한결 나아졌다. 이제는 잠잠한 가운데 사내가 건넨 포도주도 마실 수 있었다. 우듬지 위가 하얗게 빛났다. 공터를 덮고 있는 활수한 초록. 젊은 친구가 발터에게 빵을 한 조각 내줬다.

"나는 유대인입니다." 그가 우적우적 씹으며 말했다. "사실을 말하자면…… 탈출 중이지요." 이어지는 한숨.

하지만 발터는 말을 이미 내뱉었음에도, 자신이 그 말을 결코 하고 싶지 않았다는 것을 깨달았다. 발터는 겁이 났고 딱딱하게 굳어버렸음을 느꼈다. 앞으로 전개될 일이 주마등처럼 떠올랐다.

"하지만 못하겠죠." 그가 고개를 떨궜다. "불가능합니다."

"왜 그렇게 말씀하십니까?"

"심장이 튼튼하지 못해요. 천식도 있습니다. 4개월째, 아니 실은 몇 년째 계속 도피 중입니다. 이젠 지쳤어요. 너무요. 그런 까닭이죠."

"하지만 다 왔는걸요. 얼마 안 남았어요." 라우레아노가 발터를 위안했다. "그런데, 혼자십니까?"

벤야민이 손가락을 흔들었다. 입이 음식물로 가득 차 있었기 때문이다. 그가 혼자가 아니라는 소리였다. "내일 만날 거예요." 발터가 음식물을 삼키고 대꾸했다. "숙녀 한 분과 그녀의 아들, 우리를 안내해주는 또 다른 숙녀분 이렇게 셋이지요. 포도주 좀 더 마실 수 있을까요?"

"예." 라우레아노가 말했다. "걱정하지 마세요. 여기서부터는 길이 험하지 않으니까요. 두세 시간이면 포르부에 닿을 수 있지요. 천천히 가시고 보조를 일정하게 유지하세요. 아무렇게나 하면 안 돼요. 그러니까 10분 걷고 1분 휴식, 그런 다음 다시 출발. 아시겠어요?"

벤야민이 입을 오므리고 눈을 똑바로 뜬 채 라우레아노를 응시했다. 그가 이 사내를 과연 믿을 수 있을까?

"그렇습니까?" 이윽고 발터가 물었다.

"안 그럴 이유가 없죠. 중요한 것은 정신 상태죠. 정말 해내고 싶은지 아닌지 말입니다."

벤야민은 한동안 잠자코 앉아 있었다. 식은땀이 났고 나무줄기에 기대어 조금이라도 편한 자세를 취해야 했다. 잠시 후 그는 소스라치게 놀라고 말았다. 뇌의 모처에 단단히 박혀 도무지 빠져나올 줄 모르는 생각을 자신이 떨쳐내려고 애쓰는 중임을 깨달았던 것이다. 동요의 곱추난쟁이가 다 닳은 실이었지만 발터의 삶을, 그의 운명을 당기고 있었고 놈을 박살내야만 했다. 벤야민이 무엇 때문에 이렇게 감연해질 수 있었을까? 어쩌면 그의 삶은 여전히 곱추난쟁이의 지배를 받고 있었는지도 모른다. 본인이 장기를 두는 자동

인형에 관해 쓰기도 하지 않았던가! 무언가가 그를 흔들었고, 발터는 그 순식간의 전투에서 빠져나왔다. 나쁜 꿈, 악몽.

"그래, 그래." 발터가 스스로에게 중얼거렸다. 계속해서 라우레아노에게 몸을 기울이며 낮은 소리로 보태기를, "나로 말할 것 같으면 문제없습니다. 굳이 할 필요도 없지요. 나는 안 중요해요. 문제는 이 원고입니다."

"원고요?"

"그렇습니다. 책이지요. 이 가방에 들어 있습니다. 파리의 친구한테 사본을 맡겼지만 나치가 어떻게 할지 누가 알겠소. 여기 들어 있는 게 그거예요. 나랑 함께여도 좋고 아니어도 상관없어요. 원고가 뉴욕으로 가야 합니다. 내 책이 게슈타포를 벗어나 탈출해야만 한다는 거지요. 왜 중요하다는지 알겠어요?"

아니, 라우레아노는 온전히 알아들을 수가 없었다. 게다가 어떻게 대꾸할지 생각해볼 틈도 없었다.

"엎드려요. 조용히!" 그가 낮게 속삭이며 노인네를 소나무 뒤 덤불 속으로 우악스럽게 밀어넣었다.

아래에서 소리가 났다. 길이었고, 50미터가 채 되지 않는 거리였다. 두 명이 웃고 있었다. 벤야민은 제 가슴팍 안에서 심장이 격렬하게 뛰는 것을 느꼈다. 얼굴을 풀밭에 파묻었다. 하지만 그와 같은 자세로 오래 있을 수는 없었기에 이내 고개를 들었다. 총검에 반사된 달빛이 눈에 들어왔다. 이윽고 두 사람이 멀어졌다. 굽잇길을 돌아 목소리가 완전히 사라진 것이다.

"프랑스 놈들이에요." 라우레아노가 말해줬다. "기동 순찰대죠."

두 사람은 땅바닥에 엎드린 채 미동도 하지 않고 그대로 있었다. 한 30분은 아무 말도 하지 않았다. 라우레아노의 귀에 꼬마 신사의 연신 쉬어대는 겁먹은 숨소리가 들려왔고, 뭐라도 그 슬픔을 위무해주어야겠다는 생각이 들었다. 벤야민이 깜빡 잠들었다고 느껴지자 라우레아노가 자리에서 일어나 조용히 상황을 정리해보았다. 하지만 발터는 잠든 게 아니었고 여전히 깨어 있었다. 뭐, 어둠이 싫어서 계속 눈을 감고 있었지만 말이다. 정말이지 지금은 무서웠다. 어둠이 그들을 담요처럼 덮고 내리누른다는 느낌이었던 것이다. 해가 나면 모든 것이 더 친숙하고 편안했다. 하지만 지금은 아니었다.

"가지 말아요." 벤야민이 간청했다. "해가 뜰 때까지만요."

라우레아노가 고개를 끄덕였고 다시 자리를 잡고 앉았다. 그렇게 소나무에 등을 기대고 두 다리를 벌린 채 기다리자 하늘이 별들을 집어삼키기 시작했다. 백악질의 잿빛 하늘을 배경으로 눅눅한 최초의 빛이 존재를 알리며 개활지를 에워싼 새까만 수목의 뭉텅이를 서서히 드러냈다.

"이제 가야 합니다." 그가 말했다. "해내실 겁니다. 당연하지요. 그래도 약속해주세요. 삶과 인생을 좀 더 진지하고 심각하게 받아들이시겠다고요."

벤야민이 그를 바라보았다. 아니 어쩌면 라우레아노 뒤쪽의 허공을 응시했는지도 모르겠다. 발터의 퀭한 눈이 다른 생각을 품고 있었을지도.

발터가 마침내 입을 열었다. "내 인생, 나는 살았지만 그 삶을 보지 못했다오. 나는 홍진처럼 씻기고 떠밀려왔을 뿐." 무슨 시를 읊는 듯했다.

라우레아노가 웃었다. 사람한테 필요한 게 바로 그것이었다. 시.

"좋으네요. 직접 쓰셨습니까?" 그가 물었다.

"아니요. 도스토예프스키죠." 발터의 대꾸가 명철했다.

"많이 읽으셨군요, 벤야민 박사님." 라우레아노가 미소를 지었다. "안녕히 가십시오. 행운을 빕니다."

"그래요." 발터가 웅얼거렸다.

벤야민의 두 눈에 숲속으로 사라지는 라우레아노가 들어왔다. 정말이지 유럽을 절반이나 주파한 젊은이가 보일 수 있는 활달한 보조였다. 그에게는 남은 인생의 시간이 많았고 더군다나 그 인생을 즐기고자 하는 쾌활한 의지까지 있었다. 벤야민은 라우레아노가 운이 좋다고 생각했다. 그러고는 곧 다시 자기가 혼자라는 걸 깨달았다. 연산 뒤에서 분홍과 자주의 빛줄기가 뻗어오고 있다는 게 천만다행이었다. 발터가 앞으로 기어올라야 할 봉우리들이 빛났다. 그가 심호흡을 했고, 자리에서 일어나 나무에 대고 오줌을 갈겼다. 고개를 들자 하늘은 이미 파랬다. 바람이 따뜻하게 느껴졌고, 계곡 아래서 희미하게 수탉의 울음소리가 들려왔다. 기분이 좋아진 발터. 그는 다시 살아 있음을 느꼈다. 그러고는 필요한 잠에 빠져들었다. 이번에는 굳게 먹은 마음과 함께였다.

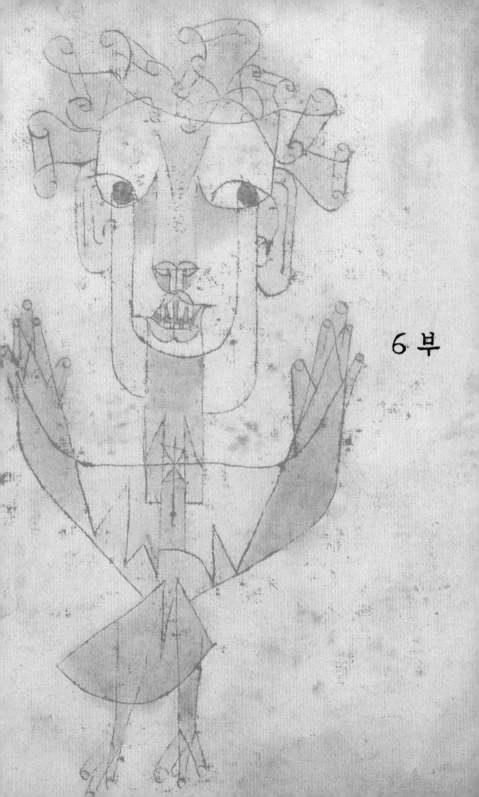

6부

호세가 부를 때 발터는 이미 깨어 있었다. 불과 몇 분 전이었지만 그는 눈을 떴고, 태양이 자신의 코를 간질이는 걸 느꼈다. 주머니에서 시계를 꺼내보니 6시 50분이었다. 공기가 시원했다. 하늘은 맑았다. 구름 한 점 없이 청명한 날씨였다.

"벤야민 박사님!" 호세가 외쳤다.

"제발 조용히 좀 하려무나." 리자와 함께 뒤에서 걷던 어머니가 제지했다.

발터가 자리에서 일어나 동행자들을 웃으면서 맞이하는 데에는 상당한 노력이 필요했다. 살갗 아래 뼈다귀들이 삐걱이는 게 느껴졌다.

"다시 만나게 되어 정말 기쁘구나." 아저씨가 호세의 더벅머리를 헝클어뜨렸다.

리자가 몇 미터 뒤에서 손을 흔들었다. 그런데 점점 가까이 다

가온 그녀가 바닥에 시선을 고정하고는 입을 다무는 게 아닌가. 발
터는 리자가 왜 그렇게 공포스런 표정으로 자신을 바라보는지 알
아내려고 했다.

"아하!" 발터가 안경을 벗고 손수건으로 얼굴을 닦았다. "이슬
이에요. 축축해지면 테의 색깔이 묻어요."

다행인 걸까? 발터의 안와 주위로 보이는 두 개의 검은 고리가
누런 안색과 대비되었고, 리자는 삼촌이 죽기 직전에 한동안 그랬
다는 게 떠올랐다. 그래도 벤야민의 얼굴에서 다크서클은 이미 사
라지고 없었다.

"그래, 함께 가실 수 있겠어요?" 리자가 웃었다.

"네, 그럴 수 있겠습니다." 벤야민의 대꾸가 명랑했다. "에스파
냐까지 즐겁게 소풍하면 좋을 듯합니다."

정확히 얘기하면 소풍일 수 없었다. 개활지 이후로는 루트가 훨
씬 더 힘겨웠고 바위와 급경사면 속에서 길 자체가 없었기 때문이
다. 얼마나 이동했을까, 그들은 올라야 할 산마루를 오른쪽에 두고
서 내려가고 있음을 깨달았다. 루트에서 벗어난 것이었고 그것은
실수였다.

"아제마 씨, 지도 좀 볼까요?" 벤야민이 청했다. "여기 알겠어
요? 돌아가야 해요."

방향을 잘못 잡은 분기점까지 돌아가는 데만 족히 20분이 걸렸
다. 해당 구간을 루트라고 부르는 것은 어불성설이었다. 바위가 조
금 파여서 겨우 발을 디딜 정도였는가 하면, 한 번에 한 사람씩만
통과할 수 있는 비좁은 틈인 경우도 있었다. 아제마 읍장의 말이 맞
았다. 가장 안전한 루트지만 힘겨울 거라는. 그 길은 밀거래가 활발

하게 이루어지는 통행로 아래로 나 있었고, 위험하게 튀어나온 단애 뒤라서 경찰과 국경 순찰대도 몰랐다. 가끔은 그 두 길이 근접하기도 했고, 사람들은 입을 꾹 다물고 이동해야 할 터였다.

벤야민은 천천히 걸었고 꾸준한 보조를 유지했다. 규칙적으로 멈춰서 휴식을 취했고 그런 다음에는 다시 반복했다. 이 과정이 항용 침착하게 꾸려졌다.

"피곤하진 않으세요?" 호세가 물었다.

"아니. 어젯밤에 오늘의 과제를 어떻게 해낼지 생각해보았단다. 지치기 전에 규칙적으로 멈춰서 쉬는 거지. 에스파냐로 소풍하는 나의 방식이란다. 내가 여러 해 전에 이렇게 썼었지. 나의 인내심, 견인불발의 자세를 이겨낼 수 있는 것은 아무것도 없다. 그렇게 썼었지."

벤야민은 피트코 부인이 자신을 째리는 시선을 느꼈고, 그녀가 무슨 생각을 하는지도 알 수 있었다. 의지력이 그렇게 대단한 양반이 이렇게 터무니없는 바보라니, 정말 유감이군! 바로 이것이 정확히 리자의 생각이었다. 하지만 벤야민은 그런 상황에 익숙했다. 그한테는 이 사안을 곱씹어볼 시간도 없었다. 호세가 계속 말을 시켰기 때문이다.

"아저씨는 작가시죠?" 그가 물었다.

"비평가지. 에세이를 쓴단다."

"호세야, 박사님 좀 그만 괴롭혀!" 엄마가 호세를 꾸짖었다.

"괜찮아요." 발터가 끼어들었다.

그 작은 승리에 소년의 두 뺨이 환해졌다. 의기양양해진 호세.

"돈을 받고 글을 쓰는 건가요?"

벤야민은 가까스로 웃음을 참았다. "가끔은." 투덜거리는 어조였다. 순간 자신의 발안과 갖은 노력이 별다른 결실을 맺지 못했다는 사실이 슬프게 그를 엄습했다. 사유와 사상은 무슨 쓸모가 있는가? 그 모든 것이 무로 돌아갔다. 살아남지조차 못했다. 정말이지 그랬다. 벤야민은 정말이지 때를 잘못 만난 것이었다.

"가방 들어드릴까요?" 소년이 청하는 소리가 들려왔다.

이번에는 발터도 동의했다. 태양이 사악하게 목덜미를 때렸고, 일행 앞에는 아제마가 지도에 표시해놓은 급경사의 포도밭이 있었기 때문이다. 아제마가 그 부분이 가장 힘겨운 코스일 거라고 얘기했다. 길이 아예 없었다. 발아래는 그저 미끄러운 땅뿐. 일행이 포도나무 사이를 올랐다. 까만색으로 무르익은 달콤한 바니윌스 포도가 벤야민의 눈높이로 흐드러지게 매달려 있었다. 발터가 헉헉댔다. 허파에서 아픈 소리가 비어져 나왔다. 그가 멈추었다. 앞으로 움직였지만 두 다리가 말을 듣지 않았던 것이다. 어쩔 수 없이 다시금 심장에 휴식을 허락해야 했다. 손과 무릎으로 전진하던 그가 재차 멈춰 쌕쌕거렸다.

"끝났어요. 더 이상 갈 수 없습니다." 가쁜 숨 사이로 발터가 조용히 선언했다. "이 등반은 무리예요. 사람이라면 언제 멈춰야 할지 그때를 알아야 해요. 자신의 한계를 알아야겠지요."

"바보 같은 소리 하지 말아요." 리자가 호세와 함께 그를 돕기 위해 내려오면서 한 말이다. 한 사람씩 발터의 양쪽을 잡았다. 그렇게 발터의 두 팔을 어깨 위에 두르고 두 사람이 위로 올랐다. 발을 헛디뎠는가 하면 숨이 턱에 차왔다. 벤야민이 입을 열었지만 아무 소리도 나오지 않았다. 그는 불평조차 할 수 없었다. 상황이 그렇게 절박했음에도 발터는 리자가 함께 소지하고 있는 검정 서류 가방에서 눈을 떼지 못했다.

일행은 포도밭 위의 비좁은 돌출부 위에 자리를 잡고 앉아서 휴식을 취했다. 날이 더웠고 태양은 높았다. 그들은 무려 네 시간 넘게 걷고 있었다. 읍장의 얘기에 따르면 이미 에스파냐에 도착했어야 했다. 하지만 일행은 알고 있었다. 포르부는 아직도 한참을 더 가야 한다는 것을.

"산사람들이란!" 벤야민이 투덜거렸다. 호흡이 안정되고 심장 박동이 느려짐을 느꼈을 때였다. "그자들한테는 다 쉽지."

"그래요." 리자가 동의했다. "하지만 아직 시간이 있어요. 일단 뭐 좀 먹자구요."

그다지 배고픈 사람은 없었다. 그간의 세월을 떠올려보라. 수용소, 도주, 폭격과 배급, 이런 사태를 겪었으니 위장이 쪼그라들 만도 했다. 하지만 그래도 먹어야만 했다.

"부인, 제가 도와드려도 될까요?" 벤야민이 청했다.

신사 벤야민께서 여느 때와 다름없이 격식을 차리고 나섰다. 해괴했다. 리자가 그에게 토마토를 내미는데 어깨 너머로 무언가가 시선을 사로잡았다. 무엇일까? 염소의 표백된 해골? 독수리 두 마리가 파란 하늘 상공을 날고 있었다.

"움직이는 게 좋겠어요." 리자가 말했다.

길의 경사가 완만해졌다. 하지만 벤야민은 이미 오전에 힘을 다 썼고 점점 더 어려움을 겪고 있었다. 그의 속도가 느려졌고 휴식 시간은 길어졌다. 발터는 자신의 리듬을 일정하게 규칙적으로 유지하는 데만 집중하는 듯했다. 리자가 앞장서서 걸었고 일행은 콜 데

룸피사와 플라 델 라 사이의 산마루에 도달했다. 그녀가 걸음을 멈추고 숨을 가다듬었다. 자신이 무슨 신기루를 보는 것은 아닌가 하는 생각이 들었던 탓이다.

"보세요!" 자기도 모르게 이런 말이 터져나왔다. "얼른 와봐요."

그들 뒤로 프랑스 영해에 속하는 찬연한 푸른 바다가 멀리 펼쳐졌다. 일행이 통과해온 포도밭의 초록, 노랑, 황토색도 눈에 들어왔다. 발아래로 에스파냐 쪽 해안이 끝없이 전개되었다. 들쭉날쭉한 벼랑이 이어졌고 아래로 청록색 바다는 고요하고 투명했다. 그 너머 수평선에서는 섬세한 장막이 터져버린 듯했다. 물과 하늘 사이, 아니 물과 하늘의 그 희부연 푸른색이라니!

"아름답네요." 리자가 말했다.

그들은 거의 다 왔다. 포르부가 발아래 있었다. 둔덕 하나에 가려 안 보이기는 했지만 말이다. 일행은 이제 똑바로 걸어가기만 하면 됐다. 당장에 당도할 터였다. 그걸로 끝이었다. 일행은 몇 번째인지 모를 만큼 국경을 넘었고, 곧 안전할 터였다. 리자는 이제 돌아가야 했다. 세 명의 비자와 서류는 문제가 없었지만, 그녀 것은 아니었다. 리자가 거기서 위험을 무릅쓸 수는 없었다. 에스파냐에서 체포된다니. 하지만 일행 모두가 동의했다. 리자가 자기들과 조금만 더 가기로 말이다.

20분 후 그들은 녹색의 악취가 나는 물웅덩이를 지났다. 말류가 두텁게 끼어 있었다. 그런데 발터가 바로 거기서 무릎을 꿇고는 물을 마시려고 했다. 손짓으로 얼굴 주위의 날벌레를 쫓으면서 말이다.

"뭐예요? 더러운 거 안 보여요? 오염됐다구요."

리자의 물통은 진작부터 비어 있었고, 벤야민은 한 모금 마시게 해달라고 내내 청하지도 않았다. 그런데 별안간 물을 마시는 게 삶과 죽음의 문제라도 되는 양 행동했다.

발터가 물웅덩이로 고개를 숙이며 조용히 대꾸했다. "안됐지만 다른 수가 없어요. 물을 못 마시면 더는 걸을 수가 없어요."

리자가 간청했다. "제 말 들어요. 제발 잠깐만 멈추고 들어보세요. 다 왔어요. 마지막으로 딱 한 구간이면 물은 얼마든지 마실 수 있어요. 한 번만 더 생각해봐요. 장티푸스에 걸리고 싶은 거예요?"

발터가 고개를 들고 잠시 리자를 바라보았다. 그의 싸늘한 파란 눈동자 주위로 빨간 테두리가 보였다. 결막염이었다. 검은 먼지가 얼굴 주름에 박혀 깊이 자리하고 있었다.

"물론 아플 수도 있습니다." 발터가 꾹 참고 설명했다. "하지만 알아야 합니다. 최악의 경우 장티푸스로 죽겠죠. 그래도 난 국경을 넘었을 거예요. 적어도 내 책은 안전할 거라는 얘기죠. 부인, 용서하세요. 일단 마셔야겠습니다."

이후로 일행은 더 이상 말이 없었고, 내려가는 길은 쉬웠다. 산의 발치에 이르고서야 리자가 입을 열었다. 2시 30분. 그들 눈에 포르부 기차역의 허연 윤곽이 들어왔다. 어스름한 햇빛 속에서 그물처럼 얽힌 선로가 보였고, 교회의 첨탑이 솟아 있었으며, 연안으로 가옥들이 낮게 이어졌다.

"이제 가야겠어요." 리자가 말했다. "여기부터는 진짜 길이니 기껏해야 한 시간 정도면 도착할 거예요. 경찰서로 가서 서류를 제시하고 입국 비자 도장을 받으세요. 그리고 리스본행 첫차를 타세요. 뭐, 다 아시겠지만요. 행운을 빕니다."

"당신도요." 세 명이 일제히 대꾸했다.

리자는 몸을 돌려 다시 산을 오르기 전에 한동안 그들을 지켜보았다. 헤어진 일행 세 명이 길을 내려갔다. 자갈길이었고 주위로는 도랑이 여전했다. 소금기 가득한 산들바람이 부드러웠다. 케이퍼와 민트 향이 피어올랐고, 여름이라 말랐지만 길을 따라 잡초도 자라고 있었다. 세 사람은 너무나 지쳤고 대화는 물론 풍경을 감상할 여력도 없었다. 그래도 일행은 주위에서 시선을 거두지 않았다. 벤야민이 고개를 돌렸고 기절초풍할 뻔했다. 100미터쯤 뒤로 여자 네 명이 보였던 것이다. 그녀들이 그들과 같은 유대인이라는 사실에 그는 안도했다. 도망 중인 유대인. 그 가운데 적어도 세 사람을 발터는 파리 시절에 알았다. 어쩌면 더 오래전 베를린에서였을까. 《타게부흐》의 그레테 프로인트, 비르만, 그리고 그녀의 누이 리프만 부인이었다. 그들 역시도 진이 다 빠져 보였다. 막대를 짚고서 길을 탄 그들도 먼지투성이였다. 발터가 숨을 죽이고 멈춰서 그들을 기다렸다. 태양 아래 별다른 동작 없이, 하지만 손으로 두 눈을 비비면서.

"여기서 만나뵙게 되다니 대단히 기쁩니다." 인사말과 더불어 그가 고개를 숙였다. "이런 상황과 조건에서 행복할 수 있다면요."

"언제 출발했어요? 혼자예요? 거의 다 온 거죠?" 그레테의 질문이 장황했다. "오늘 아침 일찍 출발했는데 정말 힘들어 죽겠어요. 길을 알려준 사람이 아무도 없어요."

두 일행 사이의 거리가 가까워졌고 벤야민이든 호세든 대답이 가능했다. 그 찰나에 헤니 구를란트가 두 사람을 불렀다.

"가요. 늦었습니다. 늦었다구요."

그들은 잠깐 동안 함께 걸었다. 그런데 발터의 속도가 너무 느렸다. 열 걸음을 옮기면 멈춰서 쉬어야 했다.

"제 걱정은 말아요." 그가 말했다. "다들 앞서 가시면 됩니다. 시내에서 만나자고요."

한 시간 후의 광경. 구를란트가 앞장을 섰고, 호세는 사실상 벤야민 쪽에 붙은 상태에서 일행이 읍내의 첫 집들에 도착했다. 기차 선로가 있었고, 멀리 해변으로는 야자나무 두 그루의 우듬지가 보였다. 설거지하는 소리가 들렸다. 마늘 향과 생선 튀기는 냄새가 창문에서 새어나왔다. 일행이 지하도를 통과하자 역으로 이어지는 길이 나왔다. 궁륭 천장이 침묵을 강요하는 듯했다. 들리는 것이라곤 그들의 질질 끄는 발걸음 소리뿐. 두세 명 정도가 벤치 여기저기에 앉아 있었고, 기차 한 대가 마지막 플랫폼에 정차해 있는 게 보였다. 노란 광선이 창문을 통해 게으르게 떨어졌다.

"고맙다, 호세야. 이제 내가 들게. 정말 고맙구나." 발터가 가방을 받았다.

경찰 주재소는 긴 의자 두 개, 책상 세 개로 비좁았다. 지루한 표정의 군인 두 명이 대화 중이었다. 벽에 붙은 포스터에는 이런 말이 적혀 있었다. "우리는 십자군" "에스파냐는 하나님의 나라". 경사의 집무 공간은 저 멀리 구획 뒤쪽에 있었다. 여자 셋과 그녀들의 네 번째 친구가 긴 의자에 앉아 있었고, 그들의 표정에서 사태의 정황이 죄 읽혔다. 난경.

"무슨 일입니까?" 벤야민이 입구에 선 채로 물었다.

리프만 부인이 흐느꼈다. "못 들여보낸대요. 새로운 명령이 발동됐답니다."

그 사이에 경찰관 한 명이 벤야민과 구를란트 모자한테로 다가와 서류를 보자고 했다. 그가 넘겨받은 문서를 천천히 살피며 고개를 가로저었다. 공감과 냉소 사이 어디쯤의 표정을 하고서.

"경사님, 잠깐 와보세요." 그가 이윽고 입을 열었다.

그리고 같은 장면이 반복되었다. 견장을 한 키 큰 남자가 파랗고 분홍인 서류를 짜증스런 시선으로 살폈다. 그가 고개를 가로젓더니 긴 한숨을 내쉰다.

"우리가 해줄 수 있는 게 없습니다." 그가 고개를 들어 시선을 마주하지 않고서 말했다. 계속해서 조용한 설명이 이어졌다. "어제 새로 명령이 내려왔습니다. 무국적자의 경우 프랑스가 내준 출국 비자가 없으면 전부 프랑스 경찰한테 인계해 돌려보내야 해요."

그 말 한마디 한마디에 다시금 세상이 무너져내리는 것 같았다. 그렇게 경사의 말이 끝나자 세상의 잔해가 그들 주위로 우수수 쏟아져 쌓였다. 벤야민은 그 마지막 월경에서 죽을힘을 다했다. 그런데 이제 그 고역스런 등반을 다시 해야 할 터였다. 어쩌면 그 횡단은 정말이지 마지막이 될 터였다. 발터는 자신이 막다른 골목에 이르렀다는 것을 느꼈고, 어쩌면 그 때문에 별안간 힘을 냈을 것이다. 벤야민이 얼마 안 남은 최후의 아드레날린을 짜냈다. 곁의 여자들이 울면서 간청하고 있었다.

발터의 감정이 폭발했다. "서류에 찍힌 바보 같은 도장을 핑계 대면서 우리를 사지로 내몰겠다고요! 우리를 돌려보내는 건 손발을 묶어 게슈타포에게 인계하는 겁니다. 사람을 죽이는 거나 매한가지라고요!"

자기가 뱉은 말에 충격을 받은 발터, 어쩌면 겁을 먹기까지 한 발터가 눈을 내리깔고 벤치에 주저앉았다. 숨소리가 거칠었다. 울던 여자들이 입을 다물었고, 호세는 두 눈이 휘둥그레졌다. 경사가 자리에 선 채로 그들의 서류를 다시 보는 체하더니 이내 한숨을 내쉬었다.

"제가 할 수 있는 일은 없습니다." 그의 입에서 떨어진 말이다. "정말 미안합니다. 하지만 명령을 거스를 수는 없어요."

침묵. 무거운 침묵. 공동묘지처럼, 사막처럼 황량하고 적막한 침묵. 생각만이 겨우 깃들 수 있는 곳, 허나 그 생각도 허무하게 떠돌 뿐 결코 자리를 잡을 수 없는 곳. 형상화될 수 없는, 발안이 될 수 없는, 말로 표현될 수 없는…… 누구라도 입을 열어야 했다.

"아무리 그래도 지금 어떻게 떠나요?" 프로인트 부인이 더듬으며 말했다. "우리는 녹초 상태고 아이도 있단 말입니다."

"이분들은 부녀자들이라고요." 벤야민이 끼어들었다.

경사가 머릿속으로 상황을 정리하는 듯했고 곧 입을 열었다. "잠깐만요." 그가 분리 구획 너머 집무 공간으로 사라졌다가 5분 후에 나타났다.

"좋습니다. 오늘 밤은 여기서 쉬어도 좋아요. 분명히 말하는데 당신들은 경호 대상입니다. 누네스와 알시나가 프란시아 호텔로 데려갈 겁니다. 내일은 국경으로 모실 거고요."

불과 몇 시간이었지만 아무튼 죽음과의 조우로부터 다시금 유예를 받은 것이었다.

"저를 따라오세요." 경관 한 명이 모자를 챙겨 쓰며 말했다.

벤야민이 방 한가운데 서 있는 경사에게 고개를 돌렸다. "아까 일은 사과드릴게요. 무례했습니다."

아마도 경사는 고개를 끄덕이며 미소를 지었을 것이다. 그의 눈에 비친 벤야민은 노인의 행색이었다. 긴 수염에 부스스한 머리에 모들뜬 눈을 하고 있었다. 양복은 넝마였고 타이가 허줄그레한 셔츠에서 대롱거렸다. 악취까지 풍겼다. 경사는 경악했고, 낭패스러웠다. 그가 작은 소리로 말했다. "안녕히 가십시오." 그러고는 격식을 갖춰 고개를 숙였다.

밖은 어두웠다. 발터는 주재소에서 길로 이어지는 계단에 서서 눈을 끔벅거렸다. 빛이 입구로 밀려들었던 탓이다. 너머 광장이 밝게 빛나고 있었다. 발터가 핏기를 잃고 새파래졌다. 심장이 죄어왔고 통증을 느꼈다. 배가 사악하게 뒤틀렸고 숨을 앗아갔다. 여자들과 호세가 그를 보며 걱정했지만 경관 두 명은 코웃음을 쳤다.

"괜찮으세요?" 헤니 구를란트가 말했다.

벤야민이 난간에 기댄 채 쌕쌕거렸다. "아니요, 아니. 잠깐이면 돼요."

"호세야, 선생님을 도와드리자. 가방 들어."

발터가 급박한 순간이 지났음을 제스처로 말했다. 그가 힘없이 계단을 오르기 시작했다. 하지만 매번 쉬어야 했고 길에서도 느린 속도로 일행을 뒤따랐다. 버즘나무 가로수가 불탄 채였다. 광장과 시장을 차례로 지났다. 행인 몇이 경관 둘이 호송하는 그 낙담한 외국인 행렬을 지켜보았다. 베레를 쓴 노인 한 명이 뒷짐을 진 채 쳐다보았고, 개랑 노는 아이, 해변 산책로를 향하던 남자도 한 명 보였다. 멀리서 기차의 경적이 울렸다. 벤야민이 고개를 들어 앞을 바라보았다. 그레테 프로인트가 왼쪽으로 프란시아 호텔을 가리켰다. 협소한 모양의 2층짜리 건물이었다. 허름한 외관이 도색을 새로 해달라고 외치는 듯했다. 일행이 입구에 도착했을 때 경관 둘은 이미 안으로 들어간 상황이었다. 구슬 장식 주렴이 경쾌한 소리를 냈다. 누녜스였는지 알시나였는지 알 수 없지만 둘 가운데 한 명이 문밖으로 고개를 내밀고는 사람들을 불렀다.

"들어오세요." 그가 말했다.

발터가 호세의 어깨에 기댄 채 맨 마지막으로 들어갔다. 호텔은 큰 방을 작은 레스토랑으로 쓰고 있었다. 빨간 체크무늬 테이블보에 천장 한가운데는 선풍기가 한 대 달려 있었고, 벽은 금속성의 무광 회색을 절반 높이까지만 칠한 방이었다. 꺼진 라디오 옆에 노인이 두 명 앉아 있었다. 방 저 뒤쪽 카운터에는 이미 여자들이 가 있었고, 남자 하나가 숙박부에 그녀들의 이름을 적었다. 눈썹이 짙었고, 씩 웃는 게 토끼 같았다. 벤야민은 자리에 앉았고 가방을 무릎 위에 올렸다. 눈을 감고는 자기 차례를 기다렸다. 머릿속으로는 누녜스든 알시나든 자기를 부르면 바르셀로나 주재 미국 영사관에 연락을 취할 수 있게 해달라고 요청할 궁리를 했다.

"여기 있습니다." 발터가 몸을 질질 끌고 접수대로 가서 주인에게 서류를 건네며 한 말이다.

"벤야민, 발터?" 남자가 흐뭇한 미소와 함께 물었다. 에스파냐어 어음이 들어가자 이름이 이상하게 들렸다. 하지만 발터는 이제 그런 것이 안중에 없었다.

"예." 에스파냐어로 '기쁘다'는 뜻의 인사까지 보탰다. "고맙습니다."

남자가 숙박부에서 고개를 들지 않은 채로 발터를 보았다. 무슨 일인가? 안경을 쓴 남자가 발터의 궁경을 몰랐단 말? 장난질? 아니었다. 그의 태도는 정말이었고 진지했다.

"후안 수녜르라고 합니다. 안내해드리겠습니다." 그가 힘을 짜내어 말을 보탰다. "2층 4호실입니다."

그가 접수대를 나와 오른쪽으로 나 있는 문을 열었다.

"이쪽입니다." 그가 말했다.

"우리가 여기서 대기합니다. 아무도 호텔을 못 떠나요. 알겠습니까?" 경관 하나가 말했다. 콧수염을 기른 탓에 쥐상이었다. 그 사람은 알시나였을까 아니면 누녜스였을까? 중요하지 않았다. 이제 발터는 가파른 데다 폭이 좁은 계단을 기어오르는 사안에 온 신경을 집중해야 했기 때문이다. 계단이 무척 어두웠다. 주인이 여자들을 안내하는 동안 발터는 숨을 헐떡이며 기다렸다. 이윽고 후안 수녜르가 4호실 문을 열었다.

"가장 작습니다. 용서하십시오. 뭐 이거뿐이니 어쩔 수가 없네요."

"아니요, 좋습니다." 벤야민은 대꾸하기도 벅찼다.

혼자 남게 되자 발터가 주위를 둘러보았다. 예비 숙소라는 게 틀림없었다. 창문 옆으로 작디작은 직사각형 벽장이 있었고 침대는 작았으며 협탁 하나, 부서질 듯한 옷장이 보였고 탁자가 벽을 맞대고 있었다. 벤야민이 검정 가방을 탁자 위에 내려놓았다. 밖에서 교회 종이 다섯 번 울렸다.

발터가 침대 위로 무너지면서 안도의 한숨을 내쉬었다. 그런데 몸이 수평으로 가로놓이자 복통이 다시 찾아왔다. 발터는 안에 있는 뭔가가 나가겠다며 난리를 치는, 그런 쑤시는 듯한 통증을 느꼈다. 배를 만지자 약간 부풀어오른 듯했다. 웅덩이 물을 마셔서는 안 된다던 리자의 말이 어쩌면 옳았을 것이다. 아무튼 발터는 다시 계단을 내려가 뭐라도 도움을 청해야 했다. 영사관에 연락을 취해야 했고, 제네바의 율리아네 파베스에게 편지도 써야 했다. 그가 몸을 일으켜 세웠을 때 문 두드리는 소리가 났다.

"들어오세요." 그가 응답했다.

문이 천천히 열렸고, 헤니와 호세가 어두운 복도에서 빼꼼히 고개를 디밀었다.

"방해해서 죄송해요. 몸은 좀 어떠세요? 뭐 필요한 거라도?"

"아니요, 고맙습니다. 아래층으로 내려가려던 중이에요."

그 모든 게 고문이었다. 계단, 수네르 씨에게 전화를 쓰게 해달라고 요청하는 것, 그렇게 영사관으로 건 전화가 퇴근했는지 공허하게 울리기만 하는 걸 듣는 일, 제네바의 파베스에게 보내는 우편엽서에 상황을 단 몇 줄로 요약해 설명하는 일, 그리고 다시 방으로 기어올라가 배를 부여잡고 칼로 내장을 도려내는 듯한 복통으로 괴로워하는 일까지. 발터가 재킷과 구두를 벗었고 타이를 느슨하게 풀었다. 그러고는 방을 둘러보았다. 자신의 가방이 탁자 위에 여전히 놓여 있는지 확인해야 했다. 침대에 누운 발터, 통증이 격심해졌다. 곱추난쟁이가 발터의 내부에서 움직였다. 그가 모로 누워 무릎을 가슴까지 올리고 통증이 가라앉기를 기다렸다. 메아리 같왔다. 그저 느껴지기만 할 뿐인 먼 곳의 북소리처럼. 벤야민이 숨을 내쉬었다. 배앓이, 터무니없는 배앓이였다. 하지만 그렇다고 지금 복통만 걱정할 수는 없었다. 발터는 조금이나마 기력을 회복하자마자 다시 신발을 신고 필사적으로 창문 밖을 내다보았다. 해가 지면서 빛이 비끼자 아래쪽 골목길이 보였다. 포르부 고지 교회로 이어지는 계단이 밝히 드러났다. 길 건너 가정집의 안마당도 눈에 들어왔는데, 검은 머리 여자가 닭장에 들어갔다가 꾸러미를 들고 나오는 것이었다. 여자가 잠깐 고개를 돌렸고, 발터는 그녀의 초록색 눈동자와 툭 불거져 나온 광대뼈를 보았다. 이윽고 여자는 집으로 들어갔다. 사람들이 저기 바깥에서 살고 있다는 사실이 이상하게 느껴졌다. 바람에 바다 내음이 실려왔고 발터의 세계가 느리지만 끝을 향해 가고 있음도 감지되었다. 느린 종말.

복도에서 발자국 소리가 나는가 싶더니 누군가가 문을 두 번 두드렸다. 부드러운 노크여서 들릴락 말락 했다. 작은 키와 창백한 얼굴의 리프만 여사였다. 그녀가 함께 저녁을 먹을 수 있겠는지 물었다. 그녀의 눈에 뭔가가 서려 있었지만 발터는 그게 무엇인지 확신이 없었다. 다만 어머니가 떠올랐다. 발터가 가마고 했다. 배가 고프지는 않았고 다행히 통증도 얼마간 사라졌지만, 혼자 있고 싶지는 않았다.

"아프세요?" 그녀가 물었다.

"아니요. 고맙습니다. 아무것도 아니에요. 바로 내려가겠습니다."

발터가 주위를 둘러보고는 식당 좌석에 앉았다. 그들이 저녁을 먹는 유일한 일행이었다. 누네스와 알시나가 구석 탁자에서 금발 남자, 또 다른 경찰과 카드를 치고 있었다.

"자, 여기 있습니다." 웨이터가 테이블 한가운데로 살며시 쟁반을 내려놓았다.

잠시 동안은 날붙이가 식기류에 부딪히는 소리만 들렸다. 입구의 주렴이 부딪는 것은 배경음이었고 말이다. 곧이어 사람들이 궁금한 점을 묻고 또 서로 답해주었다. 1~2분쯤 후 여자들은 죄다 고개를 숙였고, 호세는 음식물을 입에 쑤셔넣었으며, 발터는 숟가락으로 그릇을 긁었다. 그는 다시 혼자였다. 배석한 사람들과 상관없는 시간 속에서 발터는 부유했다. 그의 머릿속에서 그의 미래가 달렸다. 발터 벤야민을 구해줄 메시아가 틈입할 수 있는 구멍은 전혀 존재하지 않았다. 천식 발작이 다시금 그를 휘몰아쳤다. 폐부 깊숙한 곳에서 쌕쌕거림이 올라왔다. 잠잠한 복통도 사라질 기미가 안 보였다.

"무슨 계획이라도 있어요?" 그레테가 마침내 조용한 목소리로 물었다. "어떻게 해야 할까요?"

벤야민의 귀에 닿는 목소리들이 마치 소음기를 거친 듯했다. 조용히 항구를 떠나는 선박의 항적 같았다. 말을 이어받아 재촉한 것이 헤니였을까?

"내일 새벽 아직 어두울 때 떠나면 6시 발 바르셀로나행 기차를 타고 달아날 수 있을지도 몰라요."

"그럴지도요. 하지만 어떻게 어떻게 해서 저 두 사람의 감시를 따돌리고 빠져나간다고 해도 역에서 붙잡히지 않을까요?"

벤야민은 리프만 부인이 말하는 것이라고 생각했다. 그녀가 대답을 기대하며 자신을 똑바로 쳐다보고 있음을 깨달았고, 그는 눈을 내리깔았다. 모든 걸 부인하고 싶었던 그는 그녀 역시 외면했다. 접시가 눈에 들어왔다. 계란과 소스에 떠 있는 콩, 하지만 그는 거기서 죽음에 대한 공포를 보았다.

"가지 않을 겁니다." 입술이 떨렸고, 화난 목소리였다. "난 아무 데도 안 갑니다. 하늘이 두 쪽 나도 말이죠. 여기서 끝장을 보겠어요."

맙소사. 이것은 해서는 안 될 말이었다. 그가 동정과 연민을 구한 것은 아니었다. 하지만……

"박사님." 리프만 여사가 반박했다. "내일 미국 영사관을 찾아가서 그 얘기를 하세요…… 혹시 도미니크 수도회 원장님한테 드릴 편지 같은 건 없나요? 그들을 찾아갈 수도 있을 거예요. 걱정하지 마십시오. 프랑스로 가는 일은 없을 겁니다."

상황과 사태가 이런 식으로 굴러갈 계제가 아니었다. 다시금 복통이 찾아와 목까지 죄이자 그는 차라리 안도했다. 그 심연이 발터의 마지막 도피처였다.

"양해를 구하겠습니다." 그가 입을 열었다. "몸이 좋지 않네요. 다들 괜찮으시다면 방으로 좀 가야겠습니다."

발터가 자리에서 일어나 여자들에게 안심하라는 제스처를 취했다. 그러고는 다시 계단을 올랐다. 내내 정신을 바짝 차려야 했다. 침대에 눕자 통증이 좀 누그러졌고, 그는 깨달았다. 어떻게 방까지 왔는지, 환기를 하겠다고 어떻게 창문을 열었고 또 누웠는지가 도무지 생각나지 않음을 말이다. 발터가 뒤척이며 반쯤 자는 상태로 빠져들었다. 밤그림자가 벽을 기어올랐고 어둠이 공포스런 침략군처럼 천장을 잡아먹었다. 교회 종이 9시를 알렸다. 시간이 느리게 흐르는가 싶더니 줄달음질 치기 시작했고, 발터는 별안간 목이 졸리는 듯한 느낌이 들었다. 목구멍에서 쉰 소리가 나왔다. 거의 동물 같은 음향이었다. 방은 어두웠고, 복통과 가쁜 숨이 주연이었으며, 그의 몸은 잠잠한 전장이었다. 발터가 침대 가상자리에 앉았다. 벌린 입으로는 숨을 헐떡였고, 턱을 움직이며 손으로는 목을 잡았다. 됐어! 도대체 뭘 했기에 이런 고통을 당해야 한단 말인가? 놀라서 얼어붙은 채로 그는 통증이 완화되기를 기다렸다. 다시 베개 위로 누운 발터, 그는 땀범벅의 병약한 난파선이었다. 사람들이 저녁식사를 하는 소리가 식당에서 올라왔다. 잠시 후에는 계단을 오르는 사람들의 발걸음이 들렸다. 그가 닫지 않은 4호실 문 앞에 사람이 멈추었다. 리프만 부인이 천천히 문을 밀고서 어두운 방을 들여다본다.

"실례해요. 혹시 방해했나요?"

호리호리한 키에 대머리인 노인이 검은 양복을 걸치고서 리프만 부인 뒤에 서 있다.

"의사 선생님이 필요할 듯해서요." 리프만 부인이 조심스럽게 입을 열었다. "무례를 범했는지도…… 이분은 빌라 모레노 박사님이세요."

"아닙니다." 벤야민이 대꾸했다. 그녀를 바라보는데, 또 어머니 생각이 났다. "부인, 정말 감사드려요." 발터가 조금 더 침착한 어조로 말을 보탰다. "하지만 의사 선생님은 필요 없습니다."

"지금은 필요할 수도 있어요." 여인의 태도가 단호했다. "이분이 증명서를 써줄 수도 있을 거예요. 가령 며칠 만이라도 더 이 호텔에 머물 수 있다는 거죠."

발터가 말을 이해했다. 의사로 하여금 맥박을 재고 복부를 두드려보도록 한 이유다. 계속해서 모레노 박사가 얼음 같은 청진기를 발터의 가슴에 대보았고 혈압도 쟀다.

"심호흡을 해보세요." 모레노 박사가 말했다.

"말은 쉽지요." 발터가 억지 미소를 지었다. "전 심장이 안 좋고 천식도 있습니다. 가방에 엑스레이 사진이 있을 겁니다."

하지만 의사는 그의 말을 무시하고 검사를 계속했다. 소통에는 단음절의 짧은 말과 몸짓이 동원됐다. 모레노 박사가 마침내 고개를 들었고, 청진기를 빼더니 깊은 한숨을 내쉬었다.

"주사를 한 대 놔드리겠습니다." 그가 설명을 이어갔다. "내일은 피를 좀 뽑을 겁니다. 아시겠지만 혈압이 아주 높아요."

리프만 부인이 주사기를 갖고 돌아왔을 때는 빌라 모레노가 벤야민을 이미 모로 돌아눕게 한 상태였다.

그가 주사기를 받아들면서 물었다. "천식 발작이 일어났을 때 드실 약이 있습니까?"

"있어요, 모르핀." 벤야민이 입을 앙다물면서 대답했다.

"그거면 되겠네요."

빌라 모레노가 진찰 도구를 챙겨넣고 가방을 닫았다. 문을 나서면서 이렇게 말했다. "내일 아침 다시 오겠습니다. 좀 자두세요."

리프만 부인이 의사를 전송하러 나갔고, 벤야민은 홀로 남았다. 그가 협탁에 벗어놓은 손목시계를 찾았다. 10시 30분. 밀짚 갓이 야간 조명등을 싸고 있었고, 무디어진 빛이 발터의 머리에 떨어졌는가 하면 천장으로는 큰 원을 그리고 있었다. 찌릿한 통증이 다시 올라왔다. 그리고 회의도. 하지만 리프만 부인이 다시 올라왔고, 그는 정신을 차리려고 애썼다.

"제가 진료비를 드렸던가요?"

"아니요." 그녀가 대꾸했다. "의사분이 형편없는 프랑스어로 숙박료에 보태서 청구하겠다고 했어요."

"그렇군요." 벤야민의 대꾸는 안심이 된다는 투였다. "수고 많으셨어요."

"조금요. 그래도 선생님을 혼자 내버려둘 수는 없었어요."

"제 걱정은 마세요. 많이 좋아졌습니다. 그만 가보셔도 돼요. 저는 괜찮습니다."

두 사람은 이렇게 옥신각신하다가 발터가 문제를 느끼면 벽을 두드려 신호를 보내기로 약조하고, 리프만 부인이 가서 자는 데 합의했다. 그녀의 방이 바로 붙어 있었고 발터가 약간만 두드려도 즉시 달려올 수 있었기 때문이다.

"그렇게 합시다." 벤야민이 이렇게 대답하는 순간 복부에서 새로운 통증이 밀려왔고 그가 움찔했다. 그 몸서리를 떨쳐내려고 발터가 입술을 깨물었다. 리프만 부인이 물을 떠오고 담요를 덮어준 다음 발터의 이마에 손을 올리고 관자놀이를 쓰다듬어줬다.

"좀 괜찮아졌나요?" 리프만 부인이 물었다. "좀 주무세요. 노력해보세요."

다시 어둠 속에 홀로 남겨진 발터. 머릿속에서는 끝도 없이 생각이 줄달음쳤고, 이 와중에 또 그는 곱추난쟁이와 싸워야 했다. 교회 종이 다시 울렸다. 세어보니 11시. 벤야민은 자신의 운명을 똑바로 보려 노력했다. 복도에서 우당탕탕 하는 발걸음 소리가 났다. 개가 울부짖는 소리도 들렸다. 발터는 움직이지 않았다. 퉁방울눈으로 어두운 음영을 응시할 뿐. 귀를 기울였다. 잠을 자다 무슨 소리에 놀란 것이 염려스럽다는 듯이. 침대가 삐걱이며 끼익 소리를 내는 게 아니었다. 그는 알았다. 그것이 죽음의 신이라는 걸 깨달은 벤야민은 전율했다. 죽음의 신이 발터의 내부에서 느린 보조로 흔들림 없이 피어올랐다.

"일찍 왔네요. 겨우 자정인데. 무슨 일 있는 거예요?"

메르세데스가 어둠 속에서 의자 끝에 앉아 한 팔을 테이블에 괴고 있었다. 담배를 피우면서. 앞치마를 두른 페파 부인은 불가에서 감자 껍질을 벗겨 냄비에 집어넣고 있었고.

"아니, 다 좋아요." 라우레아노가 겉옷을 벗었다. 그러고는 등짐을 의자에 내려놓고 한숨을 쉬었다. 그는 피로한 것을 넘어 화가 났다. "뭐 새로운 얘기 없어요?" 그냥 대화라도 하려고 꺼낸 말이었다.

메르세데스가 어깨를 으쓱하고는 입을 오므렸다. "별로요." 그녀가 머리를 가로젓는다.

"별로라니?" 고개를 돌린 페파 부인의 발언은 딸을 책망하는 어조였다. 들고 있던 칼이 허공에서 춤을 췄다. 읍에서 무슨 일이 벌어지고 있는지 입 다물고 있는 것은 옳지 않았다.

"그게 별로야? 사람들이 국경을 넘어오고 있잖니."

"탈출이요?" 라우레아노가 담배 연기를 내뿜으며 물었다. 그의 눈이 불가에서 별안간 번득였다.

"그래요." 메르세데스가 말을 받았다. "난민들이요. 국경을 넘어 도망치는 사람들이죠. 뉴스도 아니잖아요."

"더 있잖아." 페파 부인의 목소리가 날카로웠다. "앞으로는 프랑스로 돌려보낼 거라네. 선량한 사람들이야. 여자들과 아이가 당하게 생겼어. 대장장이 미겔이 봤다잖아. 노인도 한 명 있었대. 아프기까지 하고. 빌라 모레노 박사가 왕진도 했다잖니."

"노인이요?" 라우레아노가 대꾸했다.

"그 사람이 틀림없어요. 마당에서 봤거든요. 안경을 꼈고 완전 쭈그렁 할배예요. 길 건너 호텔에 있어요."

메르세데스의 이 말이 끝나기 무섭게 라우레아노가 문 쪽으로 갔고 고장이라도 난 듯 손잡이와 씨름을 했다.

"금방 올게요." 그가 방을 나가면서 이렇게 말했다.

"어디 가요? 미쳤어요? 거긴 경찰이 있단 말이에요. 엔리케를 조심해야 해요."

하지만 라우레아노는 이미 사라지고 없었다. 바람에 흔들리는 가로등이 없었다면, 식당에 마지막까지 남은 손님들의 웃음소리가 없었다면 칠흑같은 어둠과 침묵뿐이었을 것이다. 비가 올 것 같은 밤이었다. 라우레아노는 길을 건넜고 어두운 골목길로 접어들었다. 벽을 따라 호텔 건물을 에웠다. 뒷문이 있어야 했다. 있었다. 그것도 열려 있었다. 청소부인지가 들락날락하며 쓰레기를 내다버리는 광경이 들어왔다. 그가 기회를 봐 한순간에 안으로 뛰어들어갔다. 복도 왼쪽 안으로 문이 있었고, 계단. 하나, 둘, 셋, 이동. 라우레아노는 어느새 전장의 전투원으로 변해 있었다. 두 손에는 소총을 쥔 듯했다. 다행히 계단이 어두웠다. 아직 아래였지만 들을 수 있었다. 문이 열리고 사람이 무언가를 질질 끄는 소리를 말이다.

"루이스, 여기 하나 더 있어. 이것도 가져갈래?"

라우레아노가 계단 꼭대기에 이르렀다. 이제 어둡고 긴 복도가 식별되었다. 친구의 방을 찾는 것은 어렵지 않았다. 약간 열린 문틈을 통해 묵중한 숨소리가 괴롭게 들려왔으니.

"박사님, 벤야민 박사님." 라우레아노가 작은 소리로 속삭이며 빼꼼히 들여다봤다.

"누구세요?"

기력 없고 느즈러진 목소리. 거의 안 들렸다.

"접니다. 라우레아노."

"으으. 들어와요."

"불을 좀 켜도 될까요?"

라우레아노가 발터를 보았다. 창백했다. 머리칼이 떡이 져서 이마를 가리고 있었다. 회색 수염이 움푹 꺼진 뺨까지 텁수룩했다. 코가 더 예리해진 듯했고 입술은 주름이 한가득이었다. 두 눈이 벌겋게 충혈돼 있었다. 라우레아노는 발터가 무엇을 보고 있는지 알았다. 전쟁통에 그런 눈을 수도 없이 보았던 탓이다. 부상을 입고 죽음을 목전에 둔. 그런 전우들의 얼굴에는 이미 죽음의 신이 깃들어 있었다. 노새 주위를 떠도는 파리처럼.

"괜찮으세요?" 라우레아노가 물었다.

"솔직히 말하면, 좋지 않습니다."

발터가 뭐라도 더 편안한 자세를 취하려고 애썼다. 한순간도 그를 내버려두지 않는 격심한 통증에서 벗어나야 했다. 발터가 방을 두리번거렸다. 그가 라우레아노에게 고개를 끄덕였다. 벽은 페인트가 벗겨졌고, 부서질 것 같은 옷장이 보였으며, 파리들이 등 주위를 날았다. 발터는 자신의 거처를 깨달았다. 그런데 정확히 언제쯤 정신을 잃었던 것일까? 어떻게 누추한 호텔의 이 방에 오게 된 걸까? 발터가 스스로에게 그 사실을 묻는데, 그림자가 벽에서 너울거리는 게 보였다. 협탁의 시계가 1시 반을 가리켰다.

"도대체가 어디에서 잘못된 걸까?" 발터가 자문하는 듯했다. 그의 얼굴에 긴장된 미소가 어렸다.

"누구나 다 실수를 합니다." 라우레아노가 낮은 목소리로 대꾸했다. "저도 평생 동안 실수를 한걸요. 가끔씩 생각이 나는데 그때마다 몸 둘 바를 모르겠습니다. 하지만 옛이야기를 되풀이할 필요가 없을 때도 있지요. 미래를 내다보는 것이 더 낫습니다. 내 말을 믿으세요."

"미래요? 나한테는 그런 게 없습니다."

벤야민이 고개를 가로젓고는 옆에 앉은 라우레아노를 흘깃 보았다. 저 멀리 피레네산맥에서 천둥과 벼락이 치는 소리가 들려왔다.

"그런 말씀 마세요. 어젯밤에 당신은 산을 넘을 수 있을 거라고 생각하지 않았죠. 하지만 지금은 여기 있지 않습니까?"

"나는 한계에 이르렀습니다. 종말인 거죠."

병에 갇힌 벌처럼 마음이 파닥였다. 팔이 쑤셨고, 가슴이 묵직했다. 발터가 깊은 한숨을 슬프게 내쉬었다. 마음을 이미 정한 것이다. 그는 모든 가능성을 저울질했고, 마침내 분명히 이해가 됐다. 상황과 사태가 적어도 그에게는 그렇게 비쳤다.

발터가 천천히 말을 보탰다. "정말이지 더는 모르겠어요. 카프카가 뭐라고 말했는지 아십니까? '글을 써서 구원받은 적은 없다. 평생 동안 죽어왔고, 이제 진짜로 죽는다.'"

라우레아노는 충격을 받았고, 마음을 진정해야 했다. 실없는 미소.

"아돌포란 삼촌이 계신데 이런 말씀을 하시곤 했지요. 살아 있는 개가 죽은 사자보다 더 낫다고 말씀하셨죠."

"삼촌분한테는 미안하지만 전도서에 나오는 말입니다."

"뭐요?"

"전도서 말입니다."

이 말은 먹히지 않았다. 라우레아노는 포기할 수 없었다. 발터의 축축하게 젖은 이마가 눈에 들어왔다. 노인의 얼굴은 절대 혼란의 표정을 하고 있었다.

그가 말했다. "좋습니다. 이 얘기는 그만하지요."

발터가 기침을 했고, 숨을 헐떡였으며, 잠시 눈을 감았다. 도라와 슈테판과 아샤와 율라와 리자 피트코와 경사와 숄렘과 쾨슬러와 헤니 구를란트가 스쳐지나갔다. 사람들이 그에게 조용히 손을 흔들었다.

"농담이 아니에요." 발터가 헐떡이며 웅얼거렸다. "나는 졌습니다. 항복이에요."

"졌다라." 라우레아노가 휘 한숨을 쉬었다. "그건 무슨 말입니까? 수두룩하게 졌지만 저는 이제 둔감합니다. 저는 맨날 지지만 여기 이렇게 있습니다."

두 사람 다 한동안 가만히 있었다. 그 방의 시간이 아주 느리게 간다고 생각했던 게 틀림없다. 교회 종이 2시를 알렸고 밤바람이 유리창을 흔들어댔다. 그리고 별안간 계단에서 발걸음 소리가 났다. 라우레아노가 문 옆 벽에 몸을 바짝 밀착시켰다. 이윽고 발소리가 사라졌고 그가 다시 침대 맡으로 돌아왔다.

"오래는 못 있어요." 그가 속삭였다.

발터가 시선을 떨구면서 고개를 끄덕였다. 사실이었다. 시간이 별로 없었다.

벤야민이 입을 열었다. "내일 아침까지 버틴다고 해도" 목소리가 거칠었다. "무슨 일이 날 기다리고 있는지 아세요? 에스파냐 출입국 사무소가 비시 경찰한테로 나를 돌려보낼 계획이에요. 게슈타포한테는 내가 좋은 선물일 겁니다. 그런 다음에는 먹지도 마시지도 못한 채 화물차에 구겨 넣어져 몇 날 며칠을 달려서 독일로 가겠지요. 내 동생이 이미 죽었을 수용소가 최종 목적지인 겁니다. 정말이지 생각하고 싶지도 않아요. 내 꼴을 보고도 과연 버틸 수 있을 것 같습니까? 어떻게 해야 좋을까요? 그냥 확 죽어버리는 게 낫겠죠?"

벤야민이 말을 멈추고 숨을 가쁘게 몰아쉬었다. 그가 한쪽으로 몸을 기울이는데 이 갈리는 소리가 들렸다. 복통이 그를 공격해왔다. 어쩌면 벤야민 옆에는 그제야 그의 말을 이해하고서 망연자실한 청년이 있었던 건 아닐까? 아무튼 그의 눈은 신실해 보였다. 그의 눈동자에는 산 날보다 더 많은 인생 경험이 쌓여 있었다. 그가 여전히 살아 움직이는 감정을 느낀다면 말이다.

라우레아노가 작은 소리로 물었다. "조금이라도 품위 있게 죽는 게 선생님한테는 그렇게 중요한가요?"

라우레아노가 무슨 말을 할 수 있을까? 주장을 펴고 논하는 게 무슨 소용이란 말인가? 벤야민의 논리에는 빈틈이 없었다. 발터 벤야민은 상황과 사태를 직시하고 시종일관 완벽하게 호명하는 작업으로부터 물러나 회피하는 부류가 아니었다. 삶에 목적과 의미가 없다는 것이 애석했다. 라우레아노가 크게 탄식했고, 가만있었다. 발터가 눈을 깜박이는데 날갯짓을 하는 천사가 보였다. 자신의 마지막 여로를 살펴보는 천사, 예언의 천사, 역사의 사자가 보였다. 청년은 모든 것을 깨달았다.

"가방." 발터가 말했다. "탁자 위에 있는 가방 좀 주시겠어요?"

발터가 침대 한가운데서 숨을 헐떡였다. 무릎에 가방을 올려놓은 채로. 이윽고 그가 잠금쇠를 풀었다. 무슨 신성한 유물을 다루는 양. 그가 꺼낸 파란색 철에는 종이가 한가득이었다.

"내가 쓴 글입니다." 벤야민이 소곤거렸다. 단어들이 돌처럼 그의 입 안에서 맴돌았다. "이게 나한테는 세상에서 가장 중요해요. 미국에 있는 테디 아도르노에게 이걸 전해주겠다고 약속해요. 위에다 주소를 써놨습니다."

"물론이죠." 당황했는지 라우레아노가 말을 더듬었다. "그래도 친구분들에게 맡기는 게 더 낫지 않을까요? 함께 오신 여자분들이 있지 않습니까?"

벤야민이 천천히 고개를 가로저었다. 그 역시 생각해보지 않은 바가 아니었다.

발터가 어렵게 입을 열었다. "그 사람들 …… 잘 안 될 거예요.

결국에는 나와 같은 신세가 될 테니. 이 원고는 무조건 미국으로 가야 합니다. 아시겠어요?"

몰랐다. 라우레아노는 작은 글씨가 빼곡히 적힌 종이 뭉치가 어떻게 목숨보다 더 중요하다는 것인지 도무지 이해할 수 없었다. 하지만 그가 그런 속마음을 터놓고 얘기할 수는 없는 노릇이었다. 침대 위의 저 남자를 어떻게 회피해 빠져나갈 수 있을까? 그것도 속마음을 들키지 않으면서 말이다.

"어쩌면 더 좋은 방법이⋯⋯" 라우레아노가 웅얼거렸다.

하지만 벤야민 노인은 듣지 않았다. 그가 천천히 머리를 베개 위에 놓았다. 그러고는 눈을 감고서 천천히 숨을 쉬었다. 발터 벤야민이 라우레아노 청년 앞에서 죽어갔다.

라우레아노가 입을 다문 채 벤야민의 어깨에 손을 올렸다가 등을 끄고서 방을 나갔다. 그렇게 혼자가 된 발터. 이제 주변은 어두웠고, 그는 그 어둠 속에서 떠오를 수 있는 유일한 영상을 찾았다. 미래가 보였다. 과거처럼 되돌릴 수 없는 미래가. 교회 종소리가 3시를 알렸다. 그리고 또 4시를 알렸다. 희미하게 연명하는데 모종의 자각몽을 꾸는 듯했다. 끊임없는 통증과 숨을 쉴 수 없을 거라는 두려움이 갈마들었다. 그러다가 먼 데서 울리는 천둥소리를 들었다. 유리창이 흔들렸다. 발터가 눈을 뜨고 등을 켰다. 담뱃대, 여권, 서류, 신분증, 책 두 권, 엑스레이 사진. 다 거기 있었다. 그리고 약이 보였다. 약병이 가방에 욱여져 있었다. 발터가 침대 끝에 앉아서 약 두 알을 손에 쥐었다. 그리고는 입에 집어넣었다. 물컵을 찾아 삼켰다. 두 눈을 감고 깊게 숨을 쉬었다. 한숨 돌린 발터의 두 눈에 밤그림자가 방 여기저기를 느리게 움직이는 광경이 들어온다. 다시 두 알을 더 삼키고 물을 한 모금 마셨다. 이어진 휴지는 의례이자 의식 절차 같았다. 벤야민이 그렇게 계속해서 알약과 물을 삼켰다. 살면서 처음으로 재앙으로 귀결되지 않을 결정 사항을 실행에 옮기고 있다는 생각이 들었다. 하지만 그래봤자 발터는 곱추난쟁이의 발걸음을 좇는 것에 불과했다. 운명의 책에 이미 쓰인 내용을 따르는 것뿐. 하지만 그렇더라도 이것은 큰 글자요, 큰일이었다. 이제 중요한 것은 평정을 유지한 상태로 마음의 준비를 하는 것이었다. 여러 해 전 발터는 친구 프랭켈과 약물을 실험한 적이 있었고, 해서 자기한테 앞으로 어떤 일이 일어날지 아주 잘 알았다. 일단은 명료해질 터였고, 행복감과 희열이 찾아온 다음에는 심장이 두근거릴 테고, 서서히 갈증 속에 두통을 겪으면서 사지가 쑤시고 마비 비슷한 것을 경험하다가 잠이 들 터였다. 그렇게 호흡이 느려지다가 질식사하는 것이다. 시간이 별로 없었고 서둘러야 했다.

침대 위에 앉아서 숨을 헐떡이던 발터의 두 눈에 죽음의 신이 잠깐 보였지만 그는 두렵지 않았다. 발터가 이를 악물고 찌르는 듯한 통증을 참았다. 그러고는 가방에서 빈 종이와 펜을 꺼냈다. 그가 천천히 쓴다. "저는 궁경에 처해 있고 의지할 데라고는 없습니다. 끝을 내는 수밖에는 없군요." 발터가 숨을 깊이 들이마시고 이어서 쓴다. "부탁드립니다. 친우 아도르노에게 내 글과 내가 처한 상황을 전해주세요. 쓰고 싶은 내용을 다 쓸 수 있을 만큼 시간이 남아 있지 않군요."

완료. 발터가 조심스럽게 전언을 담은 종이를 접었고 겉면에 이렇게 적었다. "헤니 구를란트 님께." 메모가 협탁에 놓였고, 발터가 시계를 흘깃 보았다. 7시가 다 되었다. 희미한 광선이 주저하듯 방

을 부유했다. 꼭 수족관 같았다. 통증을 조금이라도 줄이려면 자세
를 바꿔야 했다. 발터가 안경을 벗어 손수건으로 꼼꼼하게 닦았다.
팔을 움직이는데 별안간 엄청난 무게가 느껴졌고, 그는 깜짝 놀랐
다. 이제 시간이 거의 없었다. 발터가 주먹으로 벽을 쳤고 그 소리
가 그의 머릿속에서 크고 둔탁하게 울렸다. 리프만 부인이 복도로
나와 문을 두드렸다.

"계세요?"

"들어오세요." 발터가 침대에서 더듬더듬 대꾸했다.

"맙소사." 리프만 부인의 말이 이어졌다. "도대체 어떻게 된
거죠?"

어두웠지만, 그녀는 단박에 발터의 얼굴이 부어올랐음을 알아
챘다. 이불 위에 놓인 약병도 보였다. 리프만 부인이 입을 다물고는
두 손으로 얼굴을 감쌌다. 더 이상 물어볼 수가 없었던 탓이다.

벤야민이 식식거리며 말했다. "아침이네요. 구를란트 부인 좀
불러주시겠어요?"

목구멍이 바짝 말랐다는 게 느껴졌다. 발터가 애써 눈을 감고
구를란트 여사에게 할 말을 궁리했다. 별게 없었다. 절대 포기하지
마라, 해낼 수 있을 것이다. 구를란트 부인이 와 있었다. 하얗게 센
머리가 한쪽 어깨 위로 드리워져 있는 모습이었다. 리프만 부인은
손톱을 깨물며 뒤에 서 있었다. 벤야민이 통증과 모르핀과 자신의
결행을 설명했다.

"구를란트 부인, 저를 용서하십시오. 저는 다만 짐이었을 뿐이
지요. 제가 없다면 해낼 수 있을 겁니다."

"선생님도 하실 수 있어요." 그녀는 목이 메었다. "당장 의사를

부르겠습니다."

벤야민은 고개를 저을 힘도 없었다. 그가 눈으로 그러지 말라고 말했다.

"됐습니다." 발터가 마지막 기력을 짜내 이렇게 덧붙였다. "그것 말고 약속을 해주세요. 약은 비밀로 하겠다고 말입니다. 사달이 날 수 있어요. 그냥 아팠다고 말해주세요. 꼭요."

헤니가 고개를 끄덕였다. 그녀는 깜짝 놀랐고, 손을 뻗어 약병을 챙겼다. 그러고는 서둘러 주머니에 숨겼다. 바깥 교회 종소리가 7시를 알렸다. 날이 밝으려고 분투했지만 먹장구름이 모이며 방해했다. 태양은 파리한 잿빛을 결코 뚫고 나오지 못했다.

"또 있습니다." 벤야민이 다시 입을 열었다. "메모를 하나 적었습니다. 협탁 위에 있어요. 부디 테디 아도르노와 제 아들 슈테판에게 상황과 자초지종을 설명해주세요."

끝. 그걸로 끝이었다. 발터는 더 이상 버티지 못했다. 뭔가 잘못되었음이 벤야민의 눈에서 느껴졌다. 헤니가 쪽지를 집어들었고 입술을 깨물었다. 그녀는 울지 않았다. 그렇다고 뭘 해야 할지도 알 수 없었다. 머리칼을 쓰다듬었는데, 그것은 불안하고 초조하다는 몸짓이었다. 헤니가 발터를 내려다보았고, 믿을 수 없다는 듯 고개를 절레절레 흔들었다. 발터가 눈을 감기 전 마지막으로 본 세계 영상이 바로 이것이었다. 그렇게 그는 감연한 침묵에 빠져들었다. 중간중간 사람들의 말소리, 발자국 소리가 들려왔다. 그 모든 게 그의 삶만큼이나 멀리 있었다. 별안간 통증이 밀려왔고 주먹을 얻어맞은 듯했다. 발터는 회귀가 없다는 걸 알았다. 벤야민은 고치고 수리할 수 있는 한계 너머로 나아갔다. 카프카가 떠올랐다는 사실은 예상 밖의 전개가 아니었다. 잠이 쏟아졌고 발터는 내버려두었다. 이젠 얘기할 수 없을 영상이 휘몰아쳤다.

에두아르도 갈레아노는 이렇게 썼다. "누구나 죽는다. 살았으면 말이다. 조용히 죽음을 받아들이는 사람이 있는가 하면, 맞서 싸우는 사람도 있고, 또 어떤 사람들은 허락과 용서를 구한다. 주장을 펴는 사람, 변명하는 사람, 주먹을 휘두르며 욕지거리하는 사람. 일부는 죽음을 환영하고 일부는 외면하며, 우는 사람도 있다." 벤야민은 위엄을 갖추고 죽음을 맞이했다. 그의 태도는 품위가 있었다. 벤야민은 한평생을 걸어왔다는 듯 그 죽음의 길을 걸었다. 운명을 좇아 절뚝이며. 하지만 자신이 죽음에 서툴다는 사실은 내색하지 않으려고 애썼다. 벤야민은 다년간 이 순간을 상상했다. 일종의 경천동지의 시간. 실존이 명확히 드러나는 빛의 순간으로 말이다. 하지만 그 과정은 느리게 흐르는 운하 같았다. 장강의 굽이 같았다. 기억들이 떠올라 깐닥였지만 거의 인지할 수 없었다. 심장 박동이 느려졌다. 최후의 순간이 목구멍을 움켜쥐었고, 시간 너머로 발터를 끌고 갔다.

그렇게 당신의 철학자를 만났던 겁니다. 운이 없었죠. 하루만 일찍 국경을 넘었더라면 내처 리스본행 열차를 탈 수 있었을 텐데 말입니다. 차라리 프랑스에서 하루 더 머물렀더라면 에스파냐 경찰의 새 훈령을 들었을 테고, 그분과 구를란트 모자가 피레네산맥 종단을 재고했겠지요. 아시겠어요? 하루 차이였습니다. 그 망할 하루 차이로 당신의 철학자가 참사를 겪게 된 겁니다. 함께 넘어온 그분의 친구들도 폭풍우가 몰아치던 와중에 국경까지 이송되었지요. 일이 어떻게 풀렸는지 모르겠어요. 폭풍우 때문이었는지, 국경 경비원들이 돈이 필요했는지. 어쩌면 훈령이 다시 바뀌었을 수도요. 그 사람들은 석방돼서 리스본으로 갔습니다. 무사히, 탈 없이 말이에요. 행운, 기적? 운명의 신이 벤야민 박사만 사악하게 다룬 거죠. 상황이 불리하고 비우호적이었습니다. 망할. 그는 올발랐습니다. 그분 말에 동의해요. 독일 놈들한테 죽느니 그 호텔 방에서 능동적으로 상황을 종료하는 것이 더 나았죠. 하지만 죽어서도 불운이 그를 쫓았습니다.

의사가 비에 흠뻑 젖어서 도착했어요. 천둥과 벼락이 치고 장난 아니었죠. 하지만 박사님은 이미 혼수상태였습니다. 강철에서 반사되는 특이한 불빛 있지요? 그런 이상한 빛이 한 줄기 창문을 통해 약하게 비쳤습니다. 빗방울이 유리에 점을 찍어놓은 듯 맺혀 있었는데, 그 빛이 방의 우중충한 침묵을 꿰뚫고는 이내 흩어져 없어졌지요. 빌라 모레노가 벤야민을 위해 할 수 있는 것이라고는 성직자를 불러서 종부 성사를 하게 하는 것이었습니다. 사람들은 그가 당연히 가톨릭일 거라고 생각했어요! 가방에서 도미니크 수도회로 가는 편지를 발견했거든요. 구를란트 부인도 결국에는 안드레스 신부와 복사들 옆에서 무릎을 꿇고 기도를 드렸습니다. 자기가 교회 예배를 하나도 모른다는 사실을 숨기면서 말이죠. 사제가 성유를 바르는 걸 지켜보면서 그의 몸짓을 따라 하고, 또 라틴어로 뜻 모를 말을 웅얼거리는 광경이라뇨.

당신의 철학자는 오후에 죽었습니다. 비가 이미 억수로 퍼붓고 있었죠. 날씨처럼 하늘에서도 단조롭고 자욱한 기도 예배가 열리는 듯했어요. 빌라 모레노가 알고 그랬는지, 그냥 그런 체한 건지 모르지만 사인을 뇌출혈로 적었습니다. 당시에는 자살이 범죄였다는 거 압니까? 그러니 진실이 새어나가면 구를란트 부인이 어떤 곤경에 처했을지 능히 짐작 가는 일이지요. 다행히도 빌라 모레노 덕택에 그녀와 아들은 다음날 리스본으로 갈 수 있었습니다.

벤야민만 그 망할 호텔에 혼자 남았지요. 판사가 온 게 밤 11시가 다 돼서였습니다. 벌써 수의를 입혀 침대에 누인 상태였지요. 그가 장례식을 다음날 하는 걸로 정했고, 검정 가방에서 찾아낸 돈으로 묘지의 땅을 샀습니다. 미국행 표가 아니라 에스파냐에서 묘지를 산 거예요. 프랑스 돈과 미국 돈이 있었어요. 많지는 않았지만 당시의 그곳 포르부에서는 큰돈이었죠. 신부, 의사, 관을 짠 목수는 횡재를 했지요. 호텔 주인 후안 수녜르가 판사에게 5일치 청구서를 내밀었고 방을 소독하는 비용까지 청구했습니다. 한마디로 개자식이죠. 메르세데스와 나는 페파 부인한테서 이 모든 얘기를 들었어요. 페파 부인이 사람들에게 이리저리 알아보았던 거고요. 읍내 사람들에게 이야기가 돌았고 다들 대강이나마 알았던 게지요.

"불쌍하기도 하지!" 페파 부인이 그렇게 말하는데, 턱 아래 살이 떨리는 게 보였지요. "도둑놈들! 그 노인네가 개처럼 비참하게 묻히게 생겼어."

"언제죠?" 내가 물었지요.

"오늘 3시예요."

그날 처음으로 낮에 나가봤습니다. 사람들이 점심을 먹는 틈을 타 읍내를 빠져나갔고 묘지 맞은편 산에 올랐어요. 끝까지 지닌 전쟁 유물인 쌍안경이 있었거든요. 전날 비가 와서 공기가 아주 청명했습니다. 하늘과 바다를 위에서 내려다보는데 눈이 부시고 아찔했어요. 하얀 묘석들이 산비탈에서 유난히 도드라져 보였고 바람한 점 없는데 투명한 바다가 출렁였습니다. 누구라도 '아, 죽어도 여한이 없겠다'는 생각이 들 만한 광경이었죠. 무덤들 사이로 여자가 한 명 보였지요. 화병의 물을 갈고 잡초를 뽑고 사랑하는 이들의 묘비를 정성스럽게 닦고 있었습니다. 안드레스 신부가 묘지로 이어지는 길로 보이더군요. 복사 둘이 뒤에서 향로를 들었고 장정 여섯이 어깨 위로 관을 메고 있었습니다.

안토니오 마차도의 시가 떠올랐어요. 1939년에 죽었으니 그도 이 세상 사람이 아니었고, 심장과 폐가 시인을 배반했지요. 추방과 망명으로 참혹하고 비참했을 겁니다. 내가 본 지 한 달이 안 돼서 죽었고, 사망 장소 역시 전쟁 끝무렵에 거기서 몇 킬로미터 안 떨어진 곳이었죠. 망할 놈의 국경. 안드레스 신부가 축도를 하는 게 보입디다. 사토장이들이 관을 내렸고 복사들은 고개를 숙였지요. 마차도의 시구가 입에서 새어나왔습니다. "날카로운 소리가 바닥을 때렸고, 그 소리는 침묵 속에서 장엄함을 빚어냈다. 관이 대지를 타격하는 소리. 그것은 형언할 수 없이 엄숙했다."

이건 비열한 짓거리라고 해야 하나, 최후의 조롱이라고 해야 하나 잘 모르겠는데, 당신의 철학자를 우롱한 사건이 또 있었어요. 신부와 판사와 의사가 죄다 그 양반의 이름이 벤야민이라고 생각했죠. 발터를 성이라고 믿은 겁니다. 읍사무소는 물론이고 사망 진단서에서조차 '벤야민 박사'는 흔적도 찾을 수 없었지요. 그분이 매장된 묘역조차 '발터 씨'라고 돼 있었으니까요. 아무도 무덤을 못 찾을 겁니다. 사람들이 그를 거기에 처넣으면서 이름과 유산을 봉인해버린 것이지요. 우리 모두가 남기는 유일한 것을요. 다행히 내게는 그가 준 원고가 있었고, 마땅히 받아야 할 대접을 위해 그 유산을 되돌려주는 것이 내 책무라고 생각했습니다.

장례 미사가 곧 끝나더군요. 15분쯤 후에는 묘지에 딱 한 사람 남았는데, 친척들의 묘석을 쓰다듬던 여자였습니다. 태양이 작열하는 가운데 검은 형상이 느리게 움직였지요. 난 해거름까지 있었습니다. 낮에 읍내로 다시 들어가는 것은 너무 위험했으니까요. 백주 대낮에 다른 할 일이 뭐가 있었겠습니까? 야외의 냄새를 즐기며 하늘에서 구름이 그려내는 형상을 보았는데 기가 막히더군요. 젊은이는 잘 상상이 안 될 거예요. 생각을 해봤어요. 그래요, 생각을. 메르세데스와 나에 대해서, 그리고 벤야민 박사도요. 난 그분처럼 되고 싶지 않았습니다. 그런 결정을 해야만 하는 상황에 놓이고 싶지 않았습니다. 그때 깨달았죠, 나한테 시간이 별로 없다는 걸. 생각해보면 포르부에 계속 있을 수가 없었어요. 메르세데스의 집에서 숨어 지낸다? 나한테도 목숨은 하나뿐이었고 시간을 낭비해서는 안 되었죠. 압니다, 당신도 다 알겠지요. 허나, 인생은 정말이지 화물 열차 같아요. 보면 느리게 갑니다. 무한정 늘어질 것 같죠. 그런데 별안간 마지막 화차의 빨간 제동등이 사라지면서 보이는 거예요. 그때 처음으로 내가 망명을 해야만 한다는 사실을 깨닫고서 경악했고, 낙심천만이 되었습니다. 멕시코나 쿠바, 아르헨티나로 달아나야 할 터였어요. 살고 싶으면, 오랫동안 에스파냐로 다시는 돌아올 수 없다는 사실을 인정하고 받아들여야 했습니다. 밤늦게 집으로 돌아가는데 우울했지요. 마리아가 옆에서 춤을 추고 놀아주기를 원하는데도 웃을 수가 없었죠. 입도 안 떨어졌고.

"왜 그래요?" 메르세데스가 물었어요.

해서 이실직고했지요. 떠나야만 할 것 같다. 멕시코로 갈 거다. 자리를 잡으면 당신과 마리아가 와줬으면 한다. 다행히 메르세데스가 동의해줬습니다. 묻고 따지지 않았어요. 울지도 않았습니다. 아무 말도 없었죠. 내 얘기가 무슨 선언 같고, 비눗방울처럼 느껴졌던 모양이에요. 심지어는 웃기까지 했습니다. 생각해보면 사실 착하고 좋은 여자예요. 그런 결정을 하기까지 두 달이나 걸렸으니까.

여자들은 뭐가 어떻게 돼야만 한다는 걸 따로 배울 필요가 없는 것 같아요. 그냥 아는 거고 그걸로 끝이죠. 우리 남자들은 낚싯바늘에 걸린 물고기 신세 같다고나 할까요. 소지품을 챙겨 배낭을 꾸렸고 침대 옆에 두었어요. 하루가 지나고, 또 하루가 지나고, 그렇게 출발을 미룰 이유와 변명은 항상 존재하는 법이죠. 내내 집에 머물러야만 하는 것이 고역이었고, 밀수 활동에 나설 때마다 국경에서 순찰대의 숨소리를 느낄 수 있었음에도 말입니다. 그러던 12월의 어느 날 아침이었어요. 불시에 닥친 일이라 생각할 겨를도 없었죠. 한밤중에 국경을 넘었다가 돌아오곤 했으니 몸은 땡땡 얼어붙고 개처럼 지쳐 죽을 지경이었어요. 그렇게 옷도 갈아입지 않고 침대에 드러누웠는데 탁 하고 잠이 깬 겁니다. 조짐이랄까요. 이불 아래서 전전반측하며 다시금 잠이 안 온다는 사실에 저주를 퍼부었습니다. 그러다가 새벽에 듣게 된 거죠. 창문 아래서 발자국 소리가 났어요. 공기가 차고 바싹 말랐으니 사람들의 날숨에서 김이 보였죠. 낮은 소리로 명령을 내리더군요. 망할, 엔리케였습니다. 내가 벌떡 일어서자 메르세데스가 잠결에 투덜거렸어요. "뭐야? 무슨 일이에요?"

외투를 걸치고 매트리스 아래 숨겨둔 곳에서 원고를 꺼내 배낭에 쑤셔넣기까지는 시간이 걸렸어요. 그러고는 문을 나서 마당으로 나갔죠. 메르세데스가 내 어깨에 손을 얹고는 어둠 속에서 뭔가를 건넸습니다.

"자요. 도움이 될지도 몰라요."

얼마 후 나는 미친 듯이 산을 오르고 있었죠. 그러다가 잠깐 숨을 돌리며 뒤를 돌아보았더니 경찰을 상당히 멀리 떨어뜨렸더라고요. 주머니에 손을 집어넣었고 메르세데스가 건네준 것이 자기 사진이었음을 알았습니다. "아, 메르세데스!" 고개를 흔들면서도 그녀 생각이 간절했지요. 아무튼 거기 그대로 있을 수는 없었습니다. 계속 가야 했죠. 뒤를 살피고 눈에 띄는 장소를 피하고 흔적을 지워야 했어요. 정오에는 정상 절벽의 암붕에 도달했고, 쌍안경을 꺼냈습니다. 로커스트나무숲이 적당히 은폐를 해주는 곳이었죠. 멀리 아래로 작은 개울을 따라 길이 나 있었습니다. 경찰관 세 명이 올라오는데, 엔리케 비아디우가 앞장을 섰더군요. 놈은 틀림없이 알았을 겁니다. 내가 단순한 밀수꾼 이상이며 빨갱이 자식이라는 걸요. 칼잡이 살인마 잭보다 악질인 양 추적한 것을 보면 말이죠. 추격전이 이틀을 끌었어요. 서쪽으로 방향을 잡은 건 프랑스로 가고 싶지 않아서였습니다. 놈들이 내내 바짝 붙었는데, 나를 잡는 게 세상에서 가장 중요한 일인 듯했어요. 바다 쪽에서 멀어질수록 날이 추워졌고 높이 오를수록 바람이 매서워졌습니다. 옷깃을 파고들었고, 얼굴을 때렸습니다. 밤에는 땅에 생긴 얼어붙은 물웅덩이를 피해 이동했습니다. 배가 고프고 춥고 졸리고 갈증이 났어요. 등에 멘 가방은 또 얼마나 무겁던지요. 최악은 두 번째 날 밤이었습니다. 거의 1미터 깊이의 눈밭을 걷고 있었는데, 일단 그전에 약간의 빛이 있을 때 내가 지나온 계곡 맞은편 정상에 경찰의 그림자가 보였죠. 두세 시간 정도 여유가 있었지만 더는 아니었어요. 멈춰서 소나무에 기댄 채 쉬었습니다. 10분만 쉬겠다고 다짐했지요. "10분이면 충분해."

협곡을 타고 휘파람 소리를 내며 불어온 최초의 돌풍에는 별다른 주의를 기울이지 않았죠. 그런데 바람이 점점 세지는 거예요. 머리 위 나뭇가지들이 흔들렸고, 안개가 구름처럼 계곡 아래서 치고 올라와 달까지 가렸습니다. 그러고는 눈폭풍이 회오리바람으로 불었죠. 얼굴을 때리는데 장난이 아니었어요. 영하 10도, 20도는 됐을 거예요. 움직여야만 했죠, 안 그러면 얼어 죽을 테니. 하지만 말이 쉽지 실행에 옮기는 건 또 다른 문제거든요. 바람이 세찼고, 두 시간 후에 나는 다시 멈췄습니다. 진이 다 빠져서 포기해버렸어요. 돌출 지물 아래서 은신처를 찾았습니다. 이렇게 중얼거렸지요. "이 고생이 다 뭐야! 왜 이래야만 하지? 끝났어." 그래요. 벤야민 박사랑 처지가 똑같았습니다. 해결책이 전혀 없었고 스스로를 달래고 말고 할 것도 없었지요. 정말이지 그 산에서 내 인생이 끝나는구나 하고 생각했습니다. "이렇게 죽는군." 하고 중얼거렸죠. 각오가 돼 있기라도 한 양 평온하고 침착했던 게 생각납니다. 후회되는 것은 딱 한 가지였어요. 주머니에 손을 집어넣어 메르세데스 사진을 꺼냈습니다. 손을 오므려 성냥을 켜고 봤지요. 성냥이 몇 개 더 있더군요. 메르세데스의 불거져 나온 광대뼈와 눈을 보는데 별안간 불을 피울 수 있겠다는 생각이 들었습니다. 나름 은신처였고 안개가 자욱하니 놈들이 발견하기는 쉽지 않을 터였어요. 잔가지를 모아야 했는데 말처럼 쉽지가 않았죠. 네 발로 기어나갔고 필사적으로 눈밭을 더듬었어요. 맨손으로 눈을 팠고 그렇게 좀 모았습니다. 하지만 불을 켜려고 시도할 때쯤에는 내가 먼저 죽겠더군요. 나뭇가지가 너무 젖어 쓸모가 없었습니다. 모으느라고 진을 빼서 마지막 기력까지 소진해버렸어요. 정말 끝이었지요. 눈이 감기는 게 느껴졌어요. 스멀스멀 잠이 왔죠. 기만적인 평화가 펼쳐졌는데, 마지막에 별안간 의식이 또렷해졌고, 배낭에서 원고를 꺼냈습니다. 잠깐 주저했지만 어쩔 수 없는 일이었어요. 파란색 표지를 뜯어 잔가지 아래 집어넣고 생각했죠. 이거면 될 거다. 아니었습니다. 불꽃이 비틀거리다 사위었습니다. 속수무책이었고, 생각했어요. 벤야민이냐, 나냐? 나의 미래인가? 아니면 그의 기억인가? 일단 세 쪽을 썼고 다시 다섯 쪽, 여섯 쪽, 그러고는 뭉텅 뜯어버렸습니다. 그렇게 작은 가지에 마침내 불을 붙일 수 있었어요. 불을 피우고는 그 불빛을 이용해 나무를 더 모으는 게 가능했죠. 처음에는 연기만 나다가 불이 붙더라고요. 서서히 손에 온기가 느껴졌습니다. 눈이 녹고 그 물이 눈썹 위로 떨어졌죠. 그렇게 목숨을 부지했어요. 다 당신의 철학자 덕택입니다. 벤야민 박사가 내게 달리 더 거창한 어떤 선물을 줄 수 있었겠습니까?

태양이 솟아올랐고, 눈폭풍도 지나갔지요. 더 이상은 쫓는 사람도 없었고요. 대기가 청명하고, 차갑지만 상쾌했죠. 사방 온 데가 흰색으로 찬연하게 빛나고 있었습니다. 나무가 눈의 무게를 못 이기고 축 처져 있었고, 계곡의 가파른 비탈 중간 험한 바위 지대 위에 작은 가옥 네 채가 확를 튼 게 보였죠. 등짐을 멘 어깨가 가벼웠고 더 빨리 걸을 수 있었어요. 헌데, 그쯤 되자 유럽 대륙을 도보로 주행하는 것이 내 인생의 운이라는 게 자명해졌지요. 이번에는 리스본까지 말입니다. 기차와 버스를 한 번도 타지 않았어요. 도중에 히치하이크를 하지도 않았고요. 단 100미터도 거저 이동하지 않았습니다. 항용 위험이 도사리고 있었죠. 경찰이 열차를 수색했고, 파랑 셔츠의 팔랑혜당 놈들이 트럭을 몰고 다녔으니까요. 들판을 가로지르고 산맥의 옆구리로 나 있는 개울, 이면 도로, 오솔길을 따라 걸었죠. 몇 달 전 프랑스에서 도망치던 상황과 똑같았습니다. 그때는 메르세데스가 날 기다려주기라도 했지요. 하지만 이번에는 조국과 고향을 영원히 떠나는 참이었죠.

타호강, 아니 리스본에서 대서양으로 빠지니 타구스강이라고 해야 하나, 그 강을 따라 마침내 리스본에 도착한 게 3월 중순이었습니다. 하지만 한 달을 더 머물고서야 겨우 배에 오를 수 있었죠. 토레 디 벨렝, 그러니까 타구스강 하구의 벨렝탑이 아스라히 멀어졌습니다. 언덕 사면의 하얀 가옥들과 강도요. 그제야 비로소 긴장을 풀고 온화하게 숨을 쉴 수 있었죠. 하지만 그렇게 한숨을 돌리며 마음을 놓을 수 있었음에도 메르세데스 생각에 목이 메었어요. 수정처럼 맑은 4월의 저녁이었습니다. 바닷물이 어두컴컴하고 잔잔했지요. 하늘에는 별이 총총했고, 나는 이물에 나와 있었습니다. 난간에 기댄 여자가 한 명 보였어요. 두툼한 머리칼이 바람에 출렁이는 게 유난스러웠습니다. 엄청난 흑발이었죠. 허리를 숙이고 꼬고 둘로 접혔다 싶었는데, 그게 담뱃불을 붙이려고 하는 거였어요.

"도와드릴까요?" 손을 오므리고 성냥을 이미 그은 상황이었죠.

여자가 담뱃불을 빨았고, 허리를 들어 나를 바라보았습니다.

"고마워요." 그녀가 프랑스어로 대꾸했습니다. "저는 한나예요. 한나 아렌트라고 합니다. 에스파냐 분이시군요."

내 담뱃불을 붙이면서 고개를 끄덕였지요.

"어디에서 오셨어요?"

"포르부요, 국경 도시입니다."

왜 그렇게 대답했는지 모르겠습니다. 아무튼 맨 처음 떠오른 대답이 그거였어요. 마음 깊은 곳에서는 더 이상 내가 어디 출신인지 알 수 없는 지경이었으니까요. 그래요, 내가 어디로 가고 있는지에 대한 지각도 모호하기만 했고요.

"포르부라…… 저도 거기 있었습니다." 그 여자가 천천히 대꾸했죠. "친구가 거기서 죽었어요. 묘지에도 가봤죠. 사랑스런 곳이었지만 찾을 수가 없더군요."

나는 겁쟁이처럼 새하얗게 질려버렸습니다. 무슨 사악한 짐승이 면전에 있기라도 한 듯이요. 재수가 옴 붙은 걸까요? 하지만 선상이었고, 벤야민 박사의 친구라는 그 여자를 안 볼 수는 없었을 거예요. 그 여자는 원고가 내 목숨보다 중하다고 생각했을지도 모릅니다.

"더 열심히 찾아보시지……" 내가 말을 더듬었지요.

하지만 그녀는 이미 고개를 돌렸어요. 남자가 웃으면서 여자한테 다가오더군요.

"안녕히." 그제야 가쁜 숨을 진정할 수 있었죠.

나머지 여행 기간 동안은 어떻게 해서든 그 여자를 마주치지 않으려 했어요. 그리고 그렇게 했습니다. 드디어 배가 정박했고, 멕시코의 베라크루스에 내렸죠. 그때 깨달았습니다. 더 이상은 도망치지 않아도 된다는 것을. 이제 여기서 남은 평생을 살아야 한다는 것을. 이제 여기 정착해 기다려야 할 것임을요. 그런데 뭘 기다리죠? 그런 기분 알아요? 뭔가를 기다리는데 그 뭔가가 무엇인지 모른다는 지각 말입니다. 난 알지요. 50년이 넘는 세월 동안 느껴왔으니. 처음에는 메르세데스를 기다리고 있다고 생각했어요. 그녀와 마리아가 2년 후 찾아왔고 정말이지 기뻤습니다. 그런데 뭔가를 기다리고 있다는 그 감정이 여전히 떠나지를 않았어요. 프랑코 총통을 생각해봤죠. 그가 실각하고 무너지면 어쩌면 에스파냐로 돌아가고 싶다는 생각을 했습니다. 그런데 아니더라고요. 그 개자식이 다 늙어서 죽었을 때, 이곳 멕시코에서라도 기분이 좋았지만 너무 늙어서 돌아갈 수 없다는 걸 알았죠. 추방과 망명의 상태가 이미 내 삶의 일부가 되어 있었던 겁니다. 살면서 내내 젊은이의 그 철학자 양반을 자주 생각했습니다. 나와 그분은 더 다를 수 없을 만큼 달랐죠. 그래도 우리를 묶어주는 무언가가 있었어요. 내 생각에 우리는 각자의 길을 걸었지만, 한 마리의 개에서 뻗어나온 두 개의 다른 털이었다고 봐요. 같은 유럽인데 두 개의 다른 얼굴이었던 게죠. 그 시절은 재앙이었습니다. 사람들은 세상이 끝나려면 아직 멀었다고들 하지요. 하지만 세상은 이미 망했어요. 그때 이후로 우리 같은 사람들을 위한 곳은 없습니다. 시간이 그를 살해했죠. 그의 시간이 그를 죽였어요. 내가 운이 좋아 살아남은 이유를 누가 알겠습니까? 운은 좋았죠. 하지만 계속 살아가야 하는 저주를 받았어요. 나는 그 모든 패배를 조금씩 조금씩 곱씹어야만 했습니다. 계속 기다리면서 말이죠. 하지만 지금까지 한 이야기를 모두 목격하며 경험했고, 관련 증언을 할 수 있는 유일한 사람일 수도 있겠지요. 그래서, 젠장, 이렇게 말하는 것입니다. 적어도 내가 여기 이렇게 살아 있는 한은 계속해서 쉬지 않고 해야죠. 쉽지만은 않겠지만. 기억은 개 같지 않아요. 원한다고 막 오는 게 아니거든요. 불러도 잘 안 오죠. 압니다. 이게 쓸모없을 수도 있어요. 이딴 걸 죄 얘기하면서 그토록 많은 시간을 잡아먹다니. 당신 같은 젊은이한테는 지루한 일이겠죠. 그 점에 대해서는 이 불쌍한 노인네를 용서해주시오. 먼 훗날에는 젊은이도 이런 기억들과 화해할 수 있을 겁니다. 뭘 하고 싶은지도 정할 수 있겠구요. 온전히 당신의 일이지요. 이렇게 속 시원히 다 털어놓았으니 시간한테 복수한 기분이로군요. 내 생각에는 젊은이를 만난 것이 결코 작은 일처럼 보이지 않는군요.

감사의
말

　　모든 책이 그런 것처럼 이 책도 다른 책들의 자식이자 형제다.
당연한 말이지만 발터 벤야민에게 빚을 졌다. 그의 사유를 비평
한 작가들(구체적으로 아감벤, 티데만, 졸미, 아렌트, 아도르노), 그의 전
기 작가들(대표적으로 숄렘, 브로드슨, 비테, 그리고 쇼이르만이 제공한 값
진 조사 연구), 1930년대의 에스파냐와 프랑스를 다룬 수많은 역사
물은 말할 것도 없겠다. 이 작업을 할 때 말로 다할 수 없이 귀중했
던 몇 권의 소설과 기사도 언급해야 한다. 아서 쾨슬러의 《인간쓰
레기》, 안나 제거스의 《이행》, 리자 피트코의 회고록 《피레네산맥
을 넘은 도주》, 막스 아우브의 작품을 많이 참고했다. 나는 '훔치기'
도 했는데, 이실직고한다. 마리아노 콘스탄테의 《붉은 연간》, 프란
시스코 페레스 로페스의 《나치 수용소의 에스파냐인들》과 《멕시코
인》, 제이 파리니의 《벤야민의 월경》, 한스 잘의 《추방과 망명》, 리
카르도 카노 가비리아의 《여행자 벤야민》, 에두아르도 폰스 프라데

스가《제2차 세계대전기 에스파냐 공화주의자들》로 모아놓은 각급의 증언들. 전술한 저술의 분편들을 슬쩍했고, 이를 통해 살아보지 못한 시대와 가보지 못한 장소들을 독자 여러분께 전달할 수 있었다. 이것 또한 문학의 목적이 아니던가?

파코 이냐시오 타이보 2세에게 고맙다는 말을 전한다. 덕택에 에스파냐 부분을 집필할 수 있었다. 그는 다른 가르침은 물론 이외에도 무수히 많은 도움을 주었다. 주세페 루소가 건네준 몇몇 복사물은 대단히 유용했다. 가브리엘라 카탈라노는 나의 독일어 번역을 참을성 있게 도와줬다. 기술적인 면에서 너그러움과 관대함을 보여준 크리스티나 과리넬리도 빼놓을 수 없다. 마누엘 쿠소 페레르는 바르셀로나에서 나의 포르부 탐사 여행에 귀중한 조언을 해줬다.

실제의 사건과 사태에 바탕을 두었지만, 이것이 허구라는 사실을 강조해야겠다. 내가 역사와 함께, 역사에도 불구하고, 해방감 속에서 기동의 자유를 누린 이유다. 이탈리아 소설가 알레산드로 만초니의 말마따나 나는 다음을 굳게 믿는다. "작가는 역사에서 편익을 취하지, 그것과 경쟁 관계에 있지 않다." 책에 나오는 캐릭터 일부는 완전한 공상이지만, 다른 일부가 역사 인물의 이름을 하고 있는 것은 이 때문이다. 하지만 그런 등장인물조차 궁극적으로는 내 상상력의 소산이라 할 수 있다.

내가 꾸리는 작은 독자 모임에도 고맙다는 말을 하고 싶다. 안토니오 C., 안토니오 F., 조반니, 라우라, 마리아노, 파올로, 피에트로, 실비오, 그리고 마르코 트로페아도. 이 독자 모임은 존경과 선의로 뭉쳐 있다. 이런 분들이 없다면 어떤 책도, 어떤 작가도 존재하지 못하리라. 마지막으로 최고의 감사를 야야에게 전한다. 그 이유를 아는 사람은 그녀와 나 둘뿐이다.

역사의 천사

발터 벤야민의 죽음, 그 마지막 여정

초판 1쇄 펴낸날 2017년 10월 23일

지은이   브루노 아르파이아
옮긴이   정병선
펴낸이   박재영
편집   임세현
디자인   당나귀점프
제작   제이오

펴낸곳   도서출판 오월의봄
주소   서울시 마포구 양화로 133, 1605호
등록   제406-2010-000111호
전화   070-7704-2131
팩스   0505-300-0518

이메일   maybook05@naver.com
트위터   @oohbom
블로그   blog.naver.com/maybook05
페이스북   facebook.com/maybook05

ISBN   979-11-87373-29-2 03880

이 도서의 국립중앙도서관 출판시도서목록(CIP)은 e-CIP홈페이지(http://nl.go.kr/ecip)와
국가자료공동목록시스템(http://www.nl.go.kr/kolisnet)에서 이용하실 수 있습니다.
(CIP 제어번호 : CIP2017026099)

• 책값은 뒤표지에 있습니다. 잘못된 책은 바꾸어 드립니다.